天丹虎飛
雙蛇抱杖平行畢典
黃文海／著

目錄

人物簡介

雲霧中學

◆三年一班學生：席復天　一大
陳永地　土也
萬木黃　阿萬
方曉玄　曉玄

◆三年二班學生：夏心宇　小宇
孫成荒　孫子
周士洪　小洪
李新宙　阿宙

◆雲霧中學廚子：白手

◆庫房管理人　：何如

◆雲霧中學校長：柳葉

席復天親友

◆父親：席林風

◆母親：絲雨

◆叔叔：林志新

◆嬸嬸：路嬌

◆小學同學：吳大山　呆鵝

◆小學同學：朱光力　狂牛

◆幽靈同學：羊立農　羊皮

◆心靈輔導老師：梅揚

◆梅揚老師之妻：梅師母

◆體育氣功老師：張龍

◆火車司機員：朱鐵　紅雲人

◆幽靈火車司機：叢林

◆手掌師父：盧鼎

◆石盤角中學學生：鍾克難　爛人

楓露中學三年級

◆哥哥：崔少勇　小勇

◆妹妹：崔少丹　小丹

崔小兄妹親友

◆父親：崔一河

◆母親：田星荷

◆大伯：崔一江　黑馬面

◆叔叔：崔一海　獨眼龍

◆大師伯：過九堂

◆二師伯：秦威

◆斷鼻、塌鼻：呂東

◆地下鐵甲兵丁隊長：金豹

◆殺手：蕭默　霧上飛

◆殺手頭子：卓武　武六爺

◆席復天堂弟：林朝禮

◆海骷髏：華九

◆小精靈：寸尺

◆卓武之子：卓發

◆鎧甲軍士　內衛隊隊長：安內

◆鎧甲軍士　外衛隊隊長：平外

◆雲遊法師：萬覺

一、精靈學校

一匹銀白飛馬從天而降，飛落草地，踢躂，踢躂……

「這就是精靈學校。」寸尺指窗外，「我在這裡教同學們基本的打坐及動功。」

「喔。」

「鐵哥，麻煩你叫『踢躂開門』。」寸尺說。

「『踢躂開門』。」朱鐵喊道。

車門開了。

「這學校裡，怎麼沒有看到什麼教室，房舍，人或精靈？」小丹奇怪。

「我們都是在大自然環境中學習成長的，待會兒看了就知道。」寸尺邊說邊下車。

朱鐵和一大、小丹隨著寸尺下車。

「嘩……嘩……」好多精靈突然冒出並一擁而上，麥片、胡桃驚得汪汪亂叫，朱鐵和一大、小丹愣站原地，不敢亂動。

「哈哈哈……，各位同學好，我們要怎麼歡迎好朋友呢？」寸尺笑看眼前五、六十位精靈大聲問道。

精靈同學咻咻跑動，很快分了兩邊，又一個個快速疊羅漢上去，兩邊拉起一大大的黃底綠字布幅：

「歡迎朱鐵哥、一大哥、小丹姐，及小虎、飛飛、麥片、胡桃蒞臨精靈學校」。

精靈同學一面展開布幅，一面大聲念道。

小丹當場感動落淚，朱鐵和一大仍愣站著。

「好，現在請各位同學帶朱鐵哥，一大哥及小丹姐去參觀學校，好嗎？」寸尺說。

「好……」精靈同學拿出小竹管吹起輕快音樂，在前蹦蹦跳跳引導三人前行。

精靈同學個個可愛，皮膚白淨，天眞無邪，都穿著白色短袖上衣、米色短褲和白色鞋襪，男生短頭髮，女生綁兩小辮子。

走了一段路，「寸尺，那是南瓜嗎？」一大指著前方大大且黃澄澄圓滾滾的東西。

「沒錯，是南瓜。」寸尺回答。

「比我們學校的餐廳還大！」

「是南瓜教室，同學在南瓜教室裡上課。」寸尺說。

「南瓜教室，嘻，太神奇了。」小丹又抹淚又嘻笑。

「要不是剛看過大包心菜，我一定猜不出那是南瓜。」一大說。

「能在南瓜教室裡上課，感覺一定很幸福。」鐵哥語氣羨慕。

「一大，我們轉學來這好不好？」小丹拉一大。

「好啊。」一大爽快答道。

頭頂傳來嘻笑聲，「那是什麼？」小丹抬頭看。

「鸚鵡車。」寸尺說，「同學去其他教室上課或上下學搭的交通車。」

「啊？」

「那麼大的鸚鵡！牠嘴上掛的是什麼？」一大問。

「一串花生殼。」

「花生殼？」

「一個花生殼裡可坐一位同學，一趟最多可載五位同學。」

「天啊，太帥了！」一大拍了下手。

「這裡一共有多少同學？」朱鐵問。

「六百多。」

「那麼多，眞看不出。」小丹吐舌。

「地大物博，小小精靈在花草樹果中活動、學習或休息，平常不注意還看不出他們在哪裡。」

「喔。」

「精靈出生後，經過六十次滿月，便可入學，經過一百二十次滿月後，就畢業了。」

「哦。」

走過果園，看見碩大無比的蘋果，蜜桃，橘子，走過菜園，看見巨大的絲瓜、葫蘆瓜、葉菜類，遍地生長，青綠美好，一些樹林子的松柏更是高到接天。幾人嘖嘖稱奇，驚奇不已。

轉入果園邊一樹林，見一旁空地有一大大形狀像瓜類的茅草房。

寸尺說，「這是我們的打坐房，來，進去參觀一下。」領著大家走入房屋。

「哇！」一進門，大家都哇了一聲。

「內部是絲瓜絡，房頂及外部則是用茅草覆蓋。」寸尺介紹，「喔，有同學在打坐，我們輕聲走過看看，不打擾他們。」

「有同學在打坐？」小丹沒看到有打坐的同學。

「他們在絲瓜絡中打坐。」寸尺小聲回她。

「哦？」一大，鐵哥，小丹好奇四看。

仔細看，眞看到幾位精靈同學在絲瓜絡中靜靜打坐。一個絲瓜絡交織的間隙空間，夠兩三位同學併肩打坐。

「這裡氣場平順美好，眞是奇妙，令人大開眼界。」鐵哥讚道。

一大，小丹頻頻點頭。

走出絲瓜房，「看，前面『天池』裡有幾點小黑影，那是同學以葫蘆當船，在裡面上游泳課、上操舟課，當然，還有玩耍。」

「天啊，好幸福哦。」小丹又拉一大。

「走到池邊我們就休息。」寸尺說。

走了許久才到池邊，「以爲很近，卻走了那麼久。」小丹捶腿，「白鳳凰在就好了。」

「呱哈，小丹姐想我啊？」

高高傳來一聲，一大一震，小丹、朱鐵、寸尺都轉頭上看。

「呱呱？」一大聽那語調，直以爲是烏鴉呱呱。

「鳳凰出現了！」小丹興奮。

見高高松枝上突然現出一隻亮白大鳥。

「小丹姐，妳在池邊休息一下，我待會兒接妳去逛一逛。」

「呱呱，你看小丹姐可愛，就忘了一大哥啦？」

另有一聲傳來，一大又一震，大家全仰頭找看。

「蚯蚯？」一大聽那音調，直以爲是蛇蚯蚯。

「呱哈哈，蚯蚯，你神龍見首不見尾，你隱身在哪裡啊？」鳳凰叫道。

「雲從龍，風從虎，我理所當然是隱身在雲中囉。」

一大低頭，「小虎、飛飛，麥片、胡桃，你們認得出來那些聲音是誰嗎？」

「不知道。」「不確定。」「很難說。」

小虎、飛飛，麥片、胡桃全搞不清楚。

一大抬頭再看，松枝上那隻亮白大鳥不見了。

「咦？那大鳥不見了。」一大奇怪。

「鳳凰說牠待會兒會回來。」小丹說。

一大走向朱鐵，「鐵哥，你覺得那是烏鴉呱呱和大蛇蚯蚯嗎？」

「不像是，但又有些地方相似。」朱鐵也無法確定。

走到一大石板前，寸尺說，「大家就在這石板旁休息一下吧。」

精靈同學早扛來兩顆巨大的蘋果及兩顆水蜜桃，放在大石板上了。

「天啊？這大石板已夠大了，還有這麼大的蘋果，蜜桃，夠幾十個人吃吧。」小丹雙手比著。

寸尺從身上摸出一線頭兒，拉了拉長，跳上大石板，「鐵哥，幫幫忙，你拉線的另一頭，去另一邊。」

寸尺和鐵哥各立一邊，拉直了線，在大蘋果，大水蜜桃上直拉橫拉，劃來劃去，很快的，蘋果、水蜜桃就被切劃成許多小丁小塊。

「哇，你們用線切水果？」一大不敢相信。

「好厲害。」小丹也睜大眼。

「哈，小事一樁，大家來吃水果吧。」寸尺招呼著鐵哥、一大、小丹和精靈同學們。

大家吃起水果大餐，嘻嘻哈哈的，開心極了。

「好甜哦。」小丹笑嘻嘻。

「太好吃了。」一大樂說。

「這麼大尺寸的水果，正合我意，太好了。」鐵哥大口大口吃得津津有味。

吃過水果大餐，有些精靈同學去天池裡乘葫蘆船玩，有些爬上樹去相互追逐，嘻鬧聲此起彼落。

鐵哥、一大、小丹洗了手面，直呼吃得太飽了，坐在草地上休息，不想動了。

「一大，這簡直是神仙過的日子。」小丹說。

「是，真沒見過這麼無憂無慮的地方。」一大也說。

「我看我以後開了火車，沒事就北上到這裡，過幾天神仙日子再回去，呵呵。」鐵哥說。

「咚」、「咚」，一大、小丹忽地騰空而起，「哇！」、「噢！」兩人驚叫，狗狗汪汪叫起追趕。

「呱呀，小丹姐，妳吃太多，變重了。」

「嘶嘶，一大哥，小心，抓好了！」

兩個聲音嘻笑著，帶了一大、小丹直飛上天。

一大雙手抓牢，大喊，「蚯蚯、呱呱，你們要現形，我們才看得到你們的俊美英姿嘛！」

「颯～」，「颯～」兩聲。

一大隨即看到自己坐在一條亮白如玉的大龍身上，往右看，小丹則坐在一白羽飄飛的鳳凰身上。

「大龍，你好，你好像認識我？」一大問。

「當然認識，天涯若比鄰，海內存知己，我玉刀龍蚯蚯在此載一大哥觀賞四天王天的美好風光，三生有幸，呼呼～」

「哦，謝謝，那白鳳凰跟你認識很久了？」

「認識很久了，牠啊，最愛吵也最愛跟，呼～」

「哦？」一大一震。

「蚯蚯，你別跟一大哥說我壞話，不然你得抄《心經》賠我。」白鳳凰轉頭說。

「啊！」一大又一震，隨口說，「鳳凰，你就別為難蚯蚯了，牠又沒手。」

「聽到沒，呱呱，一大哥心地善良。早跟你說了嘛，『冤家宜解不宜結』、『冤冤相報何時了』。」

「哇啊！」一大差一點鬆了手。

「一大，你小心點。」小丹叫道，「看風景，少說話。」

「放心，小丹姐，有我在，一大哥不會掉下去的。」蚯蚯說。

一大伸手在書包中摸著。

「一大哥，你可別摸貓鏡戴哦，不然呱呱和我要罷飛了。」蚯蚯說。

「哈哈，好，好，我……」一大改摸出半截箭頭，「蚯蚯，那，這是什麼？」突拿半截箭頭伸前給蚯蚯看。

「大內高手的斷箭啊。」蚯蚯很鎮靜。

「呵，蚯蚯，你們是來參加化裝舞會的吧？別裝了，你是蚯蚯蛇，那是呱呱鴉，對不對？」

「『色不異空，空不異色』，阿彌陀佛。」蚯蚯說。

「啊？喔。」一大似乎懂得，不好再多說。

陽光溫暖，一龍一鳳在空中穿雲透霧遨遊著，美妙的山光水色一一映入眼簾，一大和小丹兩人有驚有喜。

在『天池』及校園上空繞了一圈後，蚯蚯、呱呱緩緩地降落在池畔。一大、小丹下到地上。

「相逢自是有緣，呱哈……，一大哥、小丹姐，有緣我們會再見的。」呱呱飛走了。

「一大哥、小丹姐，有事喊叫一聲，蚯蚯、呱呱立刻就到，再見囉。」蚯蚯也飛走了。

麥片、胡桃汪汪跑來，寸尺、鐵哥也快步走來。

「你們還好吧？」寸尺問道。

「好，太好了。」小丹拍手。

「好個難得的體驗。」一大說。

「一大，牠們是蚯蚯蛇和呱呱鴉嗎？」鐵哥問。

「我，嗯，不確定。」一大抬頭，望向天空。

二、打坐出偏

休息過，大家往回走。回到火車上，寸尺指向一椅上包包說，「我請同學幫忙，從廚房拿了些大饅頭和大餅送來車上，方便大家餓了吃。」

「寸尺，你想得眞周到。」鐵哥笑笑，朝前喊了聲，「『踢躂關門』。」車門關上了。

寸尺盤腿坐在椅上，說，「我來告訴踢躂飛行路線。」

一分鐘後，寸尺起身，火車隨之起飛。

一大、小丹坐寸尺對面椅上。

「寸尺，接下來要去哪？。」一大問。

「邊界的邊界。」寸尺回。

「聽來有點遠？」小丹說。

「有踢躂在，不遠。」寸尺回。

「寸尺，你和我爸怎認識的？」一大問。

「你爸救過我。」

「哦？」

「你爸心地好醫術高，救過許多人和精靈。」

「哦？」

「我去前面看看。」寸尺離座，往前走去。

一大睏倦坐著，對小丹說，「空中這難得的機會，我打個坐。」

「哦，那，你打坐，我累了，小睡一下。」小丹說。

一大移到另一椅上，盤腿打坐。

一大打坐，只覺四下靜極，入定後，身心飄飄渺渺。

忽見窗外有另一火車在移動，一大震了下，再看，另有一匹白馬展翅飛過，「啊，還有玉刀龍和白鳳凰。」

一大一時興起，想起身去和龍鳳白馬一起遨遊天際，雜念一生，氣機立亂，忽聞到陣陣檀香味，便又安坐下去。

沒一會兒，一大突驚見幾個大黑影靠來，上下飄飛，「哇？大蝙蝠！」還又看見卓武、蕭默以及幾個中陰人鬼，哇，他們騎在大蝙蝠背上！「啊，糟，他們衝上來了，火車窗玻璃擋不住他們，他們進來了！」

一大大叫，但慘了，他發覺不但聽不見自己的聲音，竟也看不見自己的形體，想起身卻起不來，一驚一乍，冷汗直冒，忽又聞到陣陣檀香味……

「復天，你起得來嗎？」

一大似聽見一個熟悉的聲音，還有狗狗唔唔汪汪。

一大緩緩睜眼，先看見鐵哥巨大的身軀，再看見小丹可愛的臉面。「爸？」竟看到爸爸坐在一旁。

「好了，復天沒事了。」聽到爸爸說話。

「一大，你剛才怎麼了，我……」小丹淚眼汪汪。

「我？」一大迷惑四看，「這裡是……我家？」發現躺在自家房中床上，「爸，我們回家啦？」

「嗯，回家了。」爸爸撫了下一大額頭，「我們陪客人到客廳坐去。」

一大慢慢起身，鐵哥走過，一把托抱起他扛肩走出房間。到客廳將他放下坐在一張椅上，麥片、胡桃搖尾走來在他腳邊趴下。

「眞是我家？」一大四下看著，客廳門外也是熟悉的景色。

「復天，爸爸現住這，這裡是『邊界』的邊界。」

「可是爸，這不是我們的老家嗎？我讀小學時住的那個老家。」一大忽而停下，「喔，是了，媽媽現在住的家，也是跟老家一樣。」

「三千大千界，我們只聽說有二、三度空間，其實可能有四度、五度、六度空間，而且，有些空間重疊。我們眼睛看到的，可能不存在，眼睛看不到的，可能存在。氣練得好，可感應不同時空的存在。」爸爸說。

「哦？」

「咴～咴～」有馬叫聲傳來。

寸尺從門口走入，「呼，馬餵飽了。」看到一大，「喔，一大哥起來啦。」

「寸尺，你剛才是在餵馬？」一大好奇。

「是呵，踢躂的胃口好極了。」寸尺笑笑。

「哦？」一大更好奇。

「你似乎在車上打坐時出偏，我們叫你你都聽不見，還好降落了，看來你爸爸把你的紊亂的氣機調回來了。」寸尺說。

「哦？是嗎？」一大奇怪。

「身心疲倦時，情緒起伏時，打坐出點小偏也是有的。復天幾天沒睡好，以致打坐出偏，現在沒事了。記得『凡所有相，皆是虛妄，若見諸相非相，即見如來。』打坐時，若出現幻覺，見幻不幻，其幻自滅。」爸爸對一大說，「你休息，爸去準備晚飯。」

「爸，鐵哥吃很多。」一大追上一句。

「爸知道，他用鍋當碗的。」爸爸笑笑向廚房走去。

「嘻……」

小丹靠來說。「一大，你爸好好，他答應我要幫我爸看病。」

「啊？什麼？」一大大爲驚訝，看看小丹，又看看鐵哥和寸尺。

鐵哥說，「醫者嘛，都有顆仁心，別大驚小怪。」

「可是小丹她爸要我的命啊！」一大不爽。

小丹眼淚流下，「一大，他可是我爸啊！我……」

寸尺見狀立即說，「先都別急，待會兒聽一大哥的爸爸怎麼說。」

「哼。」小丹背過臉去，不理一大。

一大見狀忙說，「小丹，別氣啦，我道歉，對不起，對不起。」

一大爸爸很快弄好餅麵饅頭素菜，包括寸尺從精靈學校帶回的大饅頭和大餅，擺了滿滿一桌。

大夥吃飯，鐵哥蹲在地上，用大鍋當碗，寸尺坐高凳上，用小杯當碗，看得小丹笑嘻嘻。

「復天，爸請寸尺飛馬去約小丹她爸，明天下午見面。」

「喔，小丹說爸要幫她爸看病。」一大不再驚訝。

「是，順便看病。」

「爸，小丹她爸要我的命。」

「爸知道，她爸也要我的命。」

「那爸幹嘛還要幫她爸看病？」

「爸看病不看對象。」

「爸，小丹她爸跟我們是有什麼仇嗎？」

「他認爲有。」

「哦？」

「另外，他不要小丹跟你做朋友，爸趁此機會也要和他說清楚。」

「啊？」一大、小丹異口同驚。

「他答應會來，明天午後在觀音亭碰面。」

「觀音亭？」一大、小丹又異口同驚。

「是呵，離這不遠。」

「小丹她爸一個人來？」

「就一個人，其他人沒我邀請，進不來。」

「進不來？」

「打打殺殺之人，血腥味重，無法隨意進入這清修之地，這裡就像『時空谷』一樣。」

「喔，像『時空谷』。」一大喃喃。

「嗯，明天吃過午飯我們一道去，就聊聊天，看看病，順便也看看風景。」

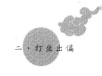

「席伯伯，您眞好，謝謝您。」小丹說。

「不客氣。」

一大去餵了狗，順便叫了聲，「飛飛、小虎，來吃點東西。」

飛飛、小虎來到一大手掌心，吃饅頭屑屑，「飛飛、小虎，你們看這是我原來的家嗎？」

「是。」飛飛回。

「不是。」小虎回。

「傷腦筋，是幻覺嗎？」

「一大哥，『凡所有相，皆是虛妄。』阿彌陀佛。」飛飛說。

「喔。」

一大走出屋子，往屋側的白馬走去，「踢躂，謝謝你哦，一路辛苦了。」

「不客氣，小事一樁。」

小丹走了來，「一大，這匹白馬好高大好漂亮。」

「牠叫『踢躂』，銀天馬，我們坐的火車就是牠。」

「哦？火車就是牠？」

「嗯，牠能跑能飛，可神了。」

「『時空邊界』眞的到處充滿神祕奇幻。」

「是啊，要回去說給同學聽，肯定沒人會信。」

兩人坐門前說話，享受著天地間靜謐美好的氣氛。

見爸爸走來，一大問，「銀天馬是爸訂的嗎？」

「是啊，因爲爸爸媽媽想你。」

「嗯，我也想爸爸媽媽，只是媽媽她……」

「你見過你媽媽了，她現在過得自在，那就好啦，是不？」

「是。」

一大爸看小丹，「小丹累了吧？朱鐵和寸尺都休息去了，妳漱洗好也早點睡。」

「好。」小丹起身隨一大爸爸走入屋內，看見朱鐵、寸尺打了地鋪睡在客廳。

「妳睡這間。」一大爸爸指指小房間。

一大爸爸招呼小丹漱洗完睡下後，去門口叫一大去他房間說話。

一大隨爸爸進到房間，爸爸即說，「復天，貓鏡拿來我看看。」

「啊？喔。」一大驚訝，從書包內取出貓鏡。

爸爸接過，就著燈光，翻來翻去仔細看著貓鏡。

「爸，你認識崔媽媽？」一大問。

「爸認識崔媽媽三十多年了。」

「那，爸認識媽多少年？」

「一樣。」

「媽也認識崔媽媽？」

「嗯，我們就像你認識曉玄、小宇一樣。」

「哇！那……」

「雲霧中學，一、二兩班，我們是第一屆。」

「哇哈，雲霧中學？我就猜到過。」

爸爸又看貓鏡。

「爸，那鏡架兩邊刻的『木』字，合起來是『林』字，是你嗎？」

「呵，復天，你是長大了。這貓鏡啊，是我一年級時在福利社買的，後來送給了田星荷，崔媽媽。」

「爸，小丹她爸對我們的仇恨跟這事有關係？」

「呵，多多少少吧。」

「小丹說，崔媽媽不讓她碰這貓鏡，她爸也不喜歡她戴這貓鏡。」

「是嗎？」爸爸沉思了下，「復天，你和小丹沒任何血緣關係，不是兄妹，也不是姐弟。」

「哦，可我和小丹生日是同一天，而我大師兄過九堂還說崔媽媽當年生的是三胞胎。」

「沒錯，是三胞胎，少丹，少勇和少泉，而少泉夭折死了。」

「啊？」一大吃驚。

「少丹的丹，是取自丹田的『丹』，少勇和少泉，本取自腳心『湧泉』二字，崔媽媽說勇敢的『勇』比三點水的『湧』當名字好些，才改用勇敢的『勇』。」

「我們和崔家關係這麼密切啊？」

「嗯，我長大後知道，崔媽媽似乎是屬於『大內』之後，而我則從小被外公外婆養大，外公外婆卻和我沒血緣關係。」

「啊？」一大又吃一驚。

「崔家自稱是帝王之後，小丹她爸崔一河娶了田星荷，說是門當戶對，崔媽媽不認同，也不信自己跟什麼大內有淵源。都什麼年代了，是吧？」將貓鏡遞還一大。

「嗯。」

「我和你媽與田星荷之間的友情並沒有因田星荷嫁人而中斷，還常聯繫。而崔一河和他兩兄弟及師兄們則日夜忙著追求財富，結黨結派，打打殺殺。」

「爸，但是叢林爺爺可是崔家三兄弟及過九堂、秦威的師父，他比較像是『外公』。」

「叢林是過九堂、秦威的正式師父，算是『外公』，但後來受朋友臨終請託，才又收了崔家兄弟及田星荷的，又算是『內公』。」

「哦。」

「所以，什麼『大內』，『內公』，『外公』的，原本就是一家，崔家兄弟不該用那些來當藉口反對小丹跟你玩在一起。」

「崔家兄弟恐怕還爲了其他原因吧？比如說金銀財寶。」

「哈哈，復天，爸原先還擔心你是否擔當得起掌門大任，現在看來你心思相當細膩，嗯，老外公們的智慧畢竟不凡，來，爸今晚將相關事情的來龍去脈都說給你聽，我倒杯水去。」

「爸，我去倒。」

一大走去客廳倒水。

三、父子夜話

一大去客廳倒了兩杯水回來，父子在房裡拉過兩椅對坐。

爸爸喝了口水，「崔媽媽和你媽媽當年同院待產，少勇、少泉、少丹和你都是在同一家醫院出生的，少勇、少泉早一天出生，少丹和你遲一天出生。只有爸一人和崔媽媽的母親在醫院照顧，崔家其他人都沒加理會。」

「崔爸爸也不管？」

「他很少在家，甚至連崔媽媽哪天生產都不知道。」

「哦？」

「出院後，崔媽媽帶了兩兒一女回家去。你們快一歲時，一種小兒疫病大流行，死了不少嬰幼兒。少勇沒事，但少泉、少丹都受到感染。崔媽媽帶了少泉、少丹來我們家找我醫治，你也被傳染了。一兩天過去，你們三個發病嚴重，醫院病床全滿，找了醫生來給你們打針吃藥，也沒效。爸一人無法完全照顧你們三個，唉……」

「那後來怎辦？」

「不顧我的反對，崔媽媽趁夜暗偷偷地帶了一兒一女和你直奔雲霧中學附近的雙潭潭中，去找一對老夫婦救你們。」

「啊？是我的一大爺爺奶奶？」一大很是吃驚。

「嗯，他們是氣功界人人敬畏的前輩，脾氣大得不得了，功夫及醫術也高得不得了。」

「我跟小丹那時都去了雙潭？」

「嗯，崔媽媽在潭邊一直跪到第二天早上，他們才答應救你們。崔媽媽說，兩位前輩，丹膏丸散，穴位補瀉，針灸按摩全用上了。你們太小，除掌貼你們關元命門百會等穴調氣，也用小指在你們小腳丫湧泉上按揉。」

一大明白了，「原來崔媽媽早就去過潭中。」

「幾天後，崔媽媽帶了你和小丹回來，我和你媽才知道她冒死入潭去求前輩救你們，但，可惜少泉沒救活，死了。」

「喔。」

「少泉的死卻造成不小風波，崔家三兄弟及過九堂、秦威全找上了我，要我給個交待，還說雙潭夫婦用妖術害死了少泉，將他們告上了法院。」

「哦？」

「我、你母親和崔媽媽是好同學，這下反被崔家兄弟另誣指我和崔媽媽不明不白，我不予理會，他們便放話要抓走你，要你一命抵一命。」

「哇！」

「救人居然成了被告，雙潭夫婦大爲生氣，發誓永不再救人，還要崔媽媽把救活的兩個小孩，就是你和小丹，送給他們做孫子以爲補償。」

「哦？那……」

「我跟崔媽媽沒答應，雙潭夫婦卻說，你和小丹身上已有了他們的內氣，功力會隨年齡增長逐漸顯現，還斷言將來你們一定會再回去找他們。」

「哇？」

「小丹小小年紀會土遁，會和動植物鬼魂溝通，都是因爲他們夫婦的功力。你也會，但爲了安全，爸刻意壓抑你的功力，直到十二歲之後才會顯現。」

「是哦？」

「後來你被打落潭中，以及小丹發生車禍送到潭中，還眞應驗了再回去找他們的那句話。我猜測他們是看到你們腳底『湧泉』穴上有他們當年留下的小指印，才又全力去救你們的。」

「對，對，他們本來是不救的。」

「他們後來爲了保護你，還促成叢林、盧鼎傳你功夫，讓你有自衛能力，爸該親自去謝謝他們的。」

「喔。」

「可是爸很難離開這，時間一晃就過了許久，唉，回不去了。」

「回不去？爸，我想知道，你和媽在我十歲那年，怎麼突然就不見了？」

「唉，爸媽被一些黑衣人追殺。」

「黑衣人？我也被他們追殺。」

「嗯，爸知道。當年爸媽逃跑後，不經意搭上了幽靈火車，還好半路被朱鐵拉上了他的火車。」

「喔，我也搭過，還被叢林爺爺打了耳光。」

「是呵，爸聽說了。我拜託朱鐵送我們到『時空』，原只想避一避，後來你媽傷重，拖了一陣子後往生，我也因過了時限，回不去了。」

「哦？後來，剩我一個人，就只得住叔嬸家去了。」

「然後你就變壞了？」

「嗯，嬸對我超兇，叔又太軟弱，我就變壞了，每天打架鬧事，在外遊蕩，不想回家。」

「你壞得好！」

「啊？」

「你叔可疑。」爸爸壓低聲音。

「叔可疑？我見過叔跟崔一海混在一塊，可那是因爲他欠了賭債。」

「欠了賭債？」

「嗯。」

「賭債也許是原因之一，但，你叔沒有小指紋，我一直弄不清他的眞實身分。」

「沒有小指紋？」

「嗯。」

「那叔他爲什麼接近你？」

「因爲他一直無法確定我的眞實身分。」爸爸臉面靠近一大小聲說，「復天，你以前看過爸爸在畫上、書上、紙上留下小指印，但隨後是不是全撕了毀了燒了？」

「哦？好像是。」一大快速回想。

「所以囉，你叔他因無法確定我的身分，才想辦法接近我，是想查我的底。」

「等一下，你，確實是我爸爸嗎？」

「哈，如假包換，我呵，確實是你爸爸。」

「但你不叫『席林風』？」

「你進步神速，但『席林風』三字，爸是比較常用。」

「常用？那你眞名叫什麼？」

爸爸用右手食指直放自己嘴上，小聲說，「復天，爸是流浪兒一個，爸的眞名連爸自己及外公外婆也都不清楚。」

「哦？」

「爸媽在你被潭中夫婦救回，崔家告了他們夫婦，崔媽媽和崔家吵翻那段日子，爸媽又一次改名換姓，搬到雲霧後山小屋住下了。」

「又一次改名換姓？」

「老朋友中，崔媽媽跟我們有往來，而一連串潭中事件發生後，爸媽原先的隱姓埋名似乎曝了光。崔家兄弟原就一直在懷疑我，這下又有了新線索，我原先住的地方立刻有高手出沒。」

「哦，那是得趕緊改名換姓搬走。」

「那時爸的外公外婆都已過世，我少了靠山幫手，擋不住他們那麼多人的追擊，才幾次改名換姓。」

「哦？」

「所以，連爸有時都不確定哪個名字是在哪用的？比較確定的是，在雲霧中學時我名叫『席林風』，但用的是『果林哲』及『英若芙』的小指紋。」

「啊？那，那……」

「外公從小要我用『果林哲』的小指紋膠皮貼在我小指上，好用在需要留小指紋的地方，又另外給了一個『英若芙』的小指紋膠皮備用，我入雲霧中學時雖名叫『席林風』，但我頑皮，悄悄地在右手小指貼『果林哲』，左手小指貼『英若芙』膠皮，分別在『小指掃描感應器』上輸入，那時沒現在什麼高科技電腦，沒人清楚這事。我另在老師指導下在坑道開了個保險櫃，也是用『果林哲』，『英若芙』小指紋輸入。」

「原來兩個人是同一人，朱鐵哥拉爸上了他的火車時，爸還留了『果林哲』，『英若芙』的小指紋在毛筆寫的短詩上。」

「呵，是有這回事。『果林哲』，『英若芙』，其實是兩個人，分別是外公和外婆的名字。那兩個小指紋，便是外公和外婆兩個人的小指紋。」

「哦，他們讓爸用他們的小指紋，主要爲了什麼？」

「保護我，外公外婆的功夫醫術在當年是一等一的，樹大招風，有不少仇敵對手，但敵人還不致於敢直接找他們倆的麻煩，但外公外婆怕仇敵找我麻煩，所以不要我的小指紋隨便曝光。當然，還爲了另一事，直到他們過世我才知道。」

「哦？什麼事？」

「等一會再說，先說你叔，爸認識林志新時，他以一副老實可憐模樣出現。那時爸對他也自稱『席林風』，想探他小指印瞭解他，卻沒成功，那讓爸起疑。有一天，他主動聊到，他小時候家中是做皮革加工的，他十指指紋都因日夜泡在化學溶劑中，被破壞並磨平了。」

「哦？有這種事？」

「爸不信也沒其他辦法，林志新平時沒事就騎了他的破機車上山找我，吃點小菜，喝點小酒，爸也下山找他，聊聊天什麼的。」

「這我有印象，可是爸，崔家兄弟原先就一直在找你，爲了什麼？」

「哈，重點來了。」爸爸又壓低聲音，「爲了『黃金小鎭』。」

「『黃金小鎭』？」

「爸跟你媽和崔媽媽在雲霧中學時發現了地下坑道，有天我買到這付貓鏡，招她們兩人又去地下坑道探險，坑道內漆黑恐怖，戴上貓鏡卻看得清楚，人沒一個，鬼倒不少，我們無意中闖入了『黃金小鎭』。」

「我去過。」

「嗯，我曾聽外公外婆說過，雲霧中學下方有彎彎曲曲的坑道，坑道內有金銀財寶，但任誰拿了誰眼睛就會瞎掉，我們三個當時也只就看看摸摸那些金銀財寶，沒人敢拿。」

「崔一海就因拿了黃金瞎掉一眼。」

「正是，來，回頭說，你出生前不久，爸的外公外婆相繼過世，外公臨終前，用他們兩人的小指紋膠皮貼上我兩手小指，並告訴我怎樣去黃金小鎭拿金銀財寶而且眼不會瞎。」

「哦？」

「但拿的金銀財寶必須用來做善事，救苦救難、濟貧救人、蓋廟宇、蓋學校、蓋醫院……都可以。若拿了他用或做壞事，眼睛必瞎甚至可能死亡。」

「爸的外公外婆真有本事。」

「當然，他們倆的醫術、氣功、易理、太極、八卦、佛道、修身、養性，無一不精。也全都教給了爸，但又怕爸年紀小，被他們的仇敵對手盯上了遭殃，便用盡方法保護我，假名字、假指紋都用上了。」

「高！」

「你出生後，爸不太敢把所有功夫傳你，也是怕你年紀小，若被仇敵對手盯上，會有麻煩。崔媽媽無意中幫了忙，讓潭中老夫婦和之後的叢林、盧鼎、甚至最近的過九堂、秦威，全都成了你的師父及師兄。」

「爸，你不會是那時故意醫不好我和小丹吧？」

「好小子，虧你想得到，崔媽媽送少泉、少丹來我們家時先就說了，如果爸醫不好他們，她會去求助於潭中夫婦。爸雖有自信，但沒想到崔媽媽等不及，才兩天就連你也一起抱走了。」

「呵，那崔媽媽算是我的貴人了。」

「算是吧，不過爸也幫過她一個忙，好朋友嘛，互相照應本就是應該的。」

「哦，什麼忙？」

「送她錢蓋楓露中學。」

「啊？爸，你窮到……」一大突有一悟，「喔，哈，爸你真去黃金小鎮拿了金銀財寶？」

「哈，是，不但蓋了楓露中學，連一部分雲霧中學校舍也加蓋或翻新了。」

「帥啊！」

「起因是崔媽媽當年挺著大肚子來向你爸媽哭訴，說崔家兄弟把家產都敗光了，孩子出生後不知怎麼過日子。爸和你媽知道崔媽媽她一直想辦校作育英才，那好，爸就試著去黃金小鎮拿金銀財寶，眞的拿到了，當然，蓋學校本也是件善事，後來爸的眼也沒瞎。」

「好呵。」

「黃金小鎮進出不方便，爸收集了些黃金，溶成金條，置於小指山山洞之中。通往小指山的保險箱入口處，除小指印、密碼管制外，還用太極八卦鎮住，你都已去過了。」

「就是小指山『還虛洞』？」

「嗯，你幫你同學的忙，動用了五公斤黃金，那也算是做善事。」

「是。」

「爸這些年偶而還是會去一趟黃金小鎮，速去速回，就看一看或打個坐。有次，你還跟著爸跑了段路，小丹出車禍，爸剛好在現場，緊急中托了她一把，但我無法久留現身去醫治她，還好，後來她在潭中療傷，也康復了。」

「那眞的是爸，我就沒猜錯。」

「來去匆匆，安全起見不方便露面和你說話。」

「是。」

「嗯，崔媽媽後來找了一山坡地、請工人開山整地蓋學校，到完全蓋好楓露中學，已是兩三年後的事了，那段日子中，崔家兄弟更是卯起勁來找人弄我的小指頭。他們猜崔媽媽蓋學校的錢肯定是我給的，而那麼大筆的錢九成九九是取自坑道之中，而他們認定爸的小指頭就是關鍵。」

「想也是。」

「不怕，反正我的小指印都是假的，現在爸怕的是他們會對你下手。你十歲那年的一個夏天的午後，你上學去了，爸和你媽在屋外山坡除草，有幾個黑衣人潛入屋內翻找東西，你媽回屋時撞見，被他們打傷倒地，我衝回屋，將一個黑衣人打倒逼問後，說是崔家付錢叫他們來找『指紋』的。」

「眞混……」

「會這樣找『指紋』的，背後必有明白人指點。我外公說過，手上沒有『小指紋』的人，或手上可能有假『小指紋』的人，必是將眞的『小指紋』另外藏了。」

「是哦？」

「爸正攙你媽離開住處時，遠遠地看見屋前山路下還有一票黑衣人往我們住處掩來，我無法可想，拎了一包衣服食物揹上你媽，迅速就往屋後山洞跑去。」

「爸媽跑了，可是爸，你藏『小指紋』的地方也太玄了吧？一個奶瓶？」

「是爸設定好了的，當你緊急中挑一件物品帶走，你會挑你用過的奶瓶，不會去挑櫃裡的丹膏丸散瓶子。你當時若不拿，飛飛、小虎也會幫忙提醒的。」

「爸，你神呵，飛飛、小虎也是你安排的？」

「爸的外公外婆醫術超好，不只救人，還救鳥獸蟲魚，爸耳濡目染也認識了許多鳥獸蟲魚及牠們的後代。」

「飛飛在奶瓶中閃光時，我還能看到未來的事。」

「那也是爸設定好的。」

「爸，你眞是高人。」

「唉，搶當高人沒意義，打傷一人，就會有兩人來報仇，打傷兩人，就會有四人來報仇。打輸了，能平安離開，打贏了，永遠不得安寧。」

「呵，過師兄也說過這話。」

「功夫到某一程度你便能體會。」

「爸，你金銀財寶不要，名聲也不要，被人追殺，連我媽命都丟了，你還能在此沒事一樣的救人助人，我佩服你。要是我，非拚個他死我活不可！」

「『冤家宜解不宜結』、『冤冤相報何時了』。」

「哈，爸，你不會也認識大蛇蚯蚯、烏鴉呱呱吧？」

「嘿，爸記不清了。當時，你不見了也就算了，還外加一個奶瓶不見了，他們當然會認爲那奶瓶內藏有玄機，而急著要找回奶瓶。」

「沒錯，後來奶瓶有被偷走過，但是當時奶嘴被我隨手扔到抽屜裡，不在瓶上。」

「他們白忙了一場。」

「爸，梅揚老師家也有一個奶瓶，梅師母把它給了我。後來我才發現爸把『果林哲』，『英若芙』的小指紋分藏在兩個奶嘴裡。」

「呵，不錯。」

「爸認識梅老師和梅師母？」

「認識，他們是雲霧第二屆的，我及你媽也都認識他們。」

「是哦？」

「轉眼多年過去了。」

「爸，是你安排我進雲霧的？」

「爸媽會搬到雲霧後山小屋去住，就是和梅揚商量好的，住在學校邊上，若有事梅揚和柳葉校長也可就近招呼，白手、何如前輩們在你襁褓時都抱過你，爲掩人耳目，大家從不叫你『席復天』，只逗著你叫『一大』。」

「原來如此。」

「梅老師很嚴吧？」

「超級嚴，我愛打架，他常罰我跪。」

「哈，嚴一點好，你好修身養性。」

「是，修身養性。還好梅師母很照顧我，對我特別好。」

「嗯，梅師母人本就很好，放在她家的奶瓶，我請她在適當時機交給你。」

「高啊！」

「說來，如沒楓露中學，少勇、少丹也都可能是你的同學，現在有緣，又碰到一塊了，呵……」

「是啊，爸，小丹他爸是怎樣的人？」

「能文能武，出將入相，比他兩個兄弟強多了。」

「他以前對小丹很好的，這次見到小丹卻很不爽。」

「爭名奪利害死了他，爲了弄清我的底細，弄到我的指紋，弄出金銀財寶，他一路追來，寧願把自己困在『時光墟』進退不得，搞到人不像人，鬼不像鬼。」

「寸尺說他活不久，你救得了他嗎？」

「難，人心不開，藥石罔效。這會兒他見到小丹跟你玩在一塊，心情更壞，病怎會好？」

「那……」

「崔一河目前地位實際上即是『大內』的掌門，以後，少勇若功夫普通又不那麼優秀聰明，你說掌門位子可能會傳給誰？」

「小丹？」

「可能是。崔一江獨來獨往慣了，沒興趣接，也有可能是崔媽媽或崔一海接，但爸認爲崔媽媽也沒興趣，崔一海只會動手不會動腦，小丹則是一個大可能。」

「喔。」

「崔一河他原想那『外公』的掌門位子從過九堂、秦威下來，也應該輪到他了！他自稱是帝王之後，如能掌『大內』又兼掌『外公』，內外合一，豈不太完美了。」

「是啊。」

「沒料到，叢林、過九堂、秦威，本是崔一河的師父和師兄，竟莫名其妙成了你的師父和師兄，又因爲他們死了、傻了、出家了，才有資格將『外公』掌門位子外傳給了你這個不相干的小傢伙，你想，崔一河他心情又怎麼會好？」

「我可不想當什麼掌門。」

「佛珠拿不下來，不想當也不成。」

「傷腦筋。」

「哦，對了，明天，若是小丹他爸發飆……」

「發飆？」

「他長久身心失調，想來水火不濟，陰虛火旺，情緒必定容易失控。」

「那？……」

「你就帶小丹往水裡跑。」

「往水裡跑？」

「他爸不敢近水，小時候差點淹死過。」

「哈，爸，那種小事你也知道？」

「知己知彼嘛，別忘了，他太太，崔媽媽，可是爸當年的好同學呢。」

「喔，是。」

父子倆靜默了下來。

「好吧，很晚了，來，爸陪你打個坐。」

父子倆打坐時，一大又聞到陣陣檀香味。

打完坐，「復天，去漱洗一下，該睡了。」

「嗯，爸，我最近打坐都會聞到檀香味，剛才又聞到了。」

「是觀世音菩薩護持。」

「觀世音菩薩？」

「是大慈大悲，聞聲救苦的觀世音菩薩。來，我們感恩。」父子倆合掌四方上下拜了拜。

一大漱洗完，爸在沙發旁招手，「復天，來，睡前爸幫你把把脈。」

把完脈，「爸幫你扎針，上床，躺下。」

「扎針？」一大上床躺下。

「嗯。」爸自鐵盒中取針，用酒精拭過，轉過一大雙手手面，在內腕的橫紋側下針。

「神門。」一大認得。

「嗯，神門是心經的穴位之一，可讓你安神好眠。」

「是。」

「這是十二經脈中的『心經』，即『手少陰心經』的簡稱，和你平日抄寫的《心經》不同，那是《般若波羅蜜多心經》，說來，兩者皆有療癒身心靈之功效。」

「是。」

一大小時候看過爸爸幫人扎針，注視著神門穴，心內想著手少陰心經是從腋下極泉穴、青靈、少海、靈道、通裡、陰郄、神門、少府直到小指頭少衝……

「睡吧，待會兒爸會幫你起針。」

「嗯。」

四、觀音亭見小丹爸

第二天，一大、小丹睡到近午才起。

兩人漱洗好，用右食指沾了點水，在左掌上寫個「王」字，再在「王」字外畫個圈。

一大爸爸看了，點頭笑笑。

吃過中飯，一大爸爸說，「小丹，出門時你要帶上背包，也許妳父親見到妳，要妳陪他也不一定。」

「席伯伯，我爸才不會要我陪呢，我爸不再喜歡我了。」小丹眼中有淚。

「小丹，帶上背包吧，像我，書包也都一直帶著的。」一大一旁說。

「好吧。」小丹嘟嘴去拿背包。

一大爸爸隨之領了他們倆及朱鐵、寸尺、小虎、飛飛，麥片、胡桃一行，往屋後密林小路走去。朱鐵手上拎了一竹籃，內裝一壺茶水及幾個瓷杯。

「爸，這條小路我沒走過？」一大走了一小段路，感覺很陌生。

「就快到了。」一大爸爸沒多說。

不久，穿出了密林，一大、小丹一看，同時「啊！」了一聲。

一大滿臉驚訝，「爸，這裡……我和小丹才來過！」

「是哦？」爸爸沒看一大，隨口應著。

眼前是一沙石灘，正前方是海，右手邊有一亭子，亭簷上懸著一匾，橫寫著「觀音亭」三字。

「前面那是大海？」小丹也一臉驚訝。

「是水塘。」一大爸爸說。

「水塘？」一大、小丹圓睜雙眼。

「小丹，走，去看看。」一大拉了小丹跑去觀音亭，「明明就是這觀音亭，對了，小丹，還有地脈，去看看。」兩人在不遠處也看到了地脈。

「小虎、飛飛、麥片、胡桃，你們說，這裡是不是幾天前爺爺奶奶和海骷髏說話的海邊觀音亭？」

「是。」

「哈，難得聽見你們一致又肯定的回答。」一大又跑向朱鐵、寸尺，「鐵哥、寸尺，太玄了，這裡和我幾天前去過的地方，怎麼一模一樣？」

朱鐵一頭霧水，寸尺則說，「時空重疊。」

一大靠向爸爸，小聲問，「爸，如有事，我往地脈逃跑不是更快？」

「但你快不過小丹她爸。」

「哦？」

「小丹她爸來了。」爸爸指著天空。

一大順著看去，一隻大白鶴緩緩地飄飛而至，朱鐵去亭內石桌上擺了四個瓷杯倒上熱茶水。

小丹喊著，「爸爸。」跑迎上去。

小丹她爸下了白鶴，牽了小丹的手，「小丹，妳寧願不要爸爸，跑來找這死小鬼？」

「爸，你……」小丹嘟嘴。

「呵呵，崔先生，亭內坐吧。」一大爸爸拉了一大迎向崔爸爸。

崔爸爸身穿白色上衣，米色長褲，高大英挺，只是面色蒼白，「呵，這位就是席天復吧。」崔爸爸笑笑看著一大。

「崔伯伯，您好，我是席復天，『席天復』是小丹叫好玩的。」一大鞠了一躬。

「呵，好好。」

崔伯伯牽了小丹，與一大爸爸一起走入亭內，崔伯伯、小丹併坐一椅，一大爸爸和一大併坐一椅，中間隔著石桌，面對著面。

朱鐵、寸尺則在亭外席地而坐，不打擾兩家人說話。

「我應該稱呼你席先生？果先生？林先生？還是其他什麼先生呢？」崔伯伯看向一大的爸爸。

「就席先生吧。」一大的爸爸笑笑。

「好，席先生，今天承蒙你邀請，我崔某三生有幸。不過你請一隻白鶴來接我，似乎有要崔某『駕鶴西歸』的意思？」

一大和小丹互望一眼。

「哈，崔先生，『駕鶴』也是得道成仙之喻，你是往北飛，我並沒有咒你西歸往生之意。何況，要從『時光墟』進入『邊界』的邊界，也只有這隻大白鶴能擔此大任，若造成你不悅，席某願向你道歉。」席伯伯拱手致歉。

「哈，罷了。我還活得好好的，不說喪氣話。來，你說，我的寶貝女兒小丹，連爸爸都不要，偏要來找你身旁這死小鬼，他是你兒子，你說怎麼辦？」

「爸，你幹嘛啦？」小丹拉爸爸。

「崔先生，我不會替我兒子說話，也不會回答你我要怎麼辦，相反的，我勸你，孩子交朋友的事，大人別多管好些。」

「我女兒交任何朋友我都不會管，但若交的是你兒子，我非管不可。」

「哦？那你一定有好的理由，你說出來，我參考看看。」

「好，孩子也長大了，當著孩子的面，我就講清楚。第一，你連自己姓什麼都不知，怎確定你兒子姓席？第二，你和小丹的母親不清不白，我女兒小丹怎和你兒子交往？」

「爸，你說什麼啦？」小丹站起看著爸爸。

「我姓席我兒子也姓席，我和小丹的母親只是中學同學，沒有什麼不清不白的。」一大爸爸回答。

「中學同學？你在雲霧中學留下的小指印是『果林哲』，還送了一付貓眼鏡給小丹的母親，鏡架上刻了兩個『木』，合起是個『林』字，又如何解釋？」

「啊？」小丹疑惑看向一大爸爸。

「在雲霧中學，我名叫『席林風』，小指印是我頑皮用了『果林哲』的指印輸入紀錄的。『席林風』送了一付貓眼鏡給同學田星荷，鏡架上刻兩個『木』，合起就是個『席林風』的『林』字，很平常，而，『果林哲』的『林』字也兩個『木』，也都是我同一人。」

小丹點頭坐下。

「小丹母親懷孕，跑到你家生，天底下有這種事？」

「那要請問你了，你日夜在外頭打混，連小丹母親懷了三胞胎要生產都不知道，剛好我太太懷了復天也快要生產，小丹母親便和我太太相伴一起到同一家醫院待產，小丹的外婆當時也在醫院照料的。」

小丹又站起看著爸爸。

「小丹的外婆過世了，別拿一個死人做證據。」小丹爸爸沒理小丹，繼續說。

「少勇、少泉早一天出生，少丹和復天遲一天出生。少泉、少丹後來感染到幼兒疫病來我家醫治，復天也遭到感染，兩天後，田星荷等不及，轉送三個孩子到雙潭潭中找一對老夫婦救……」

「啊？爺爺奶奶？」小丹吃驚。

「雙潭老夫婦？哼，就是他們用妖術害死少泉的！」

「他們用的不外是針灸按摩草藥調氣等，你心知肚明，還故意胡扯什麼妖術，當年死了不少嬰幼兒，潭中老夫婦能救回小丹和復天，阿彌陀佛，他們盡全力了。」

「盡全力？笑話，我們崔家就是要告死他們！」

「爸，你告爺爺奶奶？」小丹不可思議神情看著爸爸，「你還一直說席天復和我是姐弟，不准我們玩在一起，爸，你到底是爲了什麼？」

「小丹，妳聽爸說，這姓『席』的來路不明，他兒子也是一樣貨色，妳是公主千金之軀，他們沒資格跟妳在一起。」

「崔先生，別在那胡說八道了，你何不直接挑明說你是爲了『黃金』？」

「呵，黃金，你終究還是說了，你就是用大把黃金收買了星荷的心，讓我這做丈夫的沒面子，窩囊！」

「田星荷當年挺個大肚子來說你們兄弟把家產敗光，她怕孩子出生後日子過不下去，我們夫妻才拿了黃金送她去蓋了楓露中學，她才能順利撫養兒女長大的。」

「拿黃金送她蓋楓露中學？哼，重點是，只有『黃金小鎮』有那麼多黃金，你一定是去黃金小鎮拿的黃金，而且，你眼睛居然沒瞎！」

「我在哪拿黃金不重要，蓋學校做善事才重要，既是做善事，眼睛當然不會瞎。若拿黃金去做壞事，眼睛不瞎才怪。」

「不，那是因爲你知道如何破解『黃金小鎭』的詛咒！」

「所以你們一直追殺我和復天，認爲我和復天的小指頭可破解『黃金小鎭』的詛咒？」

「正是，雲霧及楓露方圓百里內的土地及其中的金銀財寶，包括『黃金小鎭』，本都是我們崔家的產業，你們父子理當交出取用黃金小鎭金銀財寶的任何工具或方法。」

「如果眞是你們崔家的，又怎會讓崔一海拿了黃金後瞎了眼睛？」

「那是一海心急，先借用了一點黃金，他也沒錯啊，錯的是你們不交出破解方法，才害他瞎眼。」

小丹越聽越不舒服，「爸，事情才不是你說的那樣！媽都不這麼認爲。」

「妳媽懂什麼？爸是在爲妳的將來設想……」

「席伯伯是要來幫爸治病的，也希望爸別阻止我和席天復做朋友，其他事跟我沒關係。」小丹忿然。

「沒關係？有，關係大了，崔家若沒那些金銀財寶，就沒社會地位，就不受人尊敬，就養不起弟兄，妳以爲妳媽那間破爛學校能讓妳過好日子？」

「楓露哪是破爛學校？我和媽過的很好，如爸能回來，更好。」

「爸不會回去，也回不去了。」聲大了些，停了下，「渴死了，小丹，拿杯水給爸喝。」

小丹在石桌上拿過一杯茶水遞給她爸，她爸一口喝乾，說，「小丹，今天的會面毫無意義，他們父子倆毫無誠意，走，跟爸回去。」

「回哪？」小丹疑問。

「回『時光墟』，走！」拉住小丹的手。

「崔伯伯，請留步，讓我爸幫您治病吧。」一大起身說。

「治什麼病？我沒病，只要你這死小鬼不纏著小丹，我就是有天大的病也好了。」崔伯伯起身大聲說話。

「爸，你？我不要跟你走！」小丹掙脫爸爸的手。

一大爸爸站起，「崔先生，別急，既然來了，附近走走，看看風景，對你身心都會有好處的。」

「席先生，你就將破解『黃金小鎮』詛咒的方法說了，把你們的小指印給我，那樣對我的身心必會更有好處。若我得到那些金銀財寶，我保證留一半給你，不會一人獨呑。」

「爸，我討厭你！我才不要跟你走！」小丹對爸爸大吼。

「啪！」小丹爸爸右手一揮，狠打了小丹一記耳光。

大家嚇一跳，全靜了下來。

小丹哇一聲哭得淚流滿面，轉身走向一大，「一大，我們……走！」

「啊？」一大看爸爸一眼，爸爸下巴抬了下，示意一大帶小丹走。

一大拉了小丹走出亭子，沒看見朱鐵、寸尺和狗狗，心中納悶，聽見飛飛小聲說，「一大哥，帶小丹姐往水那邊走，快！」一大加快了腳步。

「小丹，妳，妳給我回來！」聽見小丹爸爸在背後大吼。

一大回頭看了眼，見爸爸擋住了小丹爸爸，立刻抓了小丹的手拔腿就跑，快到水邊，「唰！」一聲，小丹忽地脫手飛去，不見了，一大大驚，回頭大叫，「小丹！」

「一大哥，上我背，快！」

「啊？」

一大聽見背後一沙啞聲音傳來，回頭看。

「我是水水，上我背，快走！」

「水水？」一大猛拍了自己腦門一下。

「小丹爸用『時光圈』捉她回去了，下水，快！」水水大聲催促。

一大還遲疑，褲腳卻被水水猛力一拉跌入水中，只好立即施起龜息法。

水水咬住一大褲腳甩到背上，一個大轉身，「咻！」衝出老遠，直往海底而去。

「水水，回去，快回岸邊去。」一大情急叫道。

「冷靜點，你留下只會壞事，那事你爸會處理。」

「小丹有難，我不能丟下她不管。」

「咻~」一道小泡沫箭般衝來，龜背沉了一下，「一大哥，不用回去，小丹姐平安得很。」

「寸尺？」一大定神一看，寸尺正站在龜背上。

「你爸早算好了，朱鐵在亭子倒了茶水後，就先帶上兩隻狗，乘飛馬『踢踺』直飛楓露找小丹媽媽去了。」

「啊？」

「小丹爸和小丹姐坐大白鶴回『時光墟』時，想必小丹媽已在那等著接小丹回楓露了。」

「天啊？我爸簡直太神了。」

「明天日出前，你們全都得離開，不然就走不掉了，你爸當然要先算好。」

「哦？高高高，謝謝你，寸尺。」

「不……客……氣。」寸尺忽在一大眼前分解散掉，聲音斷斷續續，然後便聽不見了。

「寸尺，寸尺！」一大大叫，「水水，寸尺不見了，你剛有沒有看到他？一個小精靈。」

「有，他走了，一大哥，我們上岸去吧。」水水說。

「上岸？上哪個岸？」

「觀音亭邊的海岸。」

「觀音亭邊的海岸？哪個觀音亭？」

「華九躺的觀音亭。」

「我的天……，這？」

一大腳才碰到淺灘，便立刻站起快走上岸，一眼看見觀音亭，完全傻掉，愣在灘邊。

「一大哥，抱我到地脈那吧。」水水叫道。

「我的天，這……，那……，觀音亭？」一大不知自己在說什麼，抱起水水緩緩走到地脈，「這觀音亭？就是那觀音亭？」

踏上地脈，又再回頭看了眼觀音亭，「爸爸，崔伯伯，小丹，剛才都在這的？這……？」

五、小丹遇一大同學

才出雙潭地脈，小虎便說，「一大哥，飛飛牠……往生了。」

「啊？飛飛？牠剛才還跟我說話的。」一大雙膝一軟跪了下地，「怎麼會這樣？」

一大放下水水，從褲口袋中摸出飛飛，在身旁樹下用幾片葉子蓋好飛飛身子，「飛飛，一路好飛，阿彌陀佛。」拜了三拜。

「汪汪汪……」幾條狗跑來，撲向一大又叫又舔。

一大看是麥片、胡桃和彈簧，「哇，彈簧！你也在？」一大很是高興，「彈簧，小丹呢？」

「也來了。」

小丹隨後跑上，一把抱住一大，哭個不停。

「小丹，不哭了，我們都平安回來了。」

「我爸，為什麼那樣對我？我……，我……。」小丹抽抽搭搭。

「你爸身體不舒服才那樣的，走，我們和爺爺奶奶說話去。」

兩人走入小屋，爺爺、奶奶、師兄都在，崔媽媽也在。

「爺爺、奶奶、師兄、崔媽媽你們好。」一大打招呼。

「一大回來啦，好，好。」爺爺笑著。

「崔媽媽，對不起，我沒照顧好小丹。」一大向崔媽媽行禮。

「復天，你對小丹照顧得很好，那是小丹她爸爸找麻煩，你們平安回來就好。」

「我爸說要幫崔伯伯治病，結果也沒治到。」

崔媽媽搖搖頭，「算了。」轉問，「復天，你爸過得很自在，你媽呢？」

「嗯，我媽她……往生了，還好，她……她也過得很自在。」

「喔，老朋友了，我生產時，還和你媽住同一醫院呢，我生小丹的同一天，你媽生下了你，看，一轉眼都十幾年過去了。」

「崔媽媽，我爸也有跟我說這事，他還說，小丹和我不是親兄妹，也不是親姐弟。」

「還是姐弟，只是異父異母。」小丹插了句。

「哈哈哈……」一屋子人大笑。

「吃中飯了，邊吃邊聊。」爺爺說。

師兄起身往廚房走去。

一大往外看，太陽高掛，「爺爺，剛才那邊是下午，才吃過中飯，現在又要吃中飯？」

「你和小丹去了一個半月啦。」爺爺笑說。

「一個半月?」一大大爲驚訝。

「若是七七四十九天內沒離開『時空邊界』,你們就回不來了。」爺爺起身。

「四十九天?」一大突另想到,「啊,所以飛飛剛回來,就往生了。」

「嗯。」爺爺點頭。

吃完中飯,崔媽媽要先回家,「離開學沒幾天了,我學校裡有很多事要做。」

小丹說要留下多待幾天陪爺爺、奶奶。

崔媽媽便要一大經地脈送她一程,一大帶上麥片、胡桃送崔媽媽回楓露。

一大陪崔媽媽回到家,小勇不在,崔媽媽要一大坐一會兒,兩人便在客廳坐下說話。

「復天,你和小丹年紀還小,有很多事不好講,所以崔媽媽沒告訴你們一些事。」

「沒關係,崔媽媽,我也不會問,就算聽了,也不會亂說。」

「嗯,你像你爸。你爸應該有跟你說如何去黃金小鎮取黃金及蓋學校的事吧。」

「嗯。」一大點頭。

「那就放在心底,別告訴任何人,包括小勇,小丹。」

「哦?那,如果爺爺、奶奶問呢?」

「爺爺、奶奶?他們看你腦袋就知道了。」

「喔，也是。」

「小勇心思單純，怕他聽了會不小心說出去。小丹呢，聰明機智調皮，知道多了，她會自己跑去查證，更不好。」

「嗯。」

「崔媽媽周圍牛鬼蛇神太多，而又多是小勇、小丹的長輩或認識的人，謹慎點總是好的。」

「嗯，知道。」

「崔媽媽跟你爸媽是老同學了，後來崔家因爲少泉的死告上你爺爺、奶奶，還要找你爸償命，弄得崔媽媽裡外不是人，之後你爸媽隱姓埋名躲藏，我們才漸漸失去聯絡。」

「我爸有說，他還說很感謝妳送我到爺爺、奶奶那治病。」

「哦，當時崔媽媽主要是爲了救少泉和少丹。」

「我還是要謝謝崔媽媽。」

「不客氣，可萬萬沒想到，十幾年後，小丹車禍，竟又被你送去你爺爺、奶奶那，崔媽媽傷透腦筋，還眞沒勇氣見你爺爺、奶奶。」

「是，我現在懂了。」

「崔媽媽也要謝謝你化解了我和你爺爺、奶奶之間的那些恩怨。」

「喔，小事。」

「說到你爸媽，他們後來去了『時空邊界』，我是比較放心了些。卻沒想到小丹她爸居然追去，還去了超過七個日出，回不來了。」

「『時空邊界』那裡眞的很神奇。」

「嗯，你爸修得好，去那如魚得水，小丹她爸，唉，心術偏差，去那如同活人受死罪。」

「是啊，崔伯伯原來很愛小丹，現在也變了。」

「心裡只有金銀財寶的人，哪還容得下愛？」

「嗯。」

聊了陣，一大告辭，帶了麥片、胡桃回雙潭。

才出雙潭地脈，麥片、胡桃立即汪汪跑去，「喂，幹嘛那麼興奮，等我……」

「汪汪……汪汪……」一群狗叫聲傳回，一大隨之看見另幾隻米格魯和麥片、胡桃追跑，忽大驚，「是土也他們？」旋又一念，「小丹？啊！」不自覺往後退。

「小虎，小虎。」一大小聲叫。

「一大哥，我在這。」

「小虎，是不是曉玄、小宇也來了？小丹如果……」

小虎愣了一下，大叫，「唉呀！我完了！」

「你沒翅膀，飛飛又不在，慘了，小丹要殺人了！」

「殺虎！是我騙她的。」

「好小子，你們鬼鬼祟祟的在說些什麼？」一聲高處傳來。

「呱呱？」一大驚喜朝上看。

「哈，好耳力，一大哥，發生啥事，看你魂不守舍的。」呱呱停棲在高高松枝上。

「呱呱，你來得正好。寒假時，小丹在我背後矇我眼睛，我錯當她是曉玄、小宇，小丹氣到抓狂，小虎騙小丹說曉玄、小宇是兩隻公貓咪，小丹才消氣。現在慘了，曉玄、小宇沒通知我就跑來，小丹如發現我們騙她，非把我給殺了。你有翅膀，幫個忙，去潭邊查看一下。」

「呱哈哈，太刺激了，但，我不去！」

「呱呱，你有翅膀，又會隱形，你不去？沒有同學愛，沒有同情心。」

「曉玄、小宇是兩隻貓咪，世仇，本鴉拒去。」

「喂，曉玄、小宇是我兩位美麗的女同學，不是眞的貓咪啦。」

「美麗的女同學？呱哈，你麻煩大了。好啦，那我去看看。」

呱呱才飛走，一群狗狗已找了來，一大想叫麥片引開飛刀、豆豆、栗子、天星……，但來不及了，「一大，你回來啦？」小丹已跑到眼前，後面跟著土也、阿萬、曉玄、小宇四人。

「哈，一大，你有這麼一位可愛漂亮的姐姐，居然沒聽你說過？」小宇先叫了起來。

「姐……姐？嘿，哦……那……我……」一大不知如何回答。

「哈，好久不見，一大，暑假過得怎樣？」土也拍拍一大肩膀。

「一大，你……好……。」阿萬也來打招呼。

「一大，你……在樹林裡練體力呵？」曉玄也走近。

「呵，呵，你們……都……都……來啦？」一大嘴上支吾，兩眼偷瞄小丹。

「一大，帶同學屋裡坐啊，讓人家站著，不好吧？」小丹說。

「喔，是。」

「等一下，你的壁虎寶寶呢？」小丹突發一問。

「壁虎寶寶？哦，小虎？妳……找牠？」一大不解地看著小丹。

「爺爺找牠，說製藥少了一味蛤蚧，想借牠磨粉一用。」小丹詭笑一下。

一大的褲口袋動了兩下。

「哈呀，一大，你姐姐漂亮又幽默，我要有她一半就好了。」小宇笑說。

「是……，是……，走，我們走。」一大愣愣往水潭走，「啊？」一大沒看見小屋，「怎辦？」心中嘀咕。

「一大哥，請同學搭竹筏去潭中島吧。」一沙啞聲音傳來。

一大見一竹筏漂近，如釋重負，「哈，看，水水師父早安排好了，來，上竹筏去潭中島。」

曉玄、小宇拿了背包，帶上栗子、天星先過去，土也、阿萬等下一班。

「一大，是你女朋友吧。」土也湊近小聲說。

「嗯，算是。」一大小聲回，「她是我爺爺奶奶最疼愛的孫女，剛才她見到曉玄、小宇有說什麼嗎？」

「互誇對方美麗漂亮大方善良呵，女生都這樣的。」

「是……，是……。」

阿萬也湊來小聲說，「一大，去……照顧你女……朋友，不然……她生……氣了。」

「喔，你夠朋友。」一大拍了下阿萬，走向十步外的小丹。

「我跟你們一起去。」小丹看著一大。

「啊？去哪？」

「去潭中島。」

「去潭中島？」

「你的同學不也就是我的同學？」

「喔，是……，是……。」

「叫姐。」

「……」

「叫姐。」

「姐。」

「這才乖，嘻……」

「太好了，妳終於笑了。對了，小丹，爺爺、奶奶他們呢？」

「隱形了啦。」

「喔。」

「你要發誓。」

「發……誓？」

「發誓說，『我席天復心中只有崔少丹一人，從以前到永遠。』」

「我席天復心中只有崔少丹一人，從以前到永遠。」一大舉高右手伸直五指。

「嘻嘻……」

「妳也要發誓。」

「我崔少丹心中只有席天復一人，從以前到永遠。」小丹也舉高右手伸直五指。

「不是啦，妳要說，『我崔少丹永遠不會把壁小虎當蛤蚧磨粉。』」

「哈哈哈，我……我崔少丹永遠不會把……壁小虎當蛤蚧……磨粉。哈，你……討厭啦！」小丹猛拍一大肩背。

一大的褲口袋中又動了一下。

在岸邊的土也、阿萬已拿了背包，帶上飛刀、豆豆上了竹筏，「一大，待會兒見。」土也回頭叫。

「呱哈……」呱呱突然出現，「一大哥，剛才時間來不及，你不能怪我。！」

「還是謝謝你，呱呱。」一大說。

「不客氣。」

「呱呱你揹我和一大哥去潭中島，好嗎？」小丹問。

「小丹姐，一次揹兩人揹不了，我得去化化妝。」

「化妝？」

「白鳳凰啊！呱哈……」

「呱呱，你眞是白鳳凰？」小丹好奇。

「嘿，猜……」呱呱突轉說，「呵，看那邊，竹筏轉回來了，那麼快。」

「我們還是坐竹筏好了，後面還有三隻狗狗呢。」一大說。

「那，我先走了，後會有期。」呱呱噗噗飛走了。

六、寸尺到潭中島

上到潭中島，幾人查看了下小屋內儲存的米麵，「應該夠我們幾個吃上一兩星期了。」一大說，「其他根莖葉菜，菜園內摘就有。」

「住三天後就回學校吧，回校後只剩兩天就開學了。」土也說。

「好啊。」一大回答。

曉玄、小宇和小丹在火灶旁生火，嘻嘻哈哈的聊了起來。

一大和土也、阿萬在另一邊說話。一大說，「我前幾天知道我爸活著，我媽往生了。」

「哦？」土也、阿萬驚訝。

「我媽是被人打傷，逃跑之後往生的。」

「哇！討回來啊！」土也右手握拳。

「是……啊！我……們幫……你！」阿萬補上一句。

「我爸不這麼認爲。」

「你爸？你爸他八成不像你那麼會打架，所以不敢去打回來！」

「就……是嘛！我……們……討……回來。」阿萬又補上一句。

「土也、阿萬，這世界有……有很多玄事，很多高人，我們再會打架也沒啥用。」

「也對，像梅老師，就算有十個我們，也不是他一個人對手。」土也說。

阿萬一旁點頭。

「而比梅老師功力高的，大有人在。」一大說。

土也、阿萬點頭。

小丹在叫，「你們大男生來幫忙揉麵、摘菜。」

「好。」三人上前去幫忙。

晚飯，幾人愉快吃著聊著，小丹讚說，「曉玄的廚藝太優秀了，居然能把素菜做得這麼美味。」

「那當然，我們幾個就曾聊過，以後哪個男生要是娶了曉玄，就太幸福了。」小宇說。

「一大除外。」小丹馬上說。

「啊？」小宇、曉玄愕然。

土也、阿萬忍住笑，一大愣得無話可講。

「一大說過他五十歲後才娶。」小丹接著說。

「哈哈哈……」土也、阿萬忍不住大笑。

「一大，怎沒聽你說？好奇怪的想法。」小宇問。

「我……」一大支吾。

「男人要五十歲以後才算成熟，嗯，我奶奶說的。」小丹又說。

「哈哈哈……」

「小丹，妳眞是個開心果。」曉玄笑說。

一大只顧埋頭吃飯。

吃完飯，曉玄拿出一小紙條，「一大，小丹，你們看一下。」

「哦？」一大，小丹湊看紙條。

紙條上有毛筆字，「割席絕交否則小命不保」，底下則用毛筆畫了個狗頭。

「曉玄，這什麼？」一大問。

「我們四個都有收到。」土也插話。

「啊？你們剛才怎沒說？」一大吃驚。

「先前怕嚇到小丹，後來看小丹並不膽小才說。」小宇說。

「呵，我膽子大得很，這寫的是叫你們和一大絕交嗎？」小丹看看大家。

曉玄說，「是，古代有兩個好朋友，管寧和華歆，管寧認爲華歆品性很差，勸也不改，一生氣把兩人坐的草席割了兩半和他絕交，是『割席絕交』的典故。而一大姓『席』，也是我們的好朋友，這句一語雙關，要我們和一大絕交，否則小命不保。」

「曉玄，妳好厲害。」小丹讚佩。

「曉……玄知識……豐富，我……們……都……知道。」阿萬說。

「黑毛筆畫狗頭？」一大又看紙條，「毛筆字寫得不怎麼樣，狗頭？嗯，說不定是狼頭。」想到「時空」出現過的狼。

「你的敵人中，誰有什麼狗或什麼狼的外號的嗎？」土也問一大。

「沒有。」

幾人想不出什麼結果，「大家小心點就好了。」曉玄說。

餵過了狗狗，小丹說，「曉玄、小宇，我們去看星星月亮。」

小丹、曉玄、小宇三人手勾手嘻嘻哈哈走了，栗子、天星、彈簧跟了上去。

一大、土也、阿萬在岸上閒逛聊天，麥片、胡桃、飛刀、豆豆在一旁跑玩。

過了約一個鐘點，「一大哥，叫大家回屋去，快！」一個聲音在耳邊急說。

一大一聽，想也沒想，轉頭大聲叫，「小丹，叫大家回屋，快！」

「什麼事，一大？」土也問。

「有聲音叫我們回屋裡去。」

小丹、曉玄、小宇三人隨即走回，六人進屋去了。

「麥片，你和胡桃去外面看看。」一大說。

麥片、胡桃跑到屋外去，幾人圍坐在飯桌旁。

「有什麼動靜？」曉玄問一大。

「不確定，等等再看。」

一大順手拿過書包，藉飯桌上微亮燭光看向裡面，有幾張《心經》、貓鏡、太極電、斷箭。

「咦？」另見有根竹管及一方白手帕，摸了下，手帕像絲綢，又滑又順，「竹管？手帕？怎在我書包裡？這竹管……好像是鐵哥吹的那支。」

「一大，你找什麼？」小丹好奇湊近。

「哦，這……竹管，我吹一下看。」就著嘴唇吹了一下。

沒動靜，又吹了一下。

「咻～」一小黑影忽地蹦來出現在飯桌上。

「汪汪汪……」「哇！」「啊！」……

狗狗大叫，幾人嚇到跳開，「鬼怪？」土也大叫。

一大定睛一看，歡喜大叫，「寸尺！」

「哈，是寸尺。」小丹也高興。

「哈哈，一大哥，小丹姐，你們好，土也、阿萬、曉玄、小宇大家好。」寸尺站在桌上轉了一圈向四周圍鞠躬打招呼。

「哇，一大，他……誰……啊？」小宇驚魂未定。

「各位別怕，這位是精靈，名叫『寸尺』，是我爸的好朋友。」一大向同學說。

「原來精靈是長這樣子的，圓眼大耳朵，還都知道我們的名字。」曉玄睜大眼睛。

「他……怎麼……那麼……矮……小？」阿萬問。

「各位，你們是一大哥，小丹姐的好朋友，便也是我寸尺的好朋友。」寸尺說。

「哈，有趣，眞是令人大開眼界。」土也笑說。

「各位平時見不著我，我若來到附近，便會來照顧及保護各位。」寸尺又說。

「你？哇哈哈，你說……保……護……我……」阿萬指著寸尺笑，後面「們」字還沒說出口，已定在原地。

土也、曉玄、小宇看了，滿臉錯愕。

曉玄立即靠近小丹，「妳有辦法叫他放開阿萬嗎？」

「我？」小丹搖頭。

土也拱手向寸尺，「寸尺大師，請您高抬貴手，放了阿萬吧。」

「呵呵，只是小小玩笑，阿萬可以動了。」寸尺說。

阿萬隨即伸了伸手，動了動腿，笑了笑，「呵，寸……尺，你厲……害，眞厲……害。」

「太好了，以後寸尺可以幫我們打擊壞人了。」小宇說。

「但我無法在此久留。」寸尺說。

「對……」一大心中有數，「寸尺來來去去，忙得很，有空他會來看我們的。」

「這次來，看過兩個日出，我就得離開。」寸尺說。

「前後三天？」小丹問。

「是。」

「那這樣，明後天還有時間，不早了，明天再聊，大家早點去休息吧。」一大說。

小丹和曉玄、小宇走去睡一房，一大、土也、阿萬去睡另一房。

「寸尺，你睡哪？」一大回頭問。

「那小桌就可以了。」寸尺指一張小桌。

「喔，好。」

「一大哥，等等，外面說話。」寸尺低聲說。

一大點點頭，和寸尺走到門外。

「一大哥，稍早卓武和蕭默在這附近，被我和你過師兄隱形趕跑了。」

「喔，原來剛才是……」一大回想剛才有聲音叫大家回屋裡去。

「我進水潭，還先被過師兄攔下問話呢。」

「那當然。」

「對了，毛筆畫的狗頭，是蕭默的『默』字，左邊是『黑』右邊是『犬』。」

「喔，黑……犬，是個『默』字。」

「他老弄不倒你，就先嚇嚇你同學。」

「混……」

「沒關係，你爸要我保護你和你同學及朋友，你一吹竹管，我就會趕到。」

「謝啦，竹管是你放在我書包裡的？」

「是，還有一白手帕。」

「白手帕也是你放的？」

「是，那手帕是你爸的，內藏有他的功夫和醫術。」

「啊？」

「打開手帕並用你的小指頭在上頭點一下，便可看到內容，手帕只接受你的小指頭，只有你的氣和你爸的氣可以用手帕互通。」

「太神了！」

「現在你有爺爺奶奶照顧並指導你功夫和醫術，你爸才放心把他的功夫和醫術傳給你。」

「喔。」

「在你和你爸碰面後，崔家兄弟、卓武和蕭默那些人已放了話，非儘快抓到你或取到你的小指頭不可。」

「啊？寸尺，我倒奇怪，他們要我的小指頭沒道理嘛，我爸說，那些取黃金地方設定的是『果林哲』和『英若芙』的小指紋啊。」

「有玄機，你爸設定了『果林哲』和『英若芙』的小指紋。但在你十二歲以前，『果林哲』和『英若芙』的小指紋須配上你爸的小指紋才可以取得黃金，在你十二歲以後則須配上你的小指紋才可以。」

「哇！」

「別讓其他人知道。」

「不會。」

「崔一河目前並不很確定該找你爸還是你。」

「那崔一河，我爸還說要幫他治病，好像沒治到。」

「治了。」

「治了？」

「崔一河喝了你爸準備的一杯茶水，那是一杯『延命水』。」

「啊？」

「要是你爸明說，崔一河就不會喝了。」

「喔。」

「但你爸說，了不起只能幫他延個一年半載的命。」

「是哦？」

隔了會，寸尺說，「一大哥，去休息吧。」

「好。」

七、水金屋

第二天醒來發現有好多葡萄、木瓜、香蕉等水果堆放在飯桌上，大家好奇的圍桌看著。

「誰送來這麼多水果？」小丹先問。

一大看了即問，「麥片，有沒有看到寸尺？」

「汪，他在外頭。」

寸尺自門外蹦跳而來，「哈，水果是我在附近摘的，請大家慢用。」

「寸尺，太棒了，你還是個爬樹高手！」小宇讚道。

「呵，小事一樁。」

「哇呀！」走進廚房的曉玄驚叫一聲。

大家衝到廚房看，也「哇呀！」「哇！」叫起。

「不是我弄的。」曉玄攤開雙手。

廚房灶上蒸籠冒著熱氣，熱著饅頭，小桌上擺著碗盤碟子盛著大餅素菜等。

「早餐我也弄好了，請大家慢用。」寸尺一旁說。

「寸尺，這些是你弄的？太神了，你一個人弄好早餐，還摘了那麼多水果？」土也難以置信。

「呵，小事一樁。」

一大、小丹清楚寸尺的本事，沒多說話，而土也、阿萬、曉玄、小宇則滿臉驚訝，佩服寸尺。

吃完早飯略爲休息後，女生穿了泳衣，男生穿了短褲去找了水水，在潭裡一邊玩水，一邊練習「龜息法」，玩得不亦樂乎。

中飯簡單用過，大家累了，都睡午覺去了。

寸尺拉了一大到潭邊，「一大哥，我們找水水一起去潭中坑道。」

「潭中坑道？」

「就是你學校圖書館的地下坑道，但我們這次從潭底進去。」

「啊？」一大有點驚訝，但想了一下，「喔，水水以前提過，問題是去那幹嘛？」

「他們都睡了，反正沒去過，我們去走走看看吧。」

「那，好，等我一下。」

一大去揹了書包出來，見水水已在岸邊等著了。

一大施龜息法和寸尺下水，水水游來說，「一大哥，上我背，速度快也保險些。」

「好。」

寸尺自己游去，速度飛快，衝左衝右，一大看了嘖嘖稱奇，大聲問，「寸尺，你不用龜息法就能在水中快速來去哦？」

「我一出生就天天在水中活動，我在水中跟我在陸地上幾乎沒什麼不同。」

「厲害。」

「一大哥，坐穩了。」水水說。

「好。」

「咻」，水水隨之迅速下潛，寸尺也唰地立即跟上。一串大泡泡，一串小泡泡，同時激飛而出。

「哇哈，你們像一顆砲彈，一顆子彈，太帥了！」一大大聲讚道。

沒一會兒，到了潭底，水水平穩游去，在一片大石壁前轉了一彎，游到側邊，再轉游入一狹窄通道，寸尺在一旁緊跟著。

一大上下看去，見兩側及頂上都是石壁，不久，光線逐漸暗去，進入前方的一片漆黑之中，一大自書包中摸出貓鏡戴上，接下來水水開始往上緩緩游去。

一大似乎看到什麼，「咦，頂上好像有東西在動？」

「是蝙蝠，大蝙蝠，牠們倒吊著休息。」水水回著。

「哦，是洞頂露出水面上？」

「嗯，我們也快浮到水面上了。」

「喔。」

說著，水水和一大已浮出水面，一隻大蝙蝠直飛而來，一大立即趴下閃過。

「好大，前幾天也看過這麼大的。」一大喃喃。

「好，上岸了。」水水說。

一大低頭看腳下的沙地，「沙地怎有小亮光？」

「那是夜明砂。」寸尺說。

「夜明砂？」

「就是蝙蝠的糞便，亮光是因蝙蝠排泄出昆蟲、蚊子的眼睛等，是一種中藥材呢，可醫眼疾，還能明目。」寸尺說。

「喔。」一大抬頭看，洞頂上有好多蝙蝠吊掛著。

一大抱起水水，和寸尺往洞裡走去。

走過沙路，「這裡有姓卓的味道？」寸尺低聲說。

「卓武？」一大吃驚。

「嗯。」

「如果這是圖書館地下坑道，有卓武的味道也正常，因爲黑衣人鬼常在這出沒。」一大說。

「也是。」

地面漸漸寬廣，壁上有一些細小黃金礦脈出現。

「趴下。」忽聽寸尺低叫一聲。

一大抱著水水立刻趴下。

「地震？」一大只覺身下的土地吭吭晃動兩三下。

「你看，那裡。」寸尺手指前方。

一大睜大眼，見二、三十公尺外有一厚重的石壁正在開啓，兩個黑衣人隨著一絲光線閃出石壁門縫。

一大手摸褲口袋，讓小虎爬上他手，再手指前方石壁，小虎會意跑了去，一大再看，石壁已關上了，一絲光線消失了。

黑衣人回頭看石壁確實關好，便走了去。

寸尺匐匍往石壁門縫方向前進，一大抱水水趴著。

小虎回來，「一大哥，我來不及，門關上了，我進不了石牆。」

寸尺回來，也說，「石頭牆壁太厚了，打不開也感應不出裡面有什麼。」

「一點縫都不留？那，不管它了，再往前去看看吧。」一大再抱起水水，和寸尺往前走。

「這坑道又大又深，岔路又多，一半還在水面下，滿難走的。」寸尺說。

「雨下得多時，我能直接游到圖書館下方，現在用走的，我就有點搞不清楚方向了。」水水說。

「我的鬼魂同學羊皮、飛飛長住坑道裡，但現在牠們在哪也不知道。請鬼王、左右護法或隊長來，若只問路，也沒必要驚動他們，走到哪算哪吧。」一大說。

「站住！」忽聽一聲大吼帶著陣陣回音傳來。

寸尺立即一縱貼到壁頂去，居高臨下，準備向聲音來處先下手為強的樣子，一大抱著水水也立刻閃到一旁貼壁隱於暗處。

一黑影咻過，寸尺隨即自高處躍下，直向黑影撲去。

「是鬼？」一大暗叫一聲，看著那黑白東西忽上忽下，快如閃電，戴著貓鏡都看不清楚，頗感麻煩大了，來者必是高鬼。

寸尺和那鬼纏鬥，打到難分難解，一大替寸尺緊張，正在摸書包想著如何助寸尺退敵，卻聽水水說

「一大哥，你大吼一聲『華九』，快！」

「啊？喔……」一大只遲疑半秒，便大吼一聲「華九！」

那鬼突然定住一般，隨之站立四下看了下，「哇哈，是一大！」

「哈，眞是華大哥！」一大大步上前。

「嘿喲喲，是一大帶著神龜、書僮來鬼王府遛達呵，大水沖倒了龍王廟，我華某怎和自己人動手呢？眞是該死！」那鬼走近一大說了幾句，還打了自己一耳光。

「華大哥，別打，我來這沒事先通知你，是我不對，對不起。」一大鞠躬。

「一大，客氣，鬼王府可是隨時歡迎你的。只是我沒料到你會從『水金屋』邊上冒了出來，一時大

意，和你家書僮打了起來。」

「華大哥，他不是什麼書僮，他是精靈，名叫『寸尺』，是我爸的好友。這龜是我爺爺奶奶，就是您師兄姐，的多年好友『水水』。」一大介紹。

「呵，好，自己人，幸會，幸會。這龜，見過。」華九拱手行禮。

「華大哥好。」水水說。

「華大哥，幸會。」寸尺說。

「華大哥，你剛說的『水金屋』是指什麼？」一大好奇。

「就是那厚牆裡面，說是水中黃金屋。」指向剛才有一絲光線閃出的石壁。

「水中黃金屋？那你剛才有沒有看到兩個黑衣人？」一大問。

「有，我兩個鬼友追上去了，我以爲你們跟黑衣人是一夥的，才……」

「呵，原來如此，但華大哥，鬼王不是要你苦修嗎？看來您還滿自由的。」

「欸，你有所不知，一個活著時無時無刻不偷搶黃金的人，死後叫他時時刻刻盯著黃金看，卻又拿不走一分一毫，那還不叫苦修嗎？鬼王他就是太瞭解我了，所以安排我油炸刀剮之餘，盯著坑道中所有黃金珠寶，不准任何人來偷來搶，你說苦不苦？」

「苦！」

「待會兒聽見鼓催三響，我就又得回去接受油炸刀剮了，你說慘不慘？」

「慘！」

「我當年不好好當人，還殺了人，而那被我殺的人，現在竟成了此地鬼王，我是不是罪有應得？」

「嗯……」一大難以回答，轉說，「那兩個黑衣人躲在裡面幹什麼呢？」

「我正在查，這些坑道又大又深又彎彎曲曲的，那些黑衣人躲得跟鬼一樣嚴密，有點困難度。」

「黑衣人，呵，是跟……鬼一樣。」

「不管這屋裡有什麼，反正有詛咒，誰拿了黃金誰就倒楣。」

「是。」

「好了，不管那些了。」華九靠近一大，「一大，我看到你書包裡有《心經》？」

「嗯。」一大打開書包取出一張《心經》，「華大哥，這送你。」

華九沒接過，看了眼，卻問，「嗯，那，你只會行書嗎？」

「怎麼了？」

「鬼王認得你行書體的《心經》？」

「鬼王啊，當然，他鐵定認得。」

「那，我不用了。」華九將《心經》推還給一大。

「華大哥，這……你不要？」一大愣了下。

「大哥很感謝你，一大，但是鬼王表示，若再看到我手上有多的行書體《心經》，他老兄會不爽，因為那是你特地送給他本人和他屬下的。」

「鬼王眞這麼說？那不是擺明刁難你？」

「人在屋簷下，我能不低頭？」

「大哥，沒關係，嗯，我還會篆體。」

「你會篆體？哇，那好，大哥眞的很感謝你。可是，你別安慰我，用篆體抄寫《心經》，那一筆一劃，怕比行書難多了。」

「也……不難，修身養性嘛。」

「我也想自己寫，但當鬼多年，連毛筆怎麼拿都忘光了，唉。」

「大哥放心，我來抄寫，就篆體《心經》，毛筆的，你要幾張？」

「一百零八張。」

「啊？」一大吃驚。

「我自修外，加上送鬼王、送護法、送金隊長、送相關兵卒及鬼朋好友等，大家一起修身養性，大哥我就可以比較好過日子，也好修個早日超脫。算算，一百零八張，勉強，大約……夠。」

「喔，是。」一大將手上《心經》收回書包裡。

「你現在是『外公派』掌門。」華九盯看一大手腕上的佛珠。

「你看得到？哎喲，這是他們開玩笑給的，你要？送你。」

「送我？你又取不下來。」

「唉，也是。」

「大哥可不想當什麼掌門，不過，倒想請你幫忙打聽兩個人。」

「打聽兩個人？我認識的人又不多。」

「以掌門名義下達指令，不出三天就全打聽到了。」

「下達指令？我下達給誰？」

「上一任掌門沒教你？你對佛珠說話就是下達指令了。」

「是嗎？」一大看看腕上的佛珠，又看看華九。

「佛珠有六老外公加一祖師爺，你對著佛珠說話，他們就會動員相關人等替你辦事去。」

「你都知道？」

「我爸可曾是大內第一高手，還教過你爺爺奶奶，這些人和物的故事，我小時候就耳熟能詳了。」

「是喔？」

「以後有空再說，你先幫我打聽打聽。」

「可是我修身養性後，只做善事。你打聽那兩個人，是要報仇還是要報恩？報仇的話，我就不打聽了。」

「哈哈，好你個一大，確實有良心，我是報恩，但這兩個人應該都不在人世了，我要找的是他們的後代或徒弟，看我能否為他們盡些心力。」

「好，華大哥，只要不害人，你說，我打聽去。」

「好，他們倆叫『果林哲』及『英若芙』。」

「……」一大當場愣住。

「你腦袋瓜裡光圈閃動，你對這兩人怎有這奇特的意象？」

一大搖頭，「我……無意間，在學校，電腦中，掃瞄過……這兩個人的小指紋，看過……他們的……紀錄。」

「哦？電腦？掃瞄？新玩意兒，我可不懂。」華九頓了下，「來，跟我來，我帶你去看樣東西。」

「哦？在哪？」

「前面不遠。」

一大抱著水水，與寸尺一起跟華九走去。

走過一段漆黑坑道，華九在一塊獨立巨石前停步。

「來，一大，你看這個。」華九手指巨石。

一大走近看巨石，只見巨石有兩人高，三邊尖突，一面平滑，「大哥，這只是一塊大石。」

「來，這有兩個印子，看到沒？」華九手指指著巨石平滑面肩高處。

「咦？是小指印？」一大湊近看。

「正是，是『果林哲』和『英若芙』的小指印。」

「啊？」

「我猜是他們當年在幾個重要通道及出入口捺了小指印結界，力道入石三分，磨也磨不掉，如任何人未經他們同意偷盜金銀財寶越過此界，就會有報應。」

「哦？」

「當年鬼王和我打家劫舍，並計劃在此偷盜金銀財寶，我是計劃者，鬼王是執行者，結果鬼王瞎了，我心生恐懼，乾脆把鬼王殺了，吞了金銀財寶，自以爲報應不會找上我。」

「哦？」

「但我卻收到一封信，信中勸我歸還在此偷盜的金銀財寶或用之去做善事，蓋學校，建廟塔，救濟窮苦之人……。我嗤之以鼻，我又不是直接偷盜者，不予理會，隨手將信紙揉了放入褲口袋。」

「哦？」

「沒兩天，報應來了！我竟被我爸關入了鐵櫃，還遇上颱風沉入海底，我沒立刻死去，用氣功苦撐了十幾天，而我死前唯一的安慰竟只有那張揉入褲口袋的信紙。我撫摸信紙上的一字一句，後悔莫及，那信尾的兩枚小指印，有上乘醫術氣功在內，幫助了我沒痛沒苦的安寧死去。」

「是哦？」

「信上那兩枚小指印，和這巨石上的小指印一模一樣，就是『果林哲』和『英若芙』的小指印，我聽鬼王老冤家說，他們倆後來還幫鬼王及許多亡魂靈療治傷，他們倆的確是好心人，我感恩他們。」

「喔，大哥，如你找到他們的後代或徒弟，你要怎麼做？」

「透過你幫我送他們些金銀財寶，或提供他們一些必要的協助。」

「喔。」

「咚咚咚……」有鼓聲自遠處幽幽傳來。

一大轉頭往鼓聲來處看，再回頭，華九已消失了。

八、與外公外婆說話

一大看巨石，說，「寸尺，看不出什麼，我們走吧。」

「等等，一大哥，你用左右小指頭按一下石上小指印看看。」寸尺說。

「哦？」一大遲疑了一下，放下水水，用左右小指頭按上兩個石上小指印。

等了一下，沒動靜。

寸尺又說，「把小指頭套上奶嘴，再試試。」

「好。」一大在書包中找出奶嘴，將有一黑點的奶嘴膠皮套上了右小指頭，有兩黑點的奶嘴膠皮套上左小指頭，舉起雙手才看一眼，雙手「啪！」飛快貼到石上兩小指印處。

「哇！」一大吃了一驚，不知如何是好。

「密碼。」寸尺提醒。

「喔。」可單手暫離石面，一大便先用右小指寫了「活在當下」四字，再用左小指寫了「跳出三界」四字。

石面忽有亮光閃出。

「啊？」一大又吃一驚，往後一步彈跳開去。

平滑石面上出現了一老公公及一老婆婆的彩色畫面，可看到兩人肩部以上影像，老公公身穿盤鈕藍衫，老婆婆身穿盤鈕紅衫，兩人都一頭銀白，都有著紅潤的臉面，和藹的笑容。

「一大哥，你先介紹一下自己。」寸尺說。

「爺爺奶奶，兩位好，我是席復天，右手邊是精靈寸尺，左手邊是烏龜水水，口袋裡是壁虎小虎。」

一大盯著畫面，只覺不可思議。

「呵呵，一大，你好，寸尺，水水，小虎好。」老公公說。

「喔，爺爺您知道我叫一大？」

「我們照顧你爸從小到大，你的名字還是我們取的，只是沒緣見到你出世。」老婆婆說。

「喔，您們就是我爸的外公外婆？」

「我們沒血緣關係，有的只是善緣，你和你爸都可叫我們外公外婆，那樣簡單明瞭些，呵……」外公笑笑。

「是，外公外婆。」一大咚地跪下，磕了三個頭，「外公外婆，請受外孫三拜。」

「呵，你今年多大？都長那麼高了。」外婆問。

「十四歲。」一大站起。

「十四？呵，轉眼之間就長大了。」外婆笑咪了眼。
「一大，你前些日子見到你爸媽了？」外公問。
「是的。」
「你爸媽是一對心地善良、安貧樂道的夫妻，我們教了他們醫術和功夫，但看來卻也因這一層關係害苦了他們，唉。」外公嘆了口氣。
「外公，您不用難過，我爸媽沒這麼想，他們很感謝您們。」
「嗯，你爸媽擔心你會受到傷害，不想教你醫術和功夫，但現在看來，其他師父前輩及老師還是教了你，那是你命中定數，你就好好學，將來也好濟世助人。」
「是，我知道。」
「你爸在時，醫病救人無數，還助蓋了兩所中學以及一座小指山廟，也算是功德圓滿了。」
「小指山廟也是？」
「嗯，這裡的金銀財寶歸諸天地所有，理當用於行善服務人群，利益社會，如為一己之私用去做損人害己之惡事，必會得到報應，你懂吧？」
「我懂。」
「找一天，大雨後，水會淹上蓋過這大石，到時你來這裡按上小指印，寫上密碼，你便可進到『水金屋』。」

「『水金屋』？」

「嗯，進到『水金屋』，你切記，不可見財起意，不可利慾薰心。一個人若要修身養性，『窮』和『空』才是修行的目的境界，沒錢也可富足，放空反更盈滿。」

「是，『窮』和『空』，我爸有說過。」

「另外，你很聰明，聰明之外也要多增智慧。」外婆一旁補充。

「外婆，我會努力多讀書，多抄《心經》。」頓了下，「請問外公外婆住哪？我以後可以去看您們嗎？」

「天地宇宙，空間時間，無所住無所不住，你想外公外婆時，跟『踢躂』說要到百神所會之處找『果外公』和『英外婆』，牠就會帶你來。」外公說。

「『踢躂』？您說銀天馬？」

「是呵。」

「太好了！」一大驚喜，「對了，外公，我順便問一下，有個住這的鬼魂『華九』，說您們對他有恩，想報答您們或您們的後代徒弟，他該怎麼做好？」

「他好好修行便是報答，你就是我們的後代，你幫他用海底櫃裡的財寶去行善，那樣修行就一舉數得了。」

「喔。」

「那，好了，一大，很高興見到你，外公外婆也該走了。」外公說。

「啊？走？」

「嗯，再見了。」

石面上畫面沙沙消失，四下又陷入一片漆黑。

「外公外婆，再見。」一大悵然若失。

靜默了一會兒，寸尺說，「不早了，該回去了。」

「喔，好。」一大抱起水水，往回走。

走了段路，一大問，「寸尺，來見外公外婆是你特別安排的？」

「是你爸。」

「我爸？」

「但不包括遇上華九那段。」寸尺笑笑。

「華九，噢，是啊，我還答應幫他抄《心經》呢，毛筆的，篆體的，一百零八篇，唷，一筆一劃抄，你知那得花多少時間啊？」

「修身養性嘛。」

「是，修身養性，修身養性。」

回到潭中島，夕陽映照得潭水一片金黃亮彩，狗狗汪汪跑來。

土也、阿萬自屋內跑出，「一大，趁我們睡著，你和寸尺跑去樂哦？」土也問道。

「沒啦，就四面八方巡一下。」一大輕描淡寫，「曉玄她們呢？」

「三……個都……在廚……廚房。」阿萬回答。

「廚房的事，我來弄。」寸尺一溜煙跑了去。

一大、土也、阿萬便在潭邊席地而坐聊天。隔一會兒，小丹、曉玄、小宇相繼走來，加入聊天行列。

「暑假過完就升三年級了，不知明年暑假我們會在哪？」曉玄突說。

一下子，幾人全靜了下來。

靜了一會兒，小丹說，「明年暑假，就再來這相會。」

「可是，那時我們都畢業了，必須分開各自去上高中了吧。」小宇說。

「哎喲……」小丹靠近一大，眼淚奪眶而出，「一大，我不要和大家分開嘛。」

曉玄看了，「小丹好可愛，說哭就哭說笑就笑的，眞是感情豐富呵。」

「小丹說她那是多愁善感。」一大說。

「我最怕分離了，大家在一起多快樂，幹嘛要分離嗎？」小丹說。

「好，小丹，別難過了，大家努力想個辦法不分離吧。」一大勸著。

小丹拭著淚點了點頭。

「一大，那你高中有準備去哪讀嗎？」土也問。

「我？不知道。」一大沒想過這事，「我連怎進『雲霧』的，都不知道。」

「我……得回……家問……問……才知。」阿萬說。
「阿萬，你問到去哪，我就跟你去哪。」土也即說。
「那好……好呵！」阿萬笑笑。
「我也去。」，「我也一樣。」曉玄、小宇和一大也舉手。
「喂喂，你們又都在一起，那我呢？」小丹急問。
「小丹，妳也來啊，大家在一起，再快樂過個三年，多好。」小宇說。
「嘻，那好。」小丹笑了。
「好是好，問題是哪一所高中會一次收我們六個，嗯，氣功學生？」一大說。
「對哦，一般高中應該不會像雲霧全收氣功學生的。」土也說。
「對了，我拜託我媽蓋一所氣功高中讓我們去上，你們說好不好？」小丹興奮地說。
一大震了下，其他幾人全看向小丹。
「喔，因我媽以前有出力蓋楓露中學的經驗，我想問問她的看法。」小丹補說。
「嘿，那好，也算是一條路子。」土也說。
「楓……露……高中，聽……起來……不錯。」阿萬點頭念著。
寸尺出來喊，「大家進屋，準備吃晚飯了。」
「吃飯了，走。」一大起身，和大家一起走進屋去。

吃完飯，幾人又隨意聊了起，直到半夜，才分別漱洗，休息去了。

隔天早上，「喂，寸尺走了！」先起床的土也叫著。

一大聽到，一骨碌跳起，「寸尺走了？」

土也將一張紙條遞給一大，一大看了，上寫，「朋友們，很高興認識你們，水果、早餐都準備好了，請慢用，後會有期，寸尺」

阿萬湊上看了，隔房的小丹、曉玄、小宇也跑來看。

大家一臉惋惜，沒了精神。

一大提起勁，「欸，寸尺忙，有空還會來看我們的，去吃水果、早餐吧。」

大家去漱洗，一大走到廚房，「呵，寸尺又採了許多水果，也把早餐弄好放在爐上熱著了。」

吃過飯，大家又興致勃勃找水水到潭裡玩水去了。

玩累了就或坐或躺在岸上聊天晒太陽。

「吃過中飯就整理一下，準備回校吧？」小宇說。

「好啊，是該回校了。」一大應著。

「回去再過兩天就要開學了。」土也說。

「時間過得實在太快了。」曉玄說。

「還……沒睡夠，又……要開……學了。」阿萬嘟囔。

「哈，阿萬，你可留下繼續睡。」土也笑他。

「我一……個……人哪……睡……得著？」

「哈哈哈……」

曉玄站起，「我去看看中午有什麼可吃的。」向屋子走去。

「我跟妳去。」小宇跟上。

「那，我和小丹去向爺爺奶奶告辭。」一大起身。

「喔，好，你們去吧。」土也、阿萬繼續日光浴。

一大、小丹往水中跳去，水水游來，護著兩人游著。

途中先看見過師兄在竹筏上，「師兄好。」一大抬頭揮手。

「呵，一大、小丹，要去看爺爺奶奶啊？上竹筏來。」師兄招呼。

「大師伯好。」小丹上了竹筏，一大跟上。

「這兩天玩得挺快樂的呵！」過師兄看一大、小丹。

「是呵，大師伯，爺爺奶奶好嗎？」小丹問。

「好，好。」

到了爺爺奶奶的小屋，一大、小丹進屋，將身子擦擦乾，和爺爺奶奶說話。

「你們吃過中飯就要回學校啦？」奶奶問。

「奶奶，妳好厲害，什麼事都曉得。」小丹抱奶奶。

「呵呵……」奶奶開心。

「一大，醫書及佛書，你要多讀，有問題就問爺爺或老師。」爺爺對一大說。

「哦？是。」一大有點驚訝。

「學醫，年輕學得快，學佛，可增長智慧。」

「知道，爺爺。」

「山裡雙潭這一帶霧多雨少，大雨更少。」

「啊？這……」一大又驚訝。

「爺爺，你跟一大說讀書、下雨的幹嘛？現在外頭可是大太陽呢。」小丹好奇。

「呵呵，爺爺隨便聊聊，男孩子要多讀書，下雨天讀書最好。」爺爺笑笑。

「小丹，妳有興趣，多讀點書也是好的。」奶奶說。

「跟奶奶，我喜歡接近，跟書的話，我喜歡，嘻，保持距離。」小丹俏皮一笑。

「嘿，妳這小東西。」

「一大，妳的同學們在這玩得愉快嗎？」爺爺問。

「愉快，非常愉快，謝謝爺爺奶奶。」一大回答。

「那好，你們就早點回潭中島去吧，別冷落了同學。」爺爺說。

「好，我們吃過中飯就回學校，先向爺爺奶奶告辭，有空隨時會過來。」一大說。

「好，好。」

出了小屋，向過師兄告辭，兩人坐上竹筏，讓水水拉回潭中島去。

九、回射大內之箭

中飯過後，大家整理收拾好，就準備回校去。

「我帶麥片、胡桃先送小丹和彈簧回楓露，你們搭竹筏到水潭那邊山路路頭等我，我回來再和你們一起走回學校。」一大向大家說。

「沒問題，時間多得很，我們等你。」土也說。

「好，小丹，走吧。」一大向小丹說。

小丹眼中含淚，和土也、阿萬握手，和曉玄、小宇抱抱，大家離情依依，心中難過。

一大走出屋子，小丹慢步跟上，「麥片、胡桃、彈簧，先上竹筏去。」一大回身牽小丹手，「小丹，不難過，妳隨時可到雲霧找他們啊。」

小丹點點頭和一大上了竹筏，水水拉著前行。

不久，兩人三狗已站上地脈，很快就到了楓露。

一出地脈竟見到崔媽媽和小勇走近。

一大打招呼，「崔媽媽、小勇，你們好。」

「復天，謝謝你送小丹回來，你回去吧。」崔媽媽急說。

「我？」一大愣了下。

「媽，妳在趕人哦？」小丹沉不住氣。

「復天，有黑……，你快走。」崔媽媽沒理小丹。

一大一聽立即叫，「麥片、胡桃跟上，走。」轉身站上地脈，瞬間消失了。

回到潭邊地脈，一大忙問，「麥片、胡桃，你們剛才在楓露有看到什麼嗎？」

「林子裡有許多黑衣人。」胡桃說。

「我看到卓武。」麥片說。

「哇！看來，他們對我的行蹤一清二楚，慘了，等下我們還要走山路。」一大憂心忡忡。

「呱哈，一大哥，他們對你的行蹤一清二楚，呱呱對他們的行蹤也一清二楚。」頭上傳來聲音。

一大抬頭看，「呱呱，嘿，你又隱形了？」

「不隱形怎刺探敵情嘛？放心，我剛跟你大師兄說了，他和喳喳都會沿途隱形保護你們，哈……」

「好傢伙，謝啦，那我就放心了。」一大邊說邊向山路路頭快跑去。

約十分鐘後狗狗唔唔汪汪先到，土也、阿萬、曉玄、小宇隨後才到。

曉玄先看見一大，「哇，一大，你用飛的啊？這麼快？小丹呢？」

大家全看向一大，表情疑問。

「哦，小丹，她遇上了她哥來接她，我就趕緊回來陪你們啦。」

「遇上她哥？那麼巧？」小宇仍奇怪。

「反正……一大……回來了，走吧。」阿萬說。

「走了，走了。」土也逕自往前走去。

幾人走著走著，又嘻嘻哈哈打鬧追逐起。

走進一片樹林，天光暗了些。

「一大哥，佛珠外公說，待會若遇上攻擊或脫不了身時，你和同學立刻圍成圓圈席地打坐，狗狗放在圓圈中間。」小虎在耳邊說。

「啊？喔。」一大緊張四面八方張望，向其他人說，「喂，這樹林太暗，我們走快點。」

幾人半跑半走，加快了腳步。

剛出樹林，一大正要喘口氣，卻聽見狗狗回頭朝林內汪汪大叫，同學全回頭看。

「麥片，怎麼了？」一大立即摸出貓眼鏡戴上。

「過師兄和卓武一群人在林裡爭吵打架。」麥片說。

「哇，那……」一大遠遠的看見一些黑影，「喂，同學，走，快走。」轉身就走，並催促起大家。

「一大，發生什麼事？」土也問。

「有人打架，不理他，走，走。」

幾人更加快了腳步。

突然狗狗低吼起，一大看不到有什麼東西，「小虎，看到什麼沒？」

「像是鬼，不少，全躲在陰暗處。」

「大家走在太陽下。」一大向同學說。

曉玄拉了小宇的手，有些驚恐。

「前面又有樹林？」一大看前方，心中嘀咕，再一看，「哇，那麼多黑影！鬼全跑出來啦？這大白天的？」

一大停下腳步，同學全靠了過來。

「你們戴上貓眼鏡看看，前面樹林裡有一票鬼影，後面樹林還有人打架，好像又沒別的路可走。」

幾人戴了貓鏡看過，土也說，「那就站在這耗下去。」

「如果是鬼，會怕太陽，我們站在太陽光下也好。」曉玄說。

「鬼不用……趕……回去……開學哦？」阿萬嘀咕。

「哈哈哈……」惹得大家笑哈哈，沖淡了緊張氣氛。

一大擔心後面樹林裡的卓武他們會衝過來，便說，「我們圍成圓圈打坐，把狗狗集在圓圈中間，應可增加陽氣，能防鬼靠近。」

沒人反對，大家便圍了圓圈，把狗狗放在圓圈裡，盤腿閉目打坐。

約半個鐘點後，一大戴了貓鏡四下再看，小聲問，「小虎，前後樹林還有沒有動靜？」

「你們和狗狗全部都隱形了，那些人和鬼還在，但看不見你們了。」小虎說。

「啊？」一大吃驚，這才發現，他看不見身邊幾個同學和狗狗，趕緊出聲，「土也、阿萬、曉玄、小宇，我們都隱形了，你們聽得到我說話嗎？」

「隱形？」，「看不到？」，「一大，你在哪？」，「人狗都不見了？」……

一大聽得到每個人的說話聲，但全是疑問句。

「我們剛才圍了圓圈，這樣，把手伸出牽旁邊人的手，站起來，一個牽一個，我和小虎會帶大家穿過前面樹林回校。」一大說。

「好」，「喔，知道」，「牽到了」，「站起來了」……

一大一一點名，自己旁邊是曉玄，然後是土也、小宇、阿萬，「好，都在。」又叫麥片點名，胡桃、飛刀、豆豆、栗子、天星，也都在。

「好了，各位，不說話了，狗狗也要保持安靜，用鼻子聞味道跟上，千萬記得，一路上要保持絕對安靜。」

一大說完，便牽了曉玄的手向前走去。

走入前方樹林，一大戴了貓鏡可看到許多人鬼藏身在樹後，便小心翼翼帶著大家走過。

感覺走了一世紀那麼久才完全走出樹林，一大記得再走一段開闊的泥土路便可進入校園範圍。

當一大看到蚯蚯住的大樹高聳的樹冠時，「哈，一大，我看得到你了。」聽到曉玄在背後說。

一大回頭，「哇哈，我們安全回校了。」看見曉玄、土也、小宇、阿萬都現形了，麥片、胡桃、飛刀、豆豆、栗子、天星，也都在。

幾人又叫又笑，狗狗也高興得汪汪叫著。

「一大，剛剛的隱形是誰弄的？」小宇問。

「我……不知道。」一大回答。

「有……高人……幫……我們。」阿萬說。

「好神奇。」曉玄合掌上下。

「那些壞傢伙到處跟蹤我們，真混……」土也罵道。

「不管他們了，平安回校就好，走吧。」一大說。

「小心背後！」小虎忽大叫一聲，一大猛回頭，戴著貓鏡看得清楚，一支箭正朝他射來。一大把書包緊急一提擋住來箭，箭快射到書包時，「啪！」一斷為二，「咚咚」兩聲，撞上書包，掉落在地。

「哇！」一大愣了幾秒。

「箭？一大，有人用箭射你？」土也彎身撿起兩截斷箭，「看，上面還寫了字，哇，是……『斬欽犯席復天』！」把兩截斷箭遞給一大。

曉玄、小宇、阿萬都圍了上來，看尾羽上的小黑布條，上有毛筆寫的血紅字「斬欽犯席復天」。

「一大，是誰弄的？」小宇問。

「不知道。」一大四面八方看。

「太嚇人了，這……」曉玄害怕。

「小虎，是那個方向射來的，對不對？」一大暗指一方向低聲問道。

「對！」小虎回答。

「喂，不管了，走，我們先回宿舍再說，別在這逗留。」一大對大家急說，並將兩截斷箭放入書包。

大家匆匆往宿舍方向跑去。跑到宿舍門口，「我去安頓一下狗狗，誰要去？」一大向同學說。

「一大，先把背包放了，休息一下再說。」曉玄說。。

「對嘛，你不累哦？」土也看一大。

「我不累，這樣好了，你們等下想來再來，我在犬舍。」一大說。

「好……」大家散去，分別走入寢室。

「麥片，剛才在箭射來的地方，你有沒有聞到什麼人的味道。」一大抱起麥片問。

「有，孫成荒、周士洪、李新宙三人。」

「我就知道，箭射來那個方向就是大枯樹的位置。」一大放下麥片。

一大帶了六隻狗狗走向犬舍。

在犬舍幫狗狗們沖澡，餵食完，一大抬頭看看，「土也他們一定累了，不會來了。」

「先前一支，剛才又一支。」書包中拿出兩支斷箭，一共四截，放在手上細看。想了想，把兩支斷箭箭尖在水泥地上磨磨平，四下張望了下，之後，低頭對著左腕佛珠說，「請幫忙找出射我箭的人，謝謝。」

「咻～」，「咻～」兩支斷箭箭頭迅即脫手飛去。

「啊？」一大嚇一跳，「飛出去了？」四處找，兩截斷箭箭頭眞不見了，只好把兩支斷箭尾巴放回書包。

「狗狗們，我回去了，你們好好休息，再見。」

「一大哥，再見。」

一大獨自走回宿舍，見土也、阿萬已在床上呼呼大睡，自己也躺下，很快睡著了。

「席復天，起來！」

聽見有人在叫，一大睜眼，「啊？梅老師！」立即翻身坐起，再一看，梅老師背後還站了三人，是孫子、小洪和阿宙，一大一驚，完全醒了。

那頭土也、阿萬也醒了，走了過來。

「席復天，起來，站好。」梅老師說。

一大站起，「梅老師，您……好。」

「周士洪，你轉過身去。」梅老師說。

小洪轉過身去，背朝一大。

「啊？」一大倒抽一口涼氣，見到小洪的兩邊屁股上各插著一支斷箭！

「席復天，說，是不是你幹的？」梅老師一臉怒氣。

「我？……」一大說不出話來，瞥見士也、阿萬在摀嘴狂笑，「報告老師，我……不確定是不是……我。」

「男子漢大丈夫，是就是，不是就不是，說。」

「老師，是。」一大只好說是。

「跪下！」

一大「咚」地跪下。

「老師先帶周士洪去給醫生檢查，你半小時後起身去吃晚飯，飯後再向老師報到。」梅老師說。

「是。」一大回答。

老師轉身走去，孫子、阿宙跟上，小洪表情扭曲，一瘸一瘸也走了。

土也俯身看著一大，「哇，你他……眞太神了，居然用箭插小洪的屁股！」

「你……怎知是……小洪射……你的？」阿萬湊來問。

「……」一大猛搖頭。

「一大，我土也真是萬分佩服你，雙箭雙插屁股蛋，厲害！哈哈……」土也大笑。

一大心中五味雜陳，心中喃喃，「怎是……小洪？」

半小時後一大起身，悄悄自書包中拿出兩支斷箭尾巴再仔細看。聽到土也、阿萬叫催吃飯，一大隨手將兩支斷箭尾巴放入褲口袋，走向餐廳。

快吃完飯時，小宇急急走來，「一大，怎……會……你……那小洪？」

「小宇，妳在說什麼啊？」曉玄問。

「孫子說，一大在小洪屁股兩邊各插了一支箭！」

「啊？」曉玄看向一大。

「喂，兩支斷箭箭頭自己飛去，就插到小洪啦，我哪知道。」一大表情無辜。

「箭頭自己會飛去找小洪？」曉玄張大眼。土也、阿萬、小宇也一樣。

「我也……不清楚怎麼回事。」一大搖頭，「等一下我還要向梅老師報到，再說吧。」

「一大，眞是怪事全找上你了。」小宇說。

「我歹命嘛，只是……如果箭頭找上孫子，我還比較相信，小洪？嗯，奇了。」一大又搖頭。

吃完飯，一大向梅老師報到，梅老師說，「席復天，跟老師去家裡。」

一大點頭跟著老師去家裡。

「是復天呵，好久不見了，暑假過得好嗎？」梅師母高興地說。

「師母好，我暑假過得很好，謝謝師母。」

「來，坐。」梅師母坐在長椅上，叫一大坐她身旁，一大坐下，梅老師坐在側邊單人椅上。

「席復天，暑假見過你爸媽了？」梅老師問。

「是，爸很好，媽往生了。」訝異梅老師這麼問。

「嗯，你對『外公』和『大內』清楚了些？」

「嗯，是。」一大點頭。

「把你褲口袋的兩支斷箭尾巴拿給老師看看。」

「喔。」一大拿出兩支斷箭尾巴及布條遞給老師。

梅老師低頭看了看斷箭及布條，抬頭說，「本校教學的宗旨是『眾生平等，品德優先』。教育是有教無類的百年大計，老師不會分什麼『外公』、『大內』那些，只會分對錯是非。老師會查明白，若周士洪有錯在先，等他傷好了，仍會處罰他。」

「老師，那，周士洪，他傷得重嗎？」

「還好，你把箭頭磨平了，佛珠外公也沒下重手，但周士洪臀部有皮肉裂傷並紅腫疼痛，恐怕得有幾個禮拜無法坐躺。」

「喔。」

「好了，這兩截斷箭及布條交老師保管，老師還有事，你留下陪師母說說話。」梅老師起身往門口走去。

「謝謝老師。」一大起立鞠躬。

「復天，坐。」梅師母說，「你這個暑假又上山又下海的，可充實了。」

「是啊，師母，那海底有個叫華九的亡魂，哇，功夫可厲害了，還好我爺爺奶奶在，把他給制伏了。後來我和小丹去『時空邊界』，我找爸媽，她找爸爸，那更是個神奇到爆的地方，有中陰人，有小精靈，還有凶惡的狼，天呀，眞是難得的經驗……」梅老師不在，一大便渾然忘我，說得口沫橫飛。

「哈，那可是一番大冒險呵。」

「可惜，我媽往生了，小丹她爸活不久了，我爸倒還好，還在幫人治病。」

「唉，一轉眼，好多年過去了。」

「我爸有說到老師和師母，要我謝謝你們。」

「不客氣，舉手之勞罷了，你年紀小，老師和師母只希望你在這好好讀書，好好做人，有許多事不讓你知道，是不想讓你擔驚受怕，懂吧？」

「我懂。」

「唉，崔家和你家的恩恩怨怨一時也說不清，你平時出入還是要注意安全。」

「是。」

「師母切些水果去。」

「謝謝師母。」

一大吃了水果才告辭離去。

十、鬼師兄

一大只要有空就抄寫《心經》，行書的，篆體的都寫，篆體不熟，所以用篆體抄寫的速度明顯較慢。

開學頭一天，第一堂上課前，小虎說，「一大哥，羊皮在叫你。」

「哦？」一大戴上貓鏡，看向羊皮座位，「呵，羊皮，好久不見，你好。」

「一大，暑假你們一定過得多采多姿，你、土也、阿萬、曉玄都晒黑了。」

「每天都烈日當空的，我們爬山、游泳、日光浴……當然都晒黑啦。」

「羨慕，羨慕，可我最怕晒太陽了。」

「哦？對哦，你怕太陽。」

「做鬼的都怕太陽。」

「嘿，那可不見得，是你功夫低。」

「功夫低？」

「我認識一個功夫高鬼，他就不怕太陽。」

「哦？你是指鬼王？」

「鬼王，也是，嗯，我說的是鬼王以前的朋友。」

「哦，他在哪？」

「跟你一樣，在圖書館地下，但他剛來，在十八層地獄裡苦修。」

「哇，那辛苦了。」

「他當年殺死過人。」

「那是應該下地獄。」

「他殺死的還不是一般人，是鬼王。」

「哇，那他死定了。」

「早死了啦，嗯，有機會介紹你認識一下，請他教你功夫，至少練到不怕太陽。」

「呵，好，那明年暑假就可跟你們去游泳了。」

「明年暑假？噢，明年暑假……，我們都畢業了。」

「你，你們畢業了，那，那我呢？」

「啊？這……」一大看羊皮難過，忙說，「你別難過，我們，我們再……再想辦法。」

老師來了，一大取下了貓鏡，開始上課。

老師在上面講，一大在下面想，想著羊皮那張蒼白無助的臉。

一下課，一大立刻聚集土也、阿萬、曉玄，「上堂課上課前，羊皮說他練好不怕太陽的功夫後，明年暑假就可跟我們去游泳了，可是我跟他說明年暑假我們都畢業了，他難過極了，你們說該怎麼辦？」

「啊？」土也、阿萬、曉玄面面相覷。

「我們那天在潭中討論一堆，也沒結果。」土也說。

「也許小丹有辦法吧？」曉玄說。

「嗯，找……小丹……問問。」阿萬點頭。

「問小丹，蓋學校？那何年何月才……？曉玄，妳有學問，先戴上這勸勸羊皮……」一大把貓鏡遞給曉玄。

曉玄坐下和羊皮說話，一臉苦口婆心的表情，直說到上課鈴響。

「唉，羊皮還是很垂頭喪氣，以後再說吧。」曉玄起身把貓鏡還給一大，回座去了。

一大心情低下，但也無法可想。

當天晚上，一大帶了麥片、胡桃去操場練功。保險起見，呱呱衣及貓眼鏡都穿戴著。有點霧氣，能見度不是很好，「麥片、胡桃，麻煩你們幫我注意四面八方。」

「汪，好。」

一大練了手刀腳刀劈踢半點鐘，再練倒立行走，倒立行走後，瞥到一飛快黑影閃過林子邊。一大站起，「麥片、胡桃，來，你們剛剛有沒有看到什麼？在林子邊上。」

「沒有。」麥片、胡桃都回答沒有。

「哦，那我看錯了。」再倒立，但才一倒立就暗叫一聲不好，雙腳腳踝竟被一飛快閃來的黑影抓住了。

「汪汪汪……」狗狗大叫，但叫了幾聲卻停了。

「功夫不到位！呵。」那黑影居然講話了。

一大一聽，「華大哥！」

「好小子，你怎麼晚上出來練功啊？」華九低頭看。

「華大哥，放開手，我好站直說話。」

華九放開了手，一大站起。

「華大哥，該我問你才是，你怎麼晚上出來啊？還裝鬼嚇人。」

「我沒裝啊。」

「哈，喔，這時間，華大哥怎有空出來？」

「哦，是榮譽放封假，我這段時間表現良好，一天可放封大約一個鐘點。」

「喔，剛才飛快速度閃來閃去的，是華大哥嗎？」

「那叫飛快？我要眞快起來，別說你戴那貓鏡，眞的貓狗都看不見。」

「哇哈，有一套，我見過一號稱『霧上飛蕭默』的，速度超快，比烏鴉飛得還快。」

「『霧上飛蕭默』？沒聽過。」

「看來，你比他快，哈……，太好了。」

「不是我太好，是你太差了，倒立行走都不像樣。」

「華大哥，我才十四歲耶，哪有你那種高級功夫？」

「我也不過大你幾歲，是你太差了。」

「大哥，別忘了，你得往上加個五十歲。」

「啊？喔，也對。」

「華大哥，教我功夫。」

「我沒教過人，也不會教人，而且，幹嘛教你？」

「你答應過要爲『果林哲』及『英若芙』的後代或徒弟盡些心力的。」

「那當然，但那也跟你無關啊！」

「我是『果林哲』『英若芙』的外孫。」

「我還是『果林哲』『英若芙』的外公呢！」

「我是說眞的。」

「飯可以亂吃，話不能亂說，要有證據。」

「好……」一大想伸手拿奶嘴，旋又停住，「算了，這不能給你看。」

「不過就兩個膠皮奶嘴，有什麼我不能看的？」

「啊？你知道？」

「要不是裡頭有一堆金龜子『十指不復』護住，我早鑽進去看個仔細了。」

「哇哇，高鬼！這……你也知道？」

「前幾天在大石前，要不是鼓聲催促，我就躲一邊看你會不會和『果林哲』，『英若芙』講話了。」

「好傢伙，眞有你的，好吧。」一大伸手拿出兩奶嘴，「吶，你看。」放在右手心上。

華九看了下，唰地跪地，「恩公恩婆在上，受小鬼華九三拜。」三叩首。

華九站起，「一大，奇緣呵，我信了，你眞的是『果林哲』和『英若芙』的外孫！」

「他們收養我爸，是我爸的外公外婆，但沒血緣關係，那天在大石前，他們要我也叫他們外公外婆。」

「你爸叫什麼名字？」

「眞名不知，他常用『席林風』名，所以我也姓席。」

「高呵，那你爸的小指紋也不是眞的。」

「哈，你厲害，外公外婆教了我爸醫術及功夫，但不讓我爸隨便印小指紋，怕人家認出傷害他，所以我爸一直用外公外婆的小指紋。」

「你爸必也是高人，但你的功夫平平，所以我原先懷疑你的來歷。」

「我爸怕人家傷害我，不敢教我醫術及功夫。」

「原來如此。」

「四年前，我媽被人打傷，我爸揹我媽跑到北邊『時空邊界』躲避，不久我媽往生，我爸便在那住下繼續幫人治病。」

「這麼樣啊，那……好吧，叫師兄！」

「什麼？」

「今後我教你功夫！」

「我有師兄了。」

「誰？」

「你在觀音亭見過的。」

「那胖子？」

「嗯。」

「他功夫不錯，他埋了我的骨骸，也是我的恩人，但他是你人間師兄，我是你鬼界師兄，有所不同吧。」

「是不同，但我還有個二師兄。」

「還有？誰？」

「他出家了。」

「出家了？出家師兄和鬼界師兄也是不同，磕頭吧，叫師兄！」

一大想了下，咚地跪地，「師兄在上，受師弟三拜。」磕頭三響。

「呵呵呵……」華九笑了。

「咚咚咚……」忽有鼓聲遠遠傳來。

一大才起身，便看到師兄在眼前消失了。

隔天，第一堂上課前，一大戴上貓鏡向羊皮說，「羊皮，你今晚六點半左右到操場陪我練功？」

「哦？好吧。」羊皮沒勁。

一大取下貓鏡，沒再多說。

晚上，一大帶了麥片、胡桃去操場，穿戴好呱呱衣及貓眼鏡，羊皮到了，沒多久華九也到了。

「咦，有燒焦味。」一大說。

「我剛下完油鍋。」

「苦啊！」

「再苦也得認。」華九指羊皮，「一大，你有鬼朋友？」

「華師兄，他是羊皮，我同學。」

「華大哥，你好，我叫羊立農，外號羊皮，很高興認識你。」

「喔，羊皮，你好，一大的朋友也就是我華九的朋友。」華九轉向一大，「一大，練功吧，我做一動作，你就學一動作。」

「師兄，羊皮也跟著練，可以嗎？」

「他是你同學，當然可以。」

一大和羊皮就隨著華九一步步練了起來，大約過了四、五十分鐘，一大已渾身是汗喊累，羊皮倒樂在其中。

一大暫停，拿出兩張以篆體抄好的《心經》，「師兄，休息了，這兩張篆體《心經》送你。」

「哈，一大，眞是感恩不盡。」師兄閃來接下。

「你們都不會累哦？」一大喘氣。

「人才會累。」羊皮說了句。

「呵，鬼不會累哦？」一大反問。

「如每天刀山油鍋侍候的話，鬼也會累！」華九說。

「那羊皮是太閒了，師兄，靠你了，想辦法累翻他。」

「練功滿不錯，請華大哥多加磨練我。」羊皮說。

「哈，有你的，明晚來，先扎馬步半小時，再跑操場十圈，基本功先練。」華九對羊皮說。

「好。」羊皮爽快回答。

「咚咚咚……」有鼓聲傳來。

「鼓聲響了，明晚見。」華九消失了。

羊皮有點疑惑，「鼓聲響？怎麼了？」

「華大哥得回去繼續由刀山油鍋侍候。」一大說。

「哇，慘！」

「羊皮，我一直想問你，圖書館地下坑道的路徑，你完全熟悉嗎？」一大問。

「怎可能？彎曲加上下，熟悉百分之一就偷笑了。」

「是哦？鬼王在地下十二層當王，華大哥在十八層苦修，我很難明白那些。」

「我想這裡只是某個陰間入口，我曾偶而誤闖一些地方，但會有鬼卒來趕，我覺得我能看得到走得到的，都不是所謂的地下一、二、三層……或十七、八層那些。」

「陰間入口？嗯，我看只要不做壞事，或知錯能改，死了大概不會下地獄吧。」

「你還有機會改好，我已沒機會了。」

「有，像鬼王當鬼後努力修身養性，還當到鬼王。」

「是，是喔。」

和羊皮分手後，一大忽見一影飄飛而來，定神一看，是叢爺爺，「師父好。」

「一大，你近來好吧？」叢爺爺問，「剛才你跟那兩個鬼魂是在互相比劃還是在學習功夫？」

「師父，剛才一個是師兄，一個是同學，我和同學向師兄學習功夫。」

「哦，看上去你那鬼師兄功夫不錯，向他學習也滿好的，師兄叫什麼名字，怎麼認識的？」

「他叫華九，是我爺爺奶奶教我們把他從海底救出的，他叫我爺爺奶奶師兄師姐。」

「嗯，華九？師父最近深居簡出，只打坐修禪，不問人鬼之事，咦，看你，是去了趟『時空邊界』？」

「喔，我是去了趟『時空邊界』，有見到我爸，但我媽往生了，還見到了小丹的爸爸，也見了秦威師兄，他出家在那修行。」

「呵，你見到爸媽，也了了你的心願。秦威出家我聽說了，他傳了掌門佛珠給你，也算圓滿了。」

「啊？喔，是。」一大摸了下腕上佛珠。

「小丹的爸爸，崔一河，唉，可惜，他活不久了。」

「師父知道？」

「師徒連心，感應得到，他的心啊，病得太重了。」

「喔。」

「好了，師父走了。」

「師父再見。」

十一、回訪石盤角

這天，學校公告：

主旨：校際參訪活動
時間：九月二十日上午7：00至晚上7：00
主辦：石盤角中學
地點：石盤角中學
往訪師生：梅揚老師，張龍老師及男同學十五名，女同學五名。
活動內容：上午，參訪石盤角中學日常課程交流，下午，同學提供歌唱或表演等娛樂節目，同學之節目編排內容，由張龍老師安排。
早午晚三餐素食由石盤角中學供應。
備註：三年一、二班學號前五名為指定參加同學，(32003 周士洪病假除外)，其餘十一個名額（男同學八名，女同學三名）由同學自由參加，九月十五日前向張龍老師報名。

晚飯前，一大、土也、阿萬、曉玄、小宇在餐廳門口看公告。

「又要看到呆鵝、狂牛？眞他……」一大不爽。

「還有個爛人鍾克難，忘啦？」土也加上一句。

「忘？我根本一個也不想記得。」一大說。

「老……師指定……我們參……加，非去……不可。」阿萬說。

「認了，不然屁股蛋插兩箭，請假……」一大裝個鬼臉要走，一回頭卻看見孫子、阿宙在背後。

「你在說誰屁股蛋插兩箭？」孫子對一大高抬下巴，一臉挑釁樣。

「關你屁股蛋事？」一大也高抬下巴。

「呼！」孫子用力一推，一大背部猛地撞上餐廳門。

一大站穩後立刻一拳打向孫子，兩人扭打了起，旁邊同學紛紛走避。

「不要打架！」曉玄、小宇大喊。

土也、阿萬擋住阿宙不讓他上前幫孫子。

土也沒看見校長老師來，便伸腳偷踹孫子背後，阿萬看了也跟進，阿宙只好掉頭跑去找老師。

「老師來了！」聽見有同學喊叫，一大和孫子才停手，互瞪著走進餐廳去。

校長老師都到了，梅老師吹哨，喊了開動。

一大左看右看，心怦怦狂跳，「梅老師沒來罰我？」

吃完飯，回到寢室，一大看到書桌上有一張紙條，拿起才看一眼，「咚」雙膝一彎跪在地上，紙條上寫的是：「跪下，三十分鐘後起身。」

抬眼一看，左方土也，前方阿萬也已跪地，手上也都拿了張紙條，臉上都充滿著驚惶神色。一大想叫土也、阿萬，但出不了聲。

待土也、阿萬起身後，一大竟還動彈不得。

土也走來一大身旁，抽出他手中紙條看，「哇哈，阿萬你看，一大要跪三十分鐘，我和你是各十五分鐘。」

土也把自己手上的紙條拿到一大眼前，逗他。

終於三十分鐘過了，一大慢慢站了起來，「怎麼梅老師現在不直接叫我們跪了？」

「給……我們留……面子吧。」阿萬說。

「嗯，對，餐廳人多。」土也點頭。

「這小紙條，居然看一眼就跪下了，高啊。」一大翻轉紙條細看。

「孫子的眼睛看來完全沒事了。」土也說。

一大苦笑一下，「那臭小子眼睛一好，沒事就又找我打架了。」

「算……了，洗……澡去吧。」阿萬說。

「好，打了一身汗，洗澡去。」一大拿換洗衣褲。

三人往浴室晃去。

洗完澡，土也、阿萬躺上床去。一大坐在書桌前，伸手拿過書包，打開，看到白手帕，便拿了出來，「爸的手帕。」

將白手帕平放桌上，用右手小指輕觸了一下手帕，「哇，眞有字，行書，是爸的筆跡。」

「此帕名『引子』，『引子』二字，是引導吾子進入氣功、醫藥及天地堂奧之意。復天，好好研習精進，將來好服務大眾，濟世救人。」

一大以小手指隨手碰了一下「引子帕」上的「藥草圖說」，畫面一跳，出現「一葉草」：

「我是一葉草，別名一支箭、獨葉草。」

「哇，動畫！還有聲音。」見一片綠葉，長出一直直的綠草莖，「是草在說話？」一大朝土也、阿萬看去，兩人躺在床上看書，沒動靜。

「我微酸、性涼、味甘，可消炎解熱，治胃熱、便祕、火燙、燒傷。內用：煎湯。外用：搗後敷於患處。可用部分：葉、莖、根。」

又用小手指碰了一下「引子帕」，另一畫面跳出：

「我是天門冬，別名天文冬、地門冬、滿冬。」

「哇，太吸引人了。」暗讚一聲。

「我味甘略苦、性涼微寒，具滋潤清火、生津、解熱功效，治咳嗽、喉痛、便祕。內用：煎湯、丸藥，外用：搗後敷於患處。」

「太厲害了。」

一大看了看又想了想，將帕子對折，閉目休息一下，再打開帕子，見畫面沒了，已回復成一普通手帕。

一大將帕子收了，放回書包。看著書包，想著，「好像一些高人高鬼一眼就能看穿我書包，看見裡面的寶貝東西，這，得個想辦法。」

星期六下午，一大去理髮，先看到松松，「松松呵，好久不見，一切都好嗎？」一大送上兩張《心經》。

「一大哥，你好，謝謝送我《心經》，我最近還好。」

「看到你，就讓我想起好久沒收信了。」

「我這也沒給你的信。」

「那好，我進去理髮。」另說，「小虎，你去玩，我出來再找你。」

「好。」小虎一溜煙跑了。

一大上前一步，面對旋轉門，「3100 1。」進門去了。

「歡迎光臨。」八哥叫。

「歡迎光臨。」一大學著念。

「你應說，『謝謝八哥』。」八哥說。

一大停住，懷疑地往鳥架上看。

「一大哥，你就趕快說『謝謝八哥』嘛。」呱呱在裡頭喊。

「喔，謝謝八哥。」一大還敬了個禮。

「都三年級了還教不會？」八哥說。

一大愣了下，大笑，「哇哈哈，呱呱，那一定是你教的，這口氣，哈……」

「一大，來，坐下。」何婆婆在招手。

「何婆婆，您好。」一大坐下。

「一大哥，這隻八哥有多難教你知道不？」呱呱說。

「所以你就罵牠『都三年級了還教不會？』」

「就是，結果這一句牠說得最順。」

「哈哈，眞有意思。」

「一大，你右手小指頭感應一下，五十塊。」何婆婆指鏡子邊的掃描感應器。

「好。」一大將右手小指頭放上感應器。

何婆婆幫一大理髮。

「一大，見過你爸媽了？」何婆婆問。

「是，我媽往生了。」

「以後有緣會再見的。」

「嗯，我爸還好，在醫病救人。」

「那好。」

「也見過外公外婆了？」

「嗯，在螢光幕上見到的。」

「那好。」頓了下，「婆婆待會給你兩仙蠶帶回去。」

「蠶？可是婆婆，我怕養不好。」

「不用怕，三天後就還婆婆。」

「三天後就還？」

「三天後，人鬼就看不到你書包裡的東西了。」

「哇！」一大猛地動了下。

「小心，別亂動。」

理好髮，何婆婆將一小紙盒遞給一大，「裡頭有兩仙蠶寶寶，桑葉都放足了，回去你就把小紙盒整個放入書包裡，三天就好了。」

「謝謝何婆婆。」一大鞠躬。

走向門口，八哥又叫，「歡迎光臨。」

「『謝謝光臨』。」一大糾正牠。

「咳，都三年級了還教不會？」八哥說。

「哈哈哈……」

一出了門，小虎就蹦跳上一大肩膀，一大嚇了一跳，卻聽小虎在耳邊，「噓～」

一大便不出聲，向松松揮揮手就直往外快步走去。

走出福利社，一大問，「小虎，發生什麼事了？」

「一大哥，我能說呆鵝的事嗎？」

「不能，我不要再聽見那渾蛋的事。」

「喔，那就算了。」

快到宿舍時，一大停下腳步，「小虎，還是說吧。」

「喔，那渾蛋死了。」

「啊？你是說……呆鵝死了？小虎，你說清楚。」

「剛才孫子和阿宙在福利社小聲講話。」

「孫子和阿宙？」

「嗯，孫子說呆鵝在裡面被做掉了。」

「被做掉？是哦，呆鵝他一向不講道義，一定惹火了哪個凶神惡煞。」

「也許是吧。」

「你還聽到他們說什麼嗎？」

「就這些。」

「喔。」

回到寢室，一大拿過書包，將蠶寶寶小紙盒小心放入書包裡。

「一大，頭髮理好啦？」土也說著，和阿萬走來。

「聽說呆鵝在裡面被人做掉了。」一大小聲說。

「啊？呆鵝死了？怎麼死的？」土也驚訝，阿萬也睜大了眼。

「不知。」

「誰……跟你……說的？」阿萬問。

「小虎聽孫子對阿宙說的。」

「他們？那，反正我們月底要去石盤角，到時找機會再打聽一下吧。」土也說。

「嗯。」一大點頭。

十二、眼耳山遙視遙聽

星期二，一大上資訊課前先收信。有兩封，一封是叔叔寄的，另有一封是林朝禮寄的，「林朝禮？」一大先打開林朝禮那封，信紙第一行寫著，「堂哥，你好嗎？」

「林……朝……禮？啊！是叔叔的兒子。」一大想起來了，「我十二歲離開，他那年好像六、七歲吧。」

「堂哥，你好嗎？

我是堂弟林朝禮，家在石頭板，你住過我家，你喜歡跟我和我兩個妹妹玩，我們都很想念你，希望能再見到你。堂弟林朝禮敬上」

「是堂弟？暑假寄的，一個多月前了。」一大看著信紙上的字，看了郵戳，頗爲感動。但想到叔嬸的樣子，心中又五味雜陳了起。

叔叔那封原不想看，但還是看了，

「復天吾侄，叔嬸和你堂弟妹都殷切盼望明年農曆年能請你返家共度。恐你學業忙碌，故早早預約，務請回覆。叔字。」

「暑假才剛過，就來說明年寒假的事？神經病。」一大心中不爽，看郵戳，「上禮拜寄的。」

見老師來了，一大把信紙收入信封，專心上課。

下午，在寢室，一大要將蠶寶寶從書包拿出，去送還給何婆婆。

「書包呢？」掛在床頭的書包居然不見了！

「一大哥，我們蠶寶寶用蠶絲包住了你的書包，看不見，但摸得著。」一細小聲音傳來。

「哦？是蠶寶寶說話呵。」伸手摸向床頭，摸著了書包，拿出小紙盒，「哈，謝謝蠶寶寶，蠶絲居然還能幫書包隱形！」將堂弟和叔叔寄來的信放入了書包。

「嘻，不客氣，我們吐了三天三夜的絲，書包加揹帶，裡三層外三層，全都包上了，一大哥或其他人鬼就都看不見書包了。」

「太神奇了，辛苦你們了，謝謝。我送你們回何婆婆那去。」一大走出寢室。

將蠶寶寶還給何婆婆，何婆婆說，「你要讓書包現形就說，『蠶寶寶好』，想讓書包隱形就倒過來說，『好寶寶蠶』。」

「知道，謝謝婆婆。」一大離去，慢慢走回宿舍。

「一大哥。」

一大停下，見松松跑來，「松松？」

「限時專送！」松松急說。

「喔。」一大四下看看，蹲下在松松尾巴摸出小字條，快快看了眼，「本周末上午9點眼耳山見。」

「一大哥，要回信嗎？」

「要，回口信說『我準時到』。」

松松一溜煙往林子裡跑去。

一大站著愣想了一會兒才走回宿舍。

坐在書桌前，看土也、阿萬躺在床上，一大沒睡意，摸到書包拿出「引子」帕，放平在桌上，用小手指碰了一下，正想選看「藥草圖說」或「經絡理論」，卻看到一些字跳出，「是爸的字？」

「復天，你堂弟妹想念你，能見面也好。父字。」

一大看了，很是驚訝，「爸能用手帕和我通信？還知道堂弟妹想我？太厲害了。」

想著想著，累了，對折手帕放入書包，躺上床去。

晚飯時，曉玄、小宇說要在參訪石盤角時唱歌，「你們有沒有準備節目？」曉玄問一大、土也、阿萬。

「沒有。」三人搖頭。

「孫子和阿宙有要表演嗎？」土也看向小宇。

「有，魔術。」

「魔術？」一大、土也、阿萬三人異口同疑。

「不行哦？」

「行行，當然行。」一大回頭看孫子那桌，見小洪仍痛苦地只坐在椅子一尖角上，心中嘀咕，「如射中的是孫子那該多爽。」

「妳們……兩人多……唱幾……首，時間就……過了。」阿萬說。

「才不要，就兩首。」小宇回答。

「一大，我們到時候也唱他幾首歌嗎？」土也問。

「好，都好。」一大漫不經心，腦中想的盡是叔叔和堂弟妹，還有小丹和眼耳山。

星期六，一大向梅老師請兩天假說回爺爺奶奶家。

吃過早飯，時間還早，一大揹了隱形書包，帶上麥片、胡桃，裝了些狗食，經過蚯蚯家，就先找蚯蚯說話。

蚯蚯在洞口，「一大哥，來啦？」

「蚯蚯，你知道我要來？」

「你最近碰上一些事，你經過這時定會找我聊聊。」

「哈，高蛇！」

「客氣，我確定射你的大內箭是從大枯樹射出的。」

「嘿，我也大約知道了。」

「但射你箭的是鬼不是人。」

「鬼？這我可不知。」

「是吳大山。」

「吳大山，『呆鵝』？」

「嗯。」

「我知道呆鵝死了，但，他……」

「他被所謂的大內高手利用，糊裏糊塗死了，死後還繼續被利用，利用他用箭射你。」

「喔，那，我回射的箭怎會射到了周士洪？」

「剛好那時吳大山站在周士洪背後，吳大山沒形體，箭就射到周士洪了。」

「哦？周士洪沒說。」

「他怎敢說他和吳大山混在一起？」

「哦，呆鵝他……，唉，當年我還跟他兄弟一場呢！」

「生死有命。」

「嗯。對了，蚯蚯，你去過『時空邊界』嗎？」

「我速度快如風，有時難免不小心穿越時空邊界。」

「我和小丹、鐵哥去時空邊界時，遇上叫蚯蚯的玉刀龍和叫呱呱的白鳳凰，牠們揹了我和小丹飛天遊玩，神奇極了。」

「哦，那麼巧？也叫蚯蚯和呱呱？」

「聽你這麼說，那玉刀龍和白鳳凰就不是你和烏鴉呱呱化妝的了。」

「大千世界，空和色本都是妄有。」

「喔。」

說說聊聊，一大想該走了，向蚯蚯告辭，帶了麥片、胡桃直奔地脈，轉眼到了眼耳山。彈簧跑來打招呼，一大看見小丹在地脈前不遠處，背著山壁面向山崖，盤腿坐地。

一大走近，在小丹身旁盤腿坐地。

小丹說，「來啦，你打坐，想著土也，看會怎樣？」

「想著土也？好。」一大雖有疑問，但還是照做。

一分鐘不到，「哇，土也，土也他在和阿萬聊天，土也說我騙梅老師回爺爺奶奶家，其實是去找小丹。阿萬回說，八……成是……的。」一大驚訝，「不但看得到人，還聽得到他們說話？小丹，這……」

「上星期六，我來這裡打坐，只要想著你，便能看到聽到你在說什麼做什麼。」

「哇，那我不就……慘了！」

「嘻，你知道就好。」

「妳有看到聽到我在說什麼做什麼？」一大問道。

「你那天跟小虎還有土也說什麼『呆鵝』死了。」小丹說。

「哇，對！這眼耳山，難道有千里眼？順風耳？」

「我不確定，所以找你來試試。」

「我看看爺爺奶奶在做什麼？」

「看不到也聽不到。」

「為什麼？」

「不知道。」

「我看看隔壁班的孫成荒、周士洪、李新宙他們。」

打坐幾分鐘後，「嘿，孫子、阿宙在晾衣服，小洪在寢室趴在床上，咦？」一大感覺霧霧的，便戴上貓眼鏡，想也許能看清楚些，「哇，鬼？是呆鵝！呆鵝在小洪床邊鬧他，不是，是要跟小洪說話？小洪聽不到，啊，呆鵝說他是被爛人害死的！」

「呆鵝，爛人？也是你同學？」

「呆鵝是小學同學，後來進感化院，認識了爛人。」

「那，呆鵝是被爛人在感化院裡害死的？」

「呆鵝的鬼魂這麼說的。」

「喔。」

靜了一會兒。

「小丹，要不要看看妳叔在幹什麼？」

「我叔，我也一樣看不到聽不到，但從他手下聽到不好的事。」

「不好的事？」

「說我爸一死，叔就要把我媽我哥和我趕走，搶走楓露。」

「我知……，喔，我就知……妳叔一定會這麼幹的。」

「我媽也這麼說，可是那樣……，我們一家三口以後怎麼辦？」

「這……」一大不知該說什麼，轉說，「等下我去爺爺奶奶那，妳呢？」

「你不會多陪我一下哦？」

「會，我多陪妳兩下。」

「嘻……」

不久，一大又盤腿打坐，「小丹，我再看看。」心中想著林志新、路嬌、林朝禮。

幾分鐘後，「呵，我堂弟居然長高了，他正在打籃球，一身是汗，好小子！」

「你堂弟？」

「嗯，我叔的兒子，長大了。」隔一會兒，「小丹，我也看不到聽不到我叔嬸。」

「哦？」

「也許距離太遠，或有高山谷地坑道那些擋住。」

「也許是。」

「那以後再試吧。」

「嗯。」

兩人起身，走走看看，約半小時後，小丹說，「我先回家去好了，我媽要我多利用時間溫書。」

「那我先送妳回去，然後，再去爺爺奶奶那。」

「好，但一出楓露地脈，你就立刻回頭走，我怕楓露那有人對你不利。」

「好。」

十三、呱虎密探石盤角

一大回到雙潭，一出地脈，便看見過師兄招手叫，「一大，你過來一下。」

「師兄好，叫我有事嗎？」

「跟我來。」過師兄搖搖手上小犁耙。

一大跟著師兄往他住的小屋後方走去，經過一座小山，在一緩坡前停下。

「這一山坡園子種的全是藥草，你爺爺要我帶你認識認識。」

「啊？」眼前一片山坡開墾得井然有序，高高低低的種了好多花花草草。

「過來，我教你認這些藥草。」

「師兄，這裡怎會有一個藥草園？」

「我剛來時你爺爺常要我去山裡採藥，後來他要我開闢一個藥草園，自己栽種藥草。」

「喔。」

「來，慢慢看，這是海金沙，又叫吐絲草、羅網藤，可清熱和解毒；天門冬，又叫天文冬、地門冬，可利尿和解熱；紅川七，又名紅三七、水紅竹，可清熱、涼血，外用治燙傷；羊蹄，又叫大王頭、牛舌菜，可清熱和解毒；一葉草，又叫一支箭、獨葉草，可解熱和消炎……」師兄邊走邊說。

「師兄，我記不住。」

「不用記，這一大片園子以後全交給你管，你會認識所有的藥草，就像認識新同學一樣，簡單得很。」

「啊？」

「這是扇葉鐵線蕨，又名鐵線蕨、鐵線草，用來鎮咳、祛痰……」師兄繼續走去。

一大跟上，卻無法記得任何一樣植物，暗暗叫苦。

好不容易師兄停步，「我得弄飯去了，你慢慢看。」

「喔，好。」

師兄走了。一大原地愣站，搖搖頭，蹲下休息。

「一大哥，我叫紅川七，看我長得像劍一樣，前面綠，背面紫，春夏間會開白花，下次再見到我就記得了。」左邊有小小聲音傳來。

「啊？」一大往出聲處找看，看到了，「喔，紅川七，你好。」又驚又喜。

「一大哥，我叫金線草，記得我長得橢圓形樣子，表面是銀白的，中線及葉邊紫紫的，我的莖葉都可藥用……」右邊有小小聲音傳來。

「哈，金線草，好極了，很高興認識你。」

一大站起身，大聲喊，「各位同學，大家好，謝謝你們的幫忙，我一大一定會儘快認識你們每一位的，認識你們將會是我最愉快的事。」

「嘻嘻……」

一陣清風夾雜著小小笑聲拂至，一大又蹲下身子，不是休息，而是認眞的去認識一株一株的藥草同學。

直到師兄來叫吃飯，一大才離開藥草園。

一大中午和爺爺奶奶吃飯說話，餵了麥片、胡桃，下午便抄寫起《心經》並細讀引子手帕裡「藥草圖說」篇，對照早上在藥草園認識的藥草，有疑問便去問師兄，又多次跑去藥草園觀看，心想，「印象中，全老師有教過許多藥草知識，以前都沒能像這樣記得清楚。」

晚飯後，爺爺教一大認穴位，仍是在黑暗之中學習。

這次是確認一些頭頸要害穴：百會、神庭、太陽、耳門、睛明、人中、啞門、風池、人迎等九個穴位。

星期天，一大整天窩在藥草園中，感覺眞的是像在認識好多新同學一般。

星期一早飯時，曉玄說，「參訪石盤角的節目定了，一班我和小宇唱歌，向元充和方中和表演刀劍，二班孫成荒、李新宙變魔術，孔志明、劉德輔，騎獨輪車……」

「嘿，那沒我們的事，當觀眾就好。」土也說。

「也不……錯。」阿萬點頭。

「嗯，好，曉玄和小宇唱歌。」一大又想到呆鵝的事，「曉玄，我們會保護你和小宇在台上的安全。」

「保護？哪有什麼要保護的？」曉玄盯看一大。

「哦，我隨便說說，沒事，沒事。」一大打哈哈，「不過，妳們的仙蠶絲手套最好戴上。」

「一大，你是不是又知道什麼了？」曉玄又問。

「沒，就戴上手套，好……防蚊防蟲。」

「哈哈……」一旁的土也、阿萬忍不住笑起。

吃完飯，一大跑到林中找呱呱。

找到呱呱，一大說，「呱呱，我在想，有一件事只有你辦得到。」

「『都三年級了還教不會？』一大哥，別說一件事，百件事我呱呱都辦得到。」

「哈，那當然啦，不過，這件事難一點。」

「說吧，你能說得出的都不算難。」

「我小學同學吳大山，呆鵝，死了。」

「這我知道，蚯蚯跟我提過。」

「我聽說，他是被他現在同學綽號『爛人』的鍾克難在感化院，就是石盤角中學，裡害死的！」

「哦？爛人爲什麼要害死呆鵝？」

「不瞭，這事天底下恐怕只有聰明頂呱呱能查出。」
「呱哈，原來你要我去查這事？」
「辦不到？正常。」
「辦不到？笑話。」
「不急，你有三、四天可查，我們星期五才去石盤角訪問。」
「急~我半天，不，一天就回，嘿，等等，那裡有沒有鐵絲網？」
「沒有啦，就只是另一所中學而已。」
「沒鐵絲網總有鐵門、鐵窗、鐵欄杆吧？」
「有些地方可能有。」
「那我向你借個幫手。」
「幫手？誰？」
「小虎。」
「哈，你？」
「物盡其用嘛，我可以隱形或放大縮小，但如縮小到像小虎那麼小，到時候回不了原樣，不糗斃了。」
「眞有你的。」一大轉頭說，「小虎，請你跟呱呱飛一趟，看能不能打聽到一些消息，好嗎？」
「好，一大哥，這我專長。」

「千萬小心，情況不對就閃，我怕爛人身邊有厲害角色。」

「一大哥，小虎加呱呱我，這叫如虎添翼，瞭吧？」

「瞭！」一大頓了下，「你知道怎去石盤角中學？」

「知道，現在是早上，就往那個方向飛，保持太陽在我左邊……」

「嗯，你認得出『爛人』和我另一小學同學『狂牛』朱光力嗎？」

「認得，幾個月前他們來時我看見過，小虎也會幫著提醒。」

「好，那，拜託了。」

呱呱飛下，小虎跳到牠背上，飛走了。

一大上課去，白天過了，沒呱呱和小虎的消息，直到吃完晚飯回到寢室，小虎才出現。

「一大哥，我聽到一些消息了。」小虎說。

「哦？辛苦你和呱呱了。」

「不客氣，我聽見狂牛向他同學抱怨說晚上有鬼搗亂，睡不好。」

「哦？」

「他還說爛人正在被調查中。」

「調查中？」

「嗯，住在獨居房。」

「獨居房？你看到他人沒？」

「鐵門關緊緊的，我找不到空隙進去。」

「哦？」

「下午我再回去時，在外頭聽到他和一個人說話。」

「下午？獨居房裡竟有人和爛人說話？」

「嗯，我看不見那個和他說話的人。」

「哦？說些什麼？」

「說『星期五就可閃脫了。』」

「星期五？閃脫？」

「嗯，還說『都安排好了』。」

「星期五？都安排好了？」

「嗯。」

「還聽到其他什麼？」

「他們跟我們不一樣，上課、吃飯都很安靜，等了一天也只聽到這些。」

「好，謝謝你，吃過東西沒？」

「吃過了。」

一大找土也、阿萬聊天，「喂，我們星期五……去石盤角幹嘛？」

「你的口氣像是校長。」土也疑問地看著一大。

「人家……來，我……們去，禮貌嘛。」阿萬說。

「我在想，跟呆鵝的死有關。」一大說。

「欸，一大，你會不會想太多了？」土也說。

「我覺得有關……」一大繼續說。

十四、爛人害死了呆鵝

星期五一早，起床漱洗完畢後，一部大巴士便載了同學們向石盤角中學駛去。一大、土也、阿萬先上車，三人故意坐到最後一排去，省得待會靠近孫子和阿宙。

有兩件事令一大不解，第一，梅老師臨時有事不能去，只有張龍老師領隊，第二，二十位同學上車後，小虎說羊皮也上了車。

「一大哥，羊皮說是張龍老師臨時要他來的，請你別說出去。」小虎說。

「別說出去？」一大嘀咕，「奇怪，怎會這樣？」

七點整，雲霧二十位同學已在石盤角中學餐廳就座，等著開動吃早點。

餐廳裡整齊排列了二十幾張長桌，一張長桌坐十人，面對面，一邊坐五人。

最前方第一排的長桌，面向同學坐了石盤角中學的魏、郭、沈三位老師，及一位頭髮花白的先生。

第二、三排的長桌坐了雲霧師生，張龍老師身旁的位子空著。一大伸手到隱形書包中取出貓鏡悄悄戴上，看見張龍老師身旁坐了羊皮。

石盤角同學七、八十人，分坐其他桌椅，全都很安靜，規規矩矩坐著，聽不到交談嘻笑聲。門外走廊有兩位穿制服戴警帽的管理員走動著。

頭髮花白的先生站起，「各位老師，各位同學，大家好，我是石盤角中學校長，賀常義，今天很高興雲霧中學張龍老師及同學們來到本校訪問，請同學們以最熱烈掌聲歡迎他們。」

熱烈掌聲啪啪響起，張龍老師起立，「賀校長，石盤角中學的老師及同學們大家好，我是雲霧中學張龍老師，很榮幸有此機會帶領本校同學訪問貴校，期望能促進兩校良性互動與交流，謝謝。」

又一陣熱烈掌聲響起。

魏老師起身吹了哨子，喊「開動！」

沒有交談聲，一大幾人也就靜靜地吃著素食早點。

吃過早點，石盤角的同學在門口集合排隊，在魏老師口令指示下行進，張龍老師領著雲霧同學跟著石盤角同學隊伍走。

十多分鐘後，大家魚貫走進禮堂。行進中，一大看見了「爛人」鍾克難和「狂牛」朱光力都在隊伍中。回頭見羊皮用一紙張遮陽，走在最後面。

禮堂地板上已整齊擺放了許多草墊，在魏老師指示下，前排草墊由雲霧同學先坐，其他草墊再由石盤角同學依序就坐。

魏老師向張龍老師說了幾句話，張龍老師便接手指導同學們打坐。

打坐打了一個鐘頭，收功後再排隊，走去教室上課。

教室上課，共上了三堂課，地理、數學及資訊課。大家都安安靜靜聽課，一大也不敢亂動或講話。直到中午吃飯前空檔，一大、土也、阿萬、曉玄、小宇才有機會說上幾句話。

吃完飯，魏老師指示石盤角的同學集合排隊回寢室午休，雲霧同學則到圖書室休息。

兩點鐘，郭老師來領著雲霧張老師及同學再到禮堂，開始下午的文康活動。禮堂內的草墊收了，換成了折疊式鐵椅，整齊排放著。雲霧同學坐前兩排，石盤角同學則坐第三排後面的位子。

兩校同學皆提供了表演節目，說笑逗唱，耍刀弄槍都有。一反早上的嚴肅氣氛，大家嘻嘻哈哈，鼓掌叫好，台上表演的同學和台下互動熱絡，整個禮堂熱鬧滾滾。

曉玄、小宇唱歌時也有三位台下石盤角同學跑上台去跟著又唱又跳的。

輪到孫子、阿宙要表演魔術節目時，一大瞄了下壁上的鐘，四點十五分。

孫子、阿宙在要抬道具上台時，一大卻看到爛人和狂牛已先站到台上去了。而接下來表演魔術時，感覺好像爛人才是主角魔術師，狂牛一旁協助，變些猜撲克牌、數字卡、帽子內抓出白兔等魔術。孫子、阿宙站在一旁，有需要才伸手幫忙一下。

「我就說嘛，孫子、阿宙哪會變魔術？」一大低頭小聲向身邊的土也說。

「對啊，兩個小助手而已，還敢說報名變魔術，眞是丟臉。」土也搖頭笑說。

「咦？」一大見坐在後方的郭老師起身走向前台。

一大往台上看，孫子、阿宙正提著一大塊黑布兩角，狂牛站在一旁，但看不到爛人，一大想爛人一定在黑布後面。再一看，沈老師也起身走向前台。

「他們不會把爛人變不見吧？」一大又低頭小聲向土也說。

「那我就甘拜下風，佩服他們。」土也嘻笑。

「一大哥，呆鵝出現了，羊皮跟著他。」小虎突說。

「眞的？」一大扶了下貓眼鏡看去，見呆鵝跑上台去，羊皮跟上。而同一時間，孫子、阿宙還抖著黑布，一直沒鬆手。

一大看見呆鵝「咻」地閃到黑布後面。

「搞什麼鬼？」一大正納悶，又見呆鵝走出黑布，消失在後台布幔間。

郭老師、沈老師從台前左右分別走上台去，走到黑布後方左右看了一眼，隨之兩人臉色大變，四下張望。

孫子、阿宙一鬆手，黑布落下，黑布後空無一人。

台下同學大力鼓掌，口哨叫喊聲響得震天。

四位穿制服的管理員走進禮堂，其中一人吹哨大喊：「安靜！」

所有同學立即安靜。郭老師站在台上大聲說，「石盤角同學，等一下聽老師口令，依次步出禮堂。」轉向台上的孫子、阿宙、狂牛，「你們三個下台去，就坐。」

孫子、阿宙、狂牛三人下台去坐下。

沈老師先下台走出門去。

郭老師站在台上說，「好，第三排同學，起立。」見同學起立後即說，「向右轉，目標禮堂門口，在門外面向沈老師成講話隊形，齊步走！」

接下來，「第四排，起立……」

石盤角同學一個跟一個走出門去。

一大小聲向土也說，「爛人眞不見了？」

「嗯，見鬼了。」

張龍老師走來，面對雲霧同學說，「雲霧的同學，安靜在位子上坐好，郭老師會在這招呼你們。」

轉向一大，「席復天，你跟老師來。」

「我？」一大不明就理，跟著張龍老師走出禮堂。

張龍老師領了一大走到約三十步外的一個房間，一大一進房間，暗叫一聲，「哇！」

兩位穿制服的管理員站在門內，房間中央有一張大會議桌，桌內側靠牆邊坐著賀校長、梅老師、魏老師，而靠外側門邊竟坐著爛人，還有呆鵝及羊皮！

「席復天，你坐那張椅子。」梅老師指呆鵝的坐位。

一大去坐到呆鵝和羊皮中間的空椅。

「席同學，你怎不坐梅老師指的位子？」賀校長笑笑問。

「報告校長，那位子……吳大山坐了。」一大回著。

「呵，你眞看得到？」賀校長又笑了笑。

「嗯，是。」

張龍老師去魏老師旁邊的空椅坐了下。

魏老師說，「席復天，吳大山死了，他是你小學同學，我們找你來是想讓你和吳大山說話。」

梅老師說，「席復天，別緊張，你和吳大山說話，再把內容轉述給我們聽。」

「是。」一大心狂跳，面向旁邊的呆鵝，「吳大山……」

「你可用外號叫他，近乎些。」梅老師說。

「喔，呆……鵝，好久……不見。」一大舌頭打結。

「嗯。」呆鵝低下頭，不想搭理。

「呆鵝，好久不見了。」一大大了聲。

呆鵝突站起，瞪視一大，「天大，你他 x 的，害我害得還不夠？還來找我？」

「我害你？你他……給我講清楚！」一大也站了起。

梅老師說，「席復天，你把內容轉述給校長老師聽。」

「喔，我問他好，他竟然說我害他害得還不夠？還來找他？」一大說。

「都坐下，繼續說。」梅老師說。

呆鵝、一大都坐了下。

「呆鵝，你講清楚。」一大面對呆鵝。

「我沒有幹掉你，他們不爽，就把我給做了！」呆鵝說。

「笑死人，這叫我害你？他們？他們是誰？」一大急問，「等等。」轉向校長老師，「呆鵝，吳大山說，他因爲沒有幹掉我，造成他們不爽，就把他給做了。我問他，『他們』是誰？」

「席復天，他講什麼你就把內容一字一句完整轉述，我們才更清楚狀況。」魏老師說。

「呆鵝，你明講，是誰做了你，校長老師都在，不用怕。」

「天大，你要我講什麼，明明就是你害死我的。」

「他……呆鵝，你……等等。」一大轉向校長老師，「他說，『天大，你要我講什麼，明明就是你害死我的。』」

「呆鵝，我可是聽到你親口說，你是被你這裡的同學害死的！」一大看看呆鵝，又瞄向爛人。

爛人突怒指一大，「你他 x 的看我幹嘛？我們這裡的同學跟呆鵝的感情都很好，你可別亂說喔！」

「爛……姓鍾的，你緊張什麼？我又沒指名道姓，你幹嘛跳出來？」

「姓席的，你有種，你……」爛人食指指點一大。

「鍾克難，注意你的態度。」魏老師說。

「好，呆鵝，你不說是吧？那你剛才在魔術裡爲什麼掩護鍾克難逃跑？」一大乾脆直接戳破。

呆鵝、爛人滿臉驚惶，賀校長魏老師也都滿臉訝異。

「說啊，我以前認識的呆鵝可不像你這麼沒膽！死都死了，還怕個屁？」

「……」呆鵝低下頭。

「呆鵝，你現在是鬼，你知道我認識一些大咖鬼。」

「……」呆鵝頭更低了。

「沒關係，你不說，我找鬼王、護法來問你，到時候，哼！」一大大了聲。

「哇呀！天大，別，我說，是……是……爛人弄死我的，他還逼我在魔術裡用鬼遮眼掩護他逃跑，不然的話，他要找外面兄弟殺我全家，我只好掩護他逃跑，後來，我們才逃到大門外就被梅老師堵了，全給抓了回來。」呆鵝嗚里哇啦說了一堆。

一大向校長老師們轉述，「吳大山說，『天大，我說，是爛人弄死我的，他逼我在魔術裡用鬼遮眼掩護他逃跑，不然的話，他要找外面兄弟殺我全家，我只好掩護他逃跑，後來，我們才逃到大門外就被梅老師堵了，全給抓了回來。』」

賀校長及魏老師都「啊！」了一聲。

爛人跳起大叫，「姓席的，你他 x 的，老子我……」

「管理員，壓制鍾克難！」校長指示。

兩名管理員上前按壓住鍾克難肩膀，坐定椅上。

校長向一大說，「席同學，你問吳大山，鍾克難怎麼弄死他的？」

「呆鵝，鍾克難他怎麼弄死你的？」一大問呆鵝。

「爛人他連續幾晚趁我睡著時，用枕頭大力壓住我頭，有時在我心臟上放一本厚書重搥我心臟，弄到我無法呼吸，有次昏過去，沒再醒來，就死了……」

「吳大山說，『爛人他連續幾晚趁我睡著時，用枕頭大力壓住我頭，有時在我心臟上放厚書重搥我心臟，弄到我無法呼吸，有次昏過去，沒再醒來，就死了……』」一大轉述。

「你他 x 的，姓席的，你等著，我找人……」爛人嘶吼。

「找人？找你那幹雜役的同夥？」一大脫口而出。

爛人大睜雙眼，「你怎知？你是人是鬼？」

「席同學，你還知道什麼？」校長很是詫異。

「這星期一下午，有人在鍾克難的獨居房裡和他說話……」一大繼續說。

「姓席的，你是鬼！」爛人大叫。

「獨居房平常不會有別人，等等，有雜役？對，雜役下午會收送書報……」校長說，「魏老師，你打電話查一下，這星期一下午是誰輪獨居房雜役的？」

「是。」魏老師撥打桌上電話，一分鐘後，「校長，查到了。」

「請管理員帶他來這。」校長說。

魏老師在電話上又說了些話。

兩三分鐘後，兩名管理員帶進一人，「校長，魏老師，他叫卓發，星期一下午是他輪獨居房雜役的。」

一大看了眼，卓發是一平頭中年男子，傻不愣登地站在爛人後方，管理員則站在他後方。

「席同學，你說下去。」校長說。

「那人對鍾克難說，『星期五就可閃脫了』，『都安排好了』。」

「哦？」校長看向卓發，「卓發，那些話可是你在星期一下午對鍾克難說的？」

卓發突一個箭步跳向一大，伸手向他頸脖抓去，一大戴著貓鏡，眼角看到卓發如慢動作般撲來，隨即趴地。

一大趴地片刻，回神再看，竟見梅老師已站在卓發身旁，卓發伸長著手，一動不動，被定住了。

一大站起，拍拍身上的灰，再又坐下。

隨後卓發解了定，兩名管理員左右架住了他。

校長說，「梅老師、張老師、席同學，謝謝你們。我們原先大約知道是鍾克難弄死了吳大山，卻苦無直接證據，今天總算弄清楚了。」

此刻爛人卻說，「那些都是鬼說的鬼話，你們有聽到我親口承認嗎？」

「你？你還狡辯！」校長看著爛人直搖頭。

梅老師分別對校長及魏老師咬耳說了些話。

梅老師向張龍老師打了個手勢，一大見張龍老師站起關上窗簾關掉燈，房間變得昏暗。

魏老師說，「鍾克難，你不坦白，那，就讓鬼直接問你。」

「鬼？唬誰呵？」爛人冷笑一下，向身旁一看，突大叫「哇呀！」

一大移開貓鏡看，也嚇一跳，「呆鵝現形了！」回頭再一看，「羊皮也現形了！」

見羊皮走向爛人，「爛人，呆鵝現在是我在罩的。」羊皮拉起上衣大聲說，「看到我這身刀疤沒？你把呆鵝弄死，再不說實話，這些刀疤馬上就會在你身上出現！」

「呀！」爛人面如死灰，就地一跪大喊，「呆鵝，救命，我不想死啊！」

「我就想死嗎？你再不承認你幹的齷齪爛事，那歡迎你來下面陪我。」呆鵝說。

「啊？我承認，呆鵝，我，我承認，我對不起你，我不該怪你沒幹掉那姓席的，我不該趁你晚上熟睡用枕頭壓住你頭，我不該在你心臟墊書搥你。對不起，對不起，我不想死啊！救命啊！」爛人涕泗縱橫。

「鍾克難，哭什麼哭！一個死鬼也怕？沒出息的東西！」卓發一旁吼叫。

爛人抬頭吼向卓發，「他x的，你吼什麼吼？就是你，就是你叫我弄死呆鵝的，我說不幹你就要幹掉我，好啊！要死大家一起死，省得我每天晚上被鬼壓。」

「混蛋，他們擺明了設局要套我們，你！你他x的蠢！」卓發目露凶光，和原先傻愣模樣截然不同，忽又轉向一大，「姓席的，你小子有種，別以爲自己是九命貓，我不會放過你的。」

一大心中嘀咕，「又一個姓卓的！」

「好，剛才所有對話都錄下了。」校長說，「請管理員先帶卓發和鍾克難去分住兩間獨居房，我請相關單位儘快再詳查本案。」

管理員帶走了卓發和鍾克難。

校長起身，「梅老師、張老師、席同學，謝謝你們。一起去用晚餐，請。」

大家往餐廳走去。

一大回頭看，晚霞映照下，呆鵝跟在羊皮身後低著頭緩緩走著，心中一陣酸楚。

夜暗中，同學們回到雲霧中學都快十點了。一大洗完澡，累了，躺上床沒多久就沉沉睡去。

星期六一早，「一大，昨天張龍老師幹嘛找你去？」土也問。

「爛人趁變魔術逃跑，被梅老師抓回石盤角，張龍老師找我去，是要我幫忙問呆鵝是誰害死他的？」

「哦？結……果怎……樣？」阿萬問。

「就是爛人幹的！但爛人說是有人指使他幹的，那是個中年人，是裡頭一個叫卓發的雜役。」

「又姓卓？」土也疑問。

「我跟你反應一樣。」一大說。

「卓……，他功……夫高……嗎？」阿萬問。

「不清楚。」

「看來我們去石盤角，好像眞跟呆鵝的死有關。」土也說。

「呵，我不早就猜到了。」一大笑笑。

十五、穿越引子帕

星期一上午，下課時一大和羊皮聊天，「羊皮，上星期五是梅老師安排你去石盤角的？」

「是啊，梅老師算得太準了，活逮爛人和呆鵝。」

「沒錯，你表現超優，把那爛人給嚇得屁滾尿流。」

「誰叫他敢弄死人又不敢承認，夠爛！」

「是夠爛，欸，後來呆鵝去哪了？」

「流浪去了。」

「流浪？」

「對啊，他說沒臉見你，不敢來找你。」

「唉，死都死了，還死要面子。」

「不過他很感激我。」

「哦？下次你如碰到他，就跟他說『冤家宜解不宜結』，我不會跟他計較。」

「好，我會說。」

「對了，那個卓發鬼鬼祟祟的，你看出他什麼沒？」

「高手。」

「高手？」

「卓發被梅老師定住，但梅老師沒解他定，是他自己解的，我看得很清楚。」

「啊？他自己解的？」一大想了想，「他應是輕刑犯，才會在監所裡派做雜役，搞不好是他們故意安排他混進去的。」

「有可能，你說的『他們』是誰？」

「崔家、黑衣人、卓武、蕭默，都有可能。」

「哦？」

「孫子他們變魔術，竟變出爛人逃跑事，糗斃了。」

「我有聽到孫子向梅老師解釋，說他和阿宙事先並不知情，是被爛人搶上台利用了。」

「被利用？也對，大家都以為主要是爛人在變魔術，狂牛是他助手。」

「嗯。」

晚上，一大抄寫《心經》，寫好三篇行書的，一篇篆體的。土也、阿萬叫洗澡，一大跟了去。回來整理一下書桌，看看奶瓶，「唉，飛飛不在了。」從奶瓶中倒出大飛飛把玩，按了下開關，見大飛飛螢光一閃一閃亮起，將牠放回了瓶中。

晚點名，熄燈了，一大躺上床，手拿奶瓶看著螢光一閃一閃。

「啪！」一道閃光打來，「哇！」一大嚇了一跳，定定神，「哦？動畫。」看到奶瓶中有畫面出現。

「小男生？是……堂弟，咦？小女生，兩個？啊，是小堂妹？」一大看看周圍，大家都睡了，便用雙手捧著奶瓶靜靜看著動畫，「三兄妹坐在一小圓桌旁？堂弟膝腿上還放了個籃球。」

「啊，我？」一大見到自己笑容滿面走向小桌，和三兄妹打了招呼，便坐在堂弟和小堂妹之間。

一大將手上提著的三個小禮盒分給三兄妹，三兄妹開心，最小的堂妹還張開雙臂抱了下一大，「哈，好可愛！」一大感動，但隨之想到，「叔嬸怎沒陪著他們？」

「咦？」一大看到土也走向他，「土也在？這什麼地方？」隨之又看到阿萬、曉玄、小宇也出現，「大家都在？我和堂弟妹碰面，土也、阿萬、曉玄怎也在？」

見自己很高興地和三兄妹吃著飯菜，嘻嘻哈哈，互相挾菜聊天，「呵，好幸福。」土也、阿萬、曉玄、小宇是偶爾過來和一大說兩句，便又走開了去。

吃完了飯，一大用水果刀削蘋果，四人吃得很樂呼，兩個小堂妹雙手及嘴臉都沾得甜甜黏黏，一大拿了濕紙巾幫她們擦拭。

正陶醉在幸福歡樂之中，叔嬸突然出現，挨著堂弟另一邊坐下。一大見自己隔著小圓桌強打笑臉地向叔嬸問候。心想，「叔嬸幹嘛來呢？」

「哇！」一大忽驚跳起，「嬸，她幹嘛？」居然看見嬸嬸抓起水果刀，舉了便刺，坐在嬸嬸身旁的堂弟抓起籃球，啪！撞掉了水果刀，籃球脫手彈跳出去，嬸嬸大爲生氣，一巴掌打向堂弟，堂弟去撿籃球，跑遠了去。

不解的是，叔叔緊接著又抓起水果刀，舉起，但，卻猛地刺向自己左手。

「叔，他幹什麼？」一大想不通。

「咦？」

奶瓶動畫沒了，一大只好拿出大飛飛，按了開關，滅了螢光。

「叔嬸在搞什麼鬼？我們吃得好好的……」一大口中念念。過了許久，一大迷糊睡去。

第二天，一大回了封信給堂弟，

朝禮堂弟，你好，

謝謝你寫信給堂哥，堂哥很想念你和堂妹們，時間過得真快，你們都長大了吧。堂哥很想跟你碰面，可是堂哥的學校在山上，平日不方便下山找你，也許放寒假時堂哥去找你玩並請你和堂妹吃飯。

堂哥　席後天

隔了幾天，沒收到堂弟任何音信。

一大在星期六早上要去爺爺奶奶家前，裝了一壺水，帶上麥片、胡桃，先去了眼耳山。出了眼耳山地脈，一大取出貓鏡戴上，在上次同一地點，背著山壁面向山崖盤腿坐地，打坐念想堂弟。

「呵，也在打坐？」看見堂弟一人在一房間內打坐，「咦？叔嬸沒拆掉房間？」一大看出來了，那也不算房間，就是自己小五、小六住叔嬸家時，叔叔在廁所邊用幾片破木材和門板圍成的小空間。

「堂弟在我的小窩中打坐，有意思。嘿，不會覺得地方太小哦？」

堂弟收功後，走出小窩，坐到一小桌前，「哦，寫毛筆字？」見堂弟手握毛筆，正襟危坐，在一筆一筆專心寫字，一大覺得熟悉，再看，「《心經》？他在抄寫《心經》？啊，還行書的？好小子。」

一大心中有驚有喜。

看堂弟似乎一時沒停筆的意思，一大換了目標，轉去念想朱光力。

「嘿，狂牛怎那麼爽？這時候還在睡覺？」看狂牛躺在床上，再看，「啊！是醫院的床，還吊著點滴！狂牛發生了什麼事？」一大很是驚訝。

等了許久，沒看到狂牛有什麼動靜，一大戴上貓鏡再看，「啊！呆鵝？」見到呆鵝在狂牛床邊站著。隔了一會兒，呆鵝說，「叫你來陪我，也不用嚇成這付德行嘛！我們是哥們，我一鬼有多孤單多無聊，你知不知道？」

「呆鵝居然叫狂牛去陪他？瘋了。」一大念著。

「他們說我們兩個是最瞭解天大的人，他們說天大在苦練神功，如果不趕快擺平他，等他一畢業，就算十個活狂牛，十個死呆鵝都不會是他的對手了。」

「蠢到爆！死呆鵝，什麼話都信。」一大又念念。

「他叔嬸爲什麼要給我們錢花？你笨，猜不到，我告訴你，天大有一座金山，他叔嬸用一點小錢利用我們去換一座金山，鐵賺不賠的！你說，有這種好康，我們幹嘛不自己幹自己賺？」

「混……」一大暗罵。

「發哥能和我說話，移了監也找得到我，校內有他的人，我會請他傳消息給你，找機會弄你出來一起去幹掉天大，那你我，你我的家人，不就都有好日子過了！」

「發哥？是指卓發？呆鵝被人利用還搞不清楚，有膽你就來找我。」一大不想再看，收了功，起身走去。

「咦？麥片、胡桃跑哪去了？」一大甚感奇怪。

摸摸書包，打開，取出水壺喝水，「小虎。」

「一大哥，我在這。」小虎從口袋探出頭。

「小虎，有看到麥片、胡桃嗎？」

「好像往那方向去的，我以爲牠們很快會回來，沒特別留意。」

「走，找牠們去。」一大就往小虎說的方向走去。

經過幾個山洞，「小虎，這幾個山洞都長得好像，哪個是我和小丹姐去過的那個？」

「我不確定。」

「麥片、胡桃，麥片、胡桃……」一大大聲叫著。

「一大哥，你要記得回去的路。」

「當然，咦？」一大扶了扶貓鏡往身旁一山洞多看了幾眼，「小虎，去看看，裡面是不是有什麼東西？」

「好。」小虎走了。

一大將水壺放入書包，走入洞內又等了一會兒，沒見小虎回來，便拿出太極電、呱呱衣。穿呱呱衣時見引子帕也被帶了出來，一大便左手拿太極電按亮了開關，右手要把引子帕放回書包，但當太極電亮光無意中照到引子帕時，「咦？你們……怎麼？」

一大竟看見麥片、胡桃在帕子上，不，在帕子裡。

「麥片、胡桃，你們……？」一大想不通。

攤平引子帕，再用太極電亮光照去，「彈簧、小丹？」

一大極爲訝異，居然看見小丹和彈簧在帕子上，不，在帕子裡，「小丹！小丹！」一大大喊。喊了幾聲，沒回應，再看，看到麥片、胡桃和小丹、彈簧全聚在一起，還站在水邊，朝著一方向看，好像在等什麼似的。

一大叫小虎回來，小虎回來說洞內沒有看見什麼特別東西。一大定心想了想，熄了太極電亮光，隔一會兒再改用小拇指按了下鈕，對著帕子照去，「啊！」一大忽騰空而起，「咻~」一下鑽進了帕子。

一大只覺身體輕盈無比，如騰雲駕霧般飄蕩而行，靜心四望，有流水清泉，蜿蜒綺麗而下，有山色朦朧，層巒疊嶂而起，有煙波雲影，虛無飄渺而飛，宛如漫步在仙境。

正在美景中陶醉著，忽坐了下去，左右一看，自己竟似坐在一條船上，但看不見船身。一大伸手觸摸，摸得著船身、船底、船沿、船槳，很是驚訝，確是一條小船。岸樹灘石清晰可見，船應是在一條河流上順流而下。

一大將太極電、引子帕收入書包。

「小虎。」

「在。」小虎在肩膀上。

「我們是在船上吧？」

「應……該是。」

「咦？」一大看到頭頂前方有一飛天仕女，面容慈祥，周身有祥雲瑞氣圍繞，心中甚感訝異。

船行不久，緩緩向岸邊靠去，「啊？小丹？」一大看到小丹和麥片、胡桃、彈簧站在岸邊。

「小丹！小丹！」一大大聲喊。

「一大？你，你……怎站在水上？」小丹看向一大，狗狗汪汪叫起。

「小丹，我在船上。」

「什麼船？我看不見船。」

船靠近淺灘，一大抓起槳抵住淺灘，「我也看不見，但的確是一條船，一條小船，你們都上來，快。」

小丹和狗狗摸索著，都上了船。一大再用槳抵灘石推了下，船又回到河上，繼續順流而下。

小丹一上船便雙手合十念道，「南無觀世音菩薩。」

「小丹？妳……」一大好奇。

「一大，向觀世音菩薩問好。」小丹看向飛天仕女。

「哦，南無觀世音菩薩。」一大也雙手合十念道。

兩人坐下後，小丹說，「一大，我帶彈簧上眼耳山玩，打坐完後走進一山洞，卻不知不覺走到這河邊，沒多久，麥片、胡桃竟然也來了，我弄不清楚怎麼回事？」

「哦？我也不清楚，後來，我就上了透明船，還來這接你們，看來是觀世音菩薩領我來的。」

「哦？」

「小丹，我剛在眼耳山打坐時，念想了堂弟和同學，都看到了。妳打坐時有念想誰嗎？」

「我有想我的外婆，小時候外婆最疼我了，她過世後，我好想她。」

「那妳剛才見到外婆了？」

「沒有。」

「喔。」

「這條河風景好美，你知道是什麼地方？」

「不知道，欸，小丹，妳說那是觀世音菩薩？」一大指指上方。

「對啊，我和我媽、我哥打坐，有時會聞到檀香味，有時會見到觀世音菩薩。」

「喔，檀香味，我也聞到過。」

「唔唔……」狗狗忽發出低唔聲。

一大朝狗狗看的方向看去，「小丹，妳看，右邊岸上有人。」

「嗯，看到了，啊？」小丹落下眼淚。

「怎麼了？」

「外婆，我看到我外婆了。」小丹擦淚。

「妳外婆？」

小船自行向右岸靠，觀世音菩薩依然在前頭上方。

才靠岸，小丹便跳下船，奔向岸上的一位老太太。

一大看小丹想抱老太太，但抱不到，又哭哭啼啼起。

一大要狗狗待在船上，自己下船陪著小丹和老太太說些話，老太太領著小丹、一大往岸路走去，走進一屋。

「外婆，這是我們小時候住的屋子嘛。」小丹抹抹眼淚。

外婆笑笑點頭，「小丹，妳長大了，沒事要多陪陪妳媽媽。」

「外婆，我會。」

外婆坐一長沙發上，小丹坐她旁邊，一大坐小丹旁邊。

「復天和妳是同天出生的，能再遇到，都是緣分。」

一大、小丹互看一眼，心有靈犀，懂得外婆說的。

「外婆，您在這過得好嗎？」小丹問。

「外婆過得很好，有時妳外公也會來看我。」

「喔，外婆，我在眼耳山打坐，想著您，還眞就見到您了。」

「呵，外婆也想妳，感恩觀世音菩薩帶妳來。」

「觀世音菩薩，感恩。」小丹望空雙手合十。

「小丹，來，把左手給我。」外婆說。

「啊？」小丹不明白外婆要做什麼，伸出左手。

小丹見外婆拿了串佛珠，還沒看清楚，佛珠已套上了左手腕。

「小丹，這串佛珠是妳爸放我這的，他要外婆在適當時候交給妳。」

「外婆，這串佛珠滿古老的，這……？」

「這串佛珠代表身分地位，妳爸說是掌門戴的。」

「什麼掌門？我才不要。」小丹想取下，但取不下。

「小丹，復天都戴了，妳就戴吧。」

「一大？他哪有戴？」小丹回頭看一大手腕。

「我……」一大想說話。

「復天戴的，妳看不見。妳戴的，復天也看不見。」

「啊？」小丹、一大同表驚訝。

「你們還小，任督未通，看得見自己的佛珠，看不見別人的，無好緣之人也看不見你們的佛珠。」

「哦？」小丹、一大又驚訝。

「妳爸心路越走越偏，後來佛珠自動脫下他的手腕，離他而去。」

「哦？」小丹、一大更是驚訝。

「外婆，爸爸不愛我了，幹嘛還把這佛珠交給我？」

「妳爸當然愛妳，只是他心性沒修好才……，唉，妳要心存善念，廣結良緣，多種福田，幫你爸積福，佛珠會保佑妳的，懂吧？」

「外婆，我，我懂。」

外婆看向一大，「復天，外婆在你出生時就見過你了，再見面眞難得呵。」

「外婆，您好，很高興見到您。」一大回著。

「小丹很可愛的，有時候會鬧點小脾氣，沒事，隔一會兒就忘了。」外婆說。

「外婆，我哪有？」小丹嘟嘴。

「哈哈……」外婆、一大都笑了出來。

「好了，不耽擱你們了，該回去了。」外婆起身。

「外婆，我不回去。」小丹眼淚又奪眶而出。

「小丹乖，回去吧，下次有機會再見。」外婆向屋外走去。

路上，外婆一邊附耳向小丹說了些話，一邊向小船走去。小船旁，小丹跪地，一大也跟著跪下，向外婆三叩首，才依依不捨上船去。

外婆揮手，小丹、一大也揮手，告別離去。

觀世音菩薩微笑引路，船又順流而下。沒多久，小船進入一密林遮蔽的水道，周圍漸漸昏暗下來。

一大正想說話，聽到狗狗低唔聲，又聽到小丹也咦了一聲，發覺自己已站在土地上了。

「山洞？」一大四下看看，「是眼耳山山洞？」

「是啊。」小丹應聲。

兩人三狗走出山洞，四周圍看看，確是眼耳山，便朝地脈走去，一起去雙潭看爺爺奶奶。

十六、地下監獄之行

學校公告：

主旨：年終慈善午餐活動

時間：十二月三十一日上午10：00至下午4：00

主辦：本校

地點：本校操場

活動內容：免費招待兒童素食午餐

招待對象：十歲（含）以下幼兒童。

指導老師：梅揚老師，張龍老師。

備註：除由校方聯繫附近醫院、小學、縣市鎮鄉村公所，邀請孤苦貧病殘童來校之外，同學之親友弟妹亦可自由參加，十一月十五日前向張龍老師報名。校方將安排火車接送，接送細節另行安排。

中飯前看到餐廳貼的公告，飯桌上曉玄說，「學校好有愛心，要請孤苦貧病兒童來校午餐。」

「有些小朋友沒錢吃飯，日子不好過的。」一大說。

「你們家有沒有弟妹會想參加的？」土也問。

曉玄、一大、阿萬都搖頭。

「我們要用愛心招待來校的小朋友。」曉玄說。

「是。」大家點頭。

幾天後，一大收到堂弟來信，

堂哥，你好，

我們學校收到通知，說你們學校在十二月三十一日有慈善午餐，我想帶兩個堂妹去找你。

堂弟　朝禮　敬上

「這？」一大看信，愣了一會兒，去找土也、阿萬，「我堂弟妹想來參加慈善午餐，你們覺得呢？」拿著信叫兩人看。

「來……就來……嘛！」阿萬說。

「對啊，他們想來就來嘛。」土也加上。

「喂，一個小朋友寫信說要帶另兩個小朋友來參加慈善午餐，你們不覺得……是我叔嬸在背後指點的？」

「你叔嬸？那又怎樣？」土也回問。

「當然會怎樣，我叔嬸花招多了，不聯絡不碰面沒事，一聯絡一碰面鐵有事。」一大語氣肯定。

「也……對，你……叔嬸……會耍陰。」阿萬說。

「不會啦，我們只招待兒童，你叔嬸不會來的。」土也安撫。

「反正……年底才……，再……說吧。」阿萬也安撫。

一大聽著，雖憂心忡忡，也只好說，「嗯，是啊，反正還早。」

星期六早上，洗了幾件衣褲，閒著沒事，一大裝了一壺開水，揹上書包，逕自去找蚯蚯。心想，在蚯蚯面前不好戴貓鏡，便只穿了呱呱衣。

向樹爺爺問好後便在蚯蚯家洞口坐下，從書包內取出引子帕，忙叫，「蚯蚯，快來幫我看看這帕子。」

「嘿，一大哥，什麼事這麼急？」漆黑樹洞內傳來蚯蚯聲音。

「蚯蚯你看，這帕子，我爸送我的。我原以爲只是要我看內容多讀書勤練功的。後來，我發現還可見到我爸留言，更玄的是幾天前我在帕子裡看見小丹，我用小拇指按了下太極電開關對著帕子照，我居然一下鑽進了帕子，到了一條河上，坐上透明小船，見到觀世音菩薩領著我去接了小丹，還去見了小丹已往生了的外婆……」

「哦？那，我研究研究。」蚯蚯盤身調起氣來。

「你要打坐？」

「嘶，打坐更好感應。」

約半個鐘點後，「雲深不知處，時空無邊界。」蚯蚯緩緩說道。

「蚯蚯，你說什麼？」

「不只有虛擬實境，還有實物實境。」

「什麼？」

「透過太極手電筒的超然能力，帕子可送你去你看到想到的地方，或去找你看到想到的人物，如果你以後功力強了，甚至不用太極手電筒，你就可從帕子穿越時空上天下地。至於讀書、功夫、醫藥等等學習事物，帕子裡還有大師高人指導，虛幻眞實互存，精氣神人合一。你和你爸一氣相通，一脈傳承，還可互通訊息。」

「那麼厲害！我爸幹嘛送我這麼厲害的東西？」

「看來，你爸及前輩們，希望將他們的畢生所學全傳授給你。」

「喔。」一大展開引子帕看著，不可置信，「看上去，就只是很普通的一條帕子。」

「嗯，你想不想再試試？」

「試試？」

「去找喳喳。」

「喳喳？牠現在在哪？」

「不知，就因牠神出鬼沒那才好玩，我們突然在牠面前出現，保證嚇牠一大跳，哈哈，嘶嘶～」

「哈，好你個蚯蚯，那，好，就去找喳喳。」

「上我背。」

「好。」

一大上了蚯蚯背，用左手展開引子帕，用右手小拇指按了下太極電開關，對著帕子照去，「找喳喳去。」

「咻～咻～」兩道黑影飛快隱入帕內。

人蛇飄飄蕩蕩而去，一路上陰陰暗暗，涼風撲面，隱約看見一些黑影飛閃而過，一大心中嘀咕，「奇了，和上次的景色不同。」

「嘶嘶～，啊！」

一大突聽見蚯蚯大叫。

「咦？」一大眼前一片墨黑。

「是我，蚯蚯和一大哥！」

一大又聽見蚯蚯說話。

「呼呼～嘶嘶～」

一大似乎又聽見另一聲音。

黑暗中，一大身子忽地一歪，以爲是蚯蚯在大轉身，忙問，「蚯蚯，怎麼了？」

「喳喳吞了我們！」蚯蚯大喊。

「喳喳？喳喳吞……什麼？」

「喳喳！張口，放我和一大哥出去！」蚯蚯喊叫。

「噓，不能出去。」

一大聽出那是喳喳的聲音。

「喳喳，怎麼回事？」一大忍不住問。

「噓，等一下再說。」喳喳低聲回應。

一大感覺像在坐船，忽高忽低，忽左忽右移動著，一片墨黑中夾雜著腥味。

不久後，移動停了。

「蚯蚯、一大哥，我口中很安全，我現在張口，但你們別出去。」喳喳小聲說。

「啊？」一大摸不著頭緒，見到了丁點光線滲入。

「那光是什麼？」一大好奇。

「刀山油鍋，我們這是進了陰曹地府了。」蚯蚯小聲回應。

「啊？」一大吃驚往外看，陰森森的地方，有寒光閃動，有煙霧蒸騰，小聲問，「這是陰間？」

「嗯，像是陰間的地獄，用來懲治惡性重大亡魂的地方。」蚯蚯說。

「那喳喳怎麼會在這？」一大問。

「死啦。」蚯蚯說。

「胡說，我才沒死！」喳喳低聲叫道。

「呵嘶，那你沒事幹嘛來這地下監獄？」蚯蚯好奇。

「探監。」喳喳回答。

「探監？」一大、蚯蚯異口同疑。

「探華九的監。」喳喳說。

「華九？」一大吃驚。

「過大哥叫我來的，我來了幾次，他自己也來過。」喳喳說。

「過師兄？」一大又吃驚。

「是啊，人關進監獄有人探監，鬼關進地獄也得有人……或蛇探監，那受刑的人鬼心情會好些。」

喳喳說。

「喔，是。」一大點頭。

「華九的骨頭，過大哥埋葬，華九的亡魂，過大哥照顧，好人做到底嘛。」

「過師兄眞講義氣。」一大讚道。

「喂，喳喳，那你幹嘛又隱形又變大好幾倍？害我們跑進你口中還不知道。」蚯蚯問。

「這裡什麼妖魔鬼怪都有，我怕被欺負。」喳喳說。

「哈哈……」一大、蚯蚯忍不住笑起。

「喂，你們又怎會飄進這地下監獄？還沒被鬼卒阻擋？」喳喳好奇。

「喳喳，我爸送了我一帕子，蚯蚯說帕子可送我去想到的地方，或去找我想到的人物，我們就想到去找你，還眞靈，一下就找到你了。」一大將太極電、引子帕收入書包中。

「原來如此，還好我讓你們直接進我口中躲了，我冷血不容易被發現，當然蚯蚯也是，可牠背上有熱血的人類一大哥。」

「嗯，也是，冷血動物在冷冰冰的陰曹地府行動是比較方便。」蚯蚯說。

「但喳喳你可別噴毒水，如嘴巴裡再少點腥味更好。」一大笑笑。

「嘿，我早不噴毒水了，改吃素念經後，腥味也少了，我一直在努力改變中。」喳喳回說。

「那好。」

「呵，既然來了，我帶你們在地下監獄多逛一下，如何？」喳喳問道。

「路你熟嗎？」一大問。

「我神龍擺尾，三十三重天都去過，十八層地獄可難不倒我。」

「呵，是，是。」

「待會兒我一下變大，一下縮小，你們也會跟著變，別奇怪。」喳喳說。

「聽你的，沒問題。」一大回應。

「好，走了。」

又像坐船，忽高忽低，忽左忽右移動起。

一大只覺一下好冷，一下好熱，往外看，忽見火光沖天，忽見冰天雪地，有亡魂在其間受罰，狀甚痛苦。

「這地獄好恐怖，眞的有十八層麼？」一大低聲問。

「十八層地獄應不是指上下十八層，而是以受罰時間的長短及內容區分，以生前犯罪輕重來決定下到哪一層受罰。」蚯蚯回答。

「哦？」

「我記得的有泥犁、刀山、沸沙、鐵床、油鍋、剝皮、冰天、蛆蟲等等各層地獄。」

「光聽名字就夠嚇人了。」一大說，「那，打架會不會被罰下地獄？」

「打到傷人害命，是大過錯，那就會。」喳喳說。

「哦？」一大震了下。

「一大哥你這兩年打坐修身養性，又做了些善事，還抄寫了許多《心經》幫助人鬼禽鳥動物，可能都補正了以前所犯的打架小過錯了。」蚯蚯說。

「喔，是嗎？」

「地獄這般光景，任誰看過都會提醒自己要改過向善的。」喳喳說。

「嗯，華九師兄在這裡一定很不好過。」一大說。

「他是不好過，但他勇於承擔過錯，時刻拜佛誦念《心經》，懺悔生前惡行，有朝一日惡業報盡，他便有機會再輪迴轉世去。」喳喳說。

「活著時還是別做壞事，不然死後下地獄就慘了。」一大吐舌。

「『一念天堂，一念地獄。』時時心存善念，即使上不了天堂，也不致於墜落地獄。」蚯蚯說。

「善有善報，惡有惡報，因果報應，屢試不爽。」喳喳補上。

「是……」一大應著，但看到一幕，「咦？那個亡靈怎麼一直在重覆爬高跳下的動作？」

「那是自殺靈，生前跳樓自殺死了，死後到這就要接受重覆跳樓的懲罰。生命是可貴的，自殺可是一種嚴重的錯誤行爲。」喳喳說。

「喔。」一大點頭。

喳喳時快時慢，忽大忽小游走在地獄外緣，一大不時探頭外看，心中悸動不已。

「停下！」

忽傳來一聲大吼，一大探頭，看見一牛頭人身及一馬面人身者，一身鎧甲，威風凜凜擋在前方。

「你們三個活物在本牛馬將軍眼前晃盪，活得不耐煩啦？」牛將軍說話。

「兩位將軍，我們是來探望朋友的。」嗻嗻說。

「探望朋友？探望完了就速速離去，橋這頭可不許活口久留。」馬將軍說話。

「我們正要離去，謝謝兩位將軍指點。」嗻嗻說。

「他們拘了幾個亡魂，正要過奈何橋。」虷虷向一大小聲說。

一大聽了又多看一眼，見牛馬將軍身後拘了幾個亡魂，忽大叫一聲，「呆鵝！」

「唰！」一大瞬間被拉出了嗻嗻蛇口。

十七、牛馬大將軍

一大定睛一看，見自己已然站在牛馬將軍面前。

「報上姓名！」牛將軍對一大說。

「席復天。」一大報了姓名，聽見背後有喳喳和蚷蚷的嘶嘶呼呼聲。

「那兩條小蟲，閉嘴！」馬將軍訓斥，轉向一大，「你膽子不小，敢在這裡大喊大叫。」

「牛馬大將軍，不好意思，我是看到朋友，才不小心叫出聲的。」一大鞠躬。

「看到朋友？嗯，哪個是『呆鵝』？」」馬將軍問。

「那個，吳大山。」一大指指。

「吳大山，上前。」馬將軍回頭叫。

一大見呆鵝面有懼色走上前來。

「吳大山，你朋友來看你，准你們說幾句話。」馬將軍說了，把呆鵝讓到一大面前。

「這亡魂吳大山有高人助他藏匿了好一陣子，今天才拘到！」馬將軍說。

「喔。」一大心中大致清楚。

「天天天……大，你……你你……我……這……」呆鵝面對一大，語無倫次。

「呆鵝，怕啦？你不是說我是一座金山，想叫卓發告訴狂牛一起私下幹掉我嗎？」

「啊？金山？哦，是他們……他們說的……說你有『黃金小鎮』，不是我，不是我……」呆鵝忙搖手。

「『黃金小鎮』？他們說什麼你都信？」一大冒火。

「等等，你們在說『黃金小鎮』？」牛馬將軍忽地貼近呆鵝身旁。

一大、呆鵝立刻閉口。

牛將軍貼近一大，「再報姓名！」

「席復天。」一大又報一次。

「外號！」

「一大。」

「一大？你這半人半鴉，也敢自稱一大？」牛將軍語帶譏諷。

「人鬼鳥獸愛叫我一大，不行麼？」一大拉高嗓門。

「你敢對我大聲，找死！」牛將軍伸手抓一大左手腕，腕上有佛珠護著，一閃滑過，沒抓著。

牛馬將軍便一齊上前來抓，嗻嗻和蚯蚯忽變大了幾倍，嘶嘶叫起，擋在一大和牛馬將軍中間。

馬將軍吼道，「在這地府大門，你們敢如此放肆？」

「喳喳、蚯蚯消消氣，我和牛馬大將軍說清楚，沒事，沒事。」一大急忙阻擋兩蛇。

「哼！膽敢擾亂地府？等著，我召我拜把兄弟來綁了你們下地獄，讓判官審你們個七天七夜。」

牛將軍退後一步，念念有詞。

「呼嘩～」一陣陰風刮起，一縷金光中閃出一隊兵丁。

「牛兄馬兄找小弟來，所爲何事？」

一熟悉聲音大呼呼地傳來。

「豹……」一大正要叫。

「哇哈，一大！」金豹隊長已昂然站立在一大面前，背後跟了二三十名兵丁。

「豹哥，這？」牛將軍搔頭湊來。

「哈哈，牛兄馬兄，看來是大水沖倒了龍王廟。這一大是我金豹的好友，我送您兩位的《心經》就是他抄寫的。」

「他眞是那位抄寫《心經》的一大，唉唷唷，我剛才就不該懷疑他。」牛將軍又驚又喜。

「不好意思，這位眞是抄寫《心經》的一大？抱歉，抱歉。」馬將軍也連連道歉。

「一大，今日怎有空和兩位大蛇朋友到奈何橋走動呵？」金豹看著一大。

「豹哥，是我和蚯蚯蛇要找喳喳蛇，喳喳蛇正好在地獄探華九大哥的監，我們三個見著後就一塊在這地下逛逛，逛到了這橋，剛好遇上牛馬大將軍正拘著幾個亡魂過橋，我看到亡魂中有我一叫呆鵝的朋友，我就叫他，兩位將軍職責所在，找我問問話。」一大說了經過。

「哈，原來如此，沒事，牛馬將軍是我拜把兄弟。」金豹拍胸脯，「一大，接下來想去哪？豹哥護送你們。」

「等等。」牛將軍插嘴，「豹哥，我和老馬得好好謝謝一大才是，由我們護送吧。」

「不敢當，兩位大將軍和豹哥都公務在身，不用送，我們正準備回去，自己走就好。」一大說。

「哦，那，一大，這惡魂吳大山想要對你不利，你要不要教訓他一下？」馬將軍指著呆鵝。

「不不，不用，吳大山他是我小學時要好的同學，我跟他常開玩笑鬧著玩，他被人利用丟了小命，還麻煩兩位大將軍未來在這多多照顧他，謝謝。」一大鞠躬。

「呵，一大小兄弟可眞是心胸寬廣啊！放心，你一句話，我們定會好好照顧他的。」馬將軍說。

「那我們拘上亡魂先走了，各位再見。」兩位將軍告辭走了。

「牛馬將軍再見。」一大揮手。

「一大，那豹哥我和甲士們也走了。」金豹說。

「好，豹哥再見，謝謝。」

金豹手一揮，大風一吹，兵丁全消失了。

喳喳要回雙潭找過師兄，一大順路，要去看爺爺奶奶，蚯蚯則回樹洞家。

一大上了喳喳背，呼，一陣風，到了雙潭。過師兄不在，爺爺、奶奶、水水也都不在。喳喳回山下收容所去，一大便獨自划了竹筏去潭中島，「中午都過了，小虎，你在吧？」竹筏上，一大頗感孤單又饑餓。

「嘎，我在，一大哥，氣氛有點不尋常。」小虎爬上一大肩膀。

「嗯，好像還在陰間。」

「就是，沒聞到一點人氣，咦？一隻鴿子飛來，是米米。」

「米米？」一大警覺四望。

米米飛來，「一大哥，方老師受了傷，梅老師急著找你。」

「方老師？他怎麼會受傷？」一大驚訝。

「好像跟地下保險櫃的什麼密碼有關。」

「地下保險櫃？」一大立刻掉頭，往岸邊划。

「呱，一大哥，別划了，我揹你。」

「呱呱？」一大見呱呱已飛落在竹筏上了。

二話不說，一大跳上呱呱的背，立刻起飛。

「是飛飛在坑道看到方老師倒在地上，告訴羊皮，羊皮轉去通知梅老師的。」呱呱邊飛邊說。

「哦？方老師怎會受傷？嚴重嗎？」

「不暸。」

「可是，梅老師找我，我幫得上忙嗎？」

「不暸，等一下你看就知了。」

呱呱很快飛落在梅老師家門附近。

一大跳下呱呱背，衝入梅老師家，在門口往裡一看，梅老師和梅師母都在客廳站著，長沙發上躺了一人，面色發黑。

「席復天。」梅老師手掌豎直示意一大別靠近，然後走向一大，低聲說，「方老師傷得很重，校長來看了也幫不上忙，送醫來不及救，老師認爲只有你爸救得了他。」

「我爸？他不在這。」

「你吹一下竹管，先找寸尺來一下。」

「啊？喔。」

一大往書包裡摸去，拿出竹管，吹了一下，等一會，沒動靜，又吹了一下。

「咻～」一小黑影忽地蹦了來。

「一大哥，找我？」

「寸尺！你來啦！這是梅老師和梅師母，他們是我爸認識幾十年的老朋友。」

「是，梅老師，梅師母您們好，我叫寸尺。」寸尺向梅老師及梅師母鞠躬。

「寸尺，我同事方元老師動了席復天他爸爸的坑道保險櫃，受了重傷，我想只有席復天他爸爸救得了他。」

「哦？我先看看。」寸尺說。

「來，跟我來。」梅老師走進客廳，寸尺跟上。

一大原地站著，遠遠看向那面色發黑之人，確實是方元老師。

寸尺走近長沙發，看那躺著的人。

「梅老師，方老師鼻息微弱，他之前說過什麼話嗎？」寸尺問。

「『大象』。」

「『大象』？」寸尺想了一下，「我帶他去讓席先生看看吧。」

「好。」

寸尺四下看了看，走向一大，「梅老師已把方老師聽宮穴暫閉，聽不到旁人說話。」

「哦？」

「你拿出引子帕，先問問你爸。」

「引子帕？問我爸？」

「嗯，我跟你說怎麼弄。」

一大拿出引子帕，去小桌上鋪平。

「我說你寫，用右手小拇指。」

「喔。」

「爸，我學校的方元老師被象鼻噴了黑面藥，可否讓寸尺帶他穿越引子帕去找你醫治？」寸尺說，一大一面疑惑看向寸尺，一面用小拇指在帕子上寫。

「復天，可以，代爸問候梅老師和梅師母好。」帕子上顯示出爸爸的回覆。

「哇！這……」一大睜大雙眼，「寸尺，我爸他說可以。」

「看來，方老師是想開你爸的保險櫃，被大象用象鼻噴了一臉黑面藥，那黑面藥是你爸的獨門祕方，只你爸有解藥。」

「哦？」一大傻眼。

「黑面藥似乎威力不小。」

寸尺走到沙發旁，向梅老師說，「梅老師，那我就帶方老師去找席先生了。」

「好，請。」

寸尺回頭，「一大哥，拿帕子靠近我一點。」

「喔。」

一大靠近長沙發，「咻～咻～」兩條黑影閃入帕子。

一大悄看梅老師和梅師母，他倆並無驚訝神色。

梅老師指著椅子說，「席復天，坐。」

一大收了帕子，和梅老師面對面坐下，梅師母仍一旁站著。

「席復天，方老師他不是愛錢貪財的人，也許這次是被人威脅或利用了。可他是資訊老師，學校裡的電腦及同學們保險櫃的程式設計大都由他經手指導，校長指示，即刻通知同學到地下坑道查看保險櫃，修改密碼。」

「喔。」

「看來早期沒有全部都用電腦設定的保險櫃還更保險些。」

「嗯。」一大頓了下，「哦，對，我爸要我代他問候梅老師和梅師母好。」

「喔，謝謝。」梅老師笑笑。

梅師母說，「復天，你最近一定要更注意自身安全。」

「是，師母，嗯，師母，有沒有包子饅頭，那個……我還沒吃中飯。」

「哦，師母去下碗麵給你吃。」師母往後頭走去。

「牛馬將軍沒留你吃中飯？」梅老師看了眼一大。

「啊？」一大心底一涼。

「出門也沒帶狗狗？」梅老師又補一句。

「我……？」一大如坐針氈。

匆匆吃了麵，一大回寢室找土也、阿萬、曉玄、小宇，他們都已接到通知儘快到地下坑道查看保險櫃，修改密碼，五人便帶上狗狗去地下坑道。

看過保險櫃，都沒異樣，土也、阿萬、曉玄、小宇還是修改了密碼。一大想想，重要物品平時都在書包中隨身攜帶，保險櫃裡只有一枚金幣，也就沒去修改密碼。

一大另想抽空去查看爸爸的保險櫃，飛飛倒先飛來說，「一大哥，你爸爸的保險櫃沒事，我會多留意，有什麼狀況會通知你。阿彌陀佛。」

「喔，謝謝飛飛，阿彌陀佛。」一大心安了些，「飛飛，方元老師去動了我爸爸的保險櫃，你當時有看到其他什麼東西嗎？」

「有，附近坑道有幾個鬼影。」

「喔。」

十八、冰火手

一星期後，學校公布，方元老師因病請假，數學資訊課暫由他校請來的戚東峰老師代理。

華九每晚依舊到雲霧操場教一大和羊皮功夫，一大只要有篆體抄寫好的《心經》，就送給他。

華九倒看得開，常嘻嘻哈哈的，這晚教完一大和羊皮功夫後，說，「我如今在死罪難免的情況下，還交了幾個陽世朋友，如過九堂、喳喳、一大你，眞想不到。」

「喳喳說過，師兄勇於承擔過錯，又拜佛誦念《心經》懺悔，等惡業報盡，就可轉世去。」

「哈，是呵，我那鬼王老冤家也跟我說了類似的話，沒問題，師兄會好好的修，修好了再投胎重新做人。一大，你和羊皮，一人一鬼跟我學功夫，也是有緣，看你們倆根性不差，這樣……」看了看一大，突說，「你把手伸出我看看。」

一大便把雙手掌面朝上伸出，羊皮一旁好奇看著。

「掌面朝下。」華九說。

一大便掌面朝下。

「呼～」華九拔地飛起，接著頭下腳上倒栽蔥地伸直雙手，掌面朝下，啪地貼上一大兩隻手背。

「啊？」一大驚叫一聲，雙手立感極冰極寒，猛抽手卻抽不回，眼睜睜地看著凍白的手指冒著冰氣，麻木不仁，腦中閃過被叢爺爺幽靈手打上臉頰的一幕，大叫，「冰……冰……冰死了！」

還在想該怎麼辦，雙手似有了溫溫的感覺，一大只當是錯覺，可是隔了一會兒，「咦，眞是溫溫的？」眞的有溫度的樣子，一大的心放鬆了點。

看雙手有點血色，心中仍懷疑，「師兄，你……？」忽又驚叫一聲，「哇？燙！」雙手突感極熱極燙，一大用力抽手，但仍抽不回，眼看著紅腫的手指冒著熱煙，恐懼之情再度爆炸。

「羊……皮……」一大努力迸出兩字看向羊皮求救。

羊皮傻了，不知怎辦。

「麥……片、胡桃。」一大情急叫狗。

兩隻狗蹲地唔唔，也沒動作。

「呵，好了。」華九雙掌一撐，飄飛而離，回站一大身旁地上。

「我的媽呀，這……這……」一大看向自己雙手，難以置信，「師兄，我的手，你剛才在幹嘛？」

「羊皮，該你了。」華九沒理一大，轉向羊皮說。

「我？」羊皮大爲驚嚇。

「伸手掌面朝下。」華九催促。

「喔。」羊皮只好也伸出雙手，掌面朝下。

「呼～」華九又騰空飛起，頭下腳上，掌面朝下啪地貼上羊皮兩隻手背。

「哇！哇！哇！」

一樣的過程把羊皮也弄得哇哇大叫，一大一旁看得瞠目結舌。

末了，華九雙掌一撐，飄飛而離，回站地上，「哈，成了，冰火手！」

「師兄，我，這……」

「一大，好好修身養性，我的榮譽放封假放完了，以後我有機會才會來，你自己要好好……」

「咚咚咚……」鼓聲傳來，師兄話沒說完便消失了。

一大和羊皮互相看看，又看看手，不知怎麼回事。

「羊皮，你的手有沒有怎樣？」一大問。

「我是鬼，沒什麼大感覺，你的手有沒有怎樣？」羊皮反問。

「現在也沒什麼感覺，可是剛才嚇死我了！」

兩人分手，一大回到寢室，還在低頭看著雙手。

「你手上有黃金哦？」土也迎面走來。

「嘿，沒什麼，我只奇怪，人爲什麼一隻手有五根指頭？」一大詭詭一笑。

「嫌多？剁一根給我？」土也說。

「哈哈……」阿萬一旁聽了大笑。

一大看看兩人，「土也、阿萬，來，抓我的手。」

土也、阿萬遲疑。

「呵，你又不是美女。」土也笑笑。

一大不管，雙手左右一伸，分抓住土也、阿萬的手。

「有沒有什麼異狀？」一大盯看土也、阿萬。

「毛……病！」阿萬忙甩開手叫道。

「有毒！呸呸……」土也也叫。

「哈，看來沒異狀。」一大看著雙手，走去書桌前坐下。

聽背後土也、阿萬還在低聲譙罵。

「小虎。」

「有。」

「到我手上來。」

「不。」

「來。」

「我小命要報銷了？」

「胡說，土也、阿萬都沒事，你會飛簷走壁，比他們強多了。」

「嘎，好吧。」

小虎慢動作爬上一大雙手，待了一會兒，「嘻，還活著。」

「小虎，你看華師兄對我的手做了什麼？」

「不瞭。」

「嗯，算了。」回頭叫，「土也、阿萬，洗澡去。」

洗完澡，一大去書桌前坐下，抄寫起《心經》。

晚點名前，一大收了筆硯，又看雙手，隨手拿了支鉛筆快速向左掌刺去。

「啪！」

「啊？」一大一驚跳起，「這？……」

右手上的鉛筆剛要碰到左手掌時，竟斷成了三截，散落桌面！

「哇！」一大小聲驚叫。

又再坐下，低頭細看桌面，用手指捏起三截散落的斷筆，「咦？」手摸斷筆，竟有兩截冰冷，一截暖熱。

晚點名，一大匆匆將斷筆放入抽屜。

燈熄了，一大躺在床上輾轉難眠，反覆思索，「師兄說什麼……『冰火手』？」

隔天上課前，一大戴上貓鏡，「羊皮，我昨晚拿鉛筆刺左掌，還沒刺到手，鉛筆就斷成了三截，你看會不會和華九哥的那個什麼冰火手有關係？」

「有可能，我剛不小心走到太陽下，發覺我居然不怕太陽了，我還在想是怎麼回事。」

「哦？你不怕太陽了，那，看來八成都跟華九哥昨晚那招有關係。」

「今晚問問他？」

「今晚不一定遇得見他，我們自己再看看還會不會有什麼其他怪事發生。」

「嗯。」

「喂……」一大突睜大眼指著羊皮右手，「羊皮，看你的手，右手。」

「啊？」羊皮一看跳起。

「那是什麼？」

「玉米！」

「玉米？怎從你手上長出梗子綠葉？」

「我剛撿了幾顆玉米粒，拿了顆放在手心。」

「然後就長出玉米梗葉來了？哇，還在長！」

「十幾公分了！」羊皮盯看著。

「糟糕，老師來了。」一大抬頭見老師進了教室，急中生智，「快，換左手，把玉米梗葉換到左手去！」

羊皮立刻將玉米梗葉換放到左手中。

玉米梗葉停了生長，接著縮短，回復成一顆玉米粒。

「呵……」一大和羊皮大噓一口氣，相視一笑。

上課了，是井老師的語文課。

一堂課上得迷糊，一大心中有許多雙手的疑問。

下課時土也湊來，「一大，你課前和羊皮在幹嘛？」

「玩鬼把戲。」

「鬼把戲？」

「不信？自己看。」把貓鏡遞給土也，「叫羊皮弄鬼把戲給你看。」

阿萬也湊了來，只見土也戴著貓鏡，「哇！哇！」叫著。

阿萬接過貓鏡，也「厲……厲害！」叫著。

曉玄好奇來接過貓鏡看，也「唷，神奇！」叫著。

都看完了，三人傻愣著。

「羊皮可……以把我變……瘦嗎？」阿萬問道。

「就怕把你變更肥，然後變不回來。」土也說。
「那……算……算了。」阿萬忙搖手。
「哈哈……」幾人嘻笑。
晚上，一大帶了麥片、胡桃去操場練功，穿上呱呱衣、戴了貓眼鏡。沒一會兒，羊皮走來，「一大，走，有好玩的。」
「什麼好玩的？」
「在操場會被人看到，去樹林裡。」
「那麼神祕？好，走。」一大跟羊皮走到教室後的樹林裡，麥片、胡桃也跟著。
到了樹林裡，「給你一顆。」羊皮從褲口袋拿了顆小東西出來給一大。
「是什麼？」
「玉米粒。」
「玉米粒？」一大伸手接過。
「我下午來這，把一顆玉米粒放入右手握著，嘿，可好玩了。」
「哦？」
「你也放入右手心，握著。」
一大照做。

「哇，玉米梗葉？這……」一大感覺右手有東西在動，一看大驚，「我也可以跟你一樣？他還在長？喂，要不要換到左手去？」

「不用啦，那多沒意思，你看著嘛。」

「哇！哇！」

只見玉米梗葉在一大右手中迅速長大，「握不住了！」看羊皮右手中那棵也一樣長大到握不住了。

「放地上，右手繼續握住他的梗葉。」

「哦？」一大照做。

見羊皮已將玉米梗葉放到了地上，右手繼續握住一梗葉。

玉米根快速入地，梗子拔地而上，綠葉一左一右地迅速迸生而出。

麥片、胡桃唔唔汪汪叫起。

一大正想叫麥片、胡桃小聲，竟忽覺自己雙腳離地，騰空而起，「哇呀！」

「哈哈……」羊皮在笑。

一大看向羊皮，羊皮早已懸在離地三、四公尺處，而玉米梗子還在不斷長高。

「羊皮，玉米梗會長……多高？」

「不知道，我下午試時已高過那些樹頂了。」

「那麼高？」

「你懼高？」

「沒的事！」

「那好，今晚我們就刺激到底，看這玉米梗到底能長多高……」

「好。」

黑暗中，一大見玉米梗很快已長高過了樹頂，右手握住一梗葉，雙腳則踩住了下方另一梗葉。

「唔唔汪汪……」

有狗叫聲近處傳來。

「一大，麥片、胡桃跟上來了。」羊皮在距離一公尺遠的另一株玉米梗上叫喊。

「啊？」一大低頭下看，「啊，麥片、胡桃，你們居然跟上來了，小心別掉下去。」

「一大哥，我這些葉片又寬又大又牢靠，三五個人一起上來都沒問題，你加麥片、胡桃算輕的了。」

一聲音沙沙傳來。

「誰在說話？」一大問。

「是玉米。」小虎回答。

「玉米？」

「一大哥，你好，我是玉米，有人叫我玉蜀黍。」

又有聲音沙沙傳來。

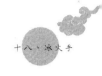

「哦，玉米，你好，謝謝你們載我和羊皮及狗狗們到這麼高的地方玩。」

「嘻，不客氣。」

「玉米，你們最高會長到多高啊？」

「哦，如果你右手握住我不放，我就會一直長高，高到雲上，碰到星星，摸到月亮……」

「哇，那？」一大心驚，向另一株玉米梗看，喊道，「羊皮，如果我們右手一直握住玉米梗，他就會一直長高，到雲上，到星星，到月亮。」

「哦？那太高了，我放開右手，不長高，躺葉上休息好了。」羊皮回著，已放開了右手，躺在葉上。

「羊皮，你沒重量，躺著當然不會掉下去。」

「葉片又寬大又穩當，你有練氣，又穿著黑羽衣，也很輕的。」羊皮說。

「喔，那我試試……」一大先坐在葉上，再放開右手，「哈，可以，哈，太爽了。」

兩支玉米梗高高立著，迎著微風，輕輕搖晃，一大心中好不愜意。

「一大，旁邊有幾朵雲飄著，我們上到雲朵上了。」羊皮說。

「哦？」一大四望，夜暗中，是有幾朵白雲在身邊飄著，面上還偶有雨絲飄來。

「一大哥，你好，我是雲仙子，歡迎你們來我家玩。」

有聲音柔柔傳來。

「啊？」一大吃驚。

「一大哥，別吃驚，你上到這麼高，當然就到了雲仙子的家啦。」

柔柔的聲音又說。

「喔，喔，雲仙子，你好，晚上了，沒打擾到你休息吧？」

黑暗中，見如棉絮般的雲團忽聚忽散。

「沒有，白天時我們飄在學校中，就常見得到你，你今晚來，我們可是很歡迎的。」

「喔，學校的雲和霧？那是你們？」

「『雲霧』兩字，就是你們學校的名字呵。」

「對耶，我平時可沒多想。」

「嘻，霧多，就少看到雲了。」

「是呵，少看到雲，也少看到雨。」

「嗯，你喜歡雨？」

「中等。」

「你要是喜歡雨，搭玉米梗上來說一聲，我就下點雨。」

「呵，這有意思。」

一大索性躺下，翹起二郎腿，仰望若隱若現的星月，「太爽，太舒服了。」

躺了一會兒，聽見雲仙子說，「一大哥，晚了，該回去休息了。」

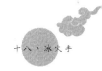

「喔，是，很高興認識你，雲仙子，有機會再上來找你。」

「好。」

一大轉頭向另一株玉米梗喊道，「羊皮，晚了，我們該回去了。」

「好，我們回去吧。」

一大和羊皮分用左手握住一梗葉，玉米梗很快下縮，沒多久就回到了地上。

一大和羊皮相視大笑，麥片、胡桃也汪汪叫著。

「上面眞太正點了，有機會再來玩。」羊皮說。

「眞不可思議呵！我還和玉米，雲仙子說話呢。」一大笑說。

兩人分將玉米粒收了，道別而去。

十九、玉米梗上遇襲

星期六上午，寢室中打掃完環境後，土也走來，「一大，無聊死了，找個節目玩玩吧？」

「我哪有節目？」一大回看阿萬躺在床上，也一副無聊樣。

「你今天不去爺爺奶奶那嗎？」土也又問。

「今天不去，留下跟你們一起無聊。」

「無聊！」

「那……嗯，去樹林裡玩？」一大提議。

「樹林裡有什麼好玩？」

「捉迷藏，叫狗追，爬爬樹……，嘿，等等……」一大突停住，手伸入褲口袋。

「你想到什麼了？」土也看一大。

「叫阿萬起來，走！」

「走？去哪？」

土也已一腳勾過，叫起了阿萬。

「土也、阿萬，記不記得前幾天羊皮的鬼把戲？」

「記得。」兩人點著頭。

「那好，土也，你去找曉玄、小宇。阿萬，你去帶我們的狗狗，六隻。我去找羊皮，半小時後，在教室後面的樹林裡碰頭。」

「你想幹嘛？」土也疑惑。

「打敗無聊，去，快去。」

「喔。」

土也，阿萬走了。

一大揹了隱形書包，戴上貓鏡向圖書館方向快跑，去找羊皮。

在圖書館大門前就看到了羊皮，「嘿，羊皮，你怎會在這？」一大奇怪。

「秋冬之交，晒晒溫暖的太陽。」

「見鬼了，鬼晒太陽？」

「喂，你忘了我這鬼不怕太陽了？」

「呵，是，抱歉。」一大頓了下，「你身上有帶玉米粒嗎？」

「有，幹嘛？」

「土也、阿萬、曉玄、小宇想再見識你偉大的鬼把戲，走，到教室後的樹林裡，他們一會兒就到。」

「哈，我剛還悶著，以為又是一個無聊的星期六。」

「羊皮，如果他們看到我也會弄鬼把戲，保證會嚇到去收驚。這樣好了，我們先去把玉米梗弄個一人高，他們來了就說是你弄的。」

「呵，好。」

在樹林裡，一大和羊皮把兩棵玉米梗弄長到約一人高後，就站到一旁等著。

沒多久，狗狗們的叫聲先到，幾隻狗衝了來，麥片、胡桃更直接跳上葉片。

「麥片、胡桃，下來。」一大趕緊叫，「噓，我們要給土也他們一個驚喜。」

麥片、胡桃跳了下來。

土也、阿萬、曉玄、小宇到了。

「一大，你有新把戲呵？」小宇先問。

「喂，你們看，這兩棵是不是羊皮那天玩的鬼把戲……的玉米？」土也指著兩棵玉米梗。

「不會吧，哪有這麼高大？」曉玄看著玉米梗葉。

「羊……皮……有來……嗎？」阿萬問。

「來啦，你和他聊聊。」一大將貓鏡遞給阿萬。

阿萬、土也、曉玄、小宇分別和羊皮說了話，臉上都顯露出不可置信的神情。

一大接回貓鏡戴上，「好啦，有懼高症的先舉手。」看沒人舉手，「土也、曉玄，你們跟我上這一棵，阿萬、小宇跟羊皮上那一棵，狗狗，三隻上一棵。」一大跳上一棵，右手抓緊玉米梗葉，玉米梗隨之長高。

「哇！」「哇！」幾人驚叫。

「快，上來，抓牢！」

阿萬、土也、曉玄、小宇分別跳上，緊抓玉米梗葉。「哇！」「啊！」聲此起彼落。

玉米梗高過了樹頂，直到碰到了雲端，一大才放開右手。

一大大聲喊道，「你們雙手抓住梗葉，雙腳踩好另一梗葉，大膽的話，就放手躺在葉片上看風景看白雲。」

「哇哈，太刺激了。」土也大喊。

「阿萬，你抓好，別掉下來壓扁我！」小宇那邊叫。

「妳……不會……接……住我哦？」阿萬回她。

「哈哈……」大家笑鬧。

一大往下看，土也在他下方一公尺處，曉玄在土也下方一公尺處，三隻狗狗在靠近土地的葉片上趴著。三公尺外的另一棵玉米稈從上到下是羊皮，阿萬及小宇，最下方是三隻狗狗，也在葉片上趴著。

秋高氣爽時節，陽光暖暖晒著，清風徐徐拂來，「哈，眞是太爽了！」一大在葉片上躺下。

「這好像是在天堂，我要飛起來嘍。」曉玄開心坐在葉片上。

「曉玄，這根本就是天堂，我早就飛起來啦。」小宇在另一棵上喊道。

「一大，我上去找你。」土也向上喊。

「歡迎，啊！」一陣搖晃，一大大叫，「土也，你動作小點！」

汪汪汪，底下有狗急叫聲傳來。

一朵白雲飄近，「一大哥，小心，下面有人在衝撞玉米稈。」

「雲仙子？你說下面有人？」一大扶著貓鏡，極目下看，「哇，大家小心！」

一大居然看見有三四個快速移動的小黑點在兩棵玉米稈周圍跑動。

「羊皮！」一大回頭叫羊皮，見羊皮已自高處飛跳而下。再看，六隻狗狗汪汪叫，已順著葉片跳到地上，追咬快速移動的小黑點。

又是一陣搖晃，土也、阿萬、曉玄、小宇發現有異，緊緊抱住玉米稈子，不敢妄動。

「一大，是有人在下面搖我們嗎？」土也問。

「我……不清楚。」一大懷疑。

「一大哥，那些人搖我，我想，有辦法脫身！」有沙沙聲音來說。

「是玉米？有什麼辦法？」

「你左右手交握玉米梗，梗子會一長一縮，一上一下，我們可借力使力，就著力道帶你們跳出樹林到操場，擺脫掉那些人。」

「好！」一大往下大喊，「羊皮！羊皮！」

羊皮「咻～」地上竄到一大身邊，「一大，下面是卓發帶了人來。」

「卓發？他……！羊皮，快回你那棵，握住梗子，左右手交握玉米梗，那樣玉米梗會一上一下，帶我們跳出樹林去。」

「喔，好。」羊皮立即跳回另一棵玉米稈。

「大家抱緊稈子！」一大大喊。

很快的，兩棵玉米梗便忽長忽縮，梗葉唰唰猛烈抖動，大大縮低又大大長高，兩三次後，掙脫了泥土，隨之蹦跳了起。

「哇！」「啊！」「哎呀！」同學們高聲驚叫。

一大和羊皮左右手忙著交握梗子，兩棵玉米梗巧妙避開林間樹木，跳蹦而去，約十來分鐘後，兩棵玉米梗已跳到了操場邊緣。

一大回看，樹林裡那幾個快速移動的小點沒再跟來，六隻狗狗圍繞在玉米梗下汪汪跑叫。

「玉米，謝謝你，到操場了，我現在就只用左手握梗，好讓同學儘快下到地上去。」一大說。

「好。」

一大的玉米梗開始往下縮去，另一棵也跟著。

一大見土也、阿萬、曉玄、小宇平安落到地上，「呼！」大呼一口氣。一抬眼卻見梅老師和張龍老師帶著兩隻狗遠遠走來，「哇！」左手一緊加速下縮，趕緊下地，將玉米粒放入褲口袋，另一棵的羊皮也下了地。

「梅老師來了！」土也大叫一聲。

阿萬、曉玄、小宇同時回頭，一看，全都愣住，傻站原地。

梅老師和張龍老師走近，梅老師笑笑，「課外活動呵，好，活動結束了，去洗洗手臉，準備吃中飯。」

幾人不敢說話，快步離去。

「席復天。」梅老師背後叫住一大。

一大倒抽一口氣，轉回頭，「老師。」

「剛才看到的那些人，有你見過的嗎？」梅老師問。

「啊？喔，有，卓發。」

「卓發？你確定？那麼高看得清楚？」

「啊？喔，羊，羊……，他……」

「好，老師知道了，你回去，狗狗全交給老師。」

「是。」

八隻狗狗跟梅老師和張老師走入樹林去。

一大愣站了一會兒，才剛轉身要走，「咻～」竟瞥見一東西從林子裡射出來，驚叫一聲，「箭！」說時遲那時快，距離太短，來不及提書包擋，一大本能地舉起左右手揮擋，「啪！」箭身打橫撞上雙手，掉落地上。

一大見到張老師飛快地向放箭方向跑去，狗狗們汪汪大叫跟上。

一大彎下身尋找斷箭，找到兩截，一截箭桿和一截箭尾，撿起看，箭桿箭尾上沒任何布條或文字，但兩截溫度有冰有熱，又彎下身找，「箭頭呢？」

梅老師走向一大，「斷箭交給老師看看。」

「喔。」一大遞上兩截斷箭，梅老師接過去看。

「梅老師！」

聽見張龍老師在林子邊喊叫。

梅老師一聽，跑上前去，和張老師一起再度跑進林子，一大愣了兩秒也隨後跑進林子。

梅老師和張老師低下頭似在看什麼東西，狗狗們在一旁低唔打轉。

「啊！」一大上前一看，梅老師和張老師腳下草葉枯枝中俯趴著一黑衣人，再看，那人左屁股上有血滲出，「箭……頭？」一大暗叫一聲。

「他還有呼吸。」張老師探了那人鼻息，「昏了，難道箭頭有毒？或是有麻藥？」

梅老師彎下身看那人滲血處，把了下那人腕脈，「我們先抬他到操場那空曠處去。」

一大聽到有毒，麻藥，心驚膽顫。

梅老師、張老師合力，才翻轉那人臉面，一大就叫出聲，「卓發！」

「席復天，去找根籐蔓來綁住他雙手，防他醒來暗算我們。」梅老師說。

「喔。」一大快快找了籐蔓來綁了卓發雙手，再幫著將卓發抬到操場空曠處。

將卓發俯趴放置於操場後，梅老師蹲下又把了下卓發腕脈，「沒中毒現象。」向張老師說，「你去開車，先載他去校長室，請警方過來處理，再看情形送醫院。」

「好。」張老師快跑離去。

梅老師轉向一大，「席復天，兩手伸出來。」

一大伸出雙手。

「沒受傷。」梅老師上下看看，「好，你去吃飯。」

「是，謝謝老師。」一大鞠躬，轉身離去。

二十、校內警戒

兩天後，星期一的下午，一大在寢室內抄寫《心經》，梅師母來，「復天，那個受箭傷的卓發，是卓武的兒子，前些日子假釋出來的。」

「他是卓武的兒子？」

「嗯。」

「那……？」

「這回被塗了痲藥的箭回射，卓武認定是你幹的，動員要捉拿你。」

「啊？箭回射是卓發他自作自受，沒關係，反正卓武要捉我也不是第一次了。」

「你千萬要小心。」

「謝謝師母，我會小心的。」

師母走了，一大心情七上八下，放下毛筆，躺到床上想事。

「唔唔……」

床邊有狗聲傳來，一大翻身跳起，「麥片？」

「一大哥，呱呱在外面說要找你。」麥片說。

「喔。」一大披上外套跑出寢室。

「一大哥，最近如何？」呱呱在一松枝上說話。

「普通，你呢？」

「尚可，但你坐玉米雲霄飛車去和雲仙子聊天，還用麻藥箭射穿了卓發屁股，那可不普通喲。」

「嘿，我說呱呱，你沒事就愛偷窺呵？」

「偷窺？也對，但若沒有我偷窺，你的情報網不就失靈了？」

「情報？難道你有啥特別情報？」

「有，蚯蚯要冬眠了。」

「蚯蚯每年這時都冬眠，哪有什麼特別？」

「你有同學昨天去醫院看姓卓的。」

「啊？誰？誰去看卓發？」

「屁股也受傷的那個。」

「小洪？」

「特別吧？」

「他去回診或換藥，也沒什麼特別。」

「孫子陪他一道。」

「孫子？」

「也不特別？」

「不特別，他和小洪是好友。」

「還有你嬸。」

「我嬸？」

「特別了吧？還有另一個姓卓的。」

「另一個姓卓的？」

「卓武。」

「卓發是卓武的兒子，搞在一起，正常，可孫子、小洪、我嬸這時候也去和他們搞在一起，那就詭異了。」一大心情又七上八下。

「好啦。報告完畢，我得走了。」

「喔，呱呱再見。」

「再見。」

一大想了一會兒，「蚯蚯要冬眠了，找牠說說話去。」回頭對麥片說，「麥片，在這等我一下，待會兒一起找蚯蚯去。」

「好。」麥片蹲下，一大回寢室拿書包並放了幾張《心經》在裡面。

去找蚯蚯的林間小徑上，半途見到大公雞快步跑來擋住一大，「一大哥，有沒有人鬼跟蹤你？」

「人鬼跟蹤我？麥片算不算？」

「不算，麥片是警犬。」

「呵，是不是又有蛇蟲欺負你？看你神經兮兮的。」

「沒，我是幫蚯蚯放哨。」

「幫蚯蚯放哨？」

「蚯蚯要冬眠，找我放哨幫牠警戒。」

「哈，你？你自己家都管不了，還管別人家。」

「因為蚯蚯先前有幫我家警戒，我家都平安無事，牠現在有需要，我當然也要幫牠。」

「哦？喔，我明白，你們是朋友了。」

「『冤家宜解不宜結』嘛。」

「哈，是，是，好。」

「一大哥，你和麥片可以通過了。」

「呵，謝謝你，咯咯。」

一大帶麥片走了過去。
「麥片，奇怪吧，咯咯幫蚯蚯放哨？」
「不奇怪，你抬頭看。」麥片說。
「哦？」一大抬頭看，「鴿子？還不少隻。」見高低樹枝上分棲著許多隻鴿子，隨便一算就有七八隻。
「警方在卓發事件後，便安排了許多警鴿在校園內放哨了。」
「哦？嘿，我說嘛，蚯蚯何等智慧，牠找咯咯放哨八成是……障眼法。」
走著，說著，一大也有點神經緊張了。
到了樹洞，見蚯蚯在洞外，頭下尾上，「哇，蚯蚯，你高啊，一條蛇居然能倒立？」
「倒立從不同角度看世界，增加智慧。」回復爬行。
「你智慧蛇還要增加智慧？」
「我沒手，對『冰火手』這玩意兒參不透。」
「哈，你知道我來會問『冰火手』問題？」
「呱呱說你和羊皮能讓玉米稈長高到雲端，又能縮小回一顆玉米粒，還有你雙手一揮就斷箭三截，我想，只有冰火手做得到，但我苦惱對它瞭解有限。」
「那是華九師兄教我和羊皮的功夫，他手面貼我們手背，一寒一熱，還真嚇翻了我們兩個。」

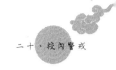

「華九？你那鬼師兄？他同時教了你和鬼同學羊皮？」

「對啊。」

「你等一下。」蚯蚯又倒立起。

一大等了一會兒，想想，先去洞內貼了幾張《心經》，再走出洞，見蚯蚯已回復了爬行姿勢。

「呵，華九那高鬼，真高啊！他在地獄的寒冰油鍋中練成了人類練不成的『冰火手』了。」蚯蚯得意地說。

「你果然智慧增加，通啦？」

「通了，我領悟到，像你爺爺那樣的高人，練到左掌發冷風，右掌發熱風就算厲害了。高鬼，還只有進過地獄的高鬼，才能在寒冰油鍋中將『冷熱手』更上一層練成『冰火手』。」

「是哦？厲害。」

「華九高鬼教你一人就好，竟同時教了你和羊皮。」

「有差嗎？」

「有差，一人一鬼，一陰一陽，『陰陽冰火』，四手合擊，人鬼難敵。」

「哇！」

「不過，他現在傳你們的功夫只可當防衛，待你們長大，任督通後，攻擊力道才會發揮。」

「哦？」一大頓了下，「蚯蚯，那支箭竟能斷成三截，我弄不懂怎麼回事。」

「三截，一截被冰斷，一截被火斷，一截箭頭被你佛珠外公反射了回去。」

「喔，是這麼回事。」

「嘿，還好想通了，這回冬眠肯定不會失眠。」

「哈，眞有你的。對了，樹上有那麼多警鴿，你幹嘛還找咯咯幫你放哨？」

「壞人惡鬼多到爆，小心點總是好的。我冬眠時若出狀況，一百隻警鴿也不一定叫得醒我，但只要是公雞咯咯小叫一聲，就足以令我瞬間驚醒！」

「哇哈！你眞高！」

「嘶呵，好了，我得眠去了。」

「喔，好，我剛才在你洞內貼了幾張《心經》，你睡前再看看吧。」

「感恩，一大哥，明年見了。」

「明年見。」

蚯蚯溜進樹洞去了。

一大抬頭問候大樹爺爺，「樹爺爺，祝你心情愉快。」。

「呵呵，一大小朋友，我看到你爬得很高，還高過樹頂呵。」樹爺爺笑呵呵。

「哦？樹爺爺看到我啦？」

「呵呵，是，高處風景美吧？」

「美極了。」

「呵，呵，好，好。」

一大告別了樹爺爺，回程再碰到咯咯，「咯咯，我去你雞舍貼幾張《心經》，是蚯蚯要我轉送你的。」

「感恩呵，有你們幾位好朋友，眞幸福。」咯咯開心撲翅。

「哈，是。」

雞舍旁看到警鴿灰灰、米米，「灰灰、米米，你們好，在執勤啊？」

「是啊，一大哥，最近要多加小心喔。」灰灰說。

「會，會，謝謝你們。」

晚飯時，梅老師宣布，「即日起，老師會加強校園巡邏。同學們沒有老師准許，一律不得離校外出。若有家人訪客來校，須事前申請。若與校外不明人士接觸，須事前報備。違反者，依校規從重論處。」

一大聽了，低聲向土也、阿萬、曉玄說，「是爲了我們星期六的事。」

「想也是。」土也說。

「一大，星期六那些是什麼人？」曉玄問。

「是叫卓發的，他帶人搖我們玉米稈。」

「卓發？石盤角裡面的那個雜役？」土也問。

「對，假釋出來了，他是卓武的兒子。」

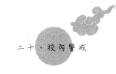

「啊？」土也、阿萬異口同驚。

一大回頭瞄了眼孫子，孫子卻正在看他，兩人眼神迅速交會了一下。

轉回頭，一大說，「我還聽說昨天孫子去醫院看卓發。」

「一大，他們是不是又要對你不利了？」曉玄神色緊張。

「哼，他們隨時隨地都不放過我，我不怕，只是有孫子這內奸……」

「報告梅老師吧。」曉玄說。

「我看梅老師都知道，不然剛才不會宣布那些規定。」土也說。

「對，梅……老師……一定……都知道。」阿萬說。

「算了，不說了，先吃飯，吃飯。」一大止住了大家說話。

吃完飯，校長及老師都走出了餐廳。

一大剛起身，卻見孫子一個箭步衝來，「瞄我！」二話不說，右手重拳猛地打來，一大急抬右手阻擋。

小洪、阿宙過來拉孫子，土也、阿萬也上前拉一大，小宇、曉玄一旁喊叫，「不要打！不要打！」

拉開後，兩人隔空怒目相視。

一大大聲罵道，「孫子，你這個內奸，竟敢去看姓卓的！」

「關你鳥事！老子我愛看誰就看誰！」

孫子被小洪、阿宙強拉走了，邊走還邊回頭嗆，「你死定了，他們不會放過你。」

一大也回嗆，「你才死定了，和校外不明人士接觸。」

一大坐下，看看手，沒受傷，起身和土也、阿萬慢慢的走回寢室。

回到寢室，一大赫然發現桌上有一紙條，「立刻到餐廳向梅老師報到。」

「慘了！」一大叫了聲。

土也、阿萬湊上看，「梅老師那麼神啊！」土也一臉驚訝。

「眞……厲……害！」阿萬也說。

一大悻悻然走出寢室。

餐廳燈還亮著，梅老師一人站在裡面。

「跪下。」梅老師一見到一大就叫他跪下。

一大跪下。梅老師在一旁踱步。

「席復天，這次罰你跪是要你記得，今後不得再和任何同學打架。」

「老師，是孫成荒他莫名其妙衝過來打我。」一大辯白。

「不管是誰，你今後不得和任何同學打架。」梅老師再說一次。

「可是……我只擋了他一下。」

「擋一下也不行。」

「我……」

「你手上有冰有火，擋他一下，他的手鐵定會……出大麻煩。」

「啊？」一大吃驚。

「席復天，老師不是跟你開玩笑，孫成荒他很快就會手痛到受不了來找老師。」

「啊？」

「送醫院都沒用。」

「啊？」

「你剛才用右手擋的？」

「是。」

「好，你聽好，等一下孫成荒來了，你就……」梅老師講了一些動作，要一大等一會一步一步照做，講完後，「聽清楚了沒？」

「清楚了。」

一大才點頭，背後即傳來，「報告梅老師，孫成荒手痛到在地上打滾。」

是阿宙的聲音，一大心中大震。

「李新宙，你立刻多找一個同學把孫成荒扶到這裡來。」

「是。」

聽見阿宙跑步離去聲。

梅老師向一大說，「你跪好，老師去請校長過來。」

一大點頭。

三分鐘後，小洪、阿宙攙扶著孫子來到，梅老師和校長隨後也到了。

「李新宙，你們扶孫成荒坐下。」梅老師指著最近一張餐桌，順手多拉過兩張椅子。

孫子坐下後，校長坐他右手邊，梅老師坐校長右手邊，「李新宙，你們兩個坐孫成荒那邊。」

阿宙、小洪去坐在孫子的左手邊。

「席復天，你起來，坐老師旁邊。」梅老師說。

一大起身走到梅老師右手邊去。

聽孫子低聲呻吟，一大看了看孫子，「啊？」一大愣住，只見孫子表情痛苦萬分，已拉起的右手衣袖下露出了右手掌及小臂，那右手掌及小臂比原先肥大了半倍多，又紅又腫，幾乎變了形。

校長盯看孫子的右手及小臂，梅老師回頭拉了下一大左手，一大坐下。

「好，現在大家閉目守丹調息，校長替孫成荒治手，老師沒說收功，大家不可睜眼。」梅老師說。

梅老師右手抓住一大左手，一大悄悄看，校長的右手抓住了梅老師左手，校長用左手按住擱在桌上的孫子右手。一大見孫子、阿宙、小洪都閉上了眼，自己也閉上了眼，守丹調息。

一大感覺有冷氣圍繞，不敢亂動，大約過了半個鐘點，更覺寒冷。瞇眼偷看，只見校長及梅老師面

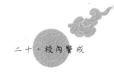

上都蒙了層薄霜，冒著冷煙，吐了下舌，趕緊閉眼。

又過了十來分鐘，「好，收功。」

聽見梅老師說話，一大睜開雙眼，看向孫子的右手及小臂，紅腫好像消退了一些。

「老師，我……好……冷。」孫子打著寒顫說話。

「沒事，待會就好了。」梅老師回應，並向阿宙、小洪說，「你們扶孫成荒回寢室休息。

阿宙、小洪用力搓手，口中呼出寒氣，扶了孫子起身，緩緩地走出餐廳。

校長回頭，「席復天，校長看看你雙手。」

「是。」一大伸出雙手。

「席復天，你以後可別隨便跟同學打架。」校長看過一大雙手後說。

「是，校長。」

「好，席復天，回寢室去吧。」梅老師向一大說。

「謝謝校長，老師。」一大鞠躬。

梅老師關了燈，三人走出餐廳。

二十一、慈善午餐

十二月下旬，學校進行招待幼兒童午餐之活動。

名單上看到，被邀請來校的十歲以下的孤苦貧病殘童及同學之親友小弟妹，共有六百一十八人。另外，部分行動不便者，有父母兄姐師長陪同，父母兄姐師長有二十二位。

學校租借來了一百多張摺疊桌子，以及六、七百張摺疊椅子。

十二月三十日，同學們下課後都來幫忙，在操場上架好桌椅，並搭了幾座帳篷。

「這活動太有意義了。」曉玄說。

「當……然，照顧需……要照……顧的人，很有意義。」阿萬說。

「算一算，平均我們一個人要照顧十個小朋友。」一大說。

「是呵，一大，你堂弟妹確定會來嗎？」土也問。

「應該會吧，我還滿期待的。」一大說。

一大看著操場上排好的桌椅，心中忽地一緊，「小圓桌？這……這場景？」

隔天上午，不到九點就有小朋友及家長陸續來到。

校長、老師及同學全員到齊，接待著大小訪客，校園頓時充滿了嘻笑歡樂的氣氛。一大戴上貓鏡，沒事就四下張望一下，看有沒有什麼異狀。

十點左右，一大看到了一個男孩手上抱著個籃球，兩個女孩一左一右跟著，立刻迎上前去，「朝禮，林朝禮，秀芬、秀芳。」

「啊，是堂哥。」堂弟一臉驚喜看著一大。

「來，來，哥帶你們找位子坐去。」一大領著三人往操場走。

「哥，你們學校好大哦。」較大的女孩說。

「哈，秀芬，這整個山都是我們學校。」一大說。

「學校人好多喲。」小女孩說。

「小秀芳，學校的人平常不多，你們來了才多的。」

「嘻……」秀芳甜甜笑著。

一大帶著堂弟妹找了一空桌坐下。

「你們冷不冷？對了，你們等一下，哥去拿個東西，你們別亂跑，人多，哥回來找不到你們就完蛋了。」

「嘻……」秀芳又甜甜笑了笑。

一大跑回寢室拿了三個小禮盒，再跑回來，坐在堂弟和小堂妹之間。一大將手上的小禮盒分給三兄妹，三兄妹好快樂，秀芳張開雙臂抱了下一大，一大一陣感動。

土也走來，「一大，你堂弟妹都到了？」

「都到了。」轉向三兄妹，「這是陳永地哥哥，堂哥的同學。」

「陳哥哥好。」三兄妹齊聲打招呼。

「哇哈，好好好，你們好。」土也笑哈哈。

「土也，我堂弟林朝禮，兩個堂妹，大的叫秀芬，小的叫秀芳。」

阿萬、曉玄、小宇接著也走了來，一大也一一介紹。

曉玄、小宇從手上紙袋倒出一些糖果餅乾，曉玄說，「來，方姐姐，夏姐姐拿了些糖果餅乾請你們吃。」

「謝謝方姐姐、夏姐姐。」三兄妹齊聲。曉玄、小宇甚是開心。

土也、阿萬、曉玄、小宇離開去招呼其他小朋友，一大便幫堂弟妹分別打開小禮盒，朝禮得到的禮物是一雙藍色毛線手套，秀芬、秀芳的禮物是每人一條米色毛線圍巾。

「哥，謝謝你，這手套眞棒，好暖和。」朝禮戴上了手套，感謝道。

「這條圍巾，我好喜歡，謝謝哥。」秀芬圍上脖子。

小秀芳又張開雙臂抱了下一大，「謝謝哥哥。」

一大感覺想哭，「這是……哥在福利社……特別早早挑好，等著送給你們的。」幫小秀芳將圍巾圍上了脖子。

「哥，你們住校，都不能回家哦？」朝禮問。

「是，不能……回家。」

「那我們可以常來嗎？」秀芬問。

「可以，等……等學校一有活動，哥就一定會通知你們來。」

土也端來兩盤小點心，「一大，怕你堂弟妹肚子餓，先來點這些。」

「謝謝陳哥哥。」三兄妹吃起小點，土也走了開去。

「朝禮，你愛打籃球啊？」一大指指堂弟膝腿上的籃球。

「是呵，打籃球，我最喜歡了。」堂弟看看一大，「可是爸媽討厭我打籃球。」

「哦？爲什麼？」

「他們要我學哥你打坐，還要用毛筆抄寫《心經》。」

「奇怪，爲什麼要你學我？」

「媽說……那樣才能摸清楚你心底在想什麼。」

「啊？」一大心中一震，隨之鎮定一笑，「哈，要摸清楚我心底在想什麼，你得學我打架。」

「啊？」三兄妹全看向一大。

「你們的媽媽更清楚哥哥我有多愛打架，那才是眞正的我。」

「哥，那你教我們打架。」秀芬笑說。

「哈哈，不能學，不能學，打架可不是什麼好事，我來這學校後幾乎……已經不打架了。」

阿萬、曉玄、小宇陸陸續續端來幾盤飯菜。

「都是素菜，你們吃得慣嗎？」一大問三兄妹。

「爸媽也要我們學哥吃素，家裡這兩年都吃全素了。」朝禮說。

「也學我吃素？」一大有點莫名不安。

「吃素對身體好啊。」秀芬說。

「好好……」一大看三兄妹吃得津津有味，「你們慢慢吃，哥去多拿些飯菜來。」一大離開位子，去找土也他們。

操場上的桌椅都坐滿了，好不容易在準備餐點食物的帳篷裡找到土也、阿萬、曉玄和小宇。

「一大，吃點東西吧？」土也將手中盤子遞上。

「謝謝。」一大接過隨便吃了點，「人還不少哦。」

「我們……端盤子……端到手……瘆死了。」阿萬邊吃邊說。

「你堂弟妹吃飽了嗎？要不要再送些過去？」曉玄問一大。

「謝謝，我等一會再帶些過去就好。」一大左右看著。

「你在看什麼？一大。」小宇好奇。

「啊，喔，看到白伯伯添了五、六個廚房幫手，忙得很。」一大隨口回著。

「當然囉，多十倍人吃飯哩。」小宇說。

「嘿，是……」一大去添了些飯菜，「我回我堂弟妹那去了。」一大仍左右看著，只覺有人盯著他。

一大坐下和三兄妹吃著飯菜，互幫挾菜，嘻嘻哈哈聊著天。

吃完飯，一大找了把水果刀來削蘋果，四人吃得很高興。兩個堂妹雙手及嘴臉都沾得甜甜黏黏的，一大拿了濕紙巾幫她們擦拭。

正在低頭幫秀芳擦嘴，一大聽見朝禮叫「爸，媽。」

一大一驚抬頭，看見叔嬸竟眞的出現在他眼前。

叔嬸把秀芬擠了開，挨著朝禮另一邊坐下，一大和叔嬸中間只隔著朝禮。一大強打笑臉向叔嬸問候，「叔叔嬸嬸好。」

嬸嬸竟快速抓起水果刀，舉高刺下，坐在嬸嬸身旁的朝禮抓起籃球，「啪！」撞掉了水果刀，籃球脫手彈跳出去，嬸嬸大爲生氣，一巴掌打向朝禮，朝禮又驚訝又難過，去撿起籃球撫臉跑了。

一大正要說話，卻驚見叔叔緊接著抓起嬸嬸掉落桌上的水果刀，舉了便刺，一大戴著貓鏡，看著水果刀刺向桌上的蘋果，大惑不解，卻驚見小秀芳伸出的雙手正在拿蘋果，一大怕傷到秀芳，雙手猛地一揮去擋刺下的刀子。

「噢！」叔叔悶叫一聲，左手背被刀劃到，鮮血應聲流出。

刀子斷成三截，兩截刀刃斷了掉在桌上，刀柄仍握在叔叔右手中，刀柄上面還連著一小截斷刀。

「叔，你幹什麼？」一大站起。

「我，我……刺……蚊子！」

「蚊子？」

「嗯。」叔叔右手放開刀柄，伸入褲口袋，掏出一灰色手帕蒙蓋住左手背傷口，嬸嬸一旁拉扶住叔叔。

「小傷，叔找水龍頭沖洗一下就好。」叔叔說了便和嬸嬸轉身快步走了。

一大看看周圍，鬧哄哄的，沒人注意他這桌發生何事，但看見梅老師遠遠地從許多桌椅人群間急急走向他這桌。

桌上兩截刀刃一泛紅，一泛白，一大看看刀刃，再看看雙手。

「哥，對不起，我爸媽最近……很怪。」秀芬眼中有淚。

「秀芬，不怕，你爸媽……開玩笑的，沒事，沒事。」

小秀芳傻愣著看著一大，一大摸摸她頭，「秀芳，不怕，你爸媽在跟我玩，來，再吃點東西。」

梅老師走來，先拿了些糖果安撫了兩個女孩，再撿起斷成三截的水果刀，拿了條帕子包了。一大見到朝禮抱著籃球走回來向他說，「哥，對不起。」

「沒事，沒事，朝禮，坐，這位是梅老師。」

「梅老師，您好。」朝禮向梅老師一鞠躬。

梅老師和顏悅色說，「小朋友，想不想和哥哥去老師家玩啊？」偷偷地向一大使了個眼色。

「對，哥本來就安排吃完飯後帶你們去梅老師家的，現在就去，順便去找狗狗玩，有八隻米格魯喔，好不好？」一大看著三兄妹說。

兩個妹妹看向朝禮哥哥。

「好，妹，我們跟堂哥去，有狗狗在，一定好玩。」朝禮向兩個妹妹說。

「好……」兩個妹妹高興地下了椅子。

梅老師便領了三人向他家走去，在老師家門口，梅老師說，「我叫狗狗來。」嘴巴念了念，加一聲長嘯。狗狗隨即跑來，一共八隻。

「哇！」，「噢！」，三兄妹笑逐顏開，忙蹲下抱狗狗玩樂。

師母自門內走出，和梅老師說了些話，轉向一大，「復天，待會兒玩過，你和三兄妹一起進屋去，師母先去準備些點心。」

「好。」一大點頭。

師母回屋去，梅老師先行離去。

三兄妹開心地和狗狗玩了一陣，才和一大一起進屋去。

三兄妹洗了手面，吃起小儿上的點心，「朝禮、秀芬、秀芳，梅師母親手做的點心可好吃了，你們多吃點。」

三兄妹早忘了他們爸媽的嚇人舉動，又開心地嘰嘰喳喳聊了起。玩累了，兩個妹妹在沙發上睏躺，師母給她們蓋上被子，兩人睡著了，師母去廚房忙去了。

「哥，我爸媽他們為什麼那麼痛恨你？」朝禮小聲問一大。

「哦？有嗎？」一大裝傻。

「他們拿水果刀是要刺你。」

「不會吧！」

「哥，我爸媽欠人錢想找你要，你要小心一點。」

「你爸媽欠人錢找我要？」

「是我不小心聽到的。」

「哦？哥我一毛錢都沒，你聽錯了。」

「哥，我爸媽眞的這樣說，還常有一些兇巴巴的人來找他們。」

「朝禮，大人的事，小孩子別理，你好好讀書就好。」

「喔。」

「你們搭火車順利吧？」

「山下車站有老師送我們上火車，一路上風景好美。」

「你爸媽陪你們坐火車來的？」

「不是，不曉得他們怎麼來的。」

「哦？沒事，還有一個鐘頭就要搭火車下山了，你休息一下吧。」

「好。」

朝禮靠向椅背，閉目休息。

一大胸中波濤起伏，想著叔嬸拿水果刀刺下的那一幕，又低頭看雙手，一抬頭，門口閃過一影，「羊皮？」

一大輕手輕腳走到門外，「羊皮，你怎麼來這？」

「你叔嬸閃進圖書館，就沒再出來了。」羊皮說。

「哦？剛才你在附近？」

「是啊，湊湊熱鬧。」

「你都看到了？」

「大部分。」

「他們拿刀是要刺我嗎？」

「應該是，目標是你的手。」

「我的手？我看到的是刺蘋果……」忽頓住，「是障眼法。」
「嗯。」
「他們閃進圖書館？你沒追上去？」
「我只追進圖書館大門，沒見著他們，以為等一下他們會出來。」
「沒再出來？」
「沒。」
「哦，羊皮，再說吧，我要進去叫小朋友回家了。」
「好，那我先走了。」
羊皮離開後，一大想著剛才羊皮的話，心情很亂。才轉身要進屋裡，聽見土也在背後叫他，「一大。」
「咦？你怎麼來這？」一大回頭。
「梅老師叫我來陪你堂弟妹去火車站。」
「你陪？我自己不會陪哦？」
「你不能去火車站，梅老師說的。」
「哦？我……」
一大和土也進到屋裡，見師母放了兩袋子包子饅頭放在儿上。
「師母，梅老師說讓陳永地來陪我堂弟妹去火車站。」一大說。

土也向師母問好。

「好，那叫他們起來了。」師母看看壁鐘說，「回程送孩子下山的火車有三班，四點整一班，之後每隔二十分一班，別誤了最末班就好。」

一大叫醒了堂弟妹，三人睡眼惺忪，依依不捨地向堂哥告別。

師母把兩袋包子饅頭交土也提了，「上火車再交給三兄妹。」

「好。」土也接過。

一大陪著三兄妹走到餐廳前方，見孩子排了長長隊伍向火車站方向移動，阿萬、曉玄、小宇及其他同學，還有老師們都在其中陪著。

一大揮搖著手，「再見。」

「再見。」堂弟妹也揮手。

二十二、約羊皮潭中過年

隔了三天，一大收到堂弟來信，

堂哥，謝謝你招待，我和秀芬秀芳非……常高興。爸媽看到師母給的包子饅頭卻非……常不高興，我們不管，還是搶著吃，很快就吃光了。你會回來過年嗎？

朝禮　敬上

又隔兩天，收到叔叔來信，

「復天，對不起，叔嬸那天沒嚇著你吧？叔嬸確實看見似蚊的昆蟲，怕叮咬到你及你堂弟妹，也沒多想，便順手拿了小刀去刺。你的堂弟妹好想再見到你，叔嬸希望你今年務必回家過年，讓叔嬸好好地補償你一下。叔叔」

「似蚊的昆蟲？什麼爛藉口！」一大心想不可能回去過年，信也就都沒回。

比往年早些，今年一月二十日就是農曆過年，學校一月十五日開始放寒假。

這天中飯前，餐廳門口……

學校公告：

主旨：敬老服務

時間：自二月十日至三月十日。

主辦：本校

指導老師：梅揚老師，張龍老師。

服務地點：愛博爾安養院

服務內容：三年下學期，由本校同學前往愛博爾安養院敬老義務服務，八人一組，三天一期（每週一、二、三及每週四、五、六，輪班），全時陪伴安養院老人，協助清掃環境，倒垃圾，餵餐食、洗衣褲等等。輪班表詳如下述：

……

「有愛心，陪完兒童，陪老人。」有同學在說。

一大上前看了下，啐了一口，「呸，怎跟孫子一組？」

「兩班的前四號排第一組，一大，像是梅老師存心跟你過不去！」土也搧火。

「找……梅老……師說……去。」阿萬參一嘴。

「算，算了。」一大揮揮手，走進餐廳，土也、阿萬跟進。

曉玄、小宇在桌邊低頭說話，見一大走來，小宇問，「一大，『愛博爾』在哪？」

「我哪知道？」一大沒好氣坐下。

「一大等下要去找梅老師問，有其他問題妳們可一起問。」土也走來加了句。

「我神經啊，找梅老師？我……」一大正說，一轉頭竟見梅老師走來，馬上閉嘴。

「席復天，你找老師？」梅老師走近。

一大站起，「老……師，沒，我……沒找老師。」

「吃完飯向老師報到。」梅老師說後，走到餐廳中央，吹哨，「嗶」，「開動！」

「土也，你烏鴉嘴！」一大賞土也一拐子。

「哈哈……」幾人低頭猛笑。

小宇笑回她那桌去了。

吃完飯，大家走了，一大去向梅老師報到。

「席復天，去帶你書包過來，老師在這等你。」梅老師說。

「啊？是。」一大驚訝，回頭快步走向寢室。

回到寢室，拿了張紙，笑笑對土也、阿萬說，「梅老師叫我來拿張紙。」悄悄取過隱形書包，再快步走回餐廳。

梅老師坐在一張餐桌旁，見一大回來，指身邊一椅，「坐。」

一大坐下。

「把帕子拿出來，平放桌上。」

「啊？是。」一大照做。

「老師說，你寫，用右手小拇指。」

「是。」

「梅老師問方元老師情況如何？」梅老師說。

一大一面聽著，一面用小拇指在帕子上寫著。

「梅老師，復天，方元老師沒事了。」帕子上顯示出爸爸的回覆。

「方老師有說什麼嗎？」梅老師說。

一大寫下。

「他說有人以他家人性命脅迫他，他被迫洩露了部分學校通關密碼。」

「明白。」

「方老師已離此暫居安全處所，他建議梅老師與方太太放出假消息，說他已中毒身亡。」

「明白。」

「通關密碼可請戚東峰老師變更補強，原始碼可在方老師專用電腦中之檔名『方元』內取得，密碼是方太太的乳名。」

「明白。」

「好，還有其他事嗎？」

「沒了。」

「復天，回封信給朝禮，說你會回家過年，但因學校有事，除夕下午才會到。」

「啊？爸，你是說眞的還是假的？」

「信是眞的，內容是假的。」

「哈，知道了。」

「再聯絡了，再見。」

「好，再見。」

下午，一大認眞抄寫著《心經》。

小虎來說，「一大哥，飛飛說牠最近在地下坑道遇到過你叔嬸兩次。」

「啊？地下坑道？」一大腦海閃過黃金小鎭，「飛飛有沒有說我叔嬸在地下坑道幹嘛？」

「牠說你叔嬸閃閃躲躲的，牠兩次都跟丟了。」

「飛飛兩次都跟丟了？嘿，我那叔嬸還眞不是普通的會閃。」

「飛飛說牠會繼續留意，有消息會再通知我們。」

「喔，好。」

傍晚，松松帶來小丹的信，「一大，哥我和媽趁寒假去看爸，不能陪爺爺奶奶和你過年了。要想我哦，我也會抽空想你。新年快樂 XD」

「小丹，祝妳和爸媽小勇新年快樂，事事如意，特別祝妳爸身體健康。一大。」一大隨即回了口信。

阿萬的爸爸因車禍住院，在放寒假前五天阿萬便提早離校回家照顧爸爸，安全起見，張龍老師陪他一起坐火車回去。

「一大，你寒假還是去爺爺那過？」晚飯桌上曉玄問道。

「是啊，那裡安安靜靜，修身養性最好了。」

「那你會不會畢業後就跟你爺爺一樣，永遠在潭中隱居了？」土也問。

「那多無聊啊。」一大頓了下，「但，如果你們能陪我隱居，那就不無聊了。」

「人要是多了，那還能算是隱居嗎？」曉玄說。

「呵，算了，不說隱居的事，遠得很，先說近的，寒假要幹什麼？」一大說。

「我下山後，先去找阿萬吧。」土也說。

「我大多幫忙家事，寒假又不長，過完年就準備開學了。」曉玄說。

「是，寒假不長，很快又回來了。」一大喃喃說，心中倒是孤單心情油然而生，去潭中過寒假，連小丹都不在，鐵定是無聊透了，忽心眼一亮，「羊皮！」

「你叫羊皮？」土也好奇。

「哈，人沒一個，鬼倒有一個，我找羊皮來陪我過寒假，順便過農曆年。」一大興緻來了，「我待會兒就找他說去。」

「好主意，羊皮他沒有地方過寒假，更別說過農曆年了。」曉玄說。

「他又是個害怕無聊的無聊鬼，找他陪我準沒錯。」

「好吧，那我們下學期見嘍。」土也說。

離開餐廳，一大便去找羊皮，約好一起潭中過年。

二十三、潭中超級大雨

寒假頭一天，早飯後，一大戴著貓鏡和羊皮站在餐廳前目送同學們上火車站去。

同學都走後，一大說，「羊皮，等我一下，我去向師母告辭。」

「好。」

一大去向師母辭行，師母給了他兩袋包子饅頭和一包白手伯伯請她轉交的大餅，之後，一大再去向何婆婆辭行，領了狗食，帶上麥片、胡桃。

回到餐廳前，一大順口說，「羊皮，幫我提一包。」

「喂，我怎麼提？」

「喔，你是無形的。」

一大只好將包子、饅頭和大餅盡量塞進書包，抱了狗食，「好，走了。」

穿過林子，到了地脈，「羊皮，站上來。」一大指地上圈圈。

「幹嘛？」

「走地脈去水潭快多了。」一大忽停住，「哈，等等，忘了你會飄。」

「對嘛，你走地脈，我一飄就下到水潭了。」

「是是，當鬼有時還挺方便的，那，水潭旁林子邊碰頭，待會見。」

「好。」

很快，一大和羊皮在水潭林子邊碰頭。

胖師兄忽地跳出，「一大，你，有同學一道啊？」

「師兄，你好，他是我同學羊皮。」一大說。

「師兄，你好，我叫羊皮。」羊皮鞠躬。

「好，那一道去跟爺爺奶奶打個招呼。」師兄說。

「麥片、胡桃，去玩去。」一大向狗狗說，轉向羊皮，「走吧。」

「哇，這裡氣場好強。」羊皮說。

「你感應得到？」

「嗯，陽氣太重了。」羊皮皺眉頭。

「不舒服？那，你跟我爺爺奶奶打完招呼就出來，自己在潭邊林內逛逛。」

「好。」

一大在屋裡見到爺爺奶奶正坐著聊天，立刻上前，「爺爺奶奶好。」

「一大，放寒假啦？」爺爺笑說。

「是啊，爺爺奶奶，這是我同學羊皮。」

「爺爺奶奶好，我叫羊皮。」羊皮鞠躬。

「歡迎。」，「歡迎。」爺爺奶奶熱情招呼。

「爺爺奶奶，這裡陽氣太重，羊皮招呼過先出去，好嗎？」一大問。

「好，好。」奶奶點頭。

爺爺卻說，「等等，讓你同學把手伸出我看看。」

一大、羊皮愣了一下後，一大說，「羊皮，把手伸出給我爺爺看看。」

「喔。」羊皮伸出雙手給爺爺看。

爺爺看了眼，「嗯，好。」

「羊皮你先出去等我。」一大說。

羊皮走出屋去。

「一大，來，坐。」爺爺說。

一大坐下。

「這個羊皮年紀那麼小就做鬼啦？」爺爺問。

「嗯。」一大不知如何回答。

「是小時候不懂事，走偏了？」

「是，他很孤單可憐，我就把他帶到這兒來了。」

「沒關係，你們在潭中島做伴也好。對了，你的手也給爺爺看看。」

「喔。」一大伸出雙手。

「呵呵，那個華九不簡單啊，陰陽冰火，好傢伙。」

「爺爺？」

「哦，沒事，很好。」爺爺喝了口茶，「小丹看她爸去啦？」

「嗯，小丹、小勇和崔媽媽一起去的，小丹今年就不來陪爺爺奶奶過年了。」

「呵，沒關係，沒關係。」

一大看沒什麼事了，便說，「爺爺奶奶，那我跟羊皮去潭中島了。」

「中晚飯都要過來吃喔。」奶奶說。

「好，我走了。爺爺奶奶，再見。」

一大走出屋子。

「羊皮，我們去潭中島。」一大對站在林子邊的羊皮喊了聲，走向竹筏，狗狗汪汪跑來跳上竹筏。

水水拉竹筏前行，一大將水水和羊皮互相介紹過。

「羊皮，這潭水清澈，夏天時我整天泡在水裡玩。」

「是嗎，我也想下去玩。」

「我們先上潭中島看看再說吧。」

「好。」

一大問水水，「水水，水潭最近都沒下什麼雨吧？」

「只偶爾下些零星小雨，平日早晚還有些霧，到了中午連霧都散了。」

「嗯。」

「你在想果外公上回說的話？」

「呵，水水你神啊，知道我在想什麼。」

「放心，你爺爺奶奶會安排的。」

「爺爺奶奶會安排？」

「這幾天你爺爺奶奶會告訴你怎麼做的。」

「那好。」

「準備上岸了。」

「喔。」一大抬頭看向島岸，「羊皮，你怎先到了？」

羊皮站在岸上迎接，笑說，「當鬼有時還挺方便的。」

「哈，是，是。」

一人一鬼住在潭中島上，羊皮很喜歡潛到潭水中去玩，一大則有空就抄寫《心經》，日子過得輕鬆自在又愉快。吃飯時，一大一人去爺爺奶奶處吃飯，羊皮不用吃飯，就獨自在島上爬樹，飄盪，找樂子。

除夕當天，早飯過後，爺爺向一大說，「一大，中午過來吃飯時，順便找寸尺和羊皮一道過來。」

「找寸尺和羊皮來？爺爺，有什麼事嗎？」

「他們來了再說。」

「好，我會找寸尺和羊皮一道過來。」

看爺爺並沒往下說的意思，一大沒再多問。

中午前，一大吹了竹管找寸尺，寸尺很快來到，只笑笑說，「一大哥，今天有你爺爺奶奶請我吃年夜飯，我的心情眞是好極了。」

一大直覺有事，但不知從何問起，簡單介紹了寸尺和羊皮認識後，其他就靜觀其變。

一大、寸尺和羊皮坐竹筏渡潭到爺爺小屋。

吃過飯，師兄搬了張小桌到岸邊，點上兩支白燭，爺爺穿上灰袍走去小桌邊，接過師兄點燃的一束香，上下左右拜拜，喃喃念起。

「爺爺要開壇做法？」一大驚訝低語。

「祈雨。」寸尺一旁說。

「祈雨？」

「嗯。」

奶奶走向一大、羊皮，「一大，給你一粒，給羊皮一粒，先放口袋裡。」

一大、羊皮接過，一大低頭看了下，「一粒玉米？」

「待會兒，爺爺向你們打手勢時，你們兩個就右手握住玉米，快速上到雲端，請雲仙子幫忙，在這水潭上空下一個鐘點的超級大雨。」

「啊？」一大、羊皮睜大眼，隔了好一會兒才回神。

不久，一大看天，霧散了，雲朵聚來，有小雨落下。

爺爺將香插好，回頭向一大、羊皮打手勢，並往天指了指。

一大先叮嚀狗狗別跟上，隨之和羊皮右手握住玉米，快速順著玉米桿上升，很快就碰到了雲朵。

「一大哥，羊皮哥，你們好，雲仙子歡迎你們再度來到我家。」有聲音柔柔傳來。

「雲仙子，您好，我有事請您幫忙。」一大急說。

「請說。」

「我爺爺在下面祈雨，我們上來請雲仙子加把勁幫忙，在這水潭上空下一個鐘點的超級大雨。」

「喔，那是你爺爺？超級大雨，好，你們先下去躲屋裡，我找全家族來這水潭上空，下一鐘點超級大雨。」

「謝謝了，我們先下去了。」

一大、羊皮左手握住玉米稈，很快回到了地面。

一大向爺爺奶奶說，「雲仙子答應幫忙在這水潭上空下一個鐘點的超級大雨，要我們先回屋裡去躲雨。」

「好，走，大家回屋裡去。」爺爺向大家說。

一大跟師兄收了香燭，將小桌搬回屋內。

大家剛進屋，外頭已是昏天黑地，風雲變色，大雨隨之嘩喇嘩喇地落下。

一大低頭看，狗狗跟了進來，連水水都爬進屋裡了。

爺爺脫了灰袍，坐下，「大家都坐。」

大家坐下，爺爺喝了口茶，說，「雨停後，寸尺、一大、羊皮及小虎即跟水水去『水金屋』。」

「水金屋？」一大驚了下。

「見機行事，寸尺和水水知道怎麼做。」

一大忽有所悟，想到果外公說的，「大雨之後，便可進到『水金屋』……」再看看爺爺奶奶，心想，「爺爺奶奶是要安排我們進『水金屋』？」

一大自書包中摸出奶嘴，將有一黑點的奶嘴膠皮套上右小指頭，有兩黑點的奶嘴膠皮套上左小指頭，

潭中水面啪啦啪啦落著大雨，似千軍萬馬奔騰。

下呀下的，一個鐘點後，大雨停了。

爺爺起身，「好，你們動身吧，我們在這等你們回來再好好團年，吃年夜飯，呵呵。」

「謝謝爺爺，我們儘快回來。」一大鞠了一躬。

寸尺、一大、小虎、羊皮、水水走出小屋。

「哇，潭水漲到林邊，屋子都上升了，頭一次看到。」一大驚呼，趕緊戴好貓鏡，穿好呱呱衣。

「你和小虎上水水背，我跟羊皮直接下去。」寸尺對一大說。

「喔，好。」

沒半分鐘大夥已在潭水中衝了出去，一大施龜息法趴在水水背上，寸尺、羊皮在兩旁。

「唰~唰~唰~」三道氣泡在背後噴射而出。

「羊皮，你游泳超快的。」一大側臉喊道。

「新鬼把戲。」

「哈……」

二十四、水金屋裡的祕密

水水潛到潭底深處後，轉個彎後往上一衝，過了一會兒，喊道，「到了！」

一大發覺身體仍在水中，懷疑問道，「到了？」

「一大哥，水漲得夠高，淹上了果外公的大石頭，我們走水路只一潛一彎一上衝，就到了。」水水說。

「喔。」一大看大石就在眼前。

「一大哥，你去石頭上寫密碼。」寸尺說。

「好。」一大雙手小指貼上石面小指處，先用右小指寫了「活在當下」四字，再用左小指寫了「跳出三界」四字。

嘩啦一聲，一股旋渦捲上，將一大、水水、寸尺、羊皮和小虎一骨碌抬起，隨水漫上，越過一厚重石門，捲進了門內。

等旋渦平息後，一大在水水背上努力探頭出水，四下張望。

見寸尺、羊皮已站在一木製平臺上，寸尺伸手拉了把一大，一大也上到了平臺。平臺上沒亮光，只能在黑暗中走看，一大脫了奶嘴膠皮放回書包中。

「這是『水金屋』的裡面。」寸尺對一大小聲說，「我們是從厚石門上方空隙進來的。」

「喔。」一大抬頭，看見頭上方三、四十公分處懸空吊掛著一長方型箱子，「上面有一箱子？」

從箱底看上去，箱子長約兩公尺，寬近一公尺，箱頭箱尾有繩索拉著，繩索另一頭則纏綁在釘入石牆的幾根大鐵釘上。

「你叫小虎順箱底爬上去仔細檢查，看箱裡有什麼？我，你和羊皮在附近四處查看。」寸尺對一大說。

「小虎、小虎……」一大小聲叫。

小虎爬至一大肩上，「我在這。」

「來，你貼著這箱底爬上去檢查，看箱裡有什麼？」一大用手將小虎放到箱底外側，「對，爬上去檢查一下。」

小虎貼著箱邊，開始往上爬去。

「走，我們分頭在附近查看。」寸尺說，「這木頭平臺好像不小。」

一大往左去，寸尺往右去，羊皮高低左右飄去。

羊皮突轉回叫，「一大，那邊有張桌子。」

一大跟著羊皮前去，在桌子邊，一大打開太極電，看到一東西，「咦，帽子？羊皮，去叫寸尺過來。」

寸尺來了，一大指著帽子，「這頂帽子，我看過。」

「誰的？」

「我叔的，棒球帽，灰色，破帽沿，上面繡的手套磨到沒色了。」

「你確定？」

「確定，他最喜歡戴的，我從小就看他戴。」

「你腳下有塊布。」羊皮說。

一大彎身撿起，「啊，手帕！灰色手帕！」

「見過？」寸尺問。

「嗯，也是我叔的，上個月底，我叔用水果刀刺傷自己左手背，就是用灰手帕蓋住傷口的，看，還有一點污跡，難道……那天我叔是跑到這裡來了？」

「是血跡。」寸尺看了眼，「那水果刀呢？」。

「斷了三截，在梅老師那。」

「好，我們再看看有沒有其他東西。」寸尺說。

大家分開走去。

隔了一會兒，羊皮來叫，「一大，寸尺叫你。」

一大跟上羊皮，去找到寸尺。

「一大哥，看，這是什麼？」寸尺指著一鐵桌，上有兩個安放在軟墊上的蛋形物品。

一大打開太極電看，「雞蛋？」

「像是，但外面是白色鐵殼，裡面是空心的，裡面內側軟膠上印有東西。」

「印有東西？」

「小指印。」

「小指印？」

「我來……」寸尺小心翼翼拿起一蛋形物，將右小指伸入下方圓洞，閉眼半分鐘，抽出小指。接著，再將左小指伸入另一蛋形物下方圓洞，再閉眼半分鐘，抽出小指，說，「好了，走。」

羊皮又來叫，「那邊有樣東西，你們來看看。」

一大，寸尺跟上羊皮。

羊皮在平臺後方，指向平臺接水的邊緣，「那下面。」

寸尺上前，彎身入水，沒多久，拉起一團黑色東西。

「是什麼？」一大問。

「衣褲，黑鋼線做的，髮絲般細……」寸尺盯看，上上下下摸了一陣。

一大也上前摸了下，「鋼線做的衣褲？掛在水裡？」

「平臺和箱子原都是懸在空中的，今天水位上漲，平臺浮起，掛在平臺邊的衣褲便浸到水裡了。」寸尺說。

「我剛有去平臺下面水裡其他地方看過，那裡有幾張工具桌，上有鐵鎚，鋸子，鉗子等等。」羊皮說。

「那好，回去找小虎吧。」寸尺將黑衣掛回原處。

回到箱底下方，一大接下小虎，「小虎，箱裡有什麼東西？」

「箱裡有堆骨頭。」小虎回答。

羊皮飄上看了一下回來說，「那是棺材！」

「棺材？」一大、寸尺又往上看了眼。

「裝神弄鬼。」寸尺問小虎，「小隙縫中有什麼？」

小虎說，「小隙縫中全是黃金。」

「黃金？」

「是黃金屑屑，這箱子，這棺材，外表是木板，木板中間是兩層鐵板，鐵板邊邊銲死成中空狀，黃金屑屑應是從鐵板邊上小孔裝填進中空處的。」小虎說。

「哈，每人每次偷一點黃金屑屑，神不知鬼不覺，等填滿了棺材的鐵板中空處，便找機會趁水漲上來時順水推舟出洞去，哈，有一套。」寸尺笑了笑。

「寸尺，那……？」一大想問怎麼做。

「破壞它！」

「破壞它？」

「來，一大哥，你站這，伸出雙手，手面朝下。」寸尺拉一大在棺材側邊下方站定，「羊皮，來，你飄上去，頭朝下，手面朝下貼住一大雙手手背，我在一大背後加氣，你們手指對準棺材側邊，陰陽冰火，四手一氣。」

一大和羊皮就了定位，四手貼合，指尖朝向棺材側邊，寸尺看看妥當了，便在一大背後加氣。

一大感覺體內氣機翻騰，雙手一冰一火，冰火化氣自指尖迸出直射棺材。忽地「啪！」一聲爆響，棺材側邊爆開並隨之向下歪斜，一些木料應聲脫落，隨後鐵板也裂了一長約三十公分的口子。

有黃金屑屑滲漏而出，「呵，這下他們可就帶不走黃金了。」寸尺笑笑。

忽聽棺材喀喀裂響，寸尺回頭大叫，「跳水！」拉了一大就往水裡跳，羊皮跟著也一跳鑽入水中。

一大上了水水背，施龜息法，叫道，「小虎跟上沒？」

「嘎嘎，跟上了。」

一大回看了一眼，「棺材斷了！」

身旁水中散落下許多金屑，在水中閃閃發光。

「那麼多黃金屑屑！」一大驚嘆。

嘩啦一聲，一旋渦捲上，將一大、水水、寸尺、羊皮和小虎再次隨水漫上，越過石門，捲到門外。

大家會合在果外公的大石旁。

定了定神，小休一下，然後下潛往來路快游而去。

回到水上小屋，爺爺站在小屋門口迎著，「呵呵，都回來了，好好，去清洗一下，半個小時後開飯。」

清洗過後，寸尺說，「一大哥，你幫忙擺排桌椅碗筷，我去廚房幫忙。」

「好。」

一大便去擺排桌椅碗筷。

飯菜餅麵很快擺滿一大桌，爺爺奶奶先就坐，叢林爺爺，盧鼎爺爺隨後來到，熱烈寒暄後坐了下。

師兄和寸尺忙完，也都來坐下，寸尺還架高了椅子，找了一副小碗筷，一大和羊皮最後才坐下。

爺爺舉杯說話，「我首先要謝謝九堂幫我們準備了這麼豐盛的年夜飯，還要謝謝老朋友叢林，盧鼎大駕光臨，也歡迎新朋友寸尺和羊皮來和我們一起過年。相聚即是有緣，大家開開心心過年，來，舉杯，恭賀新禧，祝大家身心愉快。」

師兄說，「我們向長輩們拜年。」起身拉了一大，寸尺，招過羊皮，離桌三步，跪拜三叩頭說，「一大爺爺，一大奶奶，叢爺爺，盧爺爺，各位大師父，新年快樂，萬事如意。」

「好，好，請起，也祝你們新年快樂，學業進步。」爺爺回說。

幾人坐回桌上，一大奶奶遞給師兄、一大、羊皮、寸尺每人四個紅包袋，「這是我們送的壓歲錢，祝你們新年快樂。」

大家接過，很是驚喜。

羊皮的壓歲錢請一大代收，先告退走出屋去，長輩明白他不舒服，不介意。

一大抽空去餵了狗狗，一晚上，大家吃吃喝喝，聊得很是愉快。

夜深了，盧爺爺，叢爺爺先行離開。一大爺爺、一大奶奶也休息去了。

師兄把收到的紅包悄悄地塞給一大。

「謝謝師兄。」一大滿心感激。

一大幫著收拾桌椅碗盤後，找羊皮、寸尺要回潭中島去，寸尺說稍後會自己過去，一大便和羊皮帶上狗狗先回去。

回到了潭中島，「一大，今年除夕，是我這輩子記憶中最快樂的一天。」羊皮開心。

「那好，呵，就好好記得吧，對了，羊皮，等下你跟我一起守歲。」一大說。

「守歲？」

「對，過了十二點才去睡。」

「我記得以前有守歲過，是好久好久以前的事了。」

「哦，好久好久……」一大躺上床，想先休息一下，腦海裡浮現出下午在「水金屋」中碰上的那些事，想和羊皮聊聊，又想守歲，又感覺好睏，不知不覺睡著了。

二十五、小丹玉米稈登高

大年初一，高漲的潭水已然消退，一大開心的整天歡笑吃喝。初二，寸尺離開，一大和羊皮依然陶醉在大過年歡樂氣氛中。初三，一大到爺爺小屋吃早點，竟看到小丹在和奶奶說話。

「小丹？妳怎麼來了？」一大很是驚喜。

「臭一大，我是來看爺爺奶奶的，跟你沒關係。」小丹沒好氣。

「我……？」

「小丹，別對一大鬧脾氣。」奶奶拍小丹肩膀。

「哎喲，奶奶，我說去看我爸，這臭一大也不說送送我或說陪我去，自己在這裡快活，討厭啦！」

小丹向奶奶撒嬌。

「妳又沒說要我送妳陪妳，我也有回信祝妳新年快樂，祝妳爸身體健康啊！」一大辯白。

「稀罕？新年快樂，誰不會祝啊？還祝我爸身體健康？他怎麼可能再健康嘛？」小丹仍氣呼呼。

「妳……」一大講不出話。

「好了，別鬧了，爺爺來了。」奶奶搖手。

「爺爺好。」，「爺爺早安。」兩人向爺爺問好。

「呵，是小丹來啦？爺爺還奇怪，是誰在對一大大小聲呢？」爺爺笑說。

「哎喲，爺爺，我才沒對一大大小聲，我剛才是輕聲細語跟一大說話。」小丹向一大眨眼，「一大，對吧？」

「啊？喔，對。」

「哈哈，來來，吃飯，邊吃邊說。」爺爺招呼著。

爺爺、奶奶、小丹、一大依次坐下。

見師兄進來排擺餐食，「師兄早。」一大打招呼。

「大師伯早。」小丹也說。

「早，吃飯。」師兄坐下，順口問了句，「小丹，妳爸好嗎？」

小丹一聽，「哇……」放聲大哭。

一旁的奶奶急忙安撫她，大家都噤聲不語。

「我爸……說他快……死了，我……好難過。」小丹哭哭啼啼。

「好好，小丹不哭，奶奶抱抱。」奶奶摟緊小丹。

「一大他……看到我不安慰我，反問我怎麼來了？」小丹手指一大。

「啊？我……」一大一臉無辜。

「人家老遠趕回來，一大他，他也不跟我說他想我。」小丹仍抽抽搭搭。

「我？……」一大不知如何是好。

師兄拿了面紙，從桌底下遞給一大，使了個眼色。

一大會意接過，站起身，「小丹，對不起，我一直都有在想妳，妳別難過了。」遞上面紙，「吶，擦擦眼淚，爺爺奶奶和大師伯都在等妳開飯呢。」

小丹停止哭泣，接過面紙，在臉上擦了擦，抬起頭，「爺爺、奶奶、大師伯，對不起，我們吃飯吧。」

「哈，小丹啊，爺爺怎覺得妳這小性子好熟悉呵，跟妳奶奶年輕時一個樣。」爺爺笑說。

「老頭子，你……」奶奶飄過一白眼。

「嘻嘻……」小丹見了破涕爲笑。

吃過早飯，小丹又開開心心拉了一大往外跑，拿了一紅包給一大，「這壓歲錢是我媽給你的。」

「哦？謝謝小丹，謝謝崔媽媽。」

「陪我去玩。」

「好。」

一大戴上貓鏡四面八方看，沒看見羊皮，正納悶，忽地左前方空地上竄起一綠桿，「唷！」再一看，

「哈，羊皮！玉米桿！」

小丹也看見了玉米稈，「一大，那什麼？」

「鬼把戲。」

「啊？」

「妳戴上。」將貓鏡給了小丹，自己穿上呱呱衣。

「你的鬼同學？」

「對呵，羊皮。」

「羊皮他那樹怎長那麼快？」小丹好奇。

「也可以叫它長慢點。」

「什麼？」

「小丹，別管了，先跳上去。」

一大一步跳上一葉子，順勢拉了小丹上另一葉子。

「哇呀，好刺激哦！」

「抓好了。」

麥片、胡桃汪汪跑來，也跳上了其他葉子。

玉米稈快速長高了去。

「哇哈，羊皮的鬼把戲，太帥了！」小丹大喊。

「等一下上到雲上，妳還可以和雲仙子說話。」

「雲仙子？」

「我朋友。」

「哦，哇，一大，我們都比大樹頂還高了！」

「開心吧？」

「你就該讓我開心的呀！」

「喔，也是，嘿，看，有朵雲飄過來了。」

一朵雲飄來，「一大哥，你好，帶小丹姐上來玩呀？」

「雲仙子，你認識小丹？」

「凡是有雲有霧有雨水碰到的人事地物，我們都認識，我們的情報比烏鴉呱呱還靈呢。」

「哇，小丹，聽到沒，雲仙子的情報比呱呱還靈。」一大向小丹說。

「雲仙子，你好，我是小丹。看來你無所不在也無所不知，很高興和你碰面。」

「小丹姐，妳好，很高興見到妳。」

「好羨慕你們在天上飄來飄去，自由自在。」

「呵……」

羊皮飄向一大，「一大，上面那片雲有話跟你說。」

「哦？」一大下看，小丹很愉悅地享受著登上高空的神奇感受，和雲朵嘻笑聊著天。

一大便往上移了兩片葉子，靠近另一朵雲，「你好，雲朵，你有話要跟我說？」

「是呀，一大哥，你好，我是另一個雲仙子，請你有空請教一下你父親，就是關於你在『水金屋』經歷的事情，他會多指點你。」

「我爸？等等，雲仙……」一陣風吹過，一大眼前的雲朵竟飛散了去。

一大愣了下，跟羊皮說，「羊皮，我們下去吧。」隨之往下移，喊道，「小丹，我們上來滿久了，準備要回地面去了。」

「喔，好。」小丹回答，轉向她眼前的雲朵揮手，「雲仙子，我們要回去了，再見。」

「再見。」

羊皮左手抓住玉米稈，玉米稈開始往下縮，不久，大家就回到地面上了。

「一大，跟你在一起眞好。」小丹一把抱住一大。

「呵呵，喔，小丹，跟妳在一起眞好。」

「嘻，我以爲你還不會說呢？」

小丹轉向羊皮，「羊皮，謝謝，你的鬼把戲太棒了。」

「嘿，不客氣。」

「那最高可到哪？」小丹問。

「星星月亮。」一大隨口回答。

「那好，一大，你晚上陪我上天上去看星星月亮。」小丹撒嬌。

「啊？」一大頓了下，腦筋急轉，「小丹，有些東西要遠遠的看才好看，看星星月亮高掛天空或深映潭底才更羅曼蒂克，是吧？近看星星月亮，就跟我們現在站在地上看地球一樣，那一絲一毫的羅曼蒂克都沒有了。」

「啊？」小丹看看一大，又看看羊皮，羊皮也在點頭，「嗯，那也是，嘻，那，一大，你看我，該要近看還是遠看？」

「看妳就不同了，妳近看遠看都可愛，都漂亮，都羅曼蒂克。」一大捏捏小丹鼻子。

「嘻，一大，這樣好了，今晚就不麻煩羊皮了，但你要陪我在這潭邊散步，慢慢地散步。」

「好。」

「你和我一起散步，一起看高掛天空以及深映潭底的星星月亮，呵，想想，那有多羅曼蒂克啊。」

「呵，好，羅曼蒂克，羅曼蒂克。」

中飯後，小丹喊累，去睡了。爺爺奶奶也去休息了。

一大去潭邊找到羊皮，「羊皮，我們除夕去『水金屋』後，我一直想問你……」

「哦？問我什麼？」

「你在上月三十一號那天看見我叔嬸跑進圖書館後沒再出來，對吧？」

「對，他們沒再出來。」

「我們在『水金屋』看到我叔的帽子和沾血的手帕，我想是我叔嬸跑進圖書館後躲到『水金屋』去了。」

「肯定是。」

「跑進圖書館，進入坑道，相關通關密碼是方元老師被逼洩露，這我知道。」

「是，但他們怎進得了『水金屋』？」

「我叔嬸和黑衣人有往來，有他們的通關密碼也是可能。」

「嗯，那件黑鋼線衣服應該是黑衣人穿的。」

「嗯，一棺材的黃金屑屑，要到手的話，我叔嬸的賭債可就還清了。」

「還一輩子不愁吃穿。」

「沒錯，羊皮，我跟你該想到的都想到了吧？」

「差不多。」

「但雲仙子還要我問我爸，有關我在『水金屋』遇上的事情。」

「那就問吧，也許還有我們不知道的。」

「如果有，寸尺怎沒說呢？」

「那我就不知道了。」

一大在樹下坐了下，靜靜的回想果外公說的話，以及進入「水金屋」前前後後發生的事。

深夜，一大獨自一人在潭中島小屋，拿出引子帕，寫下，「爸，我可以問關於『水金屋』的事嗎？」

「復天，可以，不過在你開學回校後再問較好。」

「爸，有什麼疑問嗎？」

「爸，這……」

「開學前你直接回校，這幾天除了雙潭不要去其他地方。」

「夜深了，去睡吧。」

「好，爸，晚安。」

「晚安。」

二十六、叔嬸的真實身分

開學前一天，小丹吃過中飯就要回家去。

飯桌上，小丹提到，「爺爺奶奶，我畢業典禮時您們要來參加喔。」

「小丹，爺爺奶奶應該來參加我的畢業典禮才對。」一大立即表態。

「呵呀，爺爺奶奶老了，哪都不去，恐怕要讓你們兩個失望了。」爺爺說。

「爺爺您？」小丹一臉失望，轉向一大，「都是你，這也跟我爭，害爺爺奶奶都不去了吧。」

「我？」

「好啦，不說這個，吃完飯你送我回家。」

「好。」一大爽快答應。

「小丹，今天請妳大師伯送你回家。」爺爺忽插上。

「為什麼？爺爺……」小丹不解。

一大也不明白。

「小丹，妳爺爺有事要一大幫忙，妳大師伯送你回家也一樣。」奶奶一旁拉拉小丹的衣袖。

「啊？這……」小丹一臉不悅。

「爺爺，我走地脈，很快就回來。」一大說服爺爺。

「爺爺有事要你幫忙，你不好離開。」爺爺堅持。

「哦，是。」一大不敢再說。

氣氛一下子凝住了。

「呵，吃飯，吃飯。」奶奶笑著招呼，緩和氣氛。

吃完飯，小丹整理好，向爺爺奶奶及一大告別後，由大師伯送他回去了。

爺爺回頭向一大說，「一大，去收拾一下，爺爺送你回學校去。」

「爺爺？不用啦，我自己回……」一大頓了下，「爺爺，是有人要……要害我？」

「嗯。」爺爺看看一大，「是『水金屋』的事。」

「『水金屋』？爺爺，我弄壞棺材，讓黑衣人帶不走黃金，他們要害我很正常啊，沒什麼大不了。」

「你回學校後再說。」爺爺說。

「喔。」一大不便再說，收拾一下，戴上貓鏡，先找了羊皮說要回學校了，羊皮便先飄走了。

告別奶奶，一大帶上麥片、胡桃，跟爺爺走向地脈。

出了學校地脈，麥片、胡桃同時低聲唔唔，一大竟看到叢林爺爺，盧鼎爺爺站在地脈出口兩旁，一大爺爺揮揮手，從地脈回去了。

「噓。」叢林爺爺，盧鼎爺爺示意一大別出聲，護著他往宿舍方向走去。

一大的心狂跳，這種陣仗可是他從未見過的。

走到餐廳，見到梅老師站在門口，一大到了門前，叢林爺爺，盧鼎爺爺分別回頭離去。

「席復天，跟老師去家裡。」梅老師說。

「喔。」一大跟梅老師走去。

到了梅老師家，見梅師母在，「師母好，新年快樂。」一大打招呼。

「復天來啦，新年快樂，坐。」師母說。

「你將引子帕平放茶儿上。」梅老師對一大說。

一大點頭，拿出引子帕，平放茶儿上。

「先向你爸問好。」梅老師示意一大在帕上寫字。

「爸，祝您身體健康，新年快樂，我現在梅老師家。」一大用小指頭在帕上寫。

「復天，新年快樂，時間過得好快，又開學了。」爸爸回著，「寸尺回來後，跟爸爸說了水金屋的事。」

「哦？」

「你在水金屋看到了你叔的帽子和沾血的手帕，還有黑鋼線衣服。」

「是啊，叔叔一定去過水金屋。」
「寸尺在蛋裡採到兩枚小指紋。」
「寸尺有說。」
「寸尺離開雙潭後去找了梅老師。」
「找梅老師？」一大看看梅老師。
「去看那把斷了的水果刀。」
「哦？」
「寸尺檢查後，確定斷刀上的血跡和水金屋裡血手帕血跡是同一人的。」
「一定都是叔叔的。」
「不是林志新的。」
「不是叔叔的？」
「是蕭默的。」
「蕭默？」一大震驚。
「對，霧上飛蕭默。」
「怎是蕭默的血？那蛋裡那兩枚小指紋是誰的？」
「其中一枚是蕭默的。」

「可是連不起來啊？」

「爸的外公，許多年前曾無意間醫治過受到刀傷昏迷的蕭默。」

「果外公？」

「嗯，果外公還留有蕭默的血樣及小指紋，藏在一隱密的冰窖中。」

「哦？」

「精靈有一樣本事，摸過聞過不同處所的血跡後，可分辨是否屬於同一人。」

「寸尺有這本事？」

「是，三處血跡加上小指紋交叉比對，寸尺說都是蕭默的，所以……」

「不會吧？」

「會，所以，林志新就是蕭默，也是卓武的徒弟。」

「哇，這！」

「至於寸尺在另一蛋裡採到的小指紋。」

「是嬸嬸的？」

「算是。」

「算是？」

「不是路嬌的，是卓嬌的。」

「嬸也用化名？也姓卓？」

「沒錯，卓嬌是卓武的女兒，卓發的妹妹。」

「哇！」

「蕭默和卓嬌也就是你叔林志新和你嬸路嬌。」

「太勁爆了！」

「爸之前要你寫信給堂弟，說你除夕會去叔嬸家過年。」

「爸是要他們除夕時在家等我？」

「是，那他們便不會離家，也不會出現在水金屋。」

「高！」

「為防出錯，除夕下午你叢林爺爺，盧鼎爺爺還分別去盯住了蕭默和卓嬌的行蹤。」

「爸，您神機妙算啊。」

「爸多少年來摸不清林志新的底細，也算不得神機妙算。」

「很厲害了！」

「這回，你爺爺奶奶，叢林，盧鼎，梅老師，在寸尺穿梭查證下，弄清楚了真相，他們都會全力保護你。」

「謝謝老師長輩，只是叔叔那一副可憐軟弱的外表，竟會是蕭默？」

「你從現在起要更加小心。」

「是。」

「你毀了他們經營多年的水金屋，蕭默和卓嬌必定忍無可忍了。」

「姓蕭和姓卓一家的眞正身分是什麼？」

「殺手集團，其中卓武、蕭默是頂尖殺手。」

「喔。」

「他們接近爸十多年，爸無法確定他們的眞實身分，確實厲害，爸相信你母親便是遭到他們的毒手。」

「媽媽是他們下的毒手？」

「十之八九。」

「那，卓嬌會功夫嗎？」

「聽說她懶，不學無術。」

「哈。」

「她嫁給林志新，是掩護眞實蕭默身分的高招。」

「是。」

「爸最擔心的是卓武出險招。」

「險招？」

「殺手圈有一種『絕命勝』的技法。」

「不懂。」

「絕一己之命，全弟子之勝。」

「不懂。」

「當子女或徒弟沒有全贏對手把握時，父母師父願犧牲自己，將一身功夫全部灌入子女或徒弟身體，子女徒弟因而功力大增。」

「厲害！」一大只覺不可思議。

「若卓武爲了對付我們，強灌他的功力給蕭默，那蕭默的功力就雙倍強大了。」

「哦？」一大明白這幾天長輩們保護他的原因了。

「他們爲了得到黃金，會不擇手段。」

「是。」

「不過，小丹他爸之後還來找過我。」

「哦？」

「找我助他延長壽命，至少延長到小勇、小丹畢業典禮過後。」

「那？」

「助敵人延命似乎可笑，但爸是醫者，醫者，不論對象，以救人爲天職。」

「嗯，但他的壽命有可能延長嗎？」

「爸盡力。」

「小丹過年前和崔媽媽去看過崔伯伯。」

「那也是爸開出的一帖藥方。」

「哦？」

「親情的力量遠勝任何針劑，我全心醫治崔伯伯後，他心態改變了許多，對爸和你已不再有恨了。」

「哦？」

「只是你假叔嬸從小看你長大，要小心。」

「是。」

「爸也是他們的目標，除非萬不得已，你別和他們正面衝突，能閃就閃。」

「好。」

「好好學習，修身養性，以後好做個有用之人。」

「是。」

「代爸祝梅老師及梅師母新年快樂，下次再聊。」

「是，爸，再見。」

「再見。」

一大收了引子帕，向梅老師及梅師母說，「我爸問候老師、師母新年快樂。」

「謝謝。席復天，情況你都清楚了？」梅老師說。

「清楚，老師。」

「二月的山下敬老活動，你是第一組，離校活動，會害怕嗎？」

「不會。」

「跟孫成荒一組，會難過嗎？」

「嗯，不……會。」

「那好，回宿舍去吧。」

「謝謝老師、師母，再見。」

「再見。」

師母跟出門外，塞了兩個紅包給一大。

「師母，我……，謝謝。」立正站好一鞠躬。

「放書包裡，梅老師說，去安養院時，書包不要離身，睡覺時也一樣，可保平安，別人看不見的。」

「喔，是。」

一大走回宿舍，心情好亂。

二十七、安養院敬老

阿萬的爸爸車禍住院，卻在農曆年前往生了。阿萬回校，整個人瘦了一圈也少了笑容，整天魂不守舍的還動起了休學的念頭。

一大、土也、曉玄、小宇每天想辦法逗阿萬開心，效果不大。

一大告訴阿萬，抄寫《心經》可以安定心神，不妨試試，阿萬聽了，便開始練習用毛筆抄寫起了《心經》。

開學日，一大收到兩封信，一封是堂弟寫來的，一封是叔叔寫來的：

堂哥，你說會回來過年，卻沒出現，我們一家人都好失望。

朝禮　敬上

後天，你堂弟妹好希望過年見到你，但你騙了他們，你總是做些令人失望的事。

叔叔

一大看了信，有點不寒而慄，心想，「信是過完年後四、五天寄出的，推算一下，叔叔那時應該知道了水金屋被破壞的事。蕭默和卓家一海票人鬼眼線，一定知道破壞者跟我脫不了干係。」

二月十日，吃過早飯，張龍老師帶了一大、土也、阿萬、曉玄、小宇、孫子、小洪、阿宙八位同學坐上一部小巴士，前往山下愛博爾安養院做敬老服務。

同學們僅帶上簡單換洗衣物，以及一條狗，麥片。

車上，一大、土也、阿萬刻意和孫子、小洪、阿宙保持距離。

張龍老師說，安養院坐落在山下市郊，占地有三公頃大，環境清幽，院內有一百多位老人居住安養，本校歷屆學長都曾來院敬老服務過。同學們在院內主要服務是陪伴老人說話，並協助打掃環境，餵餐……等等。

車行約一個鐘頭，到了愛博爾安養院。

舉目望去，七、八排長型房屋坐落在青草地及花樹間，環境很是安靜舒適。

安養院院長在大門口迎接張龍老師及同學，隨後領了大家去員工宿舍，按男女分別安排好床位。

張龍老師和院長低聲說了幾句話，便先行離開回校去了。

安養院院長姓邱，個子高大，五十多歲，臉上常掛著笑容。

小虎來耳邊說，「一大哥，麥片要跟你說話。」

「哦？」一大看麥片蹲在十步外，便走去蹲下抱牠。

「一大哥，我聞到幾個熟悉的味道。」麥片說。

「啊？誰的？」

「卓武、狂牛新鮮，魏老師、你嬸較舊。」

「啊？」一大很是驚訝，摸出貓鏡戴上，四處看了下，緩緩站起，「小虎，你跟麥片到處看看，牠用聞的，你用爬的，查看一下這裡的情況。」

放下了攜帶衣物，同學們便跟著院長及志工兄姊們去陪伴老人了。

走到一間大房間，推門進入，同學們都有點遲疑而裹足不前。

院長面向大家說，「同學們，每個人的一生都會面對生老病死的課題，服務老人的過程可讓我們更深的領悟人生。我們這裡常有大學生或中學生來義務照顧老人，別拘束，你們很快就會熟悉並習慣這裡的環境。」

這大房間有十幾張床，住的都是老爺爺。老爺爺有坐在床沿的，有坐在輪椅上的，有躺在床上的。見有人走近，都用企盼的眼神看著，有的還抬起手招呼。

志工們領著同學分別走向老人家，簡單介紹，同學便拿張椅子在床邊、輪椅邊陪著老人家說起話來了。

一大陪的是一位八十六歲的傅老爺爺，傅老爺爺有兩個兒子，都住在國外。老爺爺倒很樂觀，只是說幾句話就要休息一下，休息時，一大便站起幫他拍拍背。

看土也、阿萬、曉玄、小宇、孫子、小洪、阿宙也都在志工兄姊指導下和另幾位老爺爺有說有笑著。

麥片進到大房間，在門邊就被一位坐輪椅的老爺爺攔下，摸著頭，順著毛，麥片也善解人意，溫順的陪著那位老爺爺，那位老爺爺是阿宙在陪伴的。

小虎來找到一大，到耳邊說，「一大哥，出這門左轉到走道底，最後一間單人房內有一人，眞的是卓武，麥片記得他的味道。」

「啊？」一大緊張，霍地站起。

「別緊張，那卓武躺在床上，偶而才動一下，聽旁邊人說他癱瘓了。」

「癱瘓？」一大難以置信。

一大回頭看，「咦？」竟沒看到孫子。

跟傅老爺爺又聊了下，見孫子回來了，一大向傅老爺爺說，「爺爺，我上個廁所，很快回來。」不方便叫上麥片，只和小虎溜出了房間。

一大出了門，左轉，快步走到走道底的單人房。

房門開著，一大在門外探頭內看，「沒人？床上沒人？」一大心情緊張。

「姓席的，找人？」

背後傳來一冷冷聲音。

一大回頭見是孫子，冷冷回他，「爺爺我找不找人，跟孫子你沒關係吧？」

「如果你找的人跟老子我有關係，那關係就大了。」孫子聲音大了些。

一大只覺現場不宜久留，「你去關係大吧，爺爺我走了。」大步離開。

回到大房間，一大繼續陪傅老爺爺說話，並問了小虎，「你確定那人是卓武？」

「應該不會錯，麥片也聞出了他的味道。」

麥片來了，一大也向牠確認，麥片說，「那單人房躺著的人確實是卓武，他的味道我記得。」

「可是，怎會不見了？」一大說，又回頭往孫子那看了看。

「我等一下問問鴿子。」麥片說。

「鴿子？」

「有多隻警鴿在這裡巡邏。」

「哦？」

十一點半左右，老人家吃中飯。一大餵傅老爺爺吃飯，老人家吃的慢，吃了約半個鐘頭，傅老爺爺說吃飽了，坐了會，躺下休息。

一大等土也、阿萬、曉玄、小宇陪伴的老人家吃過飯，都休息後，一起走出大房間。有志工大哥領他們去另一房間吃飯，廚房爲他們準備好了素飯素菜。

「我陪的老爺爺愛說笑話，你們陪伴的還好嗎？」曉玄問。

「我沒經驗，只感覺老人家有人陪伴很高興。」土也說。

「我陪的老先生沒有家人，個性安靜，不太愛說話。」小宇說。

「我陪的老爺爺，他兒子都住在國外。心情還好，我們就說說話而已。」一大說，看看阿萬，「阿萬，你呢？」

「我那老爺……爺很可憐，一……兒一女……及老婆在……一次車……禍中……全死了。」阿萬緩緩說著。

「啊？」大家驚訝。

「我……好難過，我爸……也……」阿萬紅眼。

「阿萬，不難過，不難過，振作起來。」一大拍拍阿萬肩膀。

房門打開，幾人走入，一大忽地站起叫，「狂牛？」

那幾人停住看向一大，狂牛走來，「哇，天大，你怎在這裡？」

「我們來陪伴老人家。」

「你第一次來？我來第二次了，一次三天。」

「我是第一次來，也是三天，你們學校同學常來？」

「常來，常來，老師要我們來這裡學習做人道理。」

「喔，是，那你先吃飯，等一下有機會再聊。」

狂牛和他五個同學坐右側角落一桌吃飯去了，一大另也看到孫子、小洪和阿宙三人坐在左側角落那桌。

一大坐下對土也、阿萬低聲說，「小虎和麥片跟我說，有一間單人房內住了卓武，我跑去看，卻沒人在。」

「弄……錯了……吧？」阿萬不信。

「他功夫那麼高，住老人院？」土也更不信。

「你們說的，是找一大麻煩的老先生？」小宇問。

「嗯，還聽說他癱瘓了。」一大點頭。

「癱瘓？更難相信。」土也補上一句。

吃完飯，大家去午休。

一大躺在床上閉目養神，聽到小虎來說，「一大哥，狂牛來找你。」

一大跳起，見狂牛在門口探頭向他招手，便戴了貓鏡，揹著隱形書包，輕步走到門口。

狂牛和一大走到屋後草地一張鐵椅坐下。

「天大，你有性命危險還敢出來？」狂牛小聲說。

「哦？新鮮了，呆鵝掛了，除了你狂牛想取我性命，誰會想動我？」

「我已改好了，再幾個月就可出去了，到時還有畢業證書可領，多棒！」

「是嗎？那你怎知我有性命危險？」

「裡面有一個剛進來的小弟，跟我還不熟就問我認不認識一個叫席復天的。」

「哦？」

「我還沒說認不認識，他就說幹掉席復天可領到半個金棺材。」

「金棺材？半個？」

「聽說那半個金棺材就值一億塊錢。」

「一億塊錢？哇！哦，你想幹？」

「我？我真的改好了，我可不想弄到跟呆鵝下場一樣。」

「爛人不在裡面了吧，他如果在，你才可能跟呆鵝下場一樣。」

「爛人是不在了，可是姓卓的在裡面還留有暗樁。」

「姓卓的？你知道？」

「卓發神通廣大，裡面誰不知道？」

「他也不在裡面啦。」

「但他爸卓武……」狂牛頓住，左右看看。

「你也知道卓武？他怎樣？」

「在這裡。」

「哦？」

「但，也不在了。」

「你說清楚。」

「我也奇怪，一大早還看見他躺在床上一動也不動，近中午就不見了。」

「你還知道什麼？」

「聽說卓武過完年後出了事，身體癱掉，送醫院一個星期後就轉送這裡了。」

「他身體原來不好嗎？」

「他身體好得很，聽說他功夫也很厲害。」

「那怎會一下子癱掉？」

「就……大概老了嘛。」

兩人靜了下。

「天大，你畢業後去哪？」狂牛突問。

「我？不知，你呢？」

「也不知，但有人找我再混。」

「再混？你再混，出事可就不是進感化院或少輔院那麼簡單了。」

「我知道，可是畢業後真沒地方可去嘛。」

「我想想，有好路子再通知你。」

「好吧，喂，天大，你看這附近有沒有鬼？」

「鬼？」一大還眞四下看了看，「沒有。」

「呆鵝常來鬼壓床，我都被他搞到神經衰弱了。」

「我替你燒燒香拜拜他，請他放過你。」

「謝啦。」狂牛又四面看看，「看到沒，這附近鬼鴿子一海票。」

「哈……」

下午，同學們換到另一大房間，去陪伴的是老奶奶們。

一大陪伴的老奶奶姓方，頭腦已不太清楚了，一下說錢被偷了，一下說有人要害她。一大和她說話，她也似懂非懂，答非所問，一大便絞盡腦汁想了一堆故事說給她聽，老奶奶會笑，還摸摸他頭。

大約五點鐘時，一大看見窗外有一部救護車駛入。一位制服警察下車，院長前去迎接，兩名救護人員推了擔架車，跟著院長走去。

沒多久，救護車開走了。

院長來叫一大，「席復天同學，你跟院長來一下。」

「喔。」一大起身跟著院長走。

到了院長室，一大看見剛才那制服警察坐在椅上。

「席復天同學，這位是葛警員，他有事要問問你。」院長說。

一大心中七上八下。

「席同學，你和朱光力熟識？」葛警員站起問道。

「朱光力？熟，他是我小學同學。」

「中午有人看見你和朱光力在那邊空地的椅子上有說有笑。」葛警員說。

「是，他找我聊天。」

「他有沒有說到什麼奇怪的事。」

「奇怪的事？警察先生，您問朱光力比較快吧？」

「朱光力腿斷掉，剛被救護車送走了。」

「啊？他，他腿斷了？」

「他剛才一直說著『鬼』。」

「鬼？不會吧，中午時他還好好的啊。」

「有說到什麼人名嗎？」

「人名？有一個，『卓武』。朱光力說，一大早還看見卓武老先生躺在床上一動也不動，中午卻不見了。」

「卓武？」葛警員轉向院長，「院長，卓武是……？」

「哦，一個身體癱瘓的老先生，在這裡安養。」院長回答。

「他可以說話嗎？我去看看。」

「說話及表達都不行了，我等會找人帶你去。」院長說，轉向一大，「席同學，你回方老奶奶那去陪她吧。」

「好。」一大離去，路上小聲叫，「小虎、小虎。」沒聽到回應，左右找看，也沒看到麥片。

一大回到方老奶奶處，又說故事給她聽，隨後，幫著餵方老奶奶吃飯，方老奶奶吃了一點就搖頭不吃了。有志工來，一大幫著倒一些垃圾，掃掃地。

晚飯時，一大向好友們說了狂牛突然斷腿一事，大家都覺詭異，但也猜不出個所以然來。

晚上，一大問麥片、小虎，「有沒有看到狂牛斷腿是怎麼弄的？」麥片、小虎沒答案，「那明天你們再注意一下，看卓武是不是還在那單人房或其他地方。」

「好。」

二十八、三分功力

第二天早飯時，一大特別走近狂牛的一位同學，「你好，我姓席，是朱光力的小學同學，他昨天腿斷了，請問有聽到什麼新消息嗎？」

「少問，走開。」那同學揮手。

一大摸摸鼻子，沒再問下去。

上午，一大被安排到另一間十幾人住的大房間，陪伴一位杜姓老先生，杜老先生很健談，一大幾乎都是在聽他講話。

「你練氣。」杜老先生突然說了句。

「啊？」一大愣了一下。

「昨晚今早沒打坐。」

「爺爺您知道？」

「不只我知，院長也知。」

「院長？」

「院長每天打坐練氣。」

「哦？」

「你今晚子時要打坐。」

「子時？半夜？」

「呵呵……」杜老先生笑笑，又隨興說了一堆話。

一大很疑惑地看著眼前這位老先生，八十八歲，瘦瘦矮矮，但精神飽滿。

下午，換去了另一間陪伴另一位老奶奶，老奶奶話不多，也不太想聽一大說話，喜歡安靜的坐在輪椅上。

一大閒著，就抱抱麥片，和小虎說話，「有沒有看到什麼特別的？」麥片和小虎都說沒有。

老奶奶倒很喜歡麥片，伸手抱過麥片，逗著、笑著。

一天又過去了。

晚上，一大十點左右睡了下，到半夜起身，黑暗中獨自在床上盤腿打坐。怕有狀況看不清楚，悄悄戴上貓鏡，又爲安全起見，隱形書包也抱在胸肚上。四下很是安靜，偶有幾聲打呼聲，但不影響他打坐。

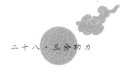

大約半個鐘點後，一大聽到一點動靜，微微睜眼，有影子自門口進入，一大睜大眼看，待看清楚，心中一驚，「呆鵝！」

「別動，他看不見你。」

有聲音在一大耳邊小聲說。

一大立即放鬆，用丹田呼吸，只眼睛半睜看著前方。

呆鵝忽一下就到了一大床前，和盤坐的一大只間隔兩步遠，呆鵝站了一會兒，上下左右看了下，還又彎身往床底下看。

忽聽見門外狗聲汪汪大叫，呆鵝回轉頭往外看，接著後退，消失在黑暗中。

一大不敢動，又坐了十來分鐘，看看聽聽，沒再有其他動靜，才又躺下，許久才睡著。

早上，一大醒來，立即去找了麥片，「麥片，昨天半夜，你看到什麼沒？」

「黑影一大票，人鬼都有，我顧不了全部，汪汪大叫，希望嚇走他們，剛還在想要怎麼跟你說呢？」

麥片回答。

「一大哥，我在房裡看見了呆鵝。」小虎說。

「我也看見了。」一大說。

「警鴿也跟我說，有看到許多黑影。」麥片補說。

「有沒有熟悉的人味？」一大問麥片。

「沒有。」

早飯時，一大說，「昨天半夜，我見鬼了。」

土也、阿萬、曉玄、小宇愣住，全看著一大。

「後來呢？」小宇問。

「就消失啦。」

「可惜呵，怎不叫我一起看？」土也笑說。

「那鬼你認識。」

「我認識？哈，這好笑。」土也又笑。

「是呆鵝。」

「啊？」大家再度愣住。

「呆鵝……變成了……鬼……來？」阿萬小聲問。

「嗯。」

有志工大姐來招呼，「吃過飯後，請大家幫忙攙扶或用輪椅推老人家到交誼廳，我們一起參加康樂活動。」

一大幾人匆匆吃了飯，趕去幫忙送老人家們到交誼廳去。

交誼廳用彩紙彩帶布置得很是溫馨，中央放了一張大桌，上有大蛋糕，餅乾點心水果茶水……等等。

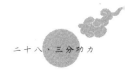

大桌旁放置有五十吋的電視螢幕及音響設備。老人家們面向大桌以馬蹄形狀排坐，許多志工及同學們分站老人家身邊照顧著。

志工兄姐在桌邊戴著彩帽帶動唱，大家拍手和著，一整個交誼廳暖烘烘的，歡樂嘻笑聲不絕於耳。院長來到大桌前，一位志工大姐大聲說，「現在請院長主持，爲二月份壽星慶生，二月份壽星有七位。唱生日快樂歌時，我會念壽星名單，請院長切蛋糕，分送給各位壽星，敬祝各位壽星生日快樂。」

「祝你生日快樂，祝你生日快樂……」大家邊鼓掌邊唱起生日快樂歌。

志工大姐大聲念壽星名單，「陳其利爺爺。」有志工引導院長上前送上一塊蛋糕及一盒小禮物。

「吳安平爺爺。」，「方鵬雲爺爺。」，「林芬芳奶奶。」，「卓武爺爺。」……

當一大聽到「卓武爺爺」時，心中大震，緊盯志工領著院長上前送蛋糕的方向，背後有人貼近，「一大，看到沒？」是土也的聲音，一大點頭。

一大拿了貓鏡戴上，看左邊方向後排一張輪椅上是坐了一白髮老人，「應該是卓武吧？可是……」看那老人表情僵硬，歪著脖子，眼睛半閉，穿著直條紋睡衣，套了件皺巴巴的灰外套萎縮在輪椅中，院長送上蛋糕，那老人緩緩伸出手接，接了蛋糕後那老人再緩緩伸出拿著蛋糕的手朝一大方向舉了兩下。

「咦？」一大小聲驚叫，「小虎，你看到沒？」

「我在看，那人應該是卓武，又不太像。」小虎回。

「土也，是他嗎？」一大轉頭問。

「不像。」土也搖頭。

一大見阿萬在他右手邊五、六步遠向他聳肩搖頭用口形說，「不……像。」

生日歌唱過，志工大姐說，「請志工人員及同學們到桌上幫忙拿蛋糕，分享給爺爺奶奶們，謝謝大家。」

一大看見孫子、小洪、阿宙在左手邊十幾步遠位置，沒什麼特殊表情或動作。

志工人員及同學們去拿蛋糕，分遞給爺爺奶奶們。一大也加入去拿了小盤盛著切成小塊的蛋糕，送給老人家享用。志工大姐打開螢幕及音響設備，開始播放伴唱帶，有老人家拿了麥克風便興奮的唱起歌來。

等唱唱笑笑告一段落後，志工大姐說，「快中午了，請志工人員及同學們幫忙，攙扶或推爺爺奶奶回房間，休息一下，然後吃中飯。謝謝大家。」

一大幫著送老人家回到房間去，在途中四面環顧了一下，沒再看見卓武，取下貓鏡，收了。

午飯過後，一大和土也、阿萬到屋後草地上走走。

「那人是卓武嗎？」土也又提。

「又蒼老又邋遢，真不像。」一大說。

「他名字……是……叫卓……武啊。」阿萬說。

「其實我們也從沒近距離仔細看過他。」一大說。

「也對。」土也說。

「噢！」，「啊！」同一時間，土也、阿萬分別叫了聲。

「幹嘛？你們……」一大奇怪。

只見土也、阿萬兩人互指對方，「你？」，「你？」

「呼！」一聲，一大瞬間向後摔跌出去。

一大跌趴在草地上，匆匆爬起，摸出貓鏡戴上，隨之聽見麥片汪汪大叫衝了過來。

一大快速周圍看了一下，沒看見什麼，「麥片，看見什麼？」

「卓武……好像。」麥片不確定。

「小虎。」

「好像……卓武。」小虎也不確定。

土也、阿萬走向一大，土也緊張問，「看見什麼？」

「沒……」一大仍四面瞧看。

「我和阿萬剛還以爲是我們互相拍腿在打鬧。」土也說。

「結果，不……是。」阿萬也緊張了。

「閃！回房。」一大急說。

回到房裡，見院長隨之來到，「你們三個可以走動嗎？」向一大、土也、阿萬三人問道。

三人訝異，點著頭。

「好，隨我來。」

三人跟院長走過草地，穿過一小樹林，十來分鐘後到了一獨棟木屋，院長領了三人進入屋內。

「打坐房？」一大心中驚奇。

屏風後突跳出幾個小人影，一大定睛一看大叫，「寸尺！」

寸尺旁還有另外兩位精靈。

土也、阿萬見到寸尺也是驚喜萬分。

「哈哈，一大、土也、阿萬，你們好，別多說話，立刻躺下。」寸尺指著木板地面。

「啊？」

「快脫掉鞋襪躺下。」一旁的院長補上一句。

三人趕緊脫了鞋襪，躺在地板上。

寸尺和另兩位精靈立即檢查三人身體，「哪裡痛？」「有什麼地方不舒服？」「有感覺哪裡被打到？」

三人都說不痛，但土也說左腿外側似乎被什麼東西打到，阿萬則說右腿外側被打到。

寸尺叫土也、阿萬脫了長褲，「啊！」土也、阿萬分在左右腿外側看到一模糊的手掌印子。

寸尺和另兩位精靈立即輪流在土也、阿萬腳下及頭上加氣。

半個多鐘頭後停下，寸尺向土也、阿萬說，「你們現在自行打坐調息。」

土也、阿萬便拿過兩草墊盤腿打坐。

寸尺和院長拉了一大到一旁，院長說，「應是卓武下的手。」

「卓武？」一大難以置信。

「幸好他只剩下三分功力。」寸尺說。

「那……？」一大不懂。

『絕命勝』聽過吧？」寸尺問。

「聽過。」一大點頭。

「聽說，卓武不願將功力灌注他人。」寸尺說。

「那……？」

「結果卻被人強取了去。」

「啊？誰那麼厲害？」

「聽說是蕭默。」

「啊？」一大大驚，「我……叔？他……他不是卓武的徒弟嗎？」

「比起黃金小鎮，師父算得了什麼？」

「哦？」

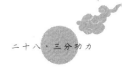

院長說，「他是個需要照顧的老人，被人送到我這安養，我沒有理由不收他。」

「院長，那，朱光力斷腿，也是卓武弄的嗎？」一大問。

「也許是的，我原先還用障眼法保護他不被打擾，但發覺他竟還能用剩餘功力將昨天跟你說笑的朱光力的腿踢斷，半夜還又召來一堆人鬼搗亂，安全起見，我上午聯絡了梅老師，梅老師才請了寸尺他們過來。」

「我上回也留了竹管給梅老師好聯絡我。」寸尺說。

「喔，原來如此，但他剩下三分功力還那麼厲害！」一大想著早上看到卓武那老態龍鍾的模樣。

「我猜他只要看到你就精神一振了。」寸尺笑說。

「哈，我眞榮幸！」

「呵。」

「土也、阿萬他們還好吧？」

「不會感覺痛，我們也即時給予治療了，也許三、五天後傷處會有點黑紫，沒有大礙。」寸尺說。

「寸尺，謝謝你和你兩位精靈朋友。」一大鞠躬。

「不用客氣，你還好有佛珠及書包保護，你有空檢查一下你的書包。」寸尺說。

「書包？」

寸尺拍拍土也、阿萬，兩人收功後，看看沒事，院長領了三人走出木屋，穿過樹林，回到宿舍。

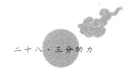

一大向兩人說，「是卓武下的手。」土也、阿萬聽了又驚又氣，但想想也無能力打回去，認了，便去床上躺了閉目小休。

一大看四下無人，小聲對著書包說，「蠶寶寶好」，書包現了形。

一大檢查一下書包內外，沒損失東西，但見到一直抱在胸肚上的隱形書包外有一凹下的手形，「啊！好險！」再小聲對著書包說，「好寶寶蠶」，書包又隱了形。

大約半個鐘頭後，有志工走來，帶領三人去繼續陪伴老人。

二十九、黃金礦脈

從安養院回到學校，阿萬的心情仍然低落，除了抄寫《心經》，打坐，也看書。土也閒得慌，便跟著一大、阿萬也抄寫起了《心經》。

這天中飯時，一大看向小宇那桌，「孫子他們見到卓武那悲慘模樣，居然沒什麼難過表情。」

「小宇說他們三個其實還滿難過的。」曉玄說。

「心中難過但表面忍住？」土也說。

「叫姓……卓……的也打他……們一掌，表面……就……忍不住了。」阿萬說。

「哈，阿萬會說笑話了。」土也拍拍阿萬肩膀。

「哈……」

土也、阿萬腿上的傷，梅老師看過，說沒事。三天過去，發了黑紫，又三天，見黑紫消退，兩人才如釋重負。

這天早上上課時，一大戴上貓鏡朝羊皮看去，見羊皮聚精會神在看一張紙。

下課時，一大問羊皮，「上課時你在看情書啊？那麼專心。」

「情書？那也得有美女寫給我才有得看啊。」

「那你看什麼？」

「鬼玩意。」羊皮遞上一紙。

「鬼玩意？」一大接過，鋪平，「這麼破？咦，不像紙？這是什麼材料？」

「『羊皮』。」

「哈，羊皮，你說這是『羊皮』？」

「嗯，我遇到一個鬼瑞，他說他擁有這片『羊皮紙』兩百多年了。」

「哈，鬼瑞？」

「因他看不懂上面的圖形，所以叫我拿來問同學。」

一大取下貓鏡盯看羊皮紙，「螺紋？」聯想到地脈，指紋。

叫土也來看，土也說，「是漩渦。」

叫阿萬來看，阿萬說，「是河川。」

曉玄則說，「是血管。」

羊皮紙上印了，或畫了，或刻了有六個層層外擴的暗棕色圈圈，圈圈還部分互相重疊。因為年代久遠，顏色已又淺又淡又模糊。

中午，一大跟羊皮說，「我把這羊皮紙帶回去，再研究看看。」

「好。」

中飯吃過，回宿舍途中，一大被一飛跑而過的松鼠吸引，便向土也幾人說去散步，獨自走入了樹林。見松松傳來小丹的信，「一大，我叔說我爸死期不遠，要我媽、小勇及我趁早打包滾出楓露，情況不妙。」

一大收了信，一時也不知怎麼回，「松松，我想想再回信。」

「好，一大哥再見。」松松一溜煙跑了。

一大想了一會兒，對著樹林叫，「呱呱，呱呱。」

沒多久，呱呱飛來一旁高高的松枝上，「呱哈，一大哥，你好。」

「呱呱，你好。有沒有什麼新鮮事？」

「新鮮事？有一件，聽到三個中學生被卓武打了。」

「嘿，你袖手旁觀沒救他們？」

「我沒袖手旁觀，我在附近注意看蕭默會不會出現，怕他跑出來幫卓武。」

「喔，那你也有功勞。嗯，你靠近一點，我有祕密情報跟你說。」

「祕密情報？嘿，有意思。」呱呱跳到較近松枝上。

「我叔嬸林志新和路嬌，眞實身分是蕭默和卓嬌，就是卓武的女婿和女兒。」

「什麼唬爛情報？你叔那個無膽賭鬼，你嬸那個罵街潑婦，怎麼會是……？」

「我什麼時候唬爛過你？」

「是沒有，呱，唷，那是眞的了？啊呀……」呱呱一個翻轉摔落地面。

「呱呱，呱呱……」一大忙上前叫。

「一大哥，你這要命的情報哪來的？昏倒……」呱呱努力翻身站起。

「我爸那。」

「那，那就不會假了，完蛋了，我怕！」

「你幹嘛怕？」

「我怕你活不久了，呱哇……」

「笑話，我活不久？」

「那快腳黑賊居然是你叔，不是我烏鴉嘴，你完了，你眞的完了！」

「我不怕！」

「一大哥，上我背，我送你最後一程。」

「神經鴉！」

「上來吧，去找智慧蛇想辦法去。」

「找蚯蚯？那好。」

一大跳上了呱呱背，想到一事，「呱呱，你有空去偵查一下小丹家的狀況，她叔說她爸快要死了，要趁機趕他們母子女三人出楓露。」

「哦？好，我儘快去。」

很快到了蚯蚯家。

「嘶，春眠不覺曉，偏偏聞鴉吵。」蚯蚯洞口探頭看見呱呱。

「呱，晚起的臭蟲被鴉吃！」呱呱反唇相譏。

「哈，吵得妙啊。」一大下了呱呱背。

「一大哥，我去看小丹姐了……」呱呱不想多留，飛走了。

「一大哥，怎是呱呱載你來？」蚯蚯奇怪。

「呱呱牠好心，送我最後一程。」

「送你最後一程？」

「牠聽我說我叔嬸林志新和路嬌的眞實身分是蕭默和卓嬌，就是卓武的女婿女兒後……」

「嘶，哇！別說了！我送你最後一程！」

「哇哈，蚯蚯，你怎跟呱呱一樣神經？

「碰上一個蕭默就完了，還加一個卓武的女兒卓嬌？」

「你也怕？」

「怕你活不久！」

「好，好，這事你們都別管了。」一大取出羊皮紙，「蚯蚯，問你這個比較有意思。」

「『羊皮』？」

「果然厲害！一看便知，來，看看，羊皮紙上面這些圈圈是幹嘛用的？」

「礦脈。」

「哇，你仙蛇！這是礦脈？」

「拿你手電筒照照。」

「喔。」一大取出太極電。

「用小拇指按亮對著照。」

一大照做，看著羊皮紙，「立體的？」

「三度空間，好傢伙，這黃金礦脈圖有兩三百年歷史了，哪弄來的？」

「地下坑道裡，有一個很老的鬼交給我鬼同學羊皮的。」

「保存得還算好。」

「黃金礦脈怎一圈一圈的？」

「這些圈圈是小指紋，看是幾百年前有幾個高人各顯神功，在坑道裡打坐，久了，黃金礦脈也就順著他們小指紋的氣脈走了去。」

「那麼厲害！」

「看來這學校整座山底下，有著又複雜又深層的黃金礦脈，我們在上層坑道所看到的露頭礦脈可能只是千百分之一而已。」

「難怪一海票人動它腦筋。」

「敢不敢探個險？」

「哪有什麼敢不敢的，探什麼險？」

「拿引子帕對著礦脈圖照，去這礦脈探個究竟。」

「好呀。」

一大先穿上呱呱衣，然後拿出引子帕貼上礦脈圖，用小拇指按太極電照去。

「呼～」一陣風吹起，一人一蛇「咻」「咻」進了引子帕。

在黑暗中飄忽一陣後，突有金光刺眼「噢！」一大本能閉上眼，「咦？」旋又大吃一驚，身體似被什麼東西纏住了。

一大還沒搞清楚狀況已被摔扔在地，動彈不得。

「又一個盜金賊！」

聽見一聲音在耳邊響起。

一大見自己被金索網子網住，心想糟了，眼珠打轉，沒看到蚯蚯。隨即被提拎起，半拉半拖的走去。

眼前所見樑柱、地面、頂上全是黃金，一大努力扭頭想看那拖拉他的是誰？「啊？」一大看見一群小金人，有百個上下，只巴掌大小，金色頭髮，金色衣褲，正拖拉著網住他的金索網子。一大手上還握著太極電，想照向小金人，但掙扎了一陣仍無法動彈。

拖拉了一段路，小金人連人帶網舉起，將一大從網中抖下，關入一鐵籠之中。

一大在被抖入鐵籠內之瞬間，舉起太極電，用小拇指一按，對準小金人照去。

幾個小金人被光一照，大為驚訝，看身上罩了一圈亮光，「啊？你膽敢暗算！」哇呀大叫，「噹！」扣上籠門並生氣的用力搖晃鐵籠。

「是你們先暗算我的！」一大大聲回嗆。

幾個小金人拍打身上亮光，拍不掉，很是惱怒，跳上跳下，哇哇大叫。其他小金人在一旁想幫忙又幫不了，一團慌亂。

旁邊有拍手聲，一大左右看去，「還有人？也關在鐵籠內？」

看到左右各有約五、六個鐵籠，每個鐵籠都關了一個人，那些人蹲在鐵籠裡向一大鼓掌。

小金人哇哇亂叫了一陣，氣急敗壞地全跑了。

「呼！」有東西猛撞鐵籠。

「嘶，一大哥，快請你佛珠外公幫你打開鐵籠門，讓你出來。」是蚯蚯的聲音。

「外公，請幫忙……」

一大正說，鐵籠門已打開，一大趕緊爬了出來。

「小傢伙很快會帶幫手回來，你別動，我幫你隱形。」蚯蚯急說。

「好。」一大四下張望。

「好了，隱形了，你躲到前方十幾步遠的那金柱旁，我在你身邊，靜觀其變。」蚯蚯說。

沒多久，約兩三百個小金人簇擁著一位頭戴金冠，手握金杖的勇壯金人回來。勇壯金人比其他小金人個頭高大一倍，龍行虎步來到兩根金柱中間，在鐵籠前二十步遠處，面向鐵籠站定。

小金人們在勇壯金人身後置好一張金交椅，恭敬地請他就坐。

「主人，那盜金賊不見了。」身旁一小金人欠身說。

那主人搖搖手，望空說，「朋友，我叫金烏，金脈的主人，請現身說話。」

「……」

「不說話？好，我的金甲武士會將你團團圍住，困住你，直到你死翹翹！」

「……」

小虎小聲在一大耳邊說，「蚯蚯要你右手貼住金柱，牠在你背後加氣，以火剋金。」

一大便伸了右手貼住金柱，很快感到體內氣血翻騰，右手火燙，金柱上的黃金隨之熔了，還大大熔出了一個手掌印，蚯蚯悄悄拉了一大脫離現場七、八步遠。

有小金人圍上金柱，見狀甚為驚嚇，慌忙回報金烏。

金烏倒氣定神閒，「火剋金？小火也想剋多金？我這別的不多，就黃金多！」

「……」

「我不想爲難你，你消了金甲武士身上的光圈，我就讓你出去。」

「……」

「那幾個鐵籠裡的傢伙是偷盜黃金的，屢犯不改，我們才用鐵籠關了他們。」

「……」

「你若也是來偷盜黃金的，我們也一樣將你抓了關鐵籠裡。」

「……」

「如今我們在此還能守護住這黃金礦脈，實應感恩果外公及英外婆……」

「啊？」一大忍不住叫了一聲。

金烏雙眼立刻掃向出聲處，一大看那雙眼竟透出兩道金光。

「你認識『果林哲』和『英若芙』？」金烏對著一大方向問。

「他們是我外公、外婆。」一大隨說。

「朋友，大名是？」

「席復天。」

金烏霍地跳下金椅，「一大？」

「哈，你怎知我叫一大？」

「果外公及英外婆說的。」

「哈哈……」一大轉頭，「蚯蚯，我們可以現形了。」

沒一會兒，一人一蛇現了形。

金烏登登跑向一大，拱手行禮，「一大，金烏向你鄭重道歉，對不起將你當盜金賊了。」

一大蹲下，「金烏，別客氣，我們來得匆促沒報姓名，我一大和好友蚯蚯蛇、小壁虎一起向你道歉。」

「哈哈，一大，你破了金棺材，解了我們黃金族親流離失所之危，我們歡迎你感激你都來不及，你們不用道歉，該道歉的是我們。」

一大看眼前這一群金頭髮金眼珠金衣服的黃金人甚爲有趣，「好，金烏，我們都別客氣了，請問，你們怎會是金頭髮金眼珠金衣服模樣，還生活在這黃金礦脈之中？」

「一大，這……」金烏回頭看了眼鐵籠方向，「這裡說話不方便，請三位隨我來，好不？」

「好，我先消了那些武士身上的亮光。」

金烏叫身上有亮光的小金人走近，一大拿起太極電對準他們，再用小拇指按一下，身上的亮光便都消失了。

金烏轉身昂首闊步走去，左右各有六名金甲武士護衛隨行。其他的小金人紛紛快跑散開去，讓出一條大路給一大和蚯蚯走。

三十、礦脈隨氣而行

一大和蚯蚯跟著金烏走過一道低矮的黃金門，進入隔壁一房，金烏回頭叫金甲武士把門關好，守在門外。

這房上下左右仍是黃金，有黃金的閃光折射，室內光線還算明亮。

金烏弄來兩壺水，一壺給一大，一大就拿壺當杯子喝了點水，另要了一大圓盤，倒了些水讓蚯蚯、小虎喝。

金烏看沒適合一大的椅子坐，便和他一起坐在黃金地板上說話。

「你們個子小，比我認識的高山精靈還小，你們在這怎麼過活？」一大好奇。

「金脈細長，個子小才好適應，我們喝山泉水，吃蔬果練氣過活。」金烏說。

「喔，那你們的頭髮、眼珠，怎都是金色的？」

「行住坐臥在金脈之中，經年累月演化而成的。」

「嘿，有意思。」

「多年前，一群惡鬼人魔來要占據金礦，傷害並驅趕我們。」

「嗯，那金棺材、黃金小鎮、地下保險櫃，都有人鬼要偷要搶黃金。」

「果外公及英外婆曾教了我們一些制人打鬼的方法，但後來他們都死了。」

「是啊，死了就不方便幫了。」

「接下來，席林風、絲雨，哦，你爸媽，也曾來幫過忙，但他們也死了。」

「嗯，我媽是死了，但我爸還活著。」

「你爸還活著？」

「他現住在『時空邊界』，很遙遠。」

「很遙遠？哦，所以你們家換人住了。」

「是啊。」

「你可知有多條黃金礦脈從你們家地下通過？」

「啊？我們家？」一大吃驚，「那……我們家離最近的地下礦脈有多遠？」

「大約七、八百公尺。」

「那距離不算近，用機器挖，也得挖個好幾月好幾年吧。」

「問題是，你們在家天天打坐練氣。」

「我們是打坐練氣，有關係嗎？」

「有，這山裡的黃金礦脈是順著氣脈走的。」

「嗯，蚯蚯跟我說過。」

「你們在家打坐練氣時，我們感受得到，也會跟著氣走。」

「你們也跟著氣走？可是，後來我們不住那了。」

「就是，你們不住之後，一群心術不正之人在那進出，他們也打坐練氣。」

「你都知道？」

「金脈廣布，上下縱深左右橫貫，絲毫的動靜，我們小金人都感應得到。」

「喔，那他們打坐練氣，對你們有影響？」

「有，尤其是卓武、蕭默。」

「卓武和蕭默，你也知道他們？」

「是，不過他們練的氣很邪。」

「卓武、蕭默是我們家的仇人，一直都在對付我。」

「說穿了，還不就爲了黃金。」

「是啊，就爲了黃金。」

「只有毀掉你老家，才能同時斷掉卓武、蕭默的金脈、人脈、氣脈，才能讓我們永絕後患，高枕無憂。」

「毀掉我老家永絕後患，呵，好主意。」一大頓了下，「咦，卓武、蕭默，也跟你有仇？」

「外面鐵籠關著的那幾人，就是卓武、蕭默和崔家兄弟派來的。」

「喔，想也是。」

「幾個小賊了不起偷點黃金屑屑，但卓武、蕭默在你老家打坐練氣，練到某種程度你知會發生什麼事？」

「暴斃？呵……」一大賊笑一聲。

「不是，是會控制黃金礦脈的走向，朝你老家走，最後人金合成一氣，黃金礦脈就會都入了卓武、蕭默邪惡的手掌心，我們也就慘了，完了。」

「呀，不會吧？」

「你看『羊皮紙』不就瞭了？」

「『羊皮紙』？啊哈，金烏，這一切難道都是你預設安排的？」

「也不全是，我只交代底下人找你，但沒想到一個親信搶功，竟拿了機密羊皮紙去釣你。」

「是麼？看來小金人中也有高人呵。」

「呵呵。」

「不過我也阻止不了卓武、蕭默和崔家兄弟，他們的功力遠超過我千百倍。」

「多了你們人、蛇、壁虎想辦法，會多些幫助吧。」

「我們會努力的想辦法。」一大遞上羊皮紙，「這機密羊皮紙還給你較好。」

「不，請留著，別人得花好幾天才進得來，你有羊皮紙在手，來去方便，也不會迷路，別弄丟了。」

「也好。」一大收好羊皮紙。

又坐了一會兒，「金烏，我們該回去了。」

「好，我送你們出去。」

一大和金烏起身，走出房間，蚯蚯跟著。

一大經過鐵籠，「金烏，那些人雖可恨，卻也可憐，可以放了嗎？」

「呵，放心，我也就關一下子，嚇嚇他們而已，一半天就放了。」

「好，好。那我們回去了，再見。」

「再見。」

走到角落隱密處，一大拿出引子帕，用小指按太極電照去，「回蚯蚯蛇樹洞」。

「咻～」「咻～」一人一蛇進了引子帕，很快回到了蚯蚯樹洞。

「呱呀，我還以爲臭長蟲把一大哥給拐去賣了呢。」

呱呱的聲音從高處傳來。

「臭呱呱又來吵，剛才礦底多安靜啊。」蚯蚯喃喃。

「哈，呱呱，想我啊？」一大抬頭看。

「一大哥，小丹姐一家三口可真是危機四伏啊！」呱呱說。

「崔一海真要趕他們出去？」

「肯定是的，學校裡黑衣人明顯多了好多。」

「那怎麼辦？」

「你晚上向你師父報告一下，請他想想辦法。」

「叢爺爺？嗯，也對。」

隔了一會兒，一大說要回去吃晚飯，便告辭走了。

走近餐廳看，同學多已就坐，一大就沒回宿舍，直接進餐廳去。

土也、阿萬、曉玄已到，土也見到一大便說，「一大，卓武掛了。」

「是哦？」一大驚了一下，「是孫子傳的話？」

「嗯。」

「卓武，嗯，就是老了嘛。」一大說。

「看他老了，一個人住安養院也滿可憐的。」曉玄同情。

「那……麼老……還愛……傷……人，才不……可憐！」阿萬表情不屑。

「各位，嗯，我不太敢講一件事，……」一大看看三位同學。

「你還有不敢的事喔？別假了，說吧。」土也笑著。

一大再看三人，「好，我叔嬸的眞名是蕭默和卓嬌，就是卓武的女婿和女兒，他們都是殺手。」

「你，你……再……說一……遍。」阿萬滿臉疑問。

「我叔嬸眞正身分是蕭默和卓嬌，就是卓武的女婿和女兒，他們都是殺手。」一大又說一次。

三位同學靜靜看著一大，土也問一大，「那，你是誰？」

「猜。」一大詭笑一下。

「一大，你沒開玩笑？你叔嬸……竟是……殺手？」曉玄也疑問。

「他們多年來隱藏身分接近我爸媽，我爸媽不見後就一直要針對我傷害我。」

「他……主要……爲了什……麼？」阿萬問。

「金銀財寶嘛。」土也說。

「都是上兩三代的事，我呢，就剛好碰上了。」一大聳聳肩。

「卓武掛了也好，少一個敵人。」土也說。

「對方有組織的，少一個卓武沒差吧，一大一定要小心防範。」曉玄說。

「嗯，你們是我的好朋友，也要小心，還好，在學校裡很安全。」

「有校長、梅老師他們在，應該不會有事。」曉玄點頭。

「只是孫子和卓武……」一大轉頭看了眼孫子，孫子正低頭和阿宙在說話，「好像有關係，算了，孫子他應該不敢在學校亂來。」

幾人又靜默了下來。

晚飯過後，一大帶了麥片、胡桃到操場。呱呱衣穿了，貓眼鏡也戴了，喊叫了幾聲「師父」，「叢爺爺」，但叢爺爺沒出現。

羊皮來了，一大和他練了功，「羊皮，羊皮紙上面那些圈圈是黃金礦脈。」

「哦？」

「我和蚯蚯蛇去了這地下的黃金礦脈，比你住的坑道或黃金小鎮還更下層。」

「哦？好玩嗎？」

「好玩，我還被一群金頭髮金眼珠的小金人給抓了，小金人只巴掌大小。」

「哈，有趣，結果呢？」

「不打不相識，礦脈主人叫金烏，原來他在找我，而羊皮紙就是他屬下拿來釣我出現用的。」

「哦？那麼巧，還眞找到你了。」

「金烏怕黃金礦脈會落入了卓武、蕭默的手，要我幫他阻止卓武、蕭默。」

「哦？」

「對了，還沒告訴你，我叔嬸林志新和路嬌的眞實名字是蕭默和卓嬌，就是卓武的女婿女兒。」

「什麼？不會吧？」

「是眞的！我爸說的。」

「那是眞的了，怎大家都喜歡用化名？」

「你就沒有呵。」

「有，羊立農就是。」

「羊立農是你本名。」

「是化名。」

「那你本名是什麼。」

「羊寶由，寶蓋頭的『寶』，自由的『由』。」

「什麼怪名？欸，不管了，叫你『羊皮』就對了。」

「那麼多高手化名要對付你，我看你很快就會變成鬼同學，陪我長住。」

「哈嘿，你慢慢等吧，我命長得很。哦，我另外還聽說卓武掛了。」

「卓武掛了？但卓武掛不掛沒差，一個蕭默就可讓你死個十八次了。」

「也是，蕭默竟然是我叔？眞他嚇不死人。」

「剛聽你喊叢爺爺，你要找叢爺爺說這事並幫助你？」

「叢爺爺是高鬼，他一定已知道這事了，我找他是爲了小丹的事。」

「小丹的事？」

一大描述了一下小丹母子女被崔一海逼趕之事。

「叢爺爺他應該也已知道小丹的事，也許已經在處理了。」

「希望是吧。」

「有一陣沒見華九師兄了。」

「是啊，他被關在地獄中，可不像我們這麼自由。」

三十一、崔母勇丹避走雲霧

兩星期後某天下午，一大在資訊室電腦上看到校長來信，收信，一個信封落下，打開，見內有信紙及九個金幣。

席後天同學，

感謝你在耕種養殖計劃上的持續努力與協助，加上你熱心表現，抄寫心經助人，校方特贈予你個人專屬金幣九枚以資感謝及獎勵。

金幣本是依同學表現優異不定期給予，但因資訊系統更新，及相關老師更換而延後。你收了實體金幣後，可自行善用或將其存入你的地下保險櫃。

校長提醒將此視為個人秘密，勿洩露與他人知曉。

以後，若你對雲霧中學續有特殊貢獻，校方仍將不定時贈予金幣獎勵。

雲霧中學　校長

柳葉

「九個金幣！」一大看著金幣，心中有著驚喜。

「一大哥，你戴上貓眼鏡看。」小虎來耳邊小聲說。

「啊？」一大不明白，但還是戴上了貓鏡看。

「哇，小……小金人？」一大嚇一跳，再湊近仔細看，每個金幣上都有一個小金人，每個小金人就只半個金幣大小。

「一大哥，你好，是金烏主人要我們來保護你的金幣的。」小金人細聲說。

「你們那麼小？」一大只覺神奇，「那，好，好，謝謝你們。」

「我們都叫『金片』，金片一閃一蹦，來有影去無蹤。」

「『金片』？喔，好，眞好。」想到一事，「金片小朋友，你們平時吃些什麼？我也好準備。」

「我們太小，不用吃東西，靠黃金的氣就可存活了。」

「喔，是嗎？那好。」一大原還想將金幣存入地下保險櫃，不存了，將金幣全都放入了書包裡。

「哇哈，一大哥，你書包裡金氣十足，好舒服呵。」金片歡呼。

「喔，你們喜歡？那好極了，你們就快樂地住在裡面吧。」

晚飯時，一大和土也、阿萬走進餐廳，遠遠看見曉玄、小宇一左一右在和一女同學說話。走近一看，一大驚呼，「小丹？」

小丹抬頭看著一大，有淚流下。

「小丹，妳，妳怎在這？」一大大睜雙眼。

土也、阿萬也圍上看著小丹。

梅老師走了來，說，「崔少勇，崔少丹兩位同學轉學到本校，明天起即與大家一起上課，待會兒老師會向全體同學正式宣布。崔少丹跟你們都熟，吃飯就同一桌，崔少勇則坐那邊另一桌。」

一大聽了，驚訝至極。

「好了，準備開飯。」梅老師走到中央，吹哨，「嗶」，「開動。」

一大舉目四望，見小勇在兩桌之外向他揮手，往師長位子看去，看到崔媽媽坐在校長旁邊。

「小丹，妳，你們？……」一大不知從何問起。

「一大，讓小丹平靜一下，等一下再問。」曉玄向一大偷搖一下手。

一大沒再問下去。

「各位同學注意……」梅老師站著大聲說，「今天有兩位同學自楓露中學轉學到本校，明天起即與大家一起上課。一位是崔少勇，我們鼓掌歡迎他。」

大家鼓掌，一大見小勇起立向大家點頭致意。

「另一位是崔少丹，我們也鼓掌歡迎她。」

大家鼓掌，小丹也起立向大家致意。

「好，崔少勇，崔少丹安排在一班上課，請一班的同學好好照顧他們。」

小勇、小丹坐下，大家繼續吃飯。

吃完飯，一大立即衝到小勇那桌，「小勇，怎麼回事？」

「我……」小勇還沒說，見崔媽媽走近向一大招手，一大便隨崔媽媽走到餐廳門外，「復天，柳校長給崔媽媽騰了宿舍，你過來一下，崔媽媽和小勇、小丹跟你說說話。」

「喔，好。」

小勇、小丹走出餐廳，崔媽媽領了三人向教職員宿舍走去。

一條狼狗唔汪迎上，「彈簧你也來啦？」一大撫摸彈簧頭頸。

崔媽媽的宿舍和梅老師的宿舍中間隔了兩間屋子，幾人走進房內，一大看室內很乾淨清爽，和梅老師住的宿舍大同小異。

崔媽媽坐下，小丹坐她旁邊，小勇坐小丹旁邊。

「復天，坐。」崔媽媽指指靠近她的單人沙發。一大坐下。

「復天，崔一海將我們母子女三人趕了出來。」崔媽媽鎮定的說。

「啊？」一大雖心中有數，但還是很驚訝。

「我叔搶走了楓露，太過分了。」小丹一臉氣憤。

「還連我們家都燒了。」小勇也氣。

「啊？」

「復天，以後小勇、小丹在這讀書，請你多照顧了。」

「崔媽媽放心，小事一件。」一大自信地說。

「小事一件？哼，我寫的信也不回，也不想辦法救我們？」小丹不爽。

「我？……」

「小丹，別說復天，你叔伯帶那麼多人來，復天他哪幫得上忙？」

「媽，一大他有一大票人鬼鳥獸朋友，他幫不上？哼，不幫就算了。」小丹繼續說。

「好了，別說了。」崔媽媽制止小丹，轉向一大，「復天，你叢爺爺和過九堂、秦威這一陣子都有來幫忙勸阻崔一海，但崔一海執意蠻幹，叢爺爺本要下重手教訓崔一海，我不想鬧出人命，勸阻了他，另向梅老師及梅師母求助。柳校長同意給我們宿舍住，也同意小勇、小丹轉學過來，下午派車接了我們來的。」

「喔，崔媽媽，我知道崔一海要趕走你們時，有去找叢爺爺，但沒找到，還找了呱呱去楓露查看，因我不能離校，所以，對不起。」

「復天，不關你事，別聽小丹在那胡說。」

門外有人敲門，小勇去應門。

「星荷，來，我帶了妳最喜歡吃的包子……，哦，復天也在。」

一大看是梅師母來了。

「師母好。」一大起身讓座。

「梅師母好。」小丹也起身讓座。

「好好好，大家都好。」梅師母挨著崔媽媽坐下，拍著崔媽媽肩膀，「星荷，一切放心，這裡安全得很，崔一海絕不敢追來。」

「謝謝妳，蓉蓉，不好意思，麻煩妳。」

「別謝，我跟小勇、小丹也投緣，這裡就是你們的家，安心啦。」

一大只覺梅師母和崔媽媽相識，不便多問，和小勇、小丹互使眼色，三人悄悄地往門外走去。

三人帶著彈簧先去找了麥片和胡桃，再一起逛走去操場。

一大從書包中摸出自己的專屬金幣，「小勇、小丹，我這有兩個自己的專屬金幣，送你們一人一個，忘了煩惱，快樂點。」

「金龜子？那有什麼稀罕？我才不要。」小丹搖頭。

小勇則接過，「是你自己專屬的？我要。」

「金龜子上頭還有『金片』小朋友，可好玩了。」一大說。

「什麼金片小朋友？」小勇小丹異口同問。

「來，拿著，用這眼鏡看。」一大拿出貓鏡。

小丹先接了貓鏡戴上，再接過一個金幣盯看，夜暗中，半個金幣大小的金人閃著微光站在金幣上，

「小丹姐，我叫『金片』，妳好。」

「哇呀，一大，你哪變出來的，他說他叫『金片』！」小丹睜大雙眼。

「哈哈，好玩吧。」

「妹，眼鏡借我。」小勇戴上貓鏡，盯看金幣。

「小勇哥，我叫『金片』，妳好。」

「哇，『金片』？」小勇也睜大雙眼看向一大。

「『金片』說是來保護我金幣的，酷吧！」一大說。

「酷！」小勇小丹異口同聲。

「你們來到雲霧，別懷疑，以後好玩的可多了。」

「哈哈⋯⋯」三人又嘻嘻哈哈了起。

羊皮忽地出現，把正戴著貓鏡的小勇嚇了一大跳。

一大戴回貓鏡，看到羊皮，「羊皮，你來練功啊？」

「閒著，出來找你聊聊。」

「哦，小勇是小丹的雙胞胎哥哥，你應該看過他，他好像不知道你。他們兄妹轉學來這，明天就在我們班上一起上課了。」

「那好，以後可以天天見面，又更熱鬧了。」

「呵，沒錯。」

大家又玩又鬧了一陣子，小丹說，「哥，媽還不習慣新家，我們該回家陪她了。」

「喔，好。」

「那，你們回家，羊皮回地下，我回宿舍。」一大說。

羊皮飄走了。

「一大，謝謝你，明天我也送你一個我的金幣。」小丹說。

「一大，我也送你一個。」小勇也說。

「你們幹嘛那麼客氣。」

「那就不送了。」小丹雙手叉腰。

「要，要送，小丹送的，我一生一世都會好好保存。」一大舉右手發誓。

「是『生生世世』，重說。」小丹補上一句。

「是，我生生世世都會好好保存。」一大再舉一次右手。

「嘻嘻……」

三十二、小勇、小丹雲霧上課

一早，小勇、小丹各送了一個他們的專屬金幣給一大，怕搞混，一大將金幣各用小紅包袋裝了，袋上分別寫上「小勇」及「小丹」。

「你們兩兄妹的金幣，我生生世世都會好好保存。」一大舉右手發誓。

兩兄妹隨之跟著一大、土也幾人去種菜、餵禽畜、採蔬果，吃早飯，練靜功動功。上課時，同學座位小調整了一下，讓小丹坐曉玄旁，小勇坐一大旁。

中午下課，一大、土也、阿萬、曉玄、小宇陪著小勇、小丹往餐廳走，一路上嘻嘻哈哈。

「姓席的把小三都帶到學校來了。」

一大聽見背後孫子在大聲說話，回頭看了一眼，孫子、小洪、阿宙在一起。

「這小三正點到爆，姓席的一定超爽。」孫子又說。

「你他……」一大轉身就要打向孫子。

「噢！」孫子卻大叫一聲，一屁股跌坐在地。

一大猛收拳頭，一看，小丹在一旁指著孫子，「你再敢消遣本姑娘，下次保證你斷腿。」

小勇上前檢視孫子的腿，「嘿，這次沒斷，下次必斷，好功夫。」

土也、阿萬、曉玄、小宇圍上看，土也大笑，「哇哈，孫子踢到鋼板了！」

小洪、阿宙衝上推土也，土也還手，三人扭打一團。

一大、阿萬正要去幫土也，「老師來了！」有同學喊叫。

「站住！」

一聲大吼傳到，一大、土也、阿萬、小洪、阿宙五人立刻定住。

一大聽得出那吼聲，是教數學資訊的戚老師。

「爲什麼打架？」戚老師看著坐在地上的孫子，「孫成荒，你說。」

「是席復天踢我倒地的。」孫子唉唉裝痛。

一大一聽氣炸了，卻又動彈不得。

小丹跳出來說，「老師，是他欺負我，我不理他，他就坐在地上耍賴，席同學根本沒踢他，是要去扶他，旁邊那兩個同學莫名其妙就衝上來打起來了。」

一大斜眼看孫子的臉脹成豬肝顏色，心中大爽。

「孫成荒，你一個大男生怎麼可以欺負新來的女同學，站起來。」

孫子咬牙切齒用力站起。

「過來，對著這位女同學三鞠躬，說三聲對不起。」戚老師說。

「我？」

「懷疑啊？快點！」

孫子滿臉不情願走去站在小丹面前，一鞠躬說，「對不起……」

「同學，我叫崔少丹。」小丹斜眼看孫子。

「崔少丹對不起……」

「是崔少丹同學。」小丹又說。

「崔少丹同學對不起，崔少丹同學對不起，崔少丹同學對不起。」孫子三鞠躬。

「好，大家去洗手洗臉，準備吃飯了。」戚老師說著並在一大、土也、阿萬、小洪、阿宙五人身上拍了一下，五人解了定，互瞄了幾眼才走開。

飯桌上，一大、土也、阿萬強忍著笑，曉玄則非常佩服小丹的勇氣，「小丹，妳一點都不怕哦？」

「哪有什麼好怕的？誰叫那個臭男生惹我？」

「這下孫子碰到剋星了。」土也很爽。

「小……丹，妳踢……超快，還……沒看……清楚，孫子就坐……地上了。」阿萬說。

「我沒用全力，是他自己外強中乾加愛演。」

「哈哈……」

中飯後，小勇、小丹回家去。

一大、土也、阿萬回宿舍，說了說話三人便抄寫起了《心經》。

麥片跑進宿舍，「一大哥，彈簧要我來找你。」

「彈簧？」一大心想一定是小丹找，便揹上了隱形書包，和麥片走出宿舍。

「彈簧，怎麼了？」一大看見彈簧，卻沒見到小丹。

「小丹姐一下子坐烏鴉高飛到天上，一下子又坐大蛇飛跑在林裡，我怕她危險。」彈簧說。

「哈，一定是呱呱蚯蚯帶她玩的，沒關係的，走，找她去。」一大往餐廳前的樹林跑去，麥片和彈簧跟著，邊跑邊叫，「呱呱、呱呱……」

沒找到小丹，卻遇上小勇，小勇靠坐在一大石上，「小勇，你妹呢？」一大急問。

「那瘋丫頭，又是烏鴉又是大蛇的，我也不知她去哪了？」小勇搖手。

「哈，你不敢跟烏鴉大蛇玩？」

「也不算是，小丹懂牠們說的話，我不懂，所以不好玩。」

「哈哈，別奇怪，那烏鴉叫『呱呱』，大蛇叫『蚯蚯』，都是我的好朋友。」

「『雲霧』這裡稀奇古怪的玩意兒多，小丹愛死了。」

「那是，我們在這等她吧。」轉頭朝狗狗說，「麥片，你去找找呱呱或蚯蚯，說我找牠們，彈簧就留在這。」

「好，汪……」麥片跑了去。

「白手伯伯和何如婆婆，你知道嗎？」小勇問一大。

「當然知道，他們很照顧我的。」

「他們好像在我和小丹很小時就知道我們了。」

「哦，是嗎？」一大心中一震，「對了，你媽和梅師母是不是很熟？」

「看起來像是，我們還沒問我媽。」

「哦？」

「呱哈……」

空中傳來呱呱的叫聲，隨之看見呱呱飛下，小丹從牠背上跳下。

「一大，你來啦！」小丹一臉興奮跑上，「我還沒玩夠，你就叫麥片來找了。」

「呱呱和蚯蚯都陪你玩過了，還沒玩夠？」一大說。

「嘻，我就說，一大你的朋友人鬼鳥獸一大票，以後還有好玩的。」小丹說。

「妹，休息一下，快吃晚飯了。」小勇說。

「好吧。」小丹也靠坐在大石上。

「一大哥，你來看看我的這根羽毛。」呱呱在十步遠外叫。

「哈，又什麼毛病啊？」一大走去。

「一大哥，來……」呱呱又移遠了幾步，一大跟上。

「剛才……蕭默在追我。」呱呱小聲說。

「蕭默？」

「是。」

「追上你沒？」

「幾乎，但竟然沒拿東西打我，我猜是因爲小丹姐在我背上。」

「很可能，崔家，尤其是小丹她爸，和蕭默有某種關係存在。」

「我一想到蕭默是你叔，就掉一地毛。」

「掉一地毛？」

「渾身發抖啊！」

「哈哈，你……」

「好了，我先走了，再見。」

「再見。」

一大回頭找了小勇和小丹，一起朝餐廳走去。

在餐廳門口看到孫子，孫子竟走近三人。

「孫子，你閃遠點。」一大沒好氣。

孫子直接走向小丹，「崔少丹同學，這朵花送妳。」雙手捧上一朵玫瑰花。

「啊？」三人都嚇了一跳。

「孫子，你到底想幹嘛？」一大大聲。

孫子沒理一大，只看著小丹，「崔少丹同學，這朵玫瑰花送妳，以表達我眞心的歉意。」

「好，孫同學，我收下了。」小丹伸手接下。

「小丹，妳……」一大簡直氣炸了。

「謝謝妳接受我的道歉。」孫子欠欠身，掉頭走入餐廳。

一大一氣也轉頭走入餐廳。

飯桌上，土也、阿萬、曉玄知道小丹手上的玫瑰花是孫子送的後，都不知該說什麼。

「那朵玫瑰花只是孫子他表達歉意的嘛。」小丹說。

「表達歉意？那孫子該送一朵給一大啊。」土也說。

「嗯……」一大故作嗯狀。

「你那表情就像女朋友被人搶了一樣。」曉玄說一大。

「啊？哦，沒事，沒事，不就一朵花嗎？」一大故做輕鬆狀。

「從沒男生送我花過。」小丹幽幽地說。

「妳喜歡，我送妳一把。」一大立即對小丹說。

「嘻，那好。」小丹把手上的玫瑰花往地上一扔。

大家愣了下，「哈哈……」笑起。

晚飯後，一大到樹林中及操場附近打開太極電到處找花，找到一些小野花，好不容易湊成一把，匆匆跑去崔家宿舍找小丹。

「嘻，一大，謝謝你，好香的花。」小丹聞著花。

「我找不到玫瑰花。」

「我不喜歡玫瑰花，天都黑了你還去找花，這心意比什麼都重要。」小丹淺淺一笑。

「喔，好，那，那，我走了，晚安。」

「晚安。」

寢室熄燈後，一大躺在床上想東想西，突然眼角亮光一閃，立即翻身坐起。

「奶瓶？」

看亮光是從奶瓶發出的，一大愣了一下，「飛飛？大飛飛？」旋又想不可能，坐到書桌前貼近奶瓶看，只見有金光微閃，摸了貓鏡戴上再看，「金片！」

一大嚇一跳，竟看見有小金片人在兩個玻璃奶瓶裡跑上跑下，左繞右繞，一共有七個，發出金黃色的亮光，「哈，金片小傢伙大概不用睡覺？」

亮光忽地大閃，一大嚇一跳，本能後仰，再看，兩個奶瓶竟同時有動畫出現。一大轉頭往同學床舖看去，大家都睡了。

再看奶瓶，「啊？那麼多人？」

左側奶瓶黑壓壓一堆人，皆穿深色衣，前方推出一坐輪椅的人，「啊？小丹她爸！」

一大看清楚那人，大爲驚訝，輪椅左右還各跟著一匹狼，推輪椅的是崔媽媽。

右側奶瓶也一堆人，但以著淺色衣服者居多，前方站著一人，「啊？我爸！」一大看得清楚，那人竟是爸爸，還看見麥片等幾隻狗狗在爸爸腳旁走動。

小丹爸爸和一大爸爸雖分別在兩個奶瓶出現，但兩人手勢頻頻，像在向對方說話。

忽有兩黑影閃出在小丹爸面前，一大一看，「啊？卓發、蕭默！」

另見一女人從黑衣人人群中走出，「嬸？卓嬌？」，卓嬌走近卓發和蕭默。

卓嬌一副兇悍跋扈的樣子，一下指小丹她爸，一下又指一大他爸，似在大聲吼叫。

「神經病，這嬸卓嬌，就只會到處吼叫！」突瞥到一熟悉景象，「咦，操場？這是我們學校操場？他們這麼多人，怎全進到學校裡來了？」

一大想找自己是不是也在現場，沒看到。但有看到柳校長，有看到梅老師，梅師母及其他老師們，站在爸爸附近。也見到黑馬面崔一江、獨眼龍崔一海、崔媽媽、小丹，站在小丹爸附近。

一大看見卓發、蕭默分別走得更貼近黑馬面和小丹爸，並在他們身邊站定。

「哇，大決戰啊？爸，先出手啊！先擺平叔嬸那兩個壞……！」一大心急。

「啊？」只見蕭默一閃，竟冷不防伸出右手勒住了小丹她爸的脖子！一旁的卓發也出其不意在黑馬面背後快速出手，用一把尖刀抵住了黑馬面咽喉。兩匹狼露牙吼向蕭默、卓發，被蕭默騰出左手一指，兩匹狼便身子一軟，躺下不動了。

崔媽媽出手攻向蕭默，被蕭默左手一揮擋開了去，一旁小丹立即伸手扶住了崔媽媽。

崔一海大睜著獨眼，對他兩個哥哥已被人制住似乎視而不見，卓嬌還依舊在那東指西罵。

「哇，怎麼搞的？」一大心中一堆疑問。

幾個黑衣人拿來繩索，卓嬌上前指揮，將小丹她爸及黑馬面綁了緊實，嘴中塞布，推倒在地。

「哇，這一推會死人的！小丹她爸身體差。」一大替小丹她爸擔心。

幾個黑衣人看住捆倒在地的小丹爸及黑馬面，崔一海、卓發、蕭默、卓嬌朝一大爸走近了些，站定，蕭默一人又再向前走了一步才停，仰頭奸笑一下後向一大爸說了些話。一大見爸抬手似制止了蕭默說話，並回向蕭默說了些話。

蕭默似被激怒，忽伸雙手快攻向一大爸……

「啊！咦？」

閃光突然消失，動畫沒了。一大看見七個小金人跑跳出兩個玻璃奶瓶，「咻～咻～」往隱形書包跳去，一下子全消失了。

一大坐著，本想問一下金片剛才發生的事，再想想又算了，因為以前問飛飛動畫之事，牠都說不知發生了何事。

一大脫了貓鏡，爬回床上，躺下又想東想西，許久才睡著。

三十三、孫子愛慕小丹

上資訊課時，一大心血來潮，進入網際網路輸入「雲霧中學」搜尋「梅揚老師」。看到梅老師及梅師母的一些照片及簡介，在其中一張梅師母照片下見一行字「沈雲之女士（梅揚老師夫人）攝於慈善餐會」。

「沈雲之？」又再多看了幾張，確定相關照片中的梅師母名叫「沈雲之」。

一大腦中閃過問號，「崔媽媽好像叫她『容容』？」

想著，想著，「沙！」電腦螢幕突然一黑，隨之跳出幾個紅色大字，

「席復天該死！別想畢業！」

「啊？」一大大吃一驚，同時聽到同學們一陣騷動。

土也探頭來看一大螢幕，「一大，怎麼回事？」

一大看向土也螢幕，螢幕上也顯示出同樣的字，猛搖頭，「我……不知道。」

戚老師在前面大聲說，「各位同學，請立即將電腦關機。」

同學們全部將電腦關了機，交頭接耳。

「可能是駭客入侵，老師處理一下，同學們自習。」戚老師說。

阿萬、曉玄、小勇、小丹都圍來，問一大那紅色大字是怎麼回事？

「看來是有人想我，要我留下吧？」一大苦笑。

「是有人想害你吧。」曉玄懷疑。

「對……啊，一……定是。」阿萬補上。

「一大，那你就留下吧，我會抽空回來看你。」土也說。

「喂，你們都畢業走了，我一人留下不就太孤單了。」一大搖頭。

「我反正沒地方去，我留下陪你。」土也拍胸。

「那好，謝啦。」

晚飯時，見餐廳門口有公告：

主旨：公告本校第十二屆畢業典禮相關事宜

日期及地點：六月二十一日在本校操場舉行

時間：上午 10:00

畢業典禮前後安排事項：

六月十八日，正式上課結束日
六月二十日，畢業典禮預演
六月二十一日，正式畢業典禮
六月二十二日，同學離校返家
預演及正式畢業典禮皆由柳校長主持，全體師生參加。
學校將邀請同學家長親朋好友於畢業典禮當天到校參加典禮。

餐桌上，曉玄說，「要畢業了，時間過得眞快。」

大家沉默不語，一大見小丹在拭淚。

「我跟土也都自願留級了，你們別怕找不到我們，記得常回來聚聚。」一大想緩和氣氛。

「對嘛，又不是不再見面了，別難過了。」土也陪笑臉。

「是啊，呵……」阿萬猛點頭。

「我也要自願留級。」小丹突說。

「啊？」大家愣住。

見小宇走來，後面居然跟著孫子。

「小丹，孫成荒說他要跟妳說話。」小宇說。

一大一聽火冒三丈，「孫子，你究竟要幹什麼？」

孫子沒理一大，看著小丹，從背在背後的右手拿出一朵玫瑰花，「崔少丹同學，這朵玫瑰花送妳。」

一大簡直不敢相信孫子又送小丹玫瑰花，土也、阿萬、曉玄、小宇也全呆住。

小丹鎮定地說，「你已經表達過你的歉意了，這朵玫瑰花，我不收。」

「這朵玫瑰花送妳，以表達我的愛慕之意。」孫子緩緩地說。

「死孫子！」一大跳起，但被土也一把拉住，「梅老師在看。」

小丹起身，也緩緩地說，「你太遲了，我早就有男朋友了。」

「沒關係，我孫成荒不怕競爭。」

小宇一旁要拉孫子回座，孫子不理，雙手直直捧著玫瑰花，硬要小丹收下。

小丹看周圍同學都朝著她看，便站起大聲說，「各位同學，孫成荒跟人家打賭，賭我會不會收下這朵玫瑰花，我不想見到校內有賭博行爲。所以，我勉爲其難收下這朵玫瑰花，然後呢，轉交給梅老師，請問各位同學，好不好？」

「好！」整個餐廳哄然一震，伴隨著嘻嘻哈哈叫笑聲。

小丹收下了玫瑰花，見梅老師走來，便交給了梅老師。

梅老師笑笑，「這朵玫瑰花好美，老師會放花瓶裡好好養著。」

「哈哈……」同學們大笑。

「好了，繼續吃飯。」梅老師往前走去。

「太正點了，我就最欣賞聰明伶俐的女生了，崔少丹，我不會輕易放棄妳的，呵……」孫子笑笑，欠欠身，轉身回座。

「孫子，我你……」一大要追打孫子，土也用力拉住了他。

晚飯後，一大心情悶透了，去帶了麥片、胡桃逕向操場走去，也不是想練功，就想靜一靜。

「唔唔汪……」走到操場，聽到麥片、胡桃低聲在叫。

「一大哥，快穿上呱呱衣，戴上貓眼鏡，有不少鬼在附近。」小虎提醒。

「喔，好。」一大回神，馬上穿上呱呱衣，戴上貓鏡。

「啪，啪，啪……」一大還沒準備好，身背已中了幾個鬼拳鬼掌。

一大手腳並用又劈又踢反擊，打了一陣子，「半隻鬼都打不到！」

「一大，我來幫你。」

一聲凌空傳來。

「羊皮？」

「用陰陽冰火手，快！」

「喔，好。」

羊皮飄上，頭下腳上，雙掌貼住一大雙手背。一人一鬼，四手雙合奮力抗鬼，衝上來的鬼被四手激發的冰火碰到，都吱吱鬼叫，化煙散了去。

沒多久，只剩下一鬼，「是斷鼻！」一大看到了熟鬼，喊著，「羊皮，打他！他是獨眼龍手下，斷鼻！」

斷鼻看情況不妙，立刻調頭快飄而去，一大追不上，「呼，算了。」

一大和羊皮停下，相視一笑，「這陰陽冰火手真能打鬼，羊皮，謝了。」

「不客氣。」

「也感謝華師兄。」

「華師兄他，最近忙，忙著教鬼功夫。」

「教鬼功夫？有意思。」

「他說我們這點功夫只能防衛，任督通後才具有攻擊力。」

「蚯蚯蛇也這麼說過。」

「是哦？」羊皮看看一大，「咦，你心中不爽哦？」

「呵，你快變高鬼了，看得出人心。」頓了下，「唉，就，孫子送花給小丹……」

「哈，小事一件。」

「什麼小事一件？孫子擺明是衝著我來嘛！」

「喂，你每天抄《心經》抄假的哦？」

「啊？」

「『色不異空，空不異色，色即是空，空即是色』。」

「啊，啊，是啊。」

「我都有在仔細研讀喔。」

「哦？」

一大低頭沉思，然後，慢慢地走到圖書館前，和羊皮併肩坐在石階上。

「羊皮，是不是因為你是鬼，所以看開了。」

「斷鼻也是鬼，他看開了嗎？」

「哈，羊皮，有你的，我要向你學習。」

「要說修身養性，你修得比我好，我要向你學習才是。」

「哈，那我們……互相學習，互相學習。」

「好，好，哈……」

分手後，各自回去休息。一大只覺腳步輕快了許多。

脫了呱呱衣及貓鏡，一大回到寢室，土也看見他便說，「一大，梅老師來過，那……」指向一大書桌。

一大一個箭步來到書桌旁，「玫瑰花？這……」書桌上躺著一朵玫瑰花，旁有一字條。

「梅……老師……留的。」阿萬一旁說。

一大看字條，「席復天，老師找不到合適花瓶，想請你將此花養在你的玻璃奶瓶中。」

一大愣想了下，「哈，好！」拿了空奶瓶就往外走。

「一大，你？」土也在背後叫。

一大很快就回來了，「我去接了點水。」

「哦？」

一大小心捧起玫瑰花，插放入瓶中，「嗨呀，你們看，多美。」

「一大，這玫瑰花是……孫子的。」土也提醒。

「不重要，美吧？」

「美，很美。」土也說，阿萬點頭。

「那就好啦，我們有漂亮的花可看，沒什麼不好吧？」

「是……」

三個人就圍著一大的書桌，開心地賞花聊天，直聊到洗澡睡覺。

三十四、鎧甲軍士布陣

隔天，小丹晚飯後私下跟一大說，「一大，我媽要找你說話。」

「哦？好啊，那我待會兒七點去看崔媽媽。」

「嗯。」

七點不到，一大便到了崔家宿舍門口，見小丹帶著彈簧站在門口。

「小丹，我來看崔媽媽。」

「我媽才不要你看。」

「妳剛不是說……」

「是我找你。」

「妳找我？」

「你一大挺忙的，忙著上課，忙著練功，還忙著養花……」

「我？……」

「還忙著不理我！哼……」小丹淚眼汪汪，往門外走去。

「小丹，我沒有不理妳啊。」一大跟上。

「你根本不在乎我？」小丹抹了下眼淚。

「天地良心，誰說的？」

「孫子。」

「孫子？」

「等我變成他的女朋友，看你在不在乎？」

「小丹，我……妳……」一大氣急敗壞。

「孫子他人也不壞，又一直送我花。」

「他人不壞？笑話！我也可以一直送妳花啊！」

「問題是你就只送了一次啊！」

「我……妳……妳……」一大氣到跳腳，「小丹，我……妳……」

小丹停步，看向一大，「看你生氣眞有趣，我喜歡。」

「妳？」

「好了，不生氣了。」

「我……」

「這裡空曠。」小丹四面看了下。

「空曠？」黑暗中，一大看清楚這裡是犬舍旁的空地。

「你穿黑羽衣，貓鏡給我戴。」

「啊？」一大雖有疑問，但還是給小丹戴上貓鏡，自己穿了呱呱衣。

「左手給我。」

「喔。」一大伸出左手要牽小丹。

「不是牽，來，用你的左手腕碰我的左手腕。」

「啊？」

「碰一下。」

「喔。」

一大用左手腕去碰小丹的左手腕。

「咻~咻~呼！」兩道閃光爆出。

「哇！」兩人都嚇了一跳。

「汪汪汪……」一片狗叫聲汪汪傳來，一群狗狗直往一大小丹處衝來。

「噓，別叫，是我們。」一大立刻低頭小聲制止，狗狗靜下，在一大及小丹腿邊蹲下，只低聲唔唔。

「一大，你看。」小丹有著驚訝的口氣。

「什……？哇！」一大抬頭一看，大吃一驚，「這些……是？」

眼前空地上至少站了四、五百名身著灰白色鎧甲的軍士，一排排，整整齊齊，鎧甲散發出幽幽光點。

「席掌門，你，嗯，問問他們。」小丹說。

「啊？喔，好。」

「你們是什麼人？」一大大聲問。

左右兩隊排頭各有一名樣似軍官者出列，

左隊軍官抱拳說，「報告，內衛隊官士兵實到三百二十員，應內掌門呼叫前來，敬候差遣。」

右隊軍官抱拳說，「報告，外衛隊官士兵實到三百二十員，應外掌門呼叫前來，敬候差遣。」

「喔。」一大心中大約明白了，「你是隊長？」指左隊軍官問。

「報告，我是內衛隊隊長。」

「名字？」

「安內。」

「你呢？」指右隊軍官問。

「報告，我是外衛隊隊長。」

「名字？」

「平外。」

「安內，平外，很好。部隊是什麼來歷？有什麼特長？內衛隊隊長，你說。」

「是，本部隊成立於大清年間，軍士們乃萬中選一之練氣練武之頂尖者，不只性命雙修，也求內外合一，平日以護衛皇宮爲主要職務，戰時調兵遣將，行軍布陣，亦無一不精。」

「很好！」轉向小丹，「崔掌門，有其他事嗎？」

小丹面向部隊，「立正！」

「唰！」整齊劃一。

「稍息！」

「唰！」

「向右……轉！」

「唰！」

「向左……轉！」

「唰！」

「很好！」小丹點頭。

忽有嗡嗡聲出現，有宏亮聲音傳至，「全體官士兵注意，立正！」

「唰！」軍士立正。

一大往黑暗天空尋看，「金龜子？」

「向席復天，崔少丹兩位掌門行最敬禮，敬禮！」聲音宏亮指揮。

所有軍士抽刀，左腳跨前，右膝高跪，向一大及小丹抱刀敬禮。

「禮畢！」

所有軍士起立，收刀入鞘。

「銅雲鐵霧陣，布陣！起～」宏亮的聲音喊道。

「咻～咻～」

一時之間，黑影飄飛，雲霧翻騰，一大及小丹瞬間被軍士們團團圍住，兩人站在中心，由內到外算去，一、二、三、四……有十來圈。

內圈逐漸向內縮小，外圈逐漸向外擴大。

二圈軍士縱身一跳，跳上一圈軍士肩頭，再將身體朝中心方向前傾，把一大及小丹頭頂上方空隙也圍了起來。

三圈以外軍士持刀或朝外或向天警戒，虎視眈眈。

接著，一圈向左旋轉，一圈向右旋轉，看似參差錯落，卻又井然有序。再接著，見軍士在一個方向打開一口，一大、小丹可清楚看見陣外狀況，身體仍在軍士嚴密保護之中。

一大、小丹兩人看著看著，一大拉了下小丹，「我們打坐。」

兩人便坐地盤腿打坐，打坐時，只覺氣場異常強大，充塞身心之間。

「停～」

過了十幾分鐘，一大、小丹聽見喊停，睜眼看，部隊已恢復原狀排排站立。

兩人起身，聽見嗡嗡聲遠離了去，一大低聲問小丹，「接下來呢？」

小丹用左手腕去碰了下一大的左手腕。

「咻～咻～呯！」又兩道閃光爆出。

所有鎧甲軍士瞬間消失，狗狗們唔唔汪汪，眼前再現原先空地一片。

一大四面八方看了看，沒有驚擾到任何人。

「小丹，妳怎知佛珠有這功用？」一大好奇。

「嘻，外婆告訴我的。」

「外婆告訴妳的？」

「是我爸要外婆告訴我的，說緊急時可用。」

「妳爸？喔，厲害。」

「嗡嗡聲，是金龜子？」

「像是，欸，妳有看過妳佛珠上的老前輩嗎？」

「沒……」

「來……」一大摸出太極電，用小拇指按了下開關，對著小丹左手腕照，「我看不到妳的佛珠，你自己看看。」

「咦？」小丹盯著佛珠看，一臉驚訝，「嘻，有拇指仙？他們在互相說話。」

「嗯。」

「還有拍翅聲。」

「應是金龜子。」

「噢，嘻。」

「怎麼了？」

「沒事。」，過了兩三分鐘，小丹說，「他們都走了。」

「喔。」一大又用小指按了下手電筒開關。

「一大，剛剛六位拇指仙用右手小指指我眉心，這裡還熱熱的。」

「嗯，在印堂灌氣做記，認可妳是掌門了。」

「他們還在我小指頭上按了按。」

「對我也一樣。」

「好玄哦。」

「是呵，好，走了，回去吧。」

「好。」

「麥片，你們也回家吧，再見。」

「一大哥、小丹姐，再見。」

狗狗朝狗舍走回，彈簧則跟小丹回家。

三十五、小丹上理髮廳

星期六中飯時，小丹問哪裡可剪頭髮。

「福利社。」曉玄說。

「你們誰要去？」小丹看另四人的頭髮。

「一大，你頭髮長了。」土也說。

「喔，是，小丹，我陪妳，吃完飯就去。」一大馬上說。

「好。」

飯後，一大便領著小丹轉過餐廳，往福利社走。

一大突想到一事，「啊，要報學號，妳……有沒有學號？」一大才注意到小丹制服上沒有學號。

「31001。」

「跟我一樣？」

「一年級時就知道啦。」

「嘿，對。」

到了鐵門前，一大說，「這扇鐵門後面即是福利社。」

「嘻，上面還有白蝴蝶排的『福利社』三字？」小丹指鐵門上方。

「是呵，來，妳先對鐵門報妳的學號。」

「31001。」

鐵門隨即打開，一大說，「小丹，妳先進去。」

小丹走進鐵門內。

等了一會，鐵門並沒關上，一大便也走進鐵門，然後鐵門才在他背後關上。

「哇，小丹，我跟妳共用一個學號。」

「真的呵，有趣。」

鐵門隨之又打開了，「一大哥，嘎……討厭。」

「啊？小虎！對不起，忘了你了。」

「正常，有了新人忘舊虎。」小虎說。

「我……」

「小虎，我聽得見哦。」小丹說。

「啊？喔，有了小丹姐那麼可愛的新人，忘了舊虎，應該。」小虎立即改口。

「哈哈……」

走下了二十幾個階梯，眼前有一片雲霧門橫著。

「小虎，你先過好了。」

「好。」

小虎報了姓名，雲霧門忽地消失，小虎快溜過去後，雲霧門闔上了。

「小丹，妳對雲霧門報上妳的姓名，先過去。」

「崔少丹。」小丹對著雲霧門報上姓名。

雲霧門沒消失。

「咦？」一大奇怪，報上了自己姓名，「席復天。」

雲霧門忽一下消失，「我先過去。」一大跨步走了過去。

回頭看，雲霧門沒闔上。

「小丹，妳也過來。」一大叫。

小丹一步跨了過來，雲霧門闔上了。

「哦？怎麼會……？」一大看著雲霧門。

「看是要我和你的姓名一起報，一起通過。」小丹說。

「嘿，有意思。」一大拉了小丹，「走，剪髮去。」

沒走幾步，「等等，小丹，來，這是『掃描感應器』，妳把右手小指頭放上。」

「哦？」

「這是善惡及好壞的記錄器。」

「哦？」小丹半信半疑，將右手小指頭放上「掃描感應器」。

有數字上捲跑動，不久，停了。

「哈，是正的，+9,950，棒！」一大稱讚並和小丹一起看說明，有：

+100 扶助弱小　　-100 不聽父母話

+200 愛護動物　　-100 闖紅燈

+150 說笑話讓父母開心

+200 抄寫心經

……

總計　　+9,950

「哇，太厲害了，我做過什麼，這感應器都知道。」小丹驚訝。

「注意到沒？抄寫《心經》可加兩百分。」

「修身養性，助人爲善嘛。」

「是啊。」

「楓露也有福利社，也有報學號的鐵門，但沒有雲霧門和掃描感應器。」

「看來我們學校歷史久，設備多些，楓露以後會增添吧。」

「也許。欸，你呢？你的好壞也看一下掃描感應器。」

「算了，我打架太多，難看，以後再看。」拉了小丹，「走，剪髮去。」

「好。」

來到理髮廳旋轉門口，「等等。」一大忽心生警覺，停下腳步。

「怎麼了？」小丹疑問。

「呵呼。」有打呵欠聲音，「一大哥、小丹姐！」

「哈，松松！」一大和小丹異口同聲。

「對不起，都忘了松松在這了。」一大補上一句。

「正常，有了新人忘舊鼠。」松松說。

「啊？哈哈……」一大、小丹忍不住笑出。

「松松，你剛在睡覺哦？」小丹問。

「小丹姐，妳轉學來雲霧後，就不找我送信了，今天又沒人來理髮，我沒事就猛打哈欠，剛剛好像睡著了。啊，對了，你們來了，我得亮燈。」松松跑起步，燈筒開始轉動，亮了。

「嘻，眞好玩。」小丹開心笑說。

「你們進去吧。」松松說。

「等等，松松，這旋轉門，最近有沒有什麼古怪？」一大問。

「哦，沒有古怪，一切恢復原狀，報學號後，用手一推就轉進去了。」

「是麼？」一大上前一步，面對旋轉門，「31001。」用手一推，「嘿，眞可以。」和小丹進門去了。

「歡迎大小光臨。」

傳來八哥的聲音。

「是一大哥、小丹姐，笨！」

傳來呱呱的聲音。

「是一大哥小丹姐笨！」八哥重說。

「呱呀，不對，不對，八哥你閉嘴。」

「哈哈……」一大、小丹大笑。

「一大、小丹，你們來啦，來，坐。」何婆婆親切招呼。

「何婆婆好。」兩人向何婆婆行禮，分坐兩椅。

「這裡跟鳥園一樣，好可愛哦。」小丹四下看。

「鳥雀同學星期六下午來這打工。」一大說。

「來，小丹，把右手小指頭放上這感應器，理一次髮五十塊。」何婆婆指指鏡子邊上的「掃描感應器」。

「嘻……」小丹將右手小指頭貼放上感應器。

何婆婆開始幫小丹理髮。

「小丹，來雲霧還習慣吧？」何婆婆問。

「習慣，謝謝何婆婆。」小丹回答。

「呱呱，這旋轉門最近都沒有加什麼新花招啦？」一大問。

「敵人越來越少，搞花招不小心還害到自己，就暫停一陣子吧。」呱呱說。

「呵，那好。」

兩人理完髮，四隻小燕子銜兩條小毛巾給一大、小丹，小丹驚喜接下，「謝謝小燕子。」

「給我們擦臉用的。」一大向小丹說。

「嘻……」小丹擦臉。

何婆婆拿了些衣物給小丹，「小丹，這兩件黑的是用烏鴉呱呱羽毛做的衣服，一件給妳，一件給妳哥。」

小丹起身接過，「謝謝何婆婆，謝謝呱呱。」

「小丹姐，那衣料可是我身上菁華中的菁華，請好好珍惜。」呱呱一旁說。

「當然，謝謝你。」小丹說，「咦？還有紙條？這一件是『呱呱出品，何婆手作，小丹專用。』，另一件是『呱呱出品，何婆手作，小勇專用。』，嘻，太棒了，謝謝。」

「這兩件白的是用仙蠶絲做的衣服，一件給妳，一件給妳哥，還有一些蚯蚯蛇的蛇蛻，你們兄妹分了用。」何婆婆又說。

「謝謝何婆婆。」

「衣服及蛇蛻的功能方面，一大都知道，讓他再慢慢跟妳說。」

「好。」小丹感動眼眶紅起。

「最後，這兩個書包。」

「哪個？」

「看不見？」

「看不見。」

「蠶寶寶好」，何婆婆說，手上有兩個書包現了形。

「哇！書包。」

「一個給妳，一個給妳哥。」

「何婆婆，謝謝妳。」小丹眼淚汪汪，直向何婆婆鞠躬。

「妳這孩子，從小愛哭，呵……」

「我？嗚……」

「哦，是妳媽說的。」何婆婆隨轉口說，「書包裡頭可放些防身衣物，平時揹著，別人看不見，也好保護自己。」

「謝謝……」小丹一把抱住何婆婆，嗚嗚咽咽，何婆婆拍著她肩，「好，乖，不哭。」

何婆婆幫小丹把呱呱衣、仙蠶絲、蚯蚯皮分別收入兩個書包，全交給小丹抱了，再對書包倒過來說，「好寶寶蠶」，兩個書包又隱了形。

「太棒了。」小丹驚喜說著。

一大、小丹告辭，「何婆婆、呱呱、小燕子、八哥，各位再見嘍。」

「歡迎大小光臨。」

又聽見八哥的聲音。

「笨八哥，你要說謝謝一大哥、小丹姐光臨，還有再見。」呱呱那頭喊道。

「咳，太長了啦。」八哥回道。

「哈哈……」一大、小丹笑著走出。

「松松，再見了。」一大、小丹向小松鼠道別。

「一大哥、小丹姐再見。」

一大陪小丹在福利社裡逛逛，看見一銅雕，「這是什麼？」小丹拿起看。

「背後有貼紙，嗯，這是……『雙蛇杖』。」一大看了背面。

「幹嘛用的？」

「上面寫『醫療標誌』。」

「喔。」小丹要放回去。

「等等。」一大心有靈動，拿了貓鏡戴上看，「咦，蛇會動？」

「什麼？」

「雙蛇會動。」

「哦？」小丹接過貓鏡看，「嘿，真的。」

放回雙蛇杖，兩人走出福利社鐵門，麥片跑來，「一大哥，蚍蚍在那裡。」

「蚍蚍？」

一大、小丹一起跟著麥片走到小樹林裡。

「蚍蚍，你在這幹嘛？」一大好奇。

「一大哥，小丹姐，你們好，我剛看到一飛快影子，追一追就不見了。」蚍蚍回答。

一大、小丹四下看看，沒看到什麼。

「對了，蚯蚯，既然遇見你，順便問你一下。」一大說。

「好啊，什麼事？」

「我剛和小丹在福利社裡看見一個『雙蛇杖』，上面寫是『醫療標誌』，不太懂。」

「喔，沒錯，那是醫療標誌，你在一般醫療院所都看得到。」

「哦？我倒沒注意。」

「『雙蛇杖』是兩條靈蛇交纏抱杖往上爬。」

「喔。」

「氣功便似這道理。」

「哦？」

「氣行體內就像靈蛇游動，脊椎骨就像雙蛇纏抱的杖。」

「哦？」一大、小丹仍似懂非懂。

「蚯蚯，我要謝謝你送我蛇蛻。」小丹說。

「哦，小丹姐，不客氣。」

「那，我們回去了，下次再聊。」一大說。

「好，再見。」

「再見。」

三十六、銅鏡的反射光

這天晚上，一大睡前聽見小翅猛拍聲，看到一閃一閃亮光，「呵，是飛飛！飛飛回來了。」

「一大哥，阿彌陀佛，你還記得飛飛麼？」小翅又猛拍。

「當然記得。」轉頭叫，「小虎，飛飛回來了。」

「嘎，飛飛，你好。」小虎爬到書桌上。

「嘻，小虎，你好。」

「一大哥，瓶子裡有七個小金人來過，還養過一朵玫瑰花。」飛飛說。

「哇！你練成神通啦？連小金人、玫瑰花來過你都曉得？」

「也不是神通，是直覺吧。」

「小金人名叫『金片』，是跟著我的金幣來的，玫瑰花是前些日子梅老師暫養在瓶子裡的。」

「喔，有意思。回家眞好，嘻。」

「崔媽媽和小勇、小丹他們都搬到雲霧來了。」

「喔，我知道。」

「哦？也是直覺？」

「嘻。」

隔天，小勇、小丹在中午下課時跟一大說崔媽媽要去看崔爸爸。

「哦？什麼時候？」一大問。

「就今天中午，大概已經走了。」小勇說。

「你媽怎麼去？」

「一樣找朱鐵哥幫忙。」小丹說，「可是若我媽在那裡待上六、七個日出，回來時就都一個多月後了。」

「是喔。」

「一大，我媽不在，你來跟我們住。」小勇期待的語氣。

「啊？這……」

「欸，是我媽說的，我媽說有你在不怕鬼。」小丹說。

「不怕鬼？這……」

「你認識鬼王嘛。」小丹做個鬼臉。

「喂！鬼王很忙的，他哪管這種芝麻小事？」

「嘻。」

小勇跟上說，「一大，我媽跟梅老師說過了，你來我家跟我們住，梅老師說可以。」

「眞的？梅老師說可以，那我……，嗯，照辦。」一大點頭，又說，「但，就偶爾幾個晚上，好吧？」

「就幾個晚上？」小勇疑問。

「土也、阿萬也怕鬼啊！」一大詭笑。

「啊？」兩兄妹愣了下。

「就這麼吧，我會儘量去，反正住那麼近。」一大說。

「好。」兩兄妹點頭。

當晚差十五分十點，一大跟土也、阿萬說要去崔家住。洗完澡，帶了飛飛和小虎，揹了書包，離開寢室。

一大到門口時，小勇、小丹出來迎接。

進到客廳，剛坐下，一大一眼看見有三支玫瑰花插在小几上的小磁花瓶中，一念心平氣和閃過，視若無睹，「嘿，崔媽媽不在時，你們都幹嘛？」

「看電視。」，「打電腦。」兩兄妹一人說了一樣，各自坐下。

「喔。」見小磁花瓶旁有一約二十公分直徑的金屬圓盤，用鐵架支立著，「那是什麼？」一大指了下小几方向。

「玫瑰花。」，「花瓶。」兩兄妹又一人說了一樣。

「不是，我是問那個圓盤。」一大伸手去觸摸了下銅盤，「噢！」立即縮手。

「怎麼了？」小勇奇怪。

「好像會觸電？」

「哪會？」小丹伸了雙手去碰，「不會啊，哪有什麼觸電？」

「哦？沒，沒事。」一大看了看手。

「這是一面銅鏡，我爸留下的，是他最愛的古董，以前我爸天天都擦它，擦得亮閃閃的，在楓露宿舍房子燒掉時，我媽拼了命搶救出來的。」小丹說。

「喔。」

有敲門聲，小勇探頭，「小丹，那，那個……」結結巴巴。

小丹起身走出門去。

「誰找小丹？這麼晚了。」一大看小勇。

「我……那……不……那……」小勇又結巴。

「小勇，怎結結巴巴的？學阿萬哦？」一大說著，一抬頭，見小丹走回，手上拿著一支玫瑰花。

一大看著小丹走到小几旁將玫瑰花插入小磁花瓶中，還看到小勇直向小丹使眼色。

一大立即明白門外是有人來送小丹玫瑰花，那人一定是孫子！心念急轉，努力沉住氣，「那，這面銅鏡做什麼用的？」

「照……照……鏡子……用的……」小勇繼續結巴。

「喔，飛飛，飛飛。」一大叫道。

「一大哥，我在。」

「飛飛，你想照鏡子的話，小茶几上有面銅鏡。」

「嘻，知道了。」飛飛拍翅。

「嗚……哇……」小丹突哇一聲哭了起來。

「小丹，妳怎麼了？」小勇小心地問。

「哥，臭一大，他……他……不在乎我，嗚……」小丹摀臉哭著。

「啊？我……」一大一臉無辜。

「快去……勸勸……去。」小勇向一大擠眼。

「我……」一大沒動。

飛飛飛到小丹摀著臉的手上，「小丹姐，不哭，不哭，飛飛來陪妳。」

「飛飛去勸了。」一大向小勇說。

小勇挨近一大低聲說，「那孫子，每天……送一朵玫瑰花來，你說怎麼辦？」

「我……」一大霍地站起，大聲吼著，「好，本爺爺這現在馬上就去宰了那孫子！」往外衝去。

「喂！喂！」小勇叫，「要熄燈了，別……」

正說著，燈忽地熄了，頓時一片漆黑。

「啊？你們這也十點熄燈哦？」一大摸索著戴上貓眼鏡，又摸出太極電按亮，「那個孫子命大，看爺爺我明天怎麼收拾他！」坐回椅上。

「嘻……」

聽到小丹笑聲，一大看到飛飛在小丹手掌上一閃一閃。

「妹，妳一下哭一下笑，超討厭。」小勇說。

「誰叫一大不在乎我嘛。」小丹說。

「真受不了妳。」

一大見飛飛到銅鏡上，「呵，飛飛，你真想照鏡子？」

一道光束忽地打在窗上。

「啊？」一大、小丹同時叫了一聲。

「你們叫什麼？」聽到小勇在問。

「一道光，你沒看到？」小丹問。

「什麼光？」小勇反問。

一大關了太極電，「這樣看到了吧？」

「沒有啊。」小勇疑惑。

「小丹，是銅鏡，是飛飛飛到銅鏡上反射出的光。」一大說。

「喔，是銅鏡。」小丹說，「哥，你去拿黑羽衣穿上，順便把我的也拿來。」

「好。」

小勇起身往房裡去，並拿了手電筒開亮照路。隔了一會兒，小勇走近小丹，「妹，黑羽衣，給妳。」

兩人穿上黑羽衣。

一大也拿出呱呱衣穿上，站到小勇及小丹身邊。

「小丹，妳把銅鏡的光轉一下，對著白牆。」一大說。

「好。」小丹移動銅鏡。

一個圓形光束打在白牆上。

「是我爸？」小丹叫了一聲。

「啊，那是爸！」小勇也叫了一聲，關了手電筒。

一大看向光束，真的出現了小丹爸爸的影像。

「哥，看到沒？」

「看到了，爸他……在幹嘛？」

一大看是崔伯伯躺在床上，手上拿著幾張像紙的東西在看。

「照片，啊，是照片。」小丹哽咽。

「是，是我們的照片。」小勇接著說。

崔伯伯面容憔悴，看著手上的照片，照片有一家四口的，有崔伯伯和崔媽媽兩人的，當看到一張小丹單人照片時，崔伯伯凝視了許久，然後將照片貼在胸口，閉眼念想，有淚自眼角滴落。

「爸……爸……爸，嗚……」小丹哭得傷心。

看見崔媽媽靠近崔伯伯床邊，兩夫妻一起又看著照片。

「媽也在。」小丹指影像。

「咦？那是……？」小勇指向他爸媽一起在看的一張照片。

「啊？是……」一大震了一下。

「是一大？」小丹說。

小勇、小丹都看向一大。

「嗯，像……可是……」一大很懷疑，但不會錯，那張照片裡穿著雲霧中學制服的人正是自己，「他們怎有我的照片？」

「你被警察通緝，照片到處都有。」小丹說。

「喂，我是被你們崔家通緝好不。」一大沒好氣。

「哈哈……」小勇大笑。

見崔伯伯把小丹那張單人照片再翻找出，和一大的照片靠在一塊，看了看，和崔媽媽說了些話，兩人還點點頭互相笑了笑。

忽見有一手伸來，一把搶走了小丹爸爸手中拿著的小丹和一大照片。

「叔叔？」小勇、小丹齊叫。

「獨眼龍！」一大也暗叫一聲。

接著看見獨眼龍把手中兩張照片撕破，往地上用力丟去。

小丹爸爸支撐坐起，和獨眼龍互指，像是對罵，小丹爸爸比出劍指朝獨眼龍一指，獨眼龍往後一跌，坐了下地。

小勇、小丹、一大呆了一下。

「大伯？」小勇、小丹又叫。

「哇！」一大看見黑馬面也出現了。

黑馬面走過拉起了獨眼龍，但竟二話不說，賞了獨眼龍兩耳光。

「啊？」三人又叫。

有兩匹狼走近，小丹爸崔一河念念有詞，驅使兩匹狼對著崔一海齜牙咧嘴，一付要攻擊的態勢，崔一海慌張倒退，快跑離去。

「汪汪汪……」

「彈簧！」小勇衝到窗邊往外看，「喂，外面有人影。」

一大、小丹也立即跟到窗邊。

「趴下！」

一聲傳來。

一大、小丹、小勇立即趴下。

「叢……」一大聽出是叢爺爺的聲音，待趴下後回頭看了眼，銅鏡打在白牆上的光束消失了。

三人靜靜地趴著，大氣也不敢喘一聲。外頭時有群狗狂叫及腳步快跑聲傳來。

過了十幾分鐘，外頭的聲響沒了，小丹一跳而起，跑到門外查看，一大、小勇隨後跑出，彈簧搖尾迎來。

梅老師和幾隻狗狗從黑暗中走來，「你們沒事吧？」看著一大、小勇、小丹三人。

「沒……事。」三人搖頭。

「有校外人士闖入，都走了。晚了，你們都去睡吧。」梅老師說。

「謝謝老師，晚安。」三人敬禮鞠躬。

梅老師走了。

「彈簧，剛才來的是什麼人？」小丹低頭問。

「妳叔叔和一些鬼。」彈簧說。

「又是叔叔！」

黑暗中，三人回到屋裡，小勇說，「叔叔對我們真的要趕盡殺絕哦？」

「咦？銅鏡的光沒了？」小丹注意到牆上影像沒了，說，「我看叔叔除了要把我們趕走外，還對我爸和大伯不懷好意。」

「他們鬧翻了？」一大好奇。

「我感覺是叔叔不滿我爸和大伯。」小丹說。

「欸，對了，我前陣子看見奶瓶動畫……」一大想到一事。

「什麼動畫？」小丹好奇。

「奶瓶裡的，哦，就像剛才看的銅鏡的亮光動畫。」

「哦？那你看見什麼？」小勇問。

「看見殺手蕭默勒住你爸脖子，卓發用尖刀抵住你大伯喉嚨，然後綁了推到地上。」

「啊？在哪？」小丹問。

「操場？我們學校操場。」

「操場？我爸我大伯來學校操場？」小勇驚問。

「崔一海也在，但他並沒出手救你們的爸爸及大伯。」一大說。

「那，我爸我大伯可能被我叔背叛出賣了。」小丹說。

「嗯，是啊。」小勇說。

「那得儘快找人通知你們的爸爸，好及早防範。」一大說。

「啊？」兩兄妹都啊了一聲。

「那些個奶瓶動畫，我只要事先看到，後來就會真的發生，靈到爆。」

「啊？」兩兄妹又都啊了一聲。

「我沒能力事發前防範，只能靠運氣死裡逃生。」

「……」兩兄妹愣住。

「要不，先找人去通知你們爸爸。」

「找誰去？」小勇問。

「找人去『時空』？那多困難啊。」小丹說。

「找鳥去，啊，呱呱，牠會飛。」一大說。

「對啊，找呱呱去。」黑暗中，小丹拍了下手。

三十七、銅鏡溪谷

一早，一大、小勇、小丹三人在菜園邊抬頭尋看。

「呱呱，呱呱，你在哪？」一大叫道。

沒多久，呱呱飛來，「一大哥，找我？」

「嗯，讓小丹說給你聽。」

「請。」

「呱呱，可以拜託你幫我一個忙嗎？」小丹向呱呱喊道。

「哈，小美人找呱呱幫忙，呱呱要是拒絕，那就不是一隻好鴉了！」呱呱回答。

「嘻，那請你傳個話給我爸。」

「傳話給妳爸？呱呀，我幹嘛一口答應？」

「那你不是好鴉？」

「我是好鴉！我是怕……去了會變死鴉。」

「嘻，那，傳話給我媽好了，我媽也在『時空』，讓我媽再傳給我爸。」

「那ok，崔媽媽人好，不會傷害我，妳請說，傳什麼話？」

「等一下，呱呱，你飛下來靠近一點再說。」一大四下看了下。

呱呱飛到地面，靠近小丹，「小丹姐，妳請說。」

「『蕭默、卓發、崔一海設計要殺我爸爸崔一河和大伯崔一江』。」小丹靠近呱呱說。

「啊？哦？哇？呱？嗯？……」呱呱搖頭晃腦。

「呱呱，你聽懂沒？」一大看著呱呱。

「我呱呱聰明一世，糊塗一時，一大哥，我還眞的有聽沒有懂，他們不都是一夥的？不都是一家人嗎？」呱呱愣愣說著。

「哎喲，呱呱，我解釋不了，你把剛才我跟你說的一字不漏說給我媽聽，她就懂了。」小丹急了。

「啊？哦，好吧，我就去，但，如果我三天未歸，請你們務必告訴蚯蚯。」

「告訴蚯蚯？」一大、小丹不解。

「請牠幫我寫墓誌銘。」

「哈，蚯蚯牠又沒手！」小丹笑說。

「牠有智慧。」

「你那麼聰明，死不了的啦！」一大笑呱呱。

「好吧，再見。」呱呱拍翅，飛走了。

「走吧，回去繼續採菜了。」小勇看呱呱飛走，一旁催起。

「墓誌銘？」一大喃喃，「喂，墓誌銘怎麼寫？」

「問蚯蚯啊！」小丹隨口回。

「問蚯蚯？眞要寫，最後又是我寫。」一大搖頭。

中午下課，一大、土也、阿萬、曉玄、小宇、小勇、小丹一起走向餐廳。

忽然，孫子一步跳到小丹面前，「崔少丹，我送妳那麼多愛的花朵，妳還不答應做我女朋友哦？」

「孫子，你當我死人啊？」一大大吼，掄起右拳衝上要打，但隨即「啊！」一聲，右拳停在半空中。

定神一看，有一隻手如老虎鉗般抓住了他的右小臂，一大當場面如死灰，「梅……老師！」

旁邊的同學們看到梅老師突然冒出，也大爲驚訝。

「大家去餐廳，準備吃飯。」梅老師搖揮著另一隻手，轉向孫子，「孫成荒，你也去。」

同學們全快快走了，孫成荒也跟著走了。

梅老師鬆了手，「席復天，老師不是告訴過你不可和同學打架。」

「可是，老師……他……」

「席復天，老師知道你氣，但若你眞出手打了孫成荒，你就畢不了業了。」

「啊？我……」一大愣看梅老師。

「把兩手伸出來。」

「我？⋯⋯」一大遲疑了下，但還是伸出了雙手。

一大看梅老師在他手上動了動，聽到像金屬牙扣合的「喀嚓」聲。

「既然你的腦袋控制不了你的雙手，只好由老師幫你⋯⋯」

「啊？」

「幫你銬上手銬。」

「手銬？」一大驚嚇百分百，更迷惑的是，他並沒看見任何手銬或類似的東西在手上。

「你不會感覺手銬存在，平常生活也絲毫不會受到影響，畢業後手銬便會自動脫去。」

「啊？」

「只要你出手打同學，雙手就會立即銬緊。」

「老⋯⋯師⋯⋯」一大困獸猶鬥，「那，如果我被同學打，不就連還手都⋯⋯沒辦法了？」

「可還腳。」

「我？」一大整個人洩了氣。

「好了，去吃飯。」

「是，謝謝老師。」

一大悻悻離去。

飯桌上，一桌五人都很安靜。

隔了一會兒，一大笑笑說，「梅老師怕我再和同學打架，你們猜，他把我怎樣了？」

四個同學抬頭看向一大。

「罰跪？」曉玄說。

「半蹲？」小丹說。

「罰掃……廁……所？」阿萬說。

「不不，我覺得，一定有新招。」土也說。

「嘿，他把我……銬上手銬了。」一大慢條斯理說。

「手銬？」四人全看向他手。

「一大，對不起，都是我害你的。」小丹眼中有著閃閃淚光。

「沒的事，梅老師說，是孫子他故意找碴，爲的是要逼我出手，讓我畢不了業。」

「太過分了，我讓小宇去好好說說他。」曉玄說。

土也摸了摸一大雙手及手腕，「喂，唬誰啊，哪有什麼手銬？」

「看不見也摸不著的，梅老師說，我只要出手打同學，雙手立刻自動銬緊，想打也打不成。」一大說。

「梅老……師……太猛了。」阿萬搖頭。

「剛剛他像幽靈一樣，突然出現抓住一大的手，那才叫猛呵！」土也吐舌。

「哈哈……」

氣氛愉快了些。

一大笑不出來，卻突然伸右手打向土也，土也一閃，但一大發現右手被左手拉住，還聽見金屬鍊的「喀啦」聲，兩手隨即動彈不得。

「你有病哦？」土也瞪向一大。

「梅老師他……他……沒唬我。」一大頹然收手。

「唉呀，打同學打不到，你可以打桌子嘛。」土也指指飯桌。

「哈哈……」幾人又笑。

一大笑不出來。

下午，一大就在宿舍靜下心來抄寫《心經》，晚飯過後，帶了狗狗去操場練功，練完功回宿舍後仍繼續抄寫《心經》。

小勇邀一大去家裡，一大心情不好，便以還有好多《心經》要抄寫還人家，暫時沒空去，回絕了。

小丹把飛飛借了去，說家裡有飛飛陪，沒事也許還可看銅鏡電影也不錯。

兩天後，呱呱來跟小丹和一大說，話已順利傳給了崔媽媽，「你們可知道，那裡有一堆剛往生的人，我可眞的是冒著鴉命危險去的。」

「你那麼聰明優秀，天底下哪有你辦不到的事？我跟一大對你永遠充滿著無限的信心。」小丹說。

「呱哈，好聽，小丹姐人甜嘴巴也甜，呀呼，呼呀，太美啦，呱，再見。」呱呱大拍雙翅飛走了。

星期天早上，一大洗完衣服後，坐在寢室床上，正想著今天要做什麼，小虎來說，「一大哥，羊皮哥找你。」

「喔。」一大戴上貓鏡，「羊皮，什麼事？」見羊皮坐在書桌前。

「今天沒課，無聊。」

「哦？」左右看了下，「土也、阿萬還在洗衣服，等等他們看。」

飛飛飛來，「一大哥，小丹姐找你去。」

「啊？喔，星期天除了有無聊鬼，還有無聊人。」轉向羊皮，「羊皮，去找小勇、小丹看有什麼事，好不？」

「好，當然好。」

一大拿了隱形書包揹上，和羊皮走去崔家。

「一大、羊皮，請進。」小勇跑到門口迎接。

「你看得到羊皮？喔，你是穿了呱呱衣。」一大說，看小丹走來，也穿了呱呱衣，「咦，你們……是要找羊皮，不是要找我吧？」

「都找，都進來吧。」小丹說。

四個同學圍了小几坐下，小丹發問，「這山裡有小溪嗎？」

「小溪？不知道。」一大說，看看羊皮，「你知道嗎？」

「不知。」羊皮搖頭。

「哥，不在這山裡吧？」小丹轉向小勇。

「妳也有看到，雲霧又濃又厚的山林，很像這學校山裡。」小勇看著小丹。

「喂，你們在說什麼？別說人，連鬼都不懂。」一大奇怪。

「就……昨晚銅鏡有電影，電影裡，看見我、我哥、還有你，穿著黑羽衣在山裡小溪中玩，又溯溪又滑水的，好玩極了，旁邊還有狗狗跑跳，嗨呀，眞想趕快找到那條小溪玩玩去。」小丹對一大說得活靈活現。

「銅鏡電影？溯溪滑水？呵，聽了就爽。」一大興奮起，「可是，我在這兩年多，沒看見過這山裡有小溪，欸，等等……」一大走去門口，「彈簧，麻煩你去叫麥片和胡桃過來。」

「你叫狗狗來幹嘛？」小勇問。

「牠們早早晚晚都在這大山區裡巡邏，各地各點都比我熟。」一大說。

麥片和胡桃很快來到，四個同學都到了門口，一大蹲下問，「麥片、胡桃，這山區裡有小溪嗎？」

「汪，汪。」兩隻狗狗小叫兩聲。

「嘿，奇了，麥片你先說。」一大感覺兩狗有點奇怪。

「不……清楚。」麥片說。

「那，胡桃，你說。」

「不……能說。」

「不能說？爲什麼？」小丹插問。

兩隻狗狗閉口趴地，只偶爾發出「唔嗯。」聲。

一大拉了小勇、小丹回到客廳，低聲說，「玄了，兩隻狗狗竟然不說。」

「那，一定有鬼。」小勇看一旁羊皮，隨改口，「不，有仙。」

「呵呵，管他有沒有鬼仙，一定有刺激，我先穿上呱呱衣再說。」一大穿上了呱呱衣。

「一大，我們連那是什麼地方都不知道，穿了呱呱衣也沒用吧。」小丹說。

「不急，來，你們兩兄妹拿紙筆來。」一大說。

「幹嘛？」小丹問。

「你們把昨晚銅鏡看到的山中小溪畫出來，越詳細越好。」

兩兄妹半信半疑，拿了紙筆畫起，一部分一部分補充著，沒多久畫好了。

一大看了看畫好的圖，「嗯，有樹林，有草坡，有小溪，溪裡有許多石塊，其中上面這個石塊巨大，上方平坦，你們兩兄妹還滿有畫畫天分的。」

「你不會是想看圖找路吧？」小丹問。

「也算是，欸，家裡有沒有饅頭、餅乾什麼的，還有開水帶上一點。」

「昨天梅師母送了些包子、饅頭來。」小勇說。

「嗨呀，梅師母簡直通靈，曉得我們今天遠足。」一大高興拍手，又隨即停下，腦袋中閃過了梅老師的影子，猛搖兩下頭。

三人各自在隱形書包中塞了幾個包子、饅頭，裝了壺開水，將書包揹上。

四個同學全回小几旁坐下，一大向門外叫，「彈簧、麥片、胡桃你們都過來。」

三隻狗狗進到客廳靠在三人腳下。

一大探手入書包，摸出太極電和引子帕，將引子帕平貼在畫好的圖上。

「哇？」一大竟看見帕上有字：「不得到校外」。

「是爸爸的字？」一大忙四周圍看看，「高啊。」轉向小勇、小丹，「你們確定那小溪在校區內？」

「應該是，嗯，不……確定。」小勇點頭又搖頭。

「哦，不管了。」

「你要作法？」小丹好奇看著一大。

「算是，我跟蚯蚯一道作過。」一大回著。

「說清楚些。」小勇疑惑。

「就……」一大用右手小拇指按了下太極電開關，對著帕子照去。

「咻~咻~」人鬼狗全進了引子帕。

「啊！「汪！」幾聲入耳，一大只覺漫步在仙境，飄飄渺渺，在雲霧中穿梭了去。

沒多久，忽坐了下地，一大左右看看，見坐的地方是一片綠草如茵的緩坡。

狗狗在一邊唔唔汪汪，一大回頭問小勇、小丹，「是不是這裡？」

只見兄妹兩個傻愣，眼直直看著前方。

「喂，你們說，是不是這裡？」一大拍了下小勇、小丹。

「應該……是，霧太濃，其實，嗯，看不清楚。」小勇點頭又搖頭。。

見羊皮急急來說，「各位，我飄去看了下，沒錯，坡下有溪谷，坡上有樹林，溪谷裡有許多石塊，也看見了一個上面平坦的巨大石頭橫在溪床上。」

「看來是這裡了，那……走吧。」一大說。

「但那溪裡沒有水，全是乾的。」羊皮補上一句。

「啊？」

這下，傻愣的人變成了三個。

三十八、大點溪復溜湧泉

大夥在濃厚的雲霧中漫無目的晃走了一陣，一大停下，叫，「彈簧、麥片、胡桃來，都過來。」狗狗靠來，「好狗狗，我們既然都來了，現在可以說說這裡是什麼地方了吧？」

麥片上前說，「這裡是『大點溪』，溪裡的石頭會走路。」

「石頭會走路？」小丹好奇。

胡桃說，「梅老師告訴我們，巡邏時別太靠近這裡，怕被石頭撞到危險，也不讓我們說出這地名。」

「哦？有意思。你們巡邏過？那，這裡的位置算是在校區之內？」一大問。

「算是，是靠學校南側山腳。」麥片回答。

「霧散了點，一大，下溪谷去看看吧。」小丹說。

「好，走。」一大往坡下走去。

走到溪床，見有圓石、方石、扁石、各種奇石，大大小小散布著，約二十分鐘後，四個同學三隻狗已來到巨大的石塊邊上。

「這麼巨大？」一大看著眼前巨石，約有兩層樓高，長寬各約十幾公尺，側面凹凹凸凸，參參差差。

「溪裡眞的沒水。」小勇低頭看。

「這麼大的石頭，上得去嗎？」小丹問。

「上得去，我已經飄上去看好上去的路徑了，在大石後面。」羊皮說。

「狗狗也上得去？」一大問。

「可以。」羊皮回答。

「哦？那，我們上去吧。」小丹說。

「照舊，我先上，再小丹，一大殿後。」小勇說著便繞石往後方走去，小丹、一大，狗狗跟上。

「喔，我們得把鞋脫了。」小勇仰看大石後方的路徑，見大石斜斜裂開一道縫隙，曲曲折折，可踩踏處的寬度約有二十公分。

三人脫了鞋，將鞋放入書包，便往上攀爬。

也不算困難，三人三狗陸續上到大石頂端的平坦處。

「哇哈，太棒了！」小丹高舉雙手叫喊。

「這上面大到可以容納上百人吧。」小勇說。

「唔汪……」三隻狗狗低聲唔叫，低頭嗅著一處。

「麥片，你們在看什麼？」一大回頭叫麥片。

「有腳印。」麥片說。

一大拍了下小勇、小丹，一起走去看，羊皮也跟上。

「咦？腳印？這是腳印吧？」小丹蹲下看。

「是一對腳印？有點模糊了。」小勇也蹲下看。

「有我們腳印的三、四倍大吧？」一大彎腰看，把右腳伸出踏上右腳印，「神仙的腳印才這麼大……」

「地震！」小勇大叫一聲隨即和小丹跌坐在地，一大立即抽回右腳，蹲下身去，三隻狗狗也趴了下。

「羊皮，剛剛是地震嗎？」一大叫著。

「像是，我不確定。」羊皮飄在半空四面看著，突喊叫，「哇，你們看。」

三人往羊皮手指方向看，「那是什麼？」小勇叫道。

一片黃沙隨之迎面撲來，一大忙戴貓眼鏡，叫道，「快戴夜視鏡，擋風沙！」小勇、小丹立即摸出夜視鏡戴上。

一大匐匍到大石邊緣，「哇，石頭走路！」回頭叫，「小勇、小丹，快來這邊看！」

小勇、小丹快速匐匍到大石邊緣。

「飛沙走石！」小丹叫。

「風雲變色！」小勇喊。

只見溪床上的乾燥黃土狂捲飛揚，大小石頭翻騰滾動，轟隆聲震耳欲聾，場面有如千軍萬馬奔騰，甚是壯觀又震撼人心。

一大看著，心思一動，匐匍回到大腳印處，伸出右腳再踏一下右邊大腳印，轟隆聲停了，飛沙逐漸減弱，走石也慢了下來。

一大走去小勇、小丹處，「我用右腳再踏了一下石上右腳印，飛沙走石就慢下了。」

「哦？」小勇、小丹很是訝異。

三人便又來到大腳印處，小勇說，「如果踏左腳印呢？」

小丹說，「哥，那你踏一下，看會怎樣？」

「喔，那我用左腳踏。」伸出左腳踏上左大腳印。

「什麼聲音？」小丹聽到聲音。

「水，有水！」羊皮手指大石頭側邊。

三人聽了，立即往羊皮手指方向走，「哇！」低頭一看，大石頭側邊竟有水冒出。

小丹靠大石邊緣趴低，伸手去碰水，「哇，還是溫的。」

小勇、一大也趴低，伸長手玩水，「哇，哈！」興奮大叫。

「嘿，你們看，溪床也在冒水。」羊皮大叫。

「哇！哇！哇！」三人看向溪床，驚喜極了。

「哥、一大，我們下去玩？」小丹興奮。

「走！」一大跳起並叫道，「飛飛、小虎、狗狗，都跟上，我們下去。」

半滑半溜三人三狗很快下到溪床，「哇！哈哈哈……」，「汪汪汪……」

冒出的水溫溫暖暖，在溪床上漫開，不久就蓋過了小腿肚，人狗奔跑踩踏其中，飛濺起陣陣水花，

「是溫泉！」小丹大叫。

眼見蒸騰的熱煙和飄飛的雲霧混成一氣，「太爽了！」一大身子一倒，躺臥到溫泉之中。

「哈，好玩……」小勇也就地一趴，泡在溫泉水中享受去了。

羊皮則在石頭上左跳右跳，自個兒玩得不亦樂乎。

小丹踢水跑來，和小勇、一大打起了水仗，三人溯溪往上跑，又滑水往下溜，嘻哈笑鬧之聲不絕於耳，快樂極了。

「叭！」一小糰爛泥打到一大臉上。

「啊！」一大跳起，摸著臉，大叫，「誰丟我？」

「一大哥，是『泥巴蛋』丟的！」小虎說。

「『泥巴蛋』？」一大摸不著頭緒。

「泥巴蛋在底下滾石頭玩。」小虎又說。

「啊？」一大抹去臉上泥巴，低頭往石頭下看，隨又抬頭大喊，「喂，小勇、小丹快過來！」

「啪噠，啪噠……」小勇、小丹踩水跑來。

「你們看。」一大往一石頭下指。

「草人？」小勇說。

「泥人？」小丹說。

「一大哥，小勇哥，小丹姐，你們好，我們叫『泥巴蛋』。」

「啊？嘻嘻……」

三人笑看著石頭下的五個身體灰黑，約有人半個小腿高，似用泥巴和草裹成的泥巴人，兩眼草綠如彈珠般骨碌碌轉動，甚為有趣。

「『泥巴蛋』？哈，好，你們好，你們怎會知道我們的？」一大好奇。

「你們腳底一踏上溪床，我們就可從湧泉穴得知你們是誰了。」第一個泥巴蛋回答。

「喔，那麼厲害，那你們在石頭下幹什麼呢？」小勇問。

「滾石頭玩啊。」第二個泥巴蛋回答。

「怎麼玩？你們個子那麼小，怎滾得動這些石頭呢？」小丹問。

「小丹姐，別看我們人小，力氣可不小呵。五六個泥巴蛋用力一滾，這石頭會碰撞另一石頭，另一石頭再碰撞第三石頭，一路碰撞，最後一顆石頭被碰撞，會滾上那巨大石頭頂上，壓到上面的大右腳印，這溪裡就會石頭翻滾，轟隆轟隆的，好玩極了。」第三個泥巴蛋手舞足蹈回答。

「哦？」「是嗎？」三人心中大致明白，仍相當好奇小泥人的動作。

「那你們……怎不滾石上大石頭頂壓左腳印呢？」一大問。

「一大哥，當我們玩得一身髒累時，就會滾石上那大石頭壓左腳印了，接著泡溫泉洗澎澎，哈，爽呀！」第四個泥巴蛋笑嘻嘻回答。

「哈，正是，我們也玩過了，只是我們剛才是用腳去踩大腳印。」一大說。

「我們腳太小，踩大腳印沒效，你們的腳踩雖有效，但效果也有限，要滾這種大小的石頭去壓腳印，重量才剛好。」第五個泥巴蛋說。

「眞是聰明的小泥巴蛋。」小丹說，「你們可不可以教我們玩？」

「可以，要順著玩？還是逆著玩？」第一個泥巴蛋問。

「順？逆？有分別嗎？」一大問。

「順著玩，石頭繞著溪的東側滾上大石頂，壓到腳印，這山區的時間會加速前轉，順著打四次石頭，時間就會轉到明天此時。逆著玩，石頭繞著溪的西側滾上，壓到腳印，這山區的時間會加速倒轉，逆著打四次石頭就會轉回到昨天此時。」第二個泥巴蛋說。

「啊？這……那……」三人好奇卻也猶豫。

「嗨，別想太複雜，順爲補，逆爲瀉，一順一逆，時間不就還原了？」第三個泥巴蛋說。

「哈，聰明，我們看你們玩。」小丹說。

「好，看著，先順著玩。」

五個泥巴蛋在近處找了一些圓石，跑上跑下，跑前跑後，睜一眼，閉一眼，似在瞄準，準備妥當，大喊一聲，「打！」

圓石立即滾出，「吭！」碰撞上幾公尺外的另一圓石，另一圓石滾出，再「吭！」碰撞上第三圓石，一路碰撞四、五顆，大約十多公尺後，有第六顆圓石被碰撞，直沿大石右邊爬滾到頂上，壓到上面的大右腳印，隨之見溪裡石頭泥沙翻滾了起來，轟隆有聲。

「哇哈！眞厲害！」三人大叫，跳著躲避翻滾的石頭。

「天變陰暗了？」小勇奇怪。

「是近黃昏了。」一泥巴蛋回應。

「啊？」三人愣住。

「再看著，逆著玩。」五個泥巴蛋在近處又找了一些圓石，跑上跑下，跑前跑後，睜一眼，閉一眼，瞄準妥當，喊一聲，「打！」

圓石滾出，「吭！」碰撞上幾公尺外的另一圓石，另一圓石滾出，再「吭！」碰撞上第三圓石，一路碰撞四、五顆，最後第六顆圓石被碰撞，直沿大石左邊爬滾到頂上，壓到上面的大右腳印，隨之見溪裡石頭泥沙停止翻滾，緩慢了下來。

「天又變回明亮了？」小勇四下看。

「時間還原到和原先一樣了。」一個泥巴蛋說，「圓石若壓到上面的大左腳印，時間也會同樣前轉倒轉，復溜順逆，不同的是右腳印會滾動石泥，左腳印會湧出溫泉。」

「太神奇了！」一大讚道。

「在這溪裡，有多少泥巴蛋？」小丹問。

「要多少有多少，泥土多多，隨變隨有。」

「可是你們怎清楚這些石頭、湧泉、大腳印……的事？」一大問。

「這溪名『大點溪』，因會飛沙走石又叫『走石溪』。傳說，此處以前不是水澇就是乾旱，搞得整個大山大林陰陽失調，元氣損傷。後有仙人教我們打坐練氣，於是成千上萬個泥巴蛋便開始打坐，一面祈福風調雨順，一面也修身養性。之後，仙人在大石頂上踏出兩大腳印，並傳授以山藥、茯苓等製成藥丸，裹以黃泥，做成圓丸石，六丸石碰撞，一滑二溜三撥四彈五按六摩，循經行絡復溜到湧泉。『亂念入靜心，靜心伏亂念』，而後，陰陽調和，山林回春。」一泥巴蛋說。

「哦？」三人只覺奧妙，引人深思。

隔了一會兒，一大突問，「嘿，那你們剛才丟我爛泥的是誰？」

「嘻，是我！」一泥巴蛋跳起跑走，大叫，「追不到……」回手又向三人丟爛泥。

「好小子，別跑！」一大抓了把爛泥丟回去。

小勇、小丹也跟著加入戰局，和好幾個泥巴蛋在溪床上追來追去互丟爛泥玩，嘻嘻哈哈的叫鬧。

「一大哥，上面林子裡有東西。」飛飛忽在一大耳邊叫。

「啊？」一大停下腳步，緊張上看。

「飛快的黑影！」飛飛補了句。

「啊？」一大更緊張了。

「一大，你在看什麼？」小勇靠近問。

一大四下看了下，沒地方躲，指向幾十公尺外的大石，「有黑影，小勇，叫小丹，快，我們上大石去。」

「汪汪汪……」

三條狗一起大叫起。

一大拉了小勇和小丹就往大石跑去，三人手忙腳亂，氣喘吁吁地爬上了石頂的平坦處。

「趴下。」有聲音傳來。

三人立即趴下，一大回頭看，「泥巴蛋？」見一泥巴蛋站在一旁。

接著聽見溪床上傳來更多狗叫聲，也聽見轟隆轟隆之聲，一圓丸石滾來頂上，壓過大右腳印，隨之見溪裡石頭泥沙翻滾了起來，天暗了些。

一大見小勇和小丹正一左一右趴在大石邊往下看，便爬向兩人，趴在小丹右側，見石頭在溪床上滾動，群狗正朝一黑影狂吠。

「那是……？哇！蕭默！」一大大驚。

「哪一個？」小勇問。

「哥，當然是狗朝著叫的那個，黑影一號。」小丹說。

一大扶了扶貓鏡，見有兩條黑影在溪床的石頭上追逐，「兩個？還都一樣快！」一大緊張看向四面八方。

「梅老師？」小丹指向黑影二號旁的人影。

「哇，眞是梅老師！」一大竟看到梅老師和黑影二號聯手攻擊黑影一號。

溪床上有石頭在滾動，有溫泉水在流動……

聽見轟隆之聲，一圓丸石滾來頂上，壓上大左腳印，水聲唰地停了。

「咦？」

一大看見一號黑影動作緩慢了下來，群狗立刻衝上朝那人狂吠，「沒水了，他兩腳會陷在泥地裡，跑不快。」一大念道。

「你們回宿舍去。」

梅老師的話低而有力傳來。

一大伸手入書包要拿引子帕，「小勇、小丹，梅老師叫我們回宿舍去。」

小丹忙伸手按住一大的手，「正精彩，別走。」

「這？……」一大遲疑，往下看，看到梅老師正和二號黑影聯手，輪番攻擊雙腳陷入泥地的一號黑影。兩人一下站立石上，一下又倒立以手支地用腳攻擊，輪番上陣，應是熟悉地形，看上去似乎比較不會因腳陷泥巴慢了動作。

「精彩，精彩！」小丹興奮。

「蕭默有幫手來了！」忽聽羊皮出聲。

「啊？」三人慌張四望。

「是卓發！」

一大看到一灰影衝入溪床，直攻梅老師，灰影身形像是卓發，一大催小勇、小丹，「喂，走了吧！不然危險！」

「不，我們下去幫梅老師！」小丹跳起。

「啊？」一大、小勇異口同驚。

「梅老師也須要幫手啊。」小丹說。

「小丹，我知道，可是憑我們？那……」一大面有難色。

小丹不理，三兩步便往大石下衝去，「妹……」小勇立刻追了下去。

一大停了兩秒，正要跟上，忽雙腳離地，心中大驚，卻聽到嘶嘶聲，低頭看不到自己形體，只覺背脊一熱，騰空飛起，直向溪中蕭默和卓發方向衝去，只聽小虎小聲說，「一大哥，是蚯蚯和喳喳。」

「哦？」

一大不明就理，一接近蕭默和卓發時便手腳齊上，又踢又打，也不知有沒有真的踢打到他們，但感覺到在蚯蚯喳喳加持下，力道甚是強大。

一大另瞥見有許多泥巴及小石打向蕭默和卓發，搞得蕭默和卓發頻頻慌張招架。

沒多久，蕭默和卓發兩人不再戀戰，邊打邊退，退到一個邊坡，一躍而下，消失了。梅老師和黑影二號追趕上去，小勇、小丹在滾動的石頭上跳躍，也想追上。

一大想那黑影蕭默就是叔叔林志新，實在聯結不上，忽聽到「呼～呼～」兩陣強風一掃，看到小勇、小丹隨風飛起。

一大隨之見到了自己形體，已站到大石頂上，小勇、小丹也來到身旁，傻愣站著。

「一大哥，我和喳喳去把麥片、胡桃、彈簧也弄上來。」

一大聽到蚯蚯說話，一轉眼，麥片、胡桃、彈簧也上來了。

「一大哥，你們先用引子帕回去，這裡泥巴蛋會善後。」

又聽到蚯蚯說話，一大便在書包中摸出太極電和引子帕，和小勇、小丹、羊皮及三隻狗靠攏一塊，念著「雲霧中學老師宿舍」，用右手小拇指按了下太極電開關，對著帕子照去。

「咻～咻～」三人三狗加一鬼全進了引子帕，在風聲中飄飄渺渺而去。

很快到了老師宿舍，羊皮先飄走了，三人剛站定，卻聽見一聲，「去溪裡玩啊？」

「啊？」三人大驚，竟見梅老師和梅師母站在家門口微笑看著三人。

「梅……老師、梅……師母，好，你……我們……那……」三人簡直語無倫次。

「玩得一身泥水，快回家去洗洗乾淨，要吃中飯了。」梅師母說。

「喔……喔……」三人慌亂點頭，一大這才發覺他們三人竟是站在梅老師的家門口，趕緊推了小勇、小丹往崔家走去，嘴上念著，「怎是梅老師家門口？他們……怎那麼快就回到家了？」

三人三狗在後院沖洗著，一大蹲下問麥片，「麥片，我問你，和梅老師一起出現的黑影人，他的味道……你聞過嗎？」

「唔，要問梅老師。」麥片說。

「問梅老師？算，算了。」

一大看時間已是中飯時刻，喊了聲，「喂，我先回寢室換乾衣服去，你們先去餐廳。」衝回寢室，換了乾衣服再去餐廳。

餐桌前喘嘘嘘坐定，一大見土也、阿萬、曉玄三人六眼盡是疑問地看看他又看看小丹。

只見小丹笑笑說，「嘻，都是一大，他來我家玩水，還和我哥幫狗狗洗澡，弄得一身都是水，看，頭髮都溼了，呵……」

土也看看小丹，疑問，「不是吧？小丹騙人……」忽摸臉大叫一聲跳起，「誰丟我？他！又是孫……」

一大一看，驚見土也臉上竟有一小糰爛泥。

一大立刻明白，看了小丹一眼，拉了土也坐下，「土也，不是孫子他們，是……小……小虎在玩泥巴不小心跑你臉上去了，對不起。」拿了衛生紙幫土也擦臉。

土也悻悻坐下。

吃完飯，一大追上小丹，「小丹，妳還帶了泥巴蛋回來？」

「噓，就一個，嗯，哥也有一個。」

「哇哈，你們？……」

「哥那個叫『泥巴』，我這個叫『泥蛋』。」

「好傢伙！」

三十九、銅鏡爺爺和魁星爺爺

隔幾天的一個晚上，一大帶了麥片、胡桃，戴上貓鏡去和羊皮練功。練完功後一起晃去崔家。走著走著，見雲霧散去，滿天星星低掛，閃閃爍爍的似乎觸手可及，心情大好。到了崔家門口，看小丹低頭坐在門階上，很專注的樣子。

「小丹，妳在幹嘛？」一大走近。

「哦，擦銅鏡。」小丹抬了下頭。

「怎不在屋裡擦？」

「屋裡有點悶。」

「喔，我和羊皮一起來。」

「等我一下，快好了。」

兩個泥巴蛋蹦跳而來，「一大哥，羊皮哥，你們好。」

「哈，是泥巴和泥蛋，你們好。」一大回應。

羊皮看到泥巴蛋很是驚訝，一大說是小勇和小丹從大點溪帶回的，才恍然一笑。

「啊？」一大、羊皮和泥巴蛋同聲一叫。

「幹嘛呀？」小丹抬頭看一大。

「小丹，妳快穿上呱呱黑羽衣。」一大說。

「喔。」小丹朝屋裡喊，「哥，幫我把呱呱黑羽衣拿來，謝謝。」

「好。」小勇很快跑來，將黑羽衣拿給小丹穿上，自己也穿了，向一大和羊皮搖下手打了招呼。

「咦？」小丹看著手中銅鏡，「銅鏡在冒煙？」

見一縷藍煙自銅鏡中冉冉飄出。

「哇！」大家驚叫，盯看銅鏡。

銅鏡中竟顯現出一圓臉大耳白髮白髯老翁，張口問道，「崔一河呢？」

「啊？他，他出去了。」小丹回應。

「偷懶，那麼久沒給爺爺我擦臉了。」

「我，我來幫爺爺擦臉。」

「嗯，妳是崔一河的女兒，崔少丹？」

「是啊。」小丹驚喜。

「女孩兒心細，應該不會忘了給爺爺我擦臉。」

「是，爺爺，那您是誰？」

「我是這銅鏡的主人，妳叫我『銅鏡爺爺』便好。」

「是，銅鏡爺爺，您怎會住在銅鏡裡？」

「這銅鏡名叫『銅星圓』，銅鐵的『銅』，星月的『星』，方圓的『圓』。是我一手打造命名的，時刻相處之餘，人與鏡早已精氣神相通，爺爺我肉身滅後，幾百年來都住在這裡頭，沒離開過。」

「哦？爺爺，我能從鏡裡看到我爸，還有好玩的溪谷。」

「妳打坐練氣，將來更上層樓，會看到更多。」

「是嗎？」

「妳可在像今晚這樣的星光下，用乾淨的布擦拭銅鏡，好好予以照顧，妳也會和銅鏡精氣神相通。」

「嘻，好，我一定會好好照顧它。」

「嗯，妳爸爸上知天文下知地理，許多知識可是從我的鏡中學習的。」

「是哦？」

「只不過……金錢一關他悟不透，可惜了，唉！」銅鏡爺爺搖頭。

「那……？」

「罷了，妳爸爸命該如此，妳可要好好的向內修心，至於身外之物啊，別強求。知道嗎？」

「知道，銅鏡爺爺。」

「席復天、崔少勇、羊立農、泥巴蛋，銅鏡爺爺在這也祝福你們全都身心健康愉快。」銅鏡爺爺向大家問候。

幾人驚喜銅鏡爺爺知道他們的名字，七嘴八舌回應，「銅鏡爺爺，謝謝。」「祝爺爺每天都快樂。」「歡迎爺爺常來。」……

「好，好，呵……」銅鏡爺爺笑笑，忽轉頭說，「哈，我的老朋友『魁星』來了。」

「啊？」大家又一陣驚訝，見銅鏡上顯現出幾顆閃亮耀眼的星星，「星星！」小勇指著說。

銅鏡爺爺旁邊出現了另一人，靠上前說，「我是『魁星爺爺』，你們剛才看到的七顆星是北斗七星，北斗七星的第一顆到第四顆便叫『魁』，別看魁星爺爺我相貌醜醜，我是來點化你們今後讀書愉快，文筆精進，考試順利，金榜題名的。」

「魁星爺爺他可是才華洋溢的天上文曲星，讀書文筆方面，你們可以多多向他討教。」銅鏡爺爺說。

只見魁星爺爺右手一揮，好多小星星飛撒向大家，「哇！」大家臉上全是驚喜。

「你們平時打坐練氣習武，魁星爺爺今天給你們增添點文氣，將來也好允文允武。」魁星爺爺笑說，「來，崔少丹、崔少勇、席復天、羊立農，你們都伸出右手，手掌朝上。」

「哦？」小丹、小勇、一大、羊皮互看一下，伸出了右手。

「咦！」「哇！」「嘻！」幾人手上忽地各出現了一枝毛筆，筆柄的頂端綴著一顆閃亮的藍色小星星，大家看了嘖嘖稱奇，愛不釋手。

「你們手上的是『魁星筆』，這枝筆可以啓發你們在詩詞歌賦、散文小說、卡通動漫、畫圖寫生等等文藝創作的潛能。」

幾人驚喜握著看著手上的「魁星筆」。

「好了，小朋友們，銅鏡爺爺和魁星爺爺該走了。」銅鏡爺爺說。

「如果我們想兩位爺爺的話，怎麼找爺爺呢？」小丹即問。

「在星光下擦拭銅鏡，叫一聲我就來。」銅鏡爺爺說。

「星光下用魁星筆在銅鏡上點七個星點，我就出現。」魁星爺爺說。

「嘻，太好了。」大家笑嘻嘻。

「那，下回見了。」

一股藍煙吸回銅鏡之中，銅鏡爺爺和魁星爺爺同時消失了。

「爺爺，再見。」

幾人告別兩位爺爺，愣了好一會兒，才回屋去。

羊皮先走了，睡覺前，一大、小勇、小丹三人在客廳打坐。

一大正在搓手收功時，忽覺背後有人，同時，也聽到小勇、小丹的搓手聲突然停了。

黑暗中，一大心慌在想要如何應付，但旋又告訴自己甭想了，能這樣無聲無息坐到自己背後，沒驚動狗狗，也沒驚動梅老師，那，不是高人便是高鬼，算了，順其自然，甭想如何應付了。

忽聽小丹大叫一聲，「奶奶！」一大嚇一跳，猛回頭，靠一絲光線看出眞的是一大爺爺和一大奶奶，他們倆正盤坐在三人身後。

「呵呵，看咱們孫兒孫女多用功啊，好，好。」爺爺笑說。

「呵，沒嚇到你們三個吧？」奶奶說。

「我開燈。」小勇跳起，開了燈。

「爺爺奶奶，您們怎晚上來這？」一大問道，和小丹扶了爺爺奶奶坐到椅上，小丹坐奶奶身邊，一大坐爺爺身邊。

「爺爺奶奶想你們，你們又不方便出學校，所以我們就自己來啦。」奶奶說。

小勇倒了茶來請爺爺奶奶喝。

爺爺說，「前幾天你們都去了一有湧泉的大點溪玩啦？」

「啊？是，是。」三人驚訝。

「去大點溪裡滾復溜石，和腳底湧泉連成一氣，加強你們身體的氣場，氣場強了，飛沙走石也定得下去。」

「哦？是……」三人點頭。

「爺爺，那條溪棒極了，可惜我們玩得正開心，卻碰上蕭默和卓發來搗亂。」一大說。

「有梅老師、泥巴蛋、靈蛇幫忙，你們不也就沒事了，呵呵。」爺爺笑說。

「喔。」，「是。」

三人心中有數，反正爺爺對什麼事都清楚。

小丹說，「爺爺奶奶能神不知鬼不覺就來到這裡，那，我們的畢業典禮，爺爺奶奶可要來參加喔。」

「小丹，爺爺奶奶清淨慣了，你們的畢業典禮人多，爺爺奶奶不會習慣的。」奶奶摸摸小丹的頭。

「哎唷，那，那……」小丹向一大使眼色。

「爺爺奶奶，我們……」一大幫勸。

「你們聽爺爺說……」爺爺說，「你們的畢業典禮上會有人搗蛋。」

「啊？」三人吃驚。

「我跟你們奶奶來，就是要跟你們提個醒，你們和同學們到時候要各自小心。」

「啊？」三人又吃驚。

「佛珠裡的仙翁、軍士等等，因長年修佛積善，保護你們是沒問題，但請他們悍然出手教訓打擊壞人則有時會猶豫。」爺爺繼續說。

「呵，但也別太擔心，你們都會順利畢業的。」奶奶笑笑。

「是呵，你們都會順利畢業的。」爺爺補上一句。

「你們畢業後，有時間記得回來看看爺爺奶奶喔。」奶奶說。

「一定。」「當然。」

「好了，看到你們了，爺爺奶奶該回去了，你們早點休息。」爺爺說了便和奶奶起身。三人送爺爺奶奶到門口，小丹依依不捨流淚緊抱奶奶，好半天才分開。爺爺奶奶在夜暗中走去。

四十、初試魁星筆

三天後，早上第一堂課前，一大、土也、阿萬、曉玄、小勇、小丹聚在教室後面聊天嘻鬧。

「一大哥，你看羊皮他……」飛飛來一大耳邊說話。

一大隨即摸出了貓鏡戴上，靠上羊皮座位問，「咦？羊皮，你怎麼了？」

「哦？沒……沒事。」羊皮抬起蒼白又沉重的臉看著一大。

土也、阿萬、曉玄、小勇、小丹圍了過來。

「羊皮，是不是誰欺負你？」一大又問。

「沒……」看到幾個好同學都圍在旁邊，「嗯，他們要幫我辦畢業典禮。」

「他們幫你辦畢業典禮？『他們』是誰？」

「鬼王、護法他們。」

「啊？」一大吃驚，回頭向土也他們說，「羊皮說，鬼王、護法他們要幫他辦畢業典禮。」

「啊？」幾人也很吃驚。

「鬼……他們……也……畢業？」阿萬好奇。

「一大，你問羊皮，他們要怎麼幫他辦畢業典禮？」曉玄說。

一大正要問，聽到土也說，「老師來了。」

幾人各自回座去了。

一大上課時戴著貓鏡，偶爾朝羊皮看看。

井老師在台上講課，幾分鐘後，一大忽覺頭頂上方有藍色閃光，抬頭上看，「星星？大白天的？」

有點驚訝，再看，更驚訝，「有字？天花板上有字？」

教室天花板上出現了「一二三四五」幾個字。

接著又出現另一筆跡「你只會寫一二三四五？」

「下課再寫吧。」又出現第三筆跡。

一大戴上貓鏡看向羊皮，「羊……」羊皮手上拿了枝筆，正低頭憑空寫畫著，「啊？『魁星筆』！」

一大腦筋急轉看向左側的小勇，果然沒錯，小勇手上也拿了魁星筆在空中寫畫著，「小……」還沒叫出，立刻想到小丹，往前看去，正是，小丹手上也拿了魁星筆在寫畫。

「這幾個小子，嘿，魁星筆有這本事？」一大看井老師，又看土也、阿萬、曉玄，「他們沒看到？還是看不到？」

再抬頭上看，「《心經》？嘖嘖，好字！」一大看去，是用隸書體寫的《心經》，正在一筆一畫寫著。

「是小丹還是小勇？會用隸書寫《心經》？佩服，佩服！」一大直覺那是小丹或是小勇在寫《心經》，便仰頭欣賞那一筆一畫。看了幾分鐘，一時技癢，也摸出了魁星筆，試著在空中寫《心經》，用行書寫。

「嘿，眞的可以。」看天花板上顯現出他用行書寫的《心經》，一大有得意也有驚喜。

「一大別亂，羊皮在寫《心經》。」

「啊？」一大看到一行字，吃驚之餘看見小丹回頭向他搖食指。

瞬間，一大明白了，但又頗爲驚訝，「是羊皮在寫《心經》？他，哇，可是……？」看向羊皮，羊皮手上拿著魁星筆在空中寫著，很是專心，臉上還綻放著笑容。

一大仰著頭欣賞羊皮寫的《心經》，渾然忘我。

「嘎……」小虎爬上一大左手，一大低頭看，「小虎？幹嘛？」見小虎口中咬了一張紙條，忙取來看，「你們四個同學上課要專心。井老師。」

一大心中大驚，忙看向羊皮、小勇、小丹，他們全低頭在看，「他們也收到紙條了？」

快下課了，一大悄悄仰頭看，羊皮寫的整篇《心經》已完成了。

下課，土也在背後拍一大，「喂，一大，你上課時上下左右看什麼？」

「啊？喔，喔，在看羊皮寫《心經》。」

「羊皮寫《心經》？」

「嗯，可是……你看不到。」

小勇、小丹、阿萬、曉玄都走了來。

「嘿，各位不急，我先問問羊皮。」一大戴好貓鏡轉向羊皮，「羊皮，剛才是你在寫《心經》？還用隸書寫？」

「嗯，是我寫的，也不是我寫的。」羊皮自己也有著迷惑。

「我知道你大字不識幾個，我看是你用手上的『魁星筆』寫的。」

「嗯，很玄，是『魁星筆』，你說那是……隸書？」

「對啊，是隸書，寫得還眞好。」

「哈，是哦？帥呆了，那我，呵，可以畢業了！」羊皮拍手笑了。

「跟你畢業有什麼關係？」

「鬼王要我寫一百零八遍《心經》，隸書體的，寫好後便會幫我辦畢業典禮。」

「是哦？」

「你知道，要我背一百零八遍《心經》沒多大問題，但要我寫一百零八遍？我肯定寫不了，畢不了業。」

「可是鬼王爲什麼指定你用隸書寫呢？」

「好和你的行書、篆書寫的《心經》做區別。」

「好他個鬼大王！」

「其實，鬼王他說，主要是要我修身養性。」

「喔，是，也是，修身養性，修身養性。」

一大回頭對小勇、小丹、阿萬、曉玄、土也說鬼王要羊皮修身養性，寫一百零八遍《心經》，然後才好幫他辦畢業典禮。

幾人都想再問一些問題，第二堂上課了，仍是井老師的課。

井老師發下白紙，要每位同學寫下五十字左右的「畢業感言」，寫好了就交給老師，也提醒同學要記得寫上自己姓名。

一大和阿萬、土也互相看了看，三人都一副苦瓜臉。

一大轉看小勇時，看到小勇拿出「魁星筆」向他比了比。一大心中一喜，「對呵，好小子，我也來試試魁星筆的本事。」

一大手握魁星筆，正想要怎麼下筆，卻如有神助，沒五分鐘即寫下：

父母生我養我，師長教我育我，一日為師，終生為師，感恩雲霧中學的每一位師長，但願此生我能夠以我寸草之心報答師長們的三春之暉。

席復天

寫完，一大傻傻看著短文，又看看手上的魁星筆，暗想，「我能這麼快寫得出這樣正點的文章？今後得加把勁多讀些書了。這魁星筆好厲害，連墨汁都是自動的，嗯，感謝魁星爺爺。」望天雙手合了合十。

隔一會兒，老師走下講台，順手收了幾位已寫好之同學的紙張，包括一大的，一大注意到羊皮桌上的紙張也被老師收走了。

等全數同學交完紙張給老師，老師看完後宣布說，「老師看了同學們寫的畢業感言，都很不錯。老師現在念出老師認爲最好的五篇文章，讓同學們欣賞。」

「流水、行雲、霞光、晨昏、日夜……，轉眼間都會離會散，各位師長給我的愛，不但不會離不會散，還長住我心，讓我心深處永感溫暖。」

同學們鼓掌，老師說，「老師先不說這些文章是哪幾位同學寫的，等畢業典禮時，老師會請這幾位同學上臺當眾朗讀。」

老師接著念第二篇文章，「感恩雲霧師長們的諄諄教誨，幫助我們除惡念戒惡習，幫助我們奉善念做善事，領著我們一步一步邁向康莊大道。」

同學們鼓掌，老師念第三篇，「我無形但有心，在雲霧中學讀書，我深感與有榮焉，願在此發心發願，一天雲霧生，世世雲霧心，師長們，感恩。」

一大戴上貓鏡看羊皮，羊皮對他點頭笑笑，一大明白這文章是羊皮寫的，伸出右手向羊皮豎起大拇指給他一個「讚」。

老師念第四篇，「十年樹木，百年樹人，雲霧師長春風化雨，在我們成長的道路上爲我們披荊斬棘，陪伴我們走向人生正確的方向，謝謝師長們的愛護。」

老師念第五篇，「父母生我養我，師長教我育我，一日爲師，終生爲師，感恩雲霧中學的每一位師長，但願此生我能夠以我寸草之心報答師長們的三春之暉。」

同學們熱烈鼓掌叫好。

一大想哭，但強忍住了。

中飯過後，梅老師來到一大桌旁，「席復天，你和崔少勇、崔少丹待會兒在門口向老師報到。」

「是。」一大回答，有點迷惑地看向小丹，只見小丹霍地站起，「老師，有什麼事要我們做的嗎？」

「嗯，是阿壯和阿猛跑到我們學校裡來了。」

「喔～」小丹坐了下來。

老師一走，一大、土也、阿萬、曉玄忙不迭問小丹，「誰是阿壯和阿猛？」

「朋友。」小丹故弄玄虛。

「好朋友還是壞朋友？」土也追問。

「壞朋友！還壞透了。」

「啊？」幾人驚訝。

「小丹，妳怎惹上壞朋友的？」一大急問。

「我去會會他們。」土也說。

「我……也……去！」阿萬摩拳擦掌。

「小丹，妳說清楚點，是什麼壞朋友？」曉玄問。

「嘻，是鱷魚，兩條鱷魚啦！」

「鱷魚？」幾人又驚訝。

「那兩條鱷魚原先是住在楓露池塘裡的，嗯，看來，現在跑到雲霧來了。」

一大一聽，心中有數，但隨即又聯想到獨眼龍。

小勇走來，「妹，梅老師叫我們和一大去那個……」小勇欲言又止。

「哥，知道了，我們去找梅老師吧。」小丹站起。

土也、阿萬、曉玄看在眼裡，不知發生何事。

土也看看一大，「要不要帶個武器什麼的？」

「帶了。」一大也站了起。

「帶了？」土也懷疑。

「小虎。」

「小虎？」

「小虎是鱷魚的哥哥，後來減肥過度才……」一大詭笑一下。

「哈哈哈……」一桌大笑。

一大口袋中動了幾下，另聽到小翅啪啪嘻笑聲。

三人走向門口。

梅老師見三人來到便說，「那兩條鱷魚很是凶惡，指名要找席復天。」

「找我？」一大吃驚。

「嗯。」老師點頭，「老師知道崔少勇、崔少丹曾和牠們接觸過，也許可和牠們溝通。」

「那，老師，牠們現在在哪裡？」小丹問。

「老師宿舍，妳家門口。」

「哇！」三人同驚。

「走，去看看去。」梅老師往宿舍方向走，三人跟上。

還沒到宿舍便聽見狗叫聲，到了崔家門外，看到張龍老師帶著彈簧和麥片等狗狗守在門外約十幾步遠處。

小虎爬上一大肩膀，飛飛趴牠頭上。

「呱，一大哥，那兩條四腳大爬蟲說要取走你的小指頭！」

一大抬頭，見烏鴉呱呱棲在一旁樹上。

「呼，閉嘴！臭烏鴉！」

聽到一粗暴的吼聲傳來。

一大、小勇、小丹隨梅老師靠近崔家門口，探頭一看，「哇！」齊叫了聲。

「牠們又……長大了！」小勇驚訝地說。

只見兩條比大人身高還長的巨大鱷魚在門前張開大口露出白牙呼呼吼著。

「阿壯、阿猛，你們認得我吧？」小丹上前一步。

「當然認得，小丹姐，可是我們今天來不是找妳的。」右側鱷魚說。

「阿壯，我知道你們不是來找我，但你們幹嘛要找他？」小丹指一大。

「只能跟席復天說。」左側鱷魚說。

「一大哥，小心牠們的詭計。」

聽見烏鴉呱呱大叫提醒。

一大遲疑，回頭看梅老師，見梅老師點頭示意他上前。

「你怕什麼？梅老師已把我們定住，我們只剩說話的功能了。」右側阿壯說。

一大聽了便緩步走上前去。

左側阿猛忽說，「等下，叫你的那條四腳小爬蟲進我嘴巴，我說給牠聽，牠再說給你聽。」

「啊？」「嘎？」一大和小虎同聲吃驚。

「這……」一大爲難，「你幹嘛找小虎進你嘴巴？」

「防別人偷聽。」阿猛說。

「放心進去吧，自己兄弟又不會相殘。」阿壯補上。

「哇，誰跟你兄弟？嘎嘎……」小虎大聲叫道。

「你不否認你也是四腳爬蟲吧？」阿猛笑吼了下。

「我？好傢伙，我小虎可沒在怕。」

「小虎別上當，牠們吃葷的！」烏鴉呱呱大叫阻止。

來不及了，小虎已一蹦而出，跳入阿猛口中。

「啊？」眾人大叫一聲。

梅老師快速靠近鱷魚，伺機而動。

隔了一會兒，見小虎從阿猛口邊爬出，「嘎……噁……，你不刷牙也該漱口嘛，臭死了！」昏昏然爬上一大肩膀，在一大耳邊說了些話。

「梅老師，請解定放我們走吧。」阿壯說。

「好，但老師還是希望你們以後別再使壞，雲霧中學歡迎你們來此修身養性。」梅老師說。

「呼，再說吧。」阿壯緩緩地回著。

「小虎，臭阿猛剛才跟你說什麼？」小丹走來盯看一大肩膀上的小虎。

「嘎嘎……唔……」

「小丹姐，我問過小虎，小虎好像喉嚨卡住了，說不出那些話來。」飛飛說。

「什麼？」小丹不解，轉向一大，「一大，那你說。」

「唔，那……那……唔……」一大也說不出話。

小丹又轉向鱷魚大聲說，「阿猛你說，不然本姑娘對你不客氣。」

「小丹姐，別爲難我們嘛，他們恐嚇要吃鱷魚肉，我們挺害怕的。」阿猛說。

「你們也會害怕？信不信我也吃鱷魚肉？」

「妳吃素，才不會吃我們。」阿猛說。

「你？我宰了你們，但我不吃，可以吧，哼！」

「唉唷，別……別……」阿猛求饒。

「崔少丹，妳問也沒用，那些話指定說給席復天聽，璧小虎只能傳給席復天，若他們說給其他人聽，會發不出聲音。」梅老師說。

「啊？」小勇、小丹很是驚訝。

「人進不了本校，竟派了鱷魚來。」梅老師念了念，放走了鱷魚，請張龍老師將狗狗帶回犬舍，轉向一大、小勇、小丹，「來，你們三個跟老師回家一趟。」

四十一、單刀赴會

三人在梅老師家客廳坐下，梅師母拿了點心給大家吃，和大家說說笑笑，小勇、小丹心情輕鬆了些，但一大似乎仍心事重重。

半小時後，梅老師說，「這樣子，老師和師母一起陪你們打個坐，順便幫你們順氣調息。」

「……」三人雖有點訝異，還是都點了頭。

進到小房間，一大、小勇、小丹依次盤腿坐下，梅老師和梅師母盤腿坐在三人背後。

約一個鐘頭後，大家分別收功，梅老師說，「你們的氣都不錯，好，都回去休息吧。」

「好。」三人向老師和師母告辭。

小勇、小丹回家，一大回宿舍。

一大回宿舍路上，飛飛來說，「一大哥，梅老師要我跟你說，照小虎傳的話去做，別帶狗也別用引子帕。」

「啊？」一大站定，「梅老師說的？他還有說其他什麼嗎？」

「沒了。」

「喔。」一大向宿舍走去。

走進宿舍，土也、阿萬忙問一大事情怎麼了。

「哦，沒什麼，就兩條鱷魚亂闖校園，梅老師把牠們給弄走了。」一大輕描淡寫，「我去躺一下。」

躺到床上去了。

晚飯過後，一大揹了書包，穿上呱呱衣，戴上貓鏡，去操場轉了下便直奔地脈。

靠近地脈時聽到「嘶～」聲。

飛飛來說，「一大哥，是隱形的蚯蚯和喳喳，牠們說會分頭行動去幫你。」

「啊？這……，哦，牠們不是『人』。」一大自言自語，站上地脈說，「黃金小鎮。」

轉眼到了黃金小鎮，一大向地藏王菩薩行禮，一轉身便見到金豹隊長，金豹說，「一大，走，大隊鐵甲兵丁都準備好了，全都陪你去。」

「啊？豹哥，謝謝，可是，任何『人』不能跟，這……」一大面有難色。

「哈，金豹我和鐵甲兵丁是『人』嗎？」

「哦？喔，不是。」一大輕鬆了點，「可是，豹哥，你怎麼知道？這……」

「嘿，我這幽靈隊長幹假的啊？走吧。」

一大跟金豹走出山洞，「哇，那麼多？」視線所及，鐵甲兵丁黑壓壓地布滿了整個坑道。

「別管了，保護你最重要。」

「我……」

金豹手一抬，兩名勇壯兵丁上前將一大往肩上一扛，一大還沒搞清楚，已在漆黑中快速飄飛出去。

沒多久，聽到一聲暴吼，「停！」

一大還沒明白過來，便發現自己已坐在一張木椅上，肩膀被一雙勇壯的手壓制住，前有一長木桌，木桌對面赫然坐著獨眼龍！

「嘿，小子，來啦！」獨眼龍前傾一下皮笑肉不笑。

「姓崔的，你簡直是個大渾蛋！」一大大聲吼叫。

「呵，席復天，你小小年紀，還挺帶種的啊！」

「別廢話，你先放了崔媽媽再說。」

「笑話，你帶這麼多人來，還敢叫我先放人？」轉頭叫道，「阿猛，把我叫你傳給這小渾球的話再說一遍。」

陰暗中粗聲粗氣傳來，「『姓席的，我二嫂田星荷在我手上，今晚你一人到圖書館坑道的楓露出口，用你的兩隻小指頭來交換她，其他任何人不能跟來，否則老子我就殺了田星荷。』」

「聽到沒？那可是原音重現呵！席復天，你帶人來就是破壞規矩在先，所以也別想我會放了田星荷，但你的兩隻小指頭，我可是非要不可！」

「獨眼龍！這些是鬼，沒一個是『人』，你要我！」

「嘿，我要你？那些是死人，死人不也是『人』麼！」

「混蛋！」一大大罵。

獨眼龍不理，轉頭叫道，「把田星荷架出來，老子我剁了這小鬼指頭好祭她上路。」

「你！……」一大強自鎮定，打量了一下四周圍，這地方是坑道裡比較寬廣的一個空間，左右石壁上插了兩根燃燒著的火把，火把下的石壁旁，昏暗之中站著不少黑衣人。

兩個黑衣壯漢架著崔媽媽從石壁後走出，崔媽媽似乎很虛弱，被兩個壯漢半架半拖走近，一大用力站起喊道，「崔媽媽！」崔媽媽只輕輕嗯了一聲，一大兩個肩膀被勇壯的手強壓坐下。

「好了，就站那。」獨眼龍指示，兩個壯漢架著崔媽媽在獨眼龍右手邊約十步遠處停下站住。

獨眼龍揮了下左手，他後方另兩個黑衣壯漢走上前，獨眼龍說，「把這小鬼的兩隻手壓住，小心他指頭有小老頭保護，別直接剁小拇指，要從手腕下刀，一刀把他兩隻手給一起剁下。」

「你！……」一大心驚，見兩個黑衣壯漢的其中一人手上提著一把又長又亮的鋒利鋼刀走近。

瞥見金豹帶著鐵甲兵丁向獨眼龍及黑衣人一擁而上，一大立刻身子一矮想逃。

忽被一道強光閃眩眼睛，一大聽見獨眼龍狂笑，「哈哈哈，我早準備好了，太陽燈，專剋你們這些陰魂死鬼！誰敢過來？」

一盞光線超強的大燈從坑道頂上直射而下，坑道大亮，一大暗叫一聲，「糟！」回頭已不見了金豹及所有鐵甲兵丁。

一大的雙手立刻被一黑衣壯漢按壓在桌上，同時，見到另一黑衣壯漢高舉鋼刀砍下，「啊！」一大驚恐大叫，「蚯蚯、喳喳！」希望牠們能將他手隱形。

「鏘！」一聲，鋼刀在一片火花中反彈，狠狠回砍持刀壯漢的臉，壯漢悶哼一聲向後便倒。

一大一面吃驚，一面想著蚯蚯、喳喳怎還沒到。

獨眼龍大駭，向前猛地抓住一大雙手，狂吼，「手銬！你腕上有『天罡地煞』手銬？」自腰間拔出一把匕首，瘋狂刺向一大小指，一大的小指飛快移動，匕首「啪！」一聲斷成三截。

獨眼龍又大驚，「冰！火！手！我，我……絕不能讓你畢業！絕不能！他！混！他！^%$#&(#@$！」暴跳加暴吼，「抓！好！他！」

獨眼龍匆匆放下一大雙手，反過頭去衝到崔媽媽面前，大叫，「我先殺了妳！氣死我……」話沒說完，卻悶叫一聲，「唔！」抱住胯下痛苦蹲地。

一大見是崔媽媽飛起右腳猛踢了獨眼龍胯下一腳。

忽有一黑影迅雷不及掩耳出現並衝向崔媽媽。

「蕭默！」一大心中大叫，「完了！」

黑影左手一把抓了崔媽媽的右手就跑，身邊兩個黑衣壯漢還沒看清楚，崔媽媽便已脫手而去。

一大正疑惑，卻驚見另一黑影一閃而現，擋住黑影和崔媽媽的去路，喝道，「站住！」正說，只見左手抓住崔媽媽的那個黑影右手一揚，一白點強飛打向後黑影的右膝。

後黑影雙手叉腰，嘿嘿兩聲，「這『鋼絡天衣』，視而不亮，刀槍不入，暗器不透，天衣不縫，呵呵，我……」，才說幾句話突悶叫了聲，「噢！」右膝一彎，跛著腳靠到牆邊去。

前黑影左手拉著崔媽媽飛跑而去，同時將右手往天一揚，又打出一白點，「啪！」坑道頂上的大燈應聲而破，四下頓暗，只剩兩根火把還亮著。

金豹和鐵甲兵丁又蜂擁而現，衝向黑衣人，鏗鏗鏘鏘，打了起來。

一大找機會要跑，卻瞥見獨眼龍趴在地上匐匍前進，立刻探手入書包要摸出太極電，準備給獨眼龍好看，但見獨眼龍奮力往前一爬，猛伸手用力拉動壁上的一支木柄。

一大忽地腳下一空，瞬間往下墜落，「啊！」

「噗通！」身子一冷，「水！」一大二念不想，立即施起龜息法，雙手在黑暗冷水中拍打。

不意碰觸到一凹凸硬甲，一大心中大驚，「鱷魚！」

「我阿壯咬下你小拇指就大功一件啦！呵呼～」啪啦啪啦的水聲夾雜鱷魚粗吼聲在一大身旁翻滾打轉。

一大奮力用手一划腳一踢竄了出去，按亮太極電，探頭四看，自己身在一大水坑中，四面都是坑道石壁，慌亂中找不到出路，暗罵，「慘了，中了獨眼龍的機關，這怎麼出去？」

「嘶～」

一大忽被一股強大力量一掃，騰飛而起「哇！」，驚魂未定，聽見小虎說，「噓，是喳喳用尾巴捲你上來，我們在牠嘴巴裡了。」

「啊？」一大定定神，知道喳喳到了，且已幫他逃離了水坑，忙問，「崔媽媽呢？」

「飛飛去追，等一會就知道了。」小虎回答。

「小虎，剛才那說話的黑影，不是蕭默，我是說，不是林志新，不是我叔。」一大低聲說。

「哦？」小虎說，「嘿，飛飛回來了。」

一大感覺身體波浪般快速移動了起。

小亮點飛了來，「呼，一大哥，我追不上蕭默，崔媽媽不見了。」

「崔媽媽不見了？那我得去找她。」一大急說。

「嘶～，此地不宜久留，我們得立刻回校。」

「蚯蚯？」一大聽出蚯蚯的聲音，「蚯蚯，叫喳喳停下來，我來就是要救崔媽媽回去的。」

「你追不上蕭默，那黑影。」

「可是……」

「先回去再說。」

沒幾分鐘，當看到外面的一點亮光時，「到學校餐廳門口了。」蚯蚯說。

「哦？」一大只好跨出喳喳嘴巴，回頭對著隱形的雙蛇說，「喳喳，蚯蚯，謝謝，再見。」

「嘶～，一大哥，再見。」

一大向宿舍慢慢走著，低聲說，「飛飛，我們再回去找崔媽媽……」

「一大哥，要晚點名了，先回宿舍吧。」

「晚點名？那，可是……」一大一抬眼看到宿舍門口站著梅老師，一嚇停步，「梅……梅老師，晚安。」

「哦，席復天，回來啦。去洗澡，早點休息。」梅老師上前一步，上下仔細看了看一大，「你沒事，嗯，崔媽媽已回家休息了。」

「啊？」一大愣住。

「要熄燈了，快洗澡去。」

「喔，是，老師，晚安。」一大走入寢室。

洗完澡，土也、阿萬已熟睡，一大摸黑躺到床上，無法入睡，腦海裡盡想著一堆剛發生的事，兩手互摸著左右手腕，又互摸著兩手小指，越想疑問越多。

四十二、崔媽媽失憶

「起床了！」

一大聽見土也的聲音，睜開眼睛。

「起……床了……啦！」

聽見阿萬也在催。

「哦。」一大起床，「好睏……」打了個大呵欠。

「昨晚去夜遊哦？」土也拍了下一大的肩膀，「小勇和小丹來找過你。」

「喔，知道了，我洗臉去。」一大拿了臉盆牙刷走出寢室。

漱洗完，一大在寢室外撞見小勇和小丹，小勇迎上便說，「一大，我媽昨晚回來了。」

「喔，你媽回來了。」一大隨口應著。

「可是，我媽……好像……」小丹用右食指在右腦門邊上畫了兩個圈圈。

「崔媽媽她怎麼了？」一大奇怪。

「好像……失憶了，記不起事情了。」小勇說。

「失憶？」一大很是奇怪，「那，我……吃完早飯……去看她。」

早飯吃過，一大和小勇、小丹快步走向崔家。

崔媽媽一人坐在客廳，見三人進屋，只略抬手打招呼。崔媽媽沒說話，三人就傻傻站在崔媽媽面前，也沒說話。

「梅老師說，我媽需要多休息。」小丹向一大說。

「喔。」一大看著面色略顯蒼白的崔媽媽，本有事想問也不好問了，只暗罵，「都是獨眼龍害的。」

三人看時間不早，便匆匆上課去了。

上課時，小虎含了一小紙條給一大，小聲說，「一大哥，是從你口袋裡拿到的。」

一大訝異，打開紙條，掉下一顆米粒，「米？」撿起米粒再看紙條上寫的字，「復天，崔媽媽謝謝你，昨晚之事別跟小勇、小丹或其他人說。」

一大暗驚，「崔媽媽放了紙條在我口袋裡？」突想到，「那白點是米粒！哇，那……」胡思亂想一通，想到入神。

「咦？」似有東西碰了右耳一下，一大伸手摸了下右耳，落下一顆東西，一看，「啊？米！」一大大驚，往講臺望去，只見教中醫藥理的全老師正在說，「糙米比白米營養豐富些，同學要專心上課，才能記住老師所講的。」

一大腦海一陣混亂。

下課時，小勇、小丹和土也、阿萬、曉玄、一大湊在一起閒聊，聊到崔媽媽，小丹低聲說，「昨晚梅老師陪我媽回家，但是我媽她忘了她去過哪裡，忘了她做過什麼事，好像失憶了。」

「暫時失憶吧？會好的。」曉玄安慰小丹。

「如果崔媽媽還認得人，就不算是完全失憶。」土也補上。

「別……擔心，也許……明……天就……好了。」阿萬附和。

飛飛來跟一大說，「羊皮問你們在聊什麼？」

一大戴上貓鏡向羊皮說，「我們在聊小勇、小丹的媽媽，她好像失去記憶了。」

「哦？那幫我安慰一下小勇、小丹。」

「好。」

一大將羊皮安慰的話轉告給了小勇、小丹。

老師來了，大家回座。

中飯時，小宇拿著手機來一大這桌幫大家拍照，「這些照片我會一輩子好好保存，畢業前呢，我整理好再 email 給你們。」

小勇也湊了過來，幾人嘻嘻哈哈的互拍了好多照片。

一大遠遠看到白手伯伯在廚房忙著，吃過飯，就繞了個圈走近白手伯伯。

「白伯伯您好，在忙啊？」一大笑著打招呼。

「喔，一大，最近課業身體各方面都好吧？」白手抬了下頭。

「都好，都好，謝謝白伯伯。白伯伯，您需不需要幫忙？」

「幫忙？不需要，不需要。」白手繼續幹活。

「喔，對了，白伯伯，您上次那一粒米的功夫……」

「怎麼了？」白手停下，好奇地看著一大。

「沒，因爲我不能出校，沒人教，所以就自己練，好難練哦。」

「哦，沒人教，是難練些。」

「學校裡除了您之外，還有誰會一粒米的功夫？」

「每個老師都，嗯，多少都會。」白手搖了搖手，「不過，這功夫，力道不足就傷不了人，力道太過就會打死人，不是每個老師都做得到收放自如的。」

「誰比較厲害又能收放自如，我想請他教教我。」

「梅老師，喔，這玩意兒是屬於攻擊性功夫，學校現在沒開課教學生了。」

「哦？那，算了，我都快畢業了，算了。」一大聽到梅老師三字，也不敢多想。

「畢業後，可以找你爸教你啊。」白手突冒出一句。

「我爸？我爸會這功夫？」

「呵，你爸啊，一等一的，快準外還帶慈悲，收放自如又不致人死。」

「啊？」

「尤其他穿上天衣時，更是神準！」

「天衣？」

「你爸有件黑漆漆的鋼絲衣，好像叫什麼……『鋼……絡天衣』，對，鋼鐵的『鋼』，脈絡的『絡』……」

「……」

「有一次，你爸穿上天衣，站在十幾二十步外，要我手捏一根米粉絲垂著，他一粒米打來，咻！呼嘯而過，呵，勁道十足，米粉應聲而斷，我佩服極了。」

「……」

「畢業典禮，你爸會來參加吧？好久沒見到他了。」

「哦，應該……會吧。」

「呵，那好，白伯伯忙去了。」

「哦。」

白手走了，一大愣了許久才緩緩走開。

當晚，一大穿上呱呱衣，戴上貓鏡，帶了麥片和胡桃去操場練功。

遠遠看到羊皮在操場上站著，一大奇怪走上前，「羊皮，這麼早來啊？」

「我是在等你。」

「等我？怎麼了？」

「金豹隊長來找我，問我你怎麼樣？」羊皮小聲說。

「哦，豹哥？」

「我說你很好。」

「哦。」

「他又問我有沒有聽到小丹媽媽的消息，我說你說小丹的媽媽失去記憶了。」

「哦？豹哥怎麼說？」

「沒說什麼就走了。」

「哦？」

一大若有所思。

「一大，我一百零八篇《心經》寫完了，鬼王對我讚賞不已。」羊皮轉了話題。

「好小子，再多讀點書，多識些字，鬼王會更讚賞你。」

「呵，是。」

「欸，上次你提的地下畢業典禮現在怎樣了。」

「喔，忘了跟你說，我的畢業典禮訂在六月十一日下午三點。」

「六月十一，哦，比我們的早幾天，地點呢？」

「十二層樓。」

「十二層樓？」

「嗯。」

「欸，你以前說過鬼王住在十二層樓。」

「好像是吧，那特別空間我沒去過。」

「哦？」

「到時你們幾個都會來參加吧。」

「那還用說。」

一大和羊皮一起練功，練完後，一大走向崔家。見小勇、小丹坐在客廳，一大向兩人打招呼，小聲問道，「崔媽媽休息啦？」

「梅師母把我媽接去她家了。」小丹懶懶地說。

「哦？梅師母把崔媽媽接去了？」

「嗯。」兩兄妹點頭。

一大在一椅上坐下，「羊皮剛才說，他的畢業典禮在六月十一日下午三點。」

「哦。」兩兄妹隨口應了聲。

「比我們的早幾天。」

「哦。」

「地點在十二層樓？」

「十二層樓？那麼高？」小丹有了興致。

「高？哦，我不清楚。」一大沒想過高不高的問題。

「就羊皮一個人，我是說，羊皮，一個鬼，也辦畢業典禮？」小勇也有了興致。

「哦，我也不清楚。」一大搔頭，「反正，管他的，我們去參加就是了。」

「一大，我們畢業後去讀高中，那羊皮畢業後去哪？」小丹問。

「嘿，這，我不瞭。」一大雙手一攤。

「妹，鬼界很多怪異事是我們人不會知道的啦，管那麼多。」小勇說。

「哥，羊皮是鬼，可也是我們好同學呀，我關心他嘛。」小丹小高嗓門。

「喂，好了，好了，見了羊皮再問問他吧。」一大打圓場。

「我看羊皮自己也未必曉得。」小丹又說。

一抬頭見梅師母和崔媽媽回來了。

三人站起打招呼，小勇、小丹上前攙扶媽媽。

「扶媽媽回房休息。」梅師母向小勇、小丹說。

梅師母轉向一大，「復天，晚了，回宿舍了。」

「喔。」一大隨梅師母走出崔家。

梅師母在門口小聲說，「昨天陪你們打坐，梅老師便看出了崔一海找你換崔媽媽之事，所以安排了雙蛇和金豹保護你，牠們不是『人』。」

「原來……」

「沒嚇到你吧？」

「沒，只是崔媽媽她……」

「別擔心崔媽媽。」

「喔。」

「崔一海的花招多，你要多留神。」

「喔。」

「好了，回宿舍去吧。」

「好，師母晚安。」

「晚安。」

四十三、一腳踢昏孫子

吃早飯時，一架紙摺的飛機飄飛到一大他們的飯桌上，一大手快，拿了便攤開來看。見白紙上畫了一朵紅玫瑰，旁邊有字，「獻上一朵紅玫瑰，丹紅相輝映，花嬌人更美。」

一大一看，火冒三丈，一旁探頭看的土也吐了下舌，噤聲不語。

「一大，那是什麼？」曉玄問，一伸手將紙張拿去。

「哇！」曉玄一看，忙低頭和小丹竊竊私語。

阿萬好奇，「你們……看……什麼？」

一大努力深呼吸幾次，強顏歡笑，「呵，沒什麼，吃飯。」低下頭吃飯。

此時背後竟傳來孫子聲音，「方曉玄，不好意思，紙飛機不是給妳的，請交給崔少丹，謝謝。」

一大霍地站起，「孫子，你他！欺人太甚！」轉過身抬手就揮，喀，手被手銬牽制，伸不開。

孫子趁隙反將一大猛地一推跌坐到餐桌上，碗盤乒乓歪倒，一大仰坐餐桌上，順勢揚起右腳一踢，

「唔！」孫子悶哼一聲，隨即向後倒去，吭噹帶倒一張椅子。

一大起身，見校長和梅老師已來到眼前，張龍老師蹲到地上探看倒在椅旁的孫子。土也、阿萬、曉玄、小丹和其他同學全都站起。

梅老師將曉玄手上紙張拿去，看了看，搖搖頭，將紙張交校長看。

張龍老師站起，向校長和梅老師說，「孫成荒下巴有破皮外傷，昏過去了，似乎一時醒不過來，最好送醫院檢查。」

校長和梅老師也蹲下看孫子，隔了一會，校長對梅老師、張老師說，「你們送他去山下醫院好了，怕萬一有腦震盪什麼的。」

張老師去開車，梅老師抬頭說，「席復天、陳永地，你們來幫忙扶孫成荒上車。」

一大和土也默默地上前扶起了癱軟無力的孫成荒，走出餐廳並扶他上車。臨上車，梅老師靠近一大說了些話才上車離去。

一大和土也愣站了一會兒，土也忽呵呵一笑，「呵，一大，眞有你的，快畢業了還賞了孫子一大腳！」

「別逗了，土也。」一大悻悻然。

「欸，剛才梅老師跟你說什麼？」

「還能說什麼？他說⋯⋯我畢不了業了。」

「什麼？」

「他說孫子若傷得嚴重，我就畢不了業了。」

「哇哈，那我們以後回來還找得到你，太好了！」

「你……」一大不想多說，轉頭向宿舍走去。

第一堂上課前，阿萬、曉玄、小丹、小勇走來安慰一大。土也倒高興，「各位同學別難過，一大要是畢不了業，以後我們回來還找得到他，應該高興才是。」

一大苦笑，「小學畢不了業，現在連中學也畢不了業，真是糗到爆。」

羊皮從飛飛處得知一大踢傷孫子可能畢不了業，笑說，「飛飛，你轉告一大，我去拜託鬼大王多弄一張畢業證書給他，那至少可代表他這三年中學沒白混。」

一大聽了飛飛的轉述，也只苦笑，搖搖頭，坐下等上課。

第一堂下課，一大去洗手間，回來的路上聽到，「呱，一大哥，來一下，有情報。」

一大抬頭，呱呱正從他頭上飛過，他追上去，到教室後的林中僻靜處，見呱呱棲在低枝上，「呱呱，我可能畢不了業了，心情不好，你的情報最好能讓我心情好些。」

「呱哈，烏鴉嘴恐怕說不出讓人心情好的話。」

「那就別說了。」一大搖搖手，「我回去上課。」轉身要走。

「欸，等等，崔媽媽的事也不想聽？」

「崔媽媽的事？」一大停下，轉回身，「嘿，想聽。」

「崔媽媽失憶了。」

「唷，都舊聞了。」

「舊聞？阿壯阿猛說是新聞，唬我，臭四腳蛇！」

「阿壯阿猛？怎會是牠們跟你說？」

「我聰明頂呱呱，沒兩下就唬得牠們一愣一愣，什麼事都跟我說了。」

「喔，哈。」

「牠們說崔媽媽失憶，就不會接幽冥高中校長了。」

「接幽冥高中校長？」

「嘿，這算新聞吧？」

「你說清楚點。」

「崔一海要崔媽媽接下幽冥高中校長。」

「啊？不懂。」

「鬼王計劃辦一所幽冥高中教育少年鬼魂，原本希望有辦學經驗的崔一河死後去當校長，但崔一河被你爸延長了壽命，到現在還沒死。而崔一海等不及，怕別人捷足先登，便抓了同樣有辦校經驗的崔媽媽，要她答應先接下幽冥高中校長位子。」

「要崔媽媽接？一定另有詭計。」

「正是，崔一海好掌控黃金小鎮。」

「笑話，獨眼龍也想得太天眞了，黃金小鎭哪有那麼好掌控？」

「幽冥高中成立之後，就會養育成一批鬼魂子弟兵，崔媽媽或崔一河當校長，那崔一海的手伸入黃金小鎭就會方便許多。」

「喔，所以獨眼龍抓住崔媽媽，再騙我去要砍下我的小拇指，一連串的計謀就是爲了要掌控黃金小鎭？」

「沒錯，到最後，崔一海會像奪取楓露中學一樣，趕走崔媽媽，自己當家。」

「獨眼龍那個混……」聽到上課鐘響，「呱呱，我上課去了，再見。」一大匆匆跑了去。

「一大哥，再見。」

上課時，一大戴上貓鏡看向羊皮，忽心中一動，「羊皮畢業後，會進幽冥高中？」繼而心中一冷，「獨眼龍早就盤算好要弄死崔媽媽了？崔媽媽死了才能當幽冥高中的校長？」悄悄往小勇、小丹方向看去，難過之情油然而生，「崔媽媽又不要我告訴小勇、小丹她的事，唉！」繼而猛搖一下腦袋，「別想那麼多了，上課。」

中飯時，一大望向教師席，看少了梅老師和張龍老師，但多了一位灰衣老僧端坐在校長身旁。

「那位老和尚是誰啊？」小丹先發問。

一大、土也、阿萬、曉玄都搖頭。

飯中，校長起身宣布，「各位同學，今天很榮幸，校長身旁這位『萬覺』法師雲遊至本校，預計停留到明早，請大家鼓掌歡迎他。」

同學們鼓掌，『萬覺』法師緩緩站起，雙手合十向同學微笑致意。

「今天下午兩點到四點，『萬覺』法師在本校有一個佛學講座，請全體同學午休後前往禪房聆聽。」

同學們再一次鼓掌，校長和法師一起坐下。

「聽佛僧講佛，一定受益良多。」曉玄說。

「我也這樣認爲。」小丹附和。

土也、阿萬，兩人沒表示意見。

一大只想著梅老師和張龍老師及孫子還沒回來，心中忐忑不安。

吃完飯，阿萬說，「兩點要聽我爺爺講佛，我得早點回寢室睡一下，免得待會兒打瞌睡被爺爺罵。」

「你爺爺？」土也不瞭，拍了下阿萬肩膀。

「老……和尚……也……姓『萬』。」阿萬笑笑。

「哇哈哈……」

大家哈哈大笑散去。

回到寢室，一大見書桌上有一紙條，一看大驚，「席復天，跪下，半小時後自行起立。另以毛筆楷書抄寫《心經》108遍及寫『孫成荒對不起，我不該用右腳踢傷你』1000遍，一星期內寫好交給梅老師。」

一大「咚」地跪了下地。

土也及阿萬奇怪，上前拿過紙條看，土也念了念，「哇，梅老師回來啦？」

「中飯……時……沒看……到……他呀？」阿萬說。

「沒看到梅老師可不代表梅老師不在。」土也說。

「也……是。」阿萬四下看看。

「看來孫子他受傷不輕。」土也對一大說，「這次懲罰好像比以前重。」

一大只默默地搖了搖頭。

「我……去……睡一……下。」阿萬向他的床走去。

隔了一會兒，土也也回他床躺下養神去了。

一大跪了半小時，悻悻起身，坐到書桌前，拿出紙筆，正要磨墨，停住，伸手去書包裡摸出了魁星筆。

「楷書不熟，還是請魁星筆幫忙。」手握魁星筆，一大正襟危坐，默念，「魁星筆，請幫我用楷書抄寫《心經》。」一筆一畫，寫了起來。

沒多久便寫好了一篇，「嗯，不錯，真不錯，魁星筆厲害，真厲害。」一大看了紙上用楷書寫的《心經》，嘖嘖稱奇，很是滿意。

另鋪一紙，寫下，「孫成荒對不起，我不該用右腳踢傷你」。

「一千遍？眞他……」一大心中甚爲不爽，頑心忽起，「右腳踢傷你？那，嘿……」抬起右腳，把鞋襪脫了，要將魁星筆夾在大、二腳趾間，「是右腳踢傷你的，就用右腳寫還你，那才眞對得起你，嘿……」

當魁星筆碰到腳的一刹那，有藍光閃動，「咦？」一大低頭看，除筆頭星光外，腳底還有幾點藍色星星出現，隱約閃爍。

「阿萬，快兩點了，起床。」

聽到土也在叫阿萬，一大將右腳鞋襪穿回，收拾好紙筆，隨土也、阿萬向禪房走去。

四十四、萬覺法師

萬覺法師盤腿坐在禪房前方，面對著兩班同學。校長、老師們則散坐禪房兩側。同學們大致按學號順序坐下，一大和小勇、小丹、土也、阿萬、曉玄比鄰盤坐在第一排，一大坐在小丹及土也中間，小宇跑了來擠在曉玄身邊。

「校長、各位老師、各位同學，阿彌陀佛，大家好。」萬覺法師合掌問好。

「師父好」，「禪師好」，「法師好」，「大師好」……

同學們回問好，但稱呼不盡相同。

「呵呵，同學們是在學校裡，叫我『老師』就好。」

「老師好。」

「好好，老師我法號『萬覺』，我簡單介紹一下自己，我自雲中來，我往雲中去，今日雲遊至此，見一片祥雲聚合，便停步借問，結個善緣，阿彌陀佛。我『萬覺』這法號，不是從萬不得已後知後覺而來，也不是從萬念俱灰不知不覺而生……」

「嘻嘻……」同學嘻嘻哈哈起。

土也向一大低聲說，「這老師口才好。」

「嗯。」一大看眼前老法師年約八十，身子高瘦，神采奕奕，說起話來中氣十足。

「我的老師予我『萬覺』這法號，是希望我以『萬般覺悟』來時刻提醒自己去迷就悟。看芸芸眾生，或迷於金錢、玩樂、吃喝、酒色、權位，或迷於憂傷、抑鬱、憤怒、打殺、爭吵、焦慮……，日復一日不知覺不知悟。同學們想想周遭親友或自身，是不是有這種人？」

一大心底微震了一下。

「『人身難得，中土難生，正法難遇，明師難逢。』輪迴的巨輪不停地轉著，各位同學想想，能在今世得到了人的身體，是多麼難得的事。出生在傳道之地方很難，各位也有幸出生在此地。頓悟而能成佛的正法難遇上，各位也遇到了。心淨明白的良師不易碰上，而在雲霧中學有好多明師引導同學們打坐抄經，修身養性，更是難能可貴。」

一大挺直身子，大吸一口氣。

「佛家講究因緣，老師今天坐在這禪房中和各位同學見面結緣，這因緣誠屬難得。同學們和校長、老師、同學在此朝夕相處，那因緣更是難得中的難得。少年人血氣方剛，打架鬧事難免，校長、老師會教導指正同學改過自新，明白戒之在鬥的道理。如果你們叫我一個老僧去打架鬧事，免了，老僧已老，血氣已衰，哪還會有那個力氣打架？人要能自省，要能覺悟，但要人頓悟，大徹大悟，不是想得便得，想有便有。要好好的，時時的，奉善修行。」

土也碰了下一大，低聲說，「我們要戒之在鬥！」

「嗯。」一大點頭，看向坐在土也另一邊的阿萬，見阿萬正聚精會神看著老法師聽講。

「同學們和父母、兄弟、姐妹、校長、老師、同學，結緣相聚，相識一場，大家心生歡喜。但有緣起，必有緣滅，父母、兄弟、姐妹、校長、老師、同學，終究還是會離開我們。人從出生到死亡，其間不斷相聚，不斷分離。生老病死，悲歡離合，本也無常。緣起莫喜，緣滅莫悲，請同學們要以平常心看待。親人往生是最令人不捨之事，我們要放下一切悲苦掛念，遠近助念送親人往生佛國淨土才好。」

一大瞥見阿萬在拭淚，心想阿萬應是想到父親的往生而在難過。

老法師用淺顯易懂的方法講了些佛家故事，也勉勵同學們要努力做到寬恕，放下，才好修行。兩個鐘頭過去，法師微笑說，「今天就講到這裡，同學們若還有什麼問題，歡迎來這禪房和老師聊聊，晚上也可以。」

「謝謝老師。」同學們起身散去，走回宿舍。

一大和土也、阿萬回到宿舍。土也、阿萬坐在床上想事。一大拿出魁星筆，繼續用楷書抄寫《心經》。

晚飯沒看見老法師，土也奇怪，「老法師沒來？」

「老法師過午不食。」曉玄一旁說。

「什麼？」

一大和土也、阿萬、小丹全看向曉玄。

「過午不食，就是過了中午就不吃東西了。」

「那……不……會……餓哦？」阿萬問。

「那是修行的一種方式。」曉玄說。

「哦？」

晚飯後，一大帶了麥片和胡桃去操場練功，穿上呱呱衣，戴上貓鏡，沒看到羊皮，獨自複習了一些功法，練完便去找小勇、小丹。

在崔家門口看見小勇、小丹穿著呱呱衣蹲在地上，「嘿，你們在玩什麼？」一大湊近。

「哈，說鬼鬼到。」小丹抬頭。

「那麼想我呵？好爽。」一大蹲了下來。

「臭美，身上有沒有帶玉米？」小丹伸出左手，一大見她右手拿著銅鏡。

「玉米？我沒帶。」一大摸摸口袋。

「想辦法找一顆。」

「小勇，你妹要幹嘛？」一大搞不清楚狀況，轉問小勇。

「她要找銅鏡爺爺和魁星爺爺，可是今晚看不到星星。」

「哇，不會吧？」一大睜大眼看向小丹，「妳是想要坐玉米稈上星星去？」

「嘻，聰明，一猜就中。」小丹笑笑。

「不好吧，那麼高，多危險，妳一個女生，不好。」一大搖手。

「那你去。」

「我去？喂，妳幹嘛急著要找銅鏡爺爺和魁星爺爺？」一大奇怪。

「她想多要四枝魁星筆。」小勇說。

「啊？妳要考狀元喔？」一大又看小丹。

「不是啦，我要送人。」

「送人？誰？不會是回送那個……採花賊……孫……？」

「臭一大，不是啦，我要送土也、阿萬、曉玄、小宇。」

「啊？送他們？爲什麼？」

「當畢業禮物，我怕未來幾天還看不到星星，所以才……」

「喔。」一大明白了，轉問，「那，崔媽媽……在裡面休息？」

「在梅老師家。」小勇回答。

「梅老師回來啦？」

「沒……」

「那，好吧，我去找顆玉米來。」一大起身走了兩步，隨之回來又蹲下，「等一下。」拿出一枝魁星筆，「你們也去把魁星筆拿來，有新發現，剛想到……」

兩兄妹很是好奇，但還是回屋去拿出魁星筆。

「來，你們看……」一大很快脫掉鞋襪坐地，用魁星筆去碰腳，見腳底有藍光閃動，在黑夜裡更形清楚，「看到沒？有星星在閃光！」

「哇，眞的是星星。」

兩兄妹覺得神奇，也光了腳丫，用魁星筆去碰。

「有呵，眞好玩，一、二、三、四……喂，有七顆！」

三個人，六隻腳底板各都顯現出了七顆星星。

小丹嘻嘻站起，雙腳忽地踏出奇怪步子，「咦？」

一大和小勇忙起身，想要抓住小丹。

「咦？」沒抓住小丹，兩人發現自己雙腳也在踏出奇怪步子。

小丹見手上的銅鏡有一縷藍煙飄出，又顯現出幾顆閃亮的星星，「啊！銅鏡爺爺和魁星爺爺來了！」

小丹指著銅鏡說。

一大和小勇湊上看。

「呵呵……，我還在猜，這雲霧如此厚重又見不著星光，竟有人腳踏七星步，以『步罡踏斗』召喚我？原來是你們三個小傢伙。」魁星爺爺笑說。

「哦，銅鏡爺爺、魁星爺爺，兩位爺爺好，對不起，打擾了。」小丹趕緊說。

「沒關係，有緣你們才會知道七星步的奧妙，而且你們小朋友若只一個人『步罡踏斗』，功力不夠還召喚不了爺爺我。三個人一起踏步就讓我收到訊息了，我找了銅鏡爺爺一起過來看看，有緣，呵，有緣。」

三人傻傻聽著，似懂非懂。

一大用手輕碰一下小丹，小丹會意即說，「魁星爺爺，是這樣的，我們想送四位同學畢業禮物，想了半天，覺得沒有比『魁星筆』更適合的禮物了，所以，想請問魁星爺爺，能不能再送四枝給我們？」

「呵呵，用筆結善緣，很好呵，來，這有四枝，給妳。」魁星爺爺將四枝魁星筆遞給小丹，「讓我在仙錄上記下，陳永地、萬木黃、方曉玄、夏心宇四人，一人一枝魁星筆，好，好。」

「魁星爺爺，您知道他們的名字？」小丹滿臉驚喜。

「哈哈……」兩位爺爺笑而不答。

三人傻傻看著。

「好，我們得走了，再見了。」銅鏡爺爺接說。

「喔，兩位爺爺，再見，再見。」三人回神。

兩位爺爺消失了。

三人坐地，討論了一會兒，最後，用魁星筆再碰一下腳，腳底藍星消失了。

一大心中老惦記著，梅老師會不會這時候回來剛好看見他，又再爲孫子事責罰他，想了想，先回宿舍去了。

一大回到宿舍，土也走來說，「阿萬不知去哪了。」

「啊？」

小虎在耳邊說，「一大哥，阿萬去禪房找老法師，飛飛跟去了。」

「啊？禪房？」一大驚訝。

「禪房？」土也一聽，覺得奇怪。

「哦，小虎說阿萬去禪房找老法師了。」

「喔，阿萬心中有事，也許是找老法師開導去了。」

「你也看出他心中有事？」

「阿萬在家沒吃過什麼苦，他爸突然死了，唉，他一定很難過。」

「嗯。」一大點頭，「確實……難過。」

阿萬走進寢室，看見一大、土也，雙手合十說，「同學，晚……安，阿……彌陀佛。」

「阿萬，你回來啦？」一大看著阿萬。

「呼，我去……找萬……爺爺，他教……我如何……放下……」阿萬臉上有著喜樂，又雙手合十。

「那，你看開了？」土也問。

「沒……那麼……容易。」阿萬去他自己床邊坐下。

「哦。」一大、土也跟上，坐他兩旁。

「生……離……死別，唉，好……難，才和……我爸……死別，畢……業……又要和……你們生……離，我只好……找老法……師……說……去。」阿萬垂下頭。

「喔。」一大心中五味雜陳。

「老師……沒吃……晚飯，問他，他說……不用。」阿萬說，「他送……這個……開悟我。」遞過一紙卡。

一大接過，念道，「菩提本無樹，明鏡亦非台，本來無一物，何處惹塵埃。」

「就是……要我……心無……罣礙，放下。」阿萬說。

「喔。」

「我們明天再去多請教他一些。」土也說。

「他……明天……一早……就走了。」阿萬幽幽地說。

「哦，是，他有說去哪？」一大問。

「沒，他只說……有緣……會……再相……見，阿彌……陀佛。」阿萬雙手合十。

三人靜默了一會兒，去洗澡。

一大躺在床上，睡不著，「飛飛、飛飛。」，黑暗中向光點低叫。

「一大哥，找我？」飛飛飛近一大耳朵。

「嗯，阿萬去禪房找老法師，你有跟去？」

「對，看阿萬心事重重，我好奇，跟了他去。」

「老法師還對阿萬說了些什麼？」

「嗯，我聽不見老法師跟阿萬說什麼，阿彌陀佛。」

「聽不見？」一大覺得奇怪，想自己去見老法師，「那，我現在去送老法師一點吃的東西。」

「老法師過午不食的。」

「對喔。」

「老法師他睡了，他不倒單。」

「不倒單？」一大不明白。

「他睡覺不躺床上，而是靜靜的坐著睡。」

「哦？那我不去打擾他了。」

「聽說有人類高僧，肚餓只吃水果青菜，休息只不倒單休息。」

「喔，老法師一定是高僧，有他開導阿萬，應該有幫助。」

「也許吧，阿彌陀佛。」

「不倒單？坐著睡？」一大念念有詞，起身坐在床上，閉上眼。

「一大哥，打坐？」

「我練不倒單……」

四十五、分送魁星筆

早上禪房打坐時，已不見老法師蹤影。

早飯時，一大見梅老師在，但孫子不在，心中很是不安。

「席復天。」早飯後，梅老師在餐廳門口叫住一大，「如果孫成荒住院沒辦法回校參加畢業典禮，那你也一樣不能參加畢業典禮，這樣，公平吧？」

「啊？我……」

「一個人如不能管理自己的情緒，即是修身養性不及格，如何有資格畢業？」

「我……」

梅老師搖著頭，走了。

一大獨自站立許久，直到土也和阿萬來叫才一同離去。

上課時，一大心情沉重，想到畢不畢業說來沒什麼大不了，但畢不畢業都要和土也、阿萬、曉玄他們分離，很是難過。

忽眼角有一灰影閃過，一大看窗外，沒看到什麼，拿出貓眼鏡戴上，再往窗外看。

「席復天，你昨晚和銅鏡、魁星二仙見面，沒得空和萬木黃來禪房……」

「啊？」一大聽見一清晰的聲音傳入耳中，本能取下貓眼鏡四看。

聲音沒了。

「是……萬老師？」一大回想剛才的聲音。

再度戴上貓眼鏡。

聲音又來了，「昨晚老師和萬木黃說了些話，萬木黃對失去父親乙事難以接受，很是憂傷。」

「哦？」一大心驚，悄悄地看看台上老師及附近同學，沒人有特別反應，應沒人聽見那聲音。

「老師給你一個功課，讓萬木黃向你學習面對生離死別，對他算是解脫，對你算是功德，你若功德做得圓滿，或許可以將功贖過，得以順利畢業。」

「順利畢業？」一大心中有驚有喜，看向阿萬，心想，「可是我……哪有辦法？」

「佛道修行之人，除了修身養性度己，行有餘力也度人，以你這三年累積的善能量，你做得到的。」

「那，我該怎麼做？」

「星期天，帶萬木黃遊地府去。讓他體驗人生本是一趟逆旅，在逆旅中做好功課，才更能了悟人生，圓滿人生。多幾個好同學陪，萬木黃會自在些。」

「遊地府？」一大一震。

「去找萬木黃的父親，讓他父親當面開導他。」

「找他父親？」心中念道，「可……我不能出學校。」

「梅老師會准你們去的。」

「梅……老師？」

「是，我走了，後會有期。」

「等……」一大心慌四下望著。

沒再聽見老法師的聲音。

中飯過後，小丹興致勃勃，去把小宇、小勇找來，再對著土也、阿萬、曉玄、小宇說，「我，我哥、一大和羊皮精心準備了畢業禮物要分送土也、阿萬、曉玄、小宇你們四位好同學，等會兒請你們全都到我家去。」

土也、阿萬、曉玄、小宇很是好奇又興奮，鼓噪著想要趕快知道禮物是什麼。

一大心不在焉，跟著大家後頭往崔家走去。

沒看到彈簧，「彈簧去哪了？」一大隨口問小丹。

「跟麥片他們巡校去了，梅老師說的。」

「喔。」

大家進屋散坐椅上。

看來是小勇、小丹用紙盒包了紅紙，將四枝魁星筆包裝得漂漂亮亮，「來，哥，拿著，你送給小宇，我這份送給曉玄，一大你拿一份送給阿萬。」

「我呢？」土也問。

「哦，羊皮沒辦法拿送土也。」小丹一面說，一面將最後一紙盒交給一大，「你多拿一份送給土也。」

「小丹把羊皮也叫來了？呵……」一大暗自一笑。

小丹安排一大、小勇、自己三人並排站立，對面則土也、阿萬、曉玄、小宇四人並排站立。

「好，奏樂……」小丹用「生日快樂」歌的曲子改唱「畢業快樂」，「祝你畢業快樂，祝你畢業快樂，祝你……畢業快樂，祝你……畢業快樂。」

嘻哈聲中，土也、阿萬、曉玄、小宇四人收下禮物，忙各自拆開看。

「毛筆？」「好精緻哦！」「太棒了！」「謝謝你們。」幾人歡呼。

「這毛筆叫『魁星筆』，它可不是一般毛筆，是神仙筆，可以幫助我們開啓智慧，不管寫作，畫圖，創作，都會提供超優靈感。嗯，有如神來一筆，對，就是神來一筆，呵……」小丹開心說著笑著，幾人融入一片歡樂之中。

一大正沉浸在嘻笑中，忽聽小虎說，「一大哥，梅老師找你和羊皮哥去他家一趟。」

「啊？」一大嚇一跳。

「羊皮哥已去了。」

「哦？那，好。」心中嘀咕有沒有做錯事，向大家說，「各位，我出去一下，很快回來。」幾人看了看一大，又去把玩魁星筆了。

一大來到梅老師家，見只梅老師一人在客廳坐著，取了貓眼鏡戴上，看到羊皮坐在梅老師右邊，「梅老師好。」一大欠身打招呼。

「席復天，來，坐。」梅老師指了指左邊空位，「你師母和崔媽媽散步去了。」

「喔。」一大坐下。

「今年情況特殊，學校沒辦全體師生的畢業旅行，這星期天，你和幾個好同學結伴，一起去玩一玩。」

「啊？是。」一大點頭，心中有著訝異。

「萬木黃的父親意外過世，對他打擊很大，老師找他談過幾次話，萬老師也開導他，但似乎效果有限。」

「是。」

「你，加上幾位好同學，陪萬木黃一起去找到萬木黃的父親，好讓他父親當面開導他。」

「哦？」

「這是萬木黃父親名字，生日，忌日，方便你尋找。」梅老師遞過一紙條，「狗狗留校巡邏，不用帶。」

「是。」一大接過紙條，看著梅老師，以爲梅老師會再多說一些。

等了一會兒，梅老師只說，「就這樣，你們回崔家繼續玩去吧。」

「喔。」一大和羊皮起身往外走。

「對了，你提醒萬木黃，可用魁星筆多抄寫《心經》，迴向給他父親。」

「好。」一大愣了一下才往外走去。

到了門外，一大低聲問，「羊皮，你跟梅老師提過魁星筆？」

「沒。」

「梅老師什麼都知道。」

「一直都是啊。」

「也對。」一大抬頭四望。

「看什麼？」

「找烏鴉呱呱。」

「哦？」

「算了。」一大想了想，「羊皮，你別急著回去，待會兒我們一起討論一下阿萬的事。」

「好。」

一大和羊皮回到崔家。

大家又嘻嘻哈哈的鬧玩一陣，靜下時，一大說，「嘿，剛才梅老師找我去……」

幾人全轉向一大。

「你又幹壞事了？」曉玄看一大。

「是孫子回來了？」小丹看一大。

「沒有，不是，是……談畢業旅行。」一大說。

「畢業旅行？」大家睜大眼看一大。

「今年情況特殊，學校沒辦全體師生畢業旅行。」一大平靜地說。

「那梅老師幹嘛找你談什麼畢業旅行？」小宇問。

「我本來也奇怪，後來梅老師說……嗯……」一大故意打住。

「一大，說……快……一點……嘛，旅行……多……好玩啊。」阿萬催道。

一大看阿萬有興趣，才慢條斯理說，「梅老師說，你們幾個好同學都收到了畢業禮物，魁星筆，對不對？那想不想也來一趟畢業旅行呢？」

「喂，這不是梅老師說的吧？」土也起疑。

「就是嘛，一定是一大瞎掰的。」小宇跟上。

「不是不能出學校嗎？」曉玄也懷疑。

「『不是不能出學校嗎？』呵，就是啊，重點來了，我也懷疑梅老師是在套我什麼……」一大又打住。

「後……來……呢？」阿萬問。

「呵，阿萬，後來就跟你有關了。」一大看阿萬。

「跟我……有……關？」阿萬疑問。

「嗯，萬覺法師向梅老師說，『萬木黃這孩子因爲家中出了事，心情很是鬱悶，校方可否安排遠足，旅行什麼的，讓他去散散心呢？』」

「啊？這……我……」阿萬不好意思。

同學們全看向阿萬。

「梅老師有點爲難，便找我問問有什麼想法？我超想去玩的，當然馬上立刻即時建議……，就辦個遠足，旅行什麼的……」

「哦……那……好……太……好了。」阿萬眼睛亮閃閃。

「梅老師也馬上立刻即時說，我不可一個人去玩，要和好同學一起去……」頓了一下，「尤其，如果萬木黃不去，大家也都不許去。」

「哇，什麼？……」

同學們又全看向阿萬。

「各位，以上絕非我胡扯亂蓋，小虎、飛飛都聽到梅老師說的，哦，小虎、飛飛說了你們也聽不到，對，剛才羊皮也在，來，來，你們戴上我這眼鏡，看看羊皮是不是點頭，羊皮在我左手邊……」一大看向羊皮，閃電交換一下眼神。

幾人接過貓眼鏡，輪了一圈，沒人再有意見。

阿萬起立鞠躬，說，「一大，各……位……同學，謝謝你……們，遠足，旅行，我……一定……參加，也希望……各位全……都……參加。」

「嘩……」一陣歡呼鼓掌。

「各位……各位……，那，我開始安排，就這星期天，我們有一天半時間準備，……」一大忽想到什麼，「欸，怕蛇的……舉手。」

「蛇？……」幾人不明就理。

「就蛇同學嘛，說來也沒啥好怕的……」一大即補上一句，「有些地方……蛇一鑽就過，速度快又沒體溫，神不知鬼不覺，幫我們上刀山下油……，嗯，都一級棒！」

大家有點懷疑看向一大，但也沒人提出問題。

土也故作輕鬆說，「呵，蛇同學想跟就跟嘛，同學一起玩，沒問題的啦。」

「那好，至於其他同學，梅老師怎麼安排他們遠足，旅行，那我就不曉得了，我們八個去玩，還是保密一點的好。」一大補上。

同學們點頭。

「我看……大家魁星筆都帶著。」小丹突然說。

「啊？」一大奇怪，其他同學也看向小丹。

「我猜呵，一大鬼主意特多，帶我們去的地方不是仙界就是地府，誰要是不小心迷路，可用魁星筆寫字聯繫啊。」小丹正經說著。

「我……」一大不知如何說。

「一大，你剛才不在，我們用魁星筆在空中寫字，你寫一句我回一句，神奇又好玩。」曉玄說。

「喔，原來是這樣呵，那，好，好，呵。」一大撫掌笑笑。

阿萬睏了，打了個呵欠，「該回……去睡……一下。」

幾人起身，各自回宿舍去。

才回到宿舍，一大便又走出宿舍，「得趕快找呱呱、蚯蚯……」

「一大哥，走咧……」

一大一抬頭，「哇，你神鴉啊？」居然看到呱呱在他頭頂上方盤旋。

「嘿，不神，是梅老師叫我載你去找蚯蚯和喳喳。」

「梅老師？他，呵……」

「喳喳已在蚯蚯家等了，快，你進林子，上我背。」

「好。」

一大三步併兩步跑進林子，跨上呱呱背。

沒一會兒功夫，一大已到了蚯蚯家門口，見喳喳、蚯蚯都在，「嗨呀，兩位仙蛇，你們可得幫我。」雙蛇和一大打過招呼。

「嘶，一大哥，找你同學萬木黃往生的父親，可能有難度。」蚯蚯說。

「哦？」

「沒詳細地點，不好找。」喳喳也搖頭。

「我這有萬木黃父親的名字，生日及忌日……」一大拿出梅老師給的紙條。

「哦？」雙蛇湊近看。

「嘶嘶~，呵呵……」

雙蛇看著看著居然笑了起來。

「喂，兩位仙蛇，你們是在笑嗎？」一大不解。

「人字蛇圖，梅老師他……，嘶嘶，哈哈……」雙蛇又笑。

「……」一大一頭霧水。

「一大哥，這紙條表面看是人名及生辰忌日，但筆劃底下可是蛇紋描繪的地圖。」蚯蚯說。

「啊？」一大盯看紙條。

「你看不到，這紙條基本材質是蛇蛻，其中地圖只有蛇看得到，看得懂。」喳喳說。

「是哦？梅老師他……，哇……眞高！」

「是為了保密，其他人鬼就算搜到紙條也不曉得去哪裡找這個鬼魂。」

「喔，可是，為什麼要保密？」一大又不解。

「我想，因為……萬木黃是你的好同學。」蚯蚯說。

「我的好同學？啊，是……」一大忽地悟道，「是怕有人鬼找到萬木黃父親鬼魂，然後又威脅他，透過萬木黃對我不利。」

「就是，那些人鬼無孔不入，在陰間的勢力更是不小。梅老師可是事事謹慎，處處小心的。」喳喳說。

「喔，是。」

「好，事情大致都掌握住了，一大哥，星期天早飯後，你領著同學在林子裡念想喳喳，用太極手電進你爸送你的帕子，再進喳喳口中，我在喳喳口中等你們。我跟喳喳多研究一下這地圖，九拐十八彎的，不見得很容易找路。」蚯蚯說。

「好，我知道。」

「避免驚嚇到你同學，我們會一直保持隱形，你們到時，我也會儘快把你們隱形縮小，在我口中安靜地前進，別大聲講話，以免驚擾到鬼差或壞鬼惡靈那些，造成不必要的困擾。」喳喳說。

「好，那，我先回去了。」

「好。」

一大抬頭找呱呱，見呱呱棲在高枝，先問候樹爺爺，「大樹爺爺，您好。」

「嘿，我好，一大小朋友，你好呵。」

「我很好，謝謝大樹爺爺。」轉朝呱呱，「呱呱，我要回去了。」

「好咧，我下去接你。」呱呱俯衝而下。

回宿舍時，見阿萬、土也沒睡，在說話。

一大告訴阿萬，梅老師鼓勵他用魁星筆多抄寫《心經》，好迴向給他父親。

阿萬點點頭，去書桌旁抄寫《心經》去。

一大拉過土也，向他透露，「星期天最主要的是陪萬木黃去找他父親靈魂，讓他父親當面開導他。」

「喔，你眞太夠朋友了。」土也吃驚但猛誇一大。

一大隨後跑去向小勇、小丹也明說了星期天旅行的目的。兩兄妹雖驚訝，也還是大大讚許了一大一番。

一大對小丹補上，「小宇、曉玄那，麻煩妳私下和她們說明一下，免得她們搞不清楚亂想。」

「沒問題，放心，我會去說。」小丹回答。

四十六、畢業之旅

星期天，早飯時一大要好同學們各多拿一兩個饅頭或素包帶著，以備緊急之用。飯後，給大家十五分鐘時間，回家，回宿舍，換穿上長袖長褲運動服，帶上魁星筆，以及裝滿水的水壺。

在約好的餐廳前方樹林一棵老松下碰頭，羊皮先到，同學們也都準時抵達，碰頭後，大家難掩興奮之情，低聲交談。

一大低頭問，「小虎，飛飛，有跟上吧？」

「有。」「嘎。」飛飛，小虎回答。

「不帶狗狗？」土也問一大。

「不帶，梅老師要狗狗留下校內巡邏。」

「蛇同學呢？」小宇來問。

「蛇同學等著了，來，全聚過來，我用手電筒引路，待會兒我們會進入黑洞飄浮，不用擔心，怕的話就閉上眼睛，什麼都別管。接下來，路上會高低起伏左拐右彎，別大驚小怪，就安靜地隨著移動。」

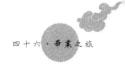

一大戴上貓鏡。

看大家沒問題了，一大用小拇指按住太極電開關，對著引子帕照去，暗念，「我們去找喳喳蛇。」

「咻~咻~咻~」七人一鬼，八道黑影飛快隱入帕內。

八個同學飄飄蕩蕩前去，一下子陰暗，一下子閃光，有涼風陣陣撲面，隱約可見一些黑影閃過。

一大將太極電、引子帕收入書包中。

「噗，噗，噗……」幾聲悶響，一大心知大家已掉進喳喳口中。

一大拿出魁星筆，魁星筆頂端小藍星亮著小光，在空中寫道，「交通車移動了。」

「好腥喔，」小宇拿魁星筆寫，「我噴芳香劑。」

「滋~」一聲。

大家隨即聞到一股芳香刺鼻味！

「咳……咳……咳……」

幾聲急促的咳嗽聲加上一個大震動之後，「哈啾！」一個大噴嚏噴出。

「啊？」一大來不及想，已翻了好幾滾，飛了出去。

一片死寂。

「一大哥，醒醒，一大哥……」

聽見小虎，飛飛的叫聲。

「喲……」一大醒了過來，身上痛痛，「怎……麼回事？」見自己躺在一岩石下。

「小宇姐噴芳香劑，噎噎打了個大噴嚏，把你們全噴飛出來了。」小虎說。

「啊！」一大大驚，「那……小丹、小宇、阿萬……他們呢？」

「不知道。」飛飛說，「我飛了一圈沒找到一個。」

「糟！」一大努力坐起身，「這一噴，少說……百公尺，糟了！」

眼前忽出現兩顆亮亮的彈珠，草綠色的，「咦？」一大以爲是有鬼魂經過。

「一大哥，是泥巴蛋。」小虎說。

「泥巴蛋！」一大跳起，即問，「小勇、小丹呢？」

「一大哥，我是泥蛋，我帶你去小丹姐那……」泥蛋眨眨兩顆彈珠眼。

「小丹？她還好吧？」

「沒事，她躲得很隱密，我帶你去。」

「好，走。」

「低一點。」

一大蹲低跟著泥蛋，走了一段坑坑窪窪的泥濘長路，轉進一洞穴。

「小丹！」一大見著小丹窩在洞穴深處，戴著夜視鏡，穿著呱呱衣。

「噓……」小丹食指直放嘴上，「他們用鬼鐮刀在勾魂。」

「什麼？」

「我看到曉玄、阿萬被惡鬼用鬼鐮刀勾走了。」

「啊？」

「我穿上呱呱衣，才安全爬到這的。」

一大抓了呱呱衣也穿了上，「有看到蚯蚯、喳喳，兩條蛇嗎？」

「沒。」

「隱形了。」

「喔。」

「惡鬼多不多？」

「多。」

「慘了，這……」一大念著，「羊皮，羊皮也不知去哪了，麻煩大了。」

飛飛飛近說，「有許多披著黑色連帽斗篷，手拿長柄鐮刀的鬼圍上來了！」

「啊！」

正說，一長鐮刀咻地伸來勾向一大，一大立即抬手擋過，金屬擦撞聲中迸出一片火花，鐮刀彈飛回去，聽外頭傳來一聲悶哼。

小丹忽地伸出左手腕碰向一大的左手腕。

「咻～咻～呯！」兩道閃光迸出，兩名身著灰白色鎧甲軍士隨之出現在洞穴口。

其中一人上前一步抱拳，「報告掌門，內衛隊隊長安內報到。」另一人也上前一步抱拳，「報告掌門，外衛隊隊長平外報到。」

小丹問，「兩位隊長，帶了多少士兵來？」

「內衛隊官士兵三百二十員，敬候差遣。」內衛隊隊長說道。

「外衛隊官士兵三百二十員，敬候差遣。」外衛隊隊長說道。

「你跟他們說……」小丹附耳一大。

「好。」一大站起，「聽著，內衛隊一百員，外衛隊一百員留此抵擋洞穴外的勾魂鬼，保護掌門。其餘內衛隊兩百二十員，外衛隊兩百二十員去尋找蚯蚯、喳喳兩條蛇，及陳永地、萬木黃、方曉玄、夏心宇、崔少勇五個活人和羊立農一個鬼魂，一有消息立即回報。」

「得令！」兩隊長抱拳靠腿，轉身向外走去。

「好了。」一大坐地，看見小丹用魁星筆在空中寫字，空中浮現，「小宇在哪回答小丹」，「曉玄在哪回答小丹」，「土也在哪回答小丹」，「哥在哪回答小丹」，「阿萬在哪回答小丹」，「羊皮在哪回答小丹」。

「小丹，這會不會洩露我們祕密及位置？」一大指著空中的字。

「我和哥和曉玄在同學面前試過，只有身上有魁星筆的人才看得到這些字，別人看不到，我想羊皮外的其他鬼也看不到。」小丹低聲說。

「嗯。」

「我和小宇在一谷底不明方向土也」

空中有字顯現。

「看，土也和小宇在一谷底。」小丹指著空中的字。

「谷底？」一大向洞外叫，「安隊長、平隊長……」

兩位隊長走來，一大說，「陳永地和夏心宇在一谷底，請軍士們留意尋找。」

「是！」兩隊長轉身向外走去。

「剛和羊皮在一起他去找金豹我在一湖邊大石旁哥。」

空中又有字顯現。

「羊皮搬救兵去了，我哥在一湖邊大石旁。」小丹說。

一大再把安隊長、平隊長叫來，指示軍士去一湖邊大石旁找崔少勇，鬼魂羊立農就不用找了。

一大坐想，「曉玄阿萬被鬼抓去，可能手被綁了，無法拿魁星筆寫字。」

近旁忽傳來嘶嘶聲，「什麼勾魂鬼，一把破爛砍頭刀就想砍我的頭，作夢！」

「蚯蚯？喳喳？」一大跳起。

「呵，嘶嘶，一大哥，小丹姐，是我，蚯蚯，在你們腳下。」

一大低頭看，小丹跟看。

「蚯蚯，現形，放大些，我看不到你。」一大說。

「嘶～」蚯蚯現了形，形體只約小臂長，「這空間小，還是別放太大，隱形縮小才閃得過勾魂使者和你們的守衛，呵……」

「蚯蚯，你剛在哪？」小丹問。

「和喳喳蛇去追那些帶走一胖男生和一短髮女生的勾魂使者。」

「是阿萬和曉玄，眞被鬼抓去了？」一大搖頭。

「是，關進鐵門去了，喳喳和我就守在外頭，找機會救他們。」

「鐵門？你們進不去？」一大著急。

「進是進得去，可是鐵門幾乎密不通風，就算喳喳或我縮小進去，也沒把握立即縮小他們兩人一起逃出。」

「這？……」

「何況，他們兩個被勾的魂魄，可能拘禁在別處，光救出身體不但沒用，反更糟糕。」

「哇，他……這……」一大氣惱。

「勾魂使者是什麼東東？」小丹問。

「人快死時，勾魂使者就在一旁等著準備將魂帶走。」一大說。

「那好，阿萬和曉玄又不是快死了，勾魂使者一定弄錯了，走，理論去，叫他們放人。」小丹氣呼呼。

「小丹姐，別去，他們沒弄錯，是背後有人指使的。」蚯蚯說。

「啊？」

「嗯……，是妳……叔。」蚯蚯緩緩地說。

「我叔？」

「嗯，我聽他們你一句我一句，說什麼海大、海霸子、獨眼哥交代……」

「又是我叔。」小丹說，「那就不好辦了。」

「嗯。」一大點頭，「但妳跟我才是妳叔目標，我剛昏過去，沒被他們發現。」

聽見外頭有騷動聲。

「嘿，我快隱形。」蚯蚯又隱了形。

兩位隊長帶入一男一女。

「土也！小宇！」一大和小丹開心叫道。

「一大？小丹？看不見你們。」土也說。

一大趕緊拿出太極電打開照亮。

一大謝過兩位隊長，兩位隊長退出洞外。

「一大，剛才是怎麼回事啊？」土也忙問。

「就……」一大照實說，「是我們之前飄到喳喳蛇口中，用牠當交通工具……」

「你說的喳喳，是不是我叫牠該減肥的那條大蛇？」小宇睜大眼。

「呵，妳還記得，就是牠，我以爲妳會害怕，沒明講。」

「唷，我要早知道就不會嫌腥噴芳香劑，也不會害牠打噴嚏了嘛，都是你……」

「那，都已這樣了。」

「好了，不管那些，欸，其他人呢？」土也問。

「阿萬和曉玄被鬼抓去了。」小丹說。

「啊？」

「小勇還沒找到，羊皮搬救兵去了。」一大說。

「哦？」

「外面那些穿盔甲的是什麼人？」小宇問。

「朋友，保護我們的……」一大回。

「一大，我三年來還眞有一個疑問……」小宇又問。

「妳問。」

「你是人是鬼？」

「是蛇。」

「蛇？哈，我噴你……」小宇竟然又拿了芳香劑噴向一大。

「別……」

「哈哈……」幾人笑嘻嘻。

忽而角落傳來一個噴嚏聲，「哈啾！嘶～」外帶一陣風。

土也和小宇當場傻住。

「拜託，千萬別再噴芳香劑了。」一大雙手合十。

「有蛇在？」土也愣問。

「嗯。」一大點頭。

「蛇……在哪？」小宇也愣問。

「隱形了，牠是同學蚯蚯蛇。」

「啊？」土也和小宇忙左右上下到處找看。

一大低聲向小丹說，「羊皮這麼久還沒消沒息，我看他不是迷路就是被猛鬼阻了去路，我出去一下。」

「好。」

一大穿過鎧甲軍士人牆，看前方左右，空曠平坦的地形居多，也有突出的巨大岩石錯落。有幢幢鬼影站立，確是披著黑色連帽斗篷手拿長柄鐮刀的鬼，「勾魂使者？沒空理你們。」低下頭，拿出引子帕，用小指按了太極電照去，念道，「找黃金小鎮金豹隊長去。」

「咻～」

金豹隊長正在操兵，眼前突然出現一影，大吼一聲，「誰？站住！」

「豹哥，是我，一大。」一大出聲。

金豹定睛看，「一大？哇，嚇我一跳，呵，有事？」

「豹哥，幫我找人和救人。」

「哦，來……」金豹帶一大到旁邊說話，「你慢慢說。」

一大將一早陪同學萬木黃下地府找亡父之事說了，「現在萬木黃、方曉玄被勾魂使者抓去關了，崔少勇不見了，羊皮說來找你，也不見了，我和陳永地、夏心宇、小丹躲在一洞穴中……」

「勾魂使者？他們亂拘活人？好大膽子！」

「好像有人指使。」

「喔，你們在哪層遇上的？」

「不知。」一大想到紙條，拿出給金豹看，「我這紙條有阿萬的父親人名及生辰忌日。」

「只有人名及生辰忌日，那要查生死簿，得花時間。」

「筆劃底下還有蛇紋地圖。」

「我看不出有什麼蛇紋地圖。」金豹細看紙條。

「只有蛇看得到，是機密。」

「啊？」金豹略想一下，「這樣……我帶這紙條去找條信得過的幽靈蛇友問問。」拿了紙條快飛而去。

沒一會兒，金豹回來，壓低嗓門附耳一大，「查到了，這亡魂在第十層北北東五界十二區 16889 段 61.235927 座 785.423058 位……，我調兵，先去第十層會會那些勾魂使者，把你的同學救出來再說。」

一大聽得霧煞煞，「那，我先回我躲藏的洞穴去。」

「等等，我感應一下你躲藏洞穴的正確位置。」金豹閉目一下，「好，知道了，第十層……南南西……」

「豹哥，謝了，再見。」

「不客氣，等會見。」

一大閃到一旁，用小指按了太極電照引子帕，念道，「找我同學崔少丹去。」

四十七、白金黑銀勾魂官

「咻～」黑暗中落地，一大看到小丹坐在地上，叫道，「小丹，我回……」突停住，「小勇？……」竟見小勇也席地坐在小丹身旁。

「噓……」小丹示意一大別出聲。

「小丹，這，啊？」一大驚覺，這不是他原先躲藏的洞穴。

「我一人出來找哥。」

「妳一人？」

「嗯，泥蛋可大約感應到泥巴的位置，魁星筆頭的小藍星也可感應兩人距離，越接近光越亮，結果我跟哥見到了面，但回頭沒跑幾步就掉入這陷阱裡了。」小丹小聲說。

「泥巴蛋？魁星筆？好傢伙，可是護衛怎沒跟著保護妳？」

「我叫他們不用跟，留下保護土也和小宇。」

「一大，這四周圍銅牆鐵壁，出不去。」小勇一旁說。

「不擔心，金豹隊長馬上就到。」一大走了圈，四下摸摸看看，「飛飛，小虎，幫忙找空隙。」

「好。」，「是。」飛飛，小虎一飛一爬而去。

一大回到小丹身旁坐地，「想出去是沒問題，用手帕就……，但看來在裡面還比較安全。」

「隱形更安全，噺～」

一聲音傳來，三人穿著呱呱衣，都聽到了，猛地坐直身子。

一大即問，「蚯？不，是喳喳！」

「呵，噺噺，一大哥好耳力。」頓了下，「小勇哥、小丹姐，呵，你們也好。」

「你？」小丹疑問。

「小勇、小丹，喳喳蛇是你們過九堂大師伯的好友。」一大說。

「喔，喳喳你好。」兩兄妹對著黑暗說。

「噺，別說話，有鬼卒要進來了，我幫你們隱形縮小進我口中，門一開我就帶你們出去。」喳喳說。

「飛飛，小虎，快回來。」一大小聲叫。

飛飛，小虎很快回到一大口袋，喳喳隨之將三人隱形縮小弄進口中。

一線微光透入，見三鬼卒推開了門探頭探腦，一鬼說，「我猜抓了一個活口。」

二鬼說，「我猜抓了兩個。」

三鬼說，「喂，看清楚，裡頭一個人也沒，笨！」

二鬼說，「明明機關震動了兩三下，奇了。」

三鬼說，「見鬼了，走吧。」

聽門在背後關上聲，一大心知喳喳已溜出了門外。

沒走多久就聽見爭吵聲，「是豹哥！」一大往外看。

豹哥的一隊鐵甲兵丁和一群勾魂使者對峙，「我金豹可是掌管地下治安的隊長，你們違法亂紀，我就得管。」金豹大嗓說話。

「金豹，你駐警在十二層，這裡是十層，一點雞毛蒜皮小事，不勞你費心。」一勾魂使者回嗆。

「我管定了，你把八個學生全交給我，否則……」金豹仍大著聲。

「一大哥，那說話勾魂使者背後躲的是『斷鼻』。」飛飛在一大耳邊說。

「斷鼻？」一大一聽火冒三丈，「喳喳，那說話的勾魂使者背後躲著的『斷鼻』，是獨眼龍手下壞蛋呂東，看來他是幕後指使者，可不可以幫我教訓一下。」

「沒問題。」

左閃右彎幾下，喳喳往斷鼻靠近。

「唰！」一聲，見斷鼻被捲飛到半空，又聽「啪！」一聲擊打，斷鼻瞬間魂飛魄散，長柄鐮刀掉落。

「金豹，你敢來陰的？」說話的勾魂使者見狀大吼下令，「全給我上，打！」

雙方人馬立即衝突了起，鏘鏘噹噹打成一團。

一隊灰白鎧甲軍士突出現在一大眼前，一人高喊，「保護兩位掌門！」

「是安隊長！」一大看見內衛隊隊長。

忽聽小丹命令道，「安隊長，整隊，幫助金豹隊長攻打勾魂鬼。」

「報告掌門，我負責防衛，不負責攻擊，我叫外衛隊平隊長來。」

「你？……」小丹不解。

「他們是佛珠中人，修行之身，不好打殺攻擊人的。」一大提醒小丹。

「這種緊急情況下，要變通。」小丹說。

平隊長來了，也一樣，「報告掌門，我們不攻擊人。」

「最優的防衛就是攻擊！聽過沒？」小丹大聲。

「這……沒聽過。」兩個隊長搖頭。

「在現代，這是兵法中最高用兵原則。」

「是嗎？」平隊長還懷疑。

「是！腦袋要跟著時代進步！何況對方又不是人！」

「是，了解了！」平隊長抱拳併腿。

「好，安隊長，平隊長聽令，成戰鬥隊形，立即攻打黑衣勾魂鬼！」小丹下達命令。

「得令！」兩隊長退下。

幾百名灰白鎧甲軍士隨即加入金豹鐵甲兵丁，衝向黑衣勾魂使者陣營，乒乒乓乓，呼喊狂吼聲此起彼落。

喳喳快速動起，沒多久聽見嘶嘶，嘶嘶，的細細交談聲。

「一大哥，小勇哥、小丹姐，到洞穴口了，我先和蚯蚯說話。」喳喳說。

「喔。」一大往外看，有灰白鎧甲軍士圍在前方。

「喳喳，請你將我們回復原形，我們好進去找同學。」小丹說。

「好。」

一大、小勇、小丹回復原形走出，一大按開太極電筒照亮，向鎧甲軍士表明身分，進入洞穴。

一大、小勇、小丹和土也、小宇相見，激動莫名。

待了一會兒，一大說，「同學，該走了，請喳喳和蚯蚯載我們去找阿萬、曉玄和羊皮。」

走出洞穴，一大向鎧甲軍士說，「這洞穴不用再守，請各位去找安隊長，平隊長報到，加入他們抵抗黑衣勾魂鬼！」

「是！」

一大關了太極電，漆黑之中，「喳喳、蚯蚯，麻煩載我們去找阿萬、曉玄和羊皮。」

「嘶，好。」

五人及蚯蚯在黑暗中入了喳喳口中，移動了起。

一段時間過去，一大聽見喳喳說，「蚯蚯，你溜到前面看看，剛才人鬼打鬥吵雜，鏘鏘噹噹的，現在怎麼如此靜悄悄？」

「好。」

沒一會兒，聽見蚯蚯聲音，「我看見兩位勾魂長官出現，他們要求雙方停戰。」

「我們湊近去看看。」喳喳靜靜的滑動前去。

一大往外看，滑過灰白鎧甲軍士隊伍及金豹鐵甲兵丁隊伍，見到另一邊黑壓壓鬼影一片，兩軍壁壘分明對峙著。

兩軍中間有兩位高大男鬼站立，一位身穿黑長衫，腰繫銀帶，另一位身穿白長衫，腰繫金帶，金豹則站在他們面前。

「金隊長，你是職責所在，我們沒有怪你的意思。但我們一名手下被暴力毆打，現在身首支離破碎，你得交出施暴者，否則對我倆交代不過。」白衫金帶鬼說話。

「白金長官請明察，金豹確實沒看到施暴者。」

「金豹，白金兄給你面子，你不知好歹，你包庇活口擅入地府，光這一條就夠你下到十八層反省去。」黑衫銀帶鬼說話。

「黑銀長官，這案子只是人鬼之間的小小誤會，我身爲治安隊長，來瞭解一下狀況，不過是例行工作罷了。」

「金隊長，且不問事情來龍去脈，但你現在得交出施暴者！」白金鬼大了聲。

「白金長官，這……」

「不必爲難金豹隊長，我就是擊打那個惡鬼的正義蛇喳喳！」

一大突聽到喳喳大聲說話，也隨即看到蚯蚯現身，自己及小勇、小丹、土也和小宇也全回復原形，全都現身站立地上。

「噢！」群鬼驚訝出聲。

黑暗中，一大將貓鏡遞給土也，「你和小宇輪流聽看。」

「呵，金豹，事實擺在眼前，你還有話說？」黑銀鬼說。

「兩條活小蟲，五個活小孩，金豹，你敢說你和他們無關？」白金鬼說。

「……」金豹不說話。

小丹一步跳出指著兩位長官，「兩位長官眞是黑白不分，我們同學來這裡畢業旅行，金隊長毫不知情。」

「大膽！大人講話，小孩插什麼嘴？」長官背後有一鬼卒喝斥。

「讓他們說。」黑銀鬼揚了一下手。

一大隨之跳出，「你們就是黑白不分，那個被喳喳蛇打趴的勾魂鬼，是個冒牌貨！」

「噢……」，「哦……」群鬼一片嘩然。

「小朋友，亂講話可是犯了拔舌之罪的。」白金鬼盯看一大。

「那個鬼叫呂東，他生前是獨眼龍崔一海的手下，死後是我們學校地下坑道的混混遊魂，可不像是兩位長官手下受人鬼尊敬的勾魂使者，是我拜託喳喳蛇掃他出隊伍，只是喳喳蛇尾巴大，力道強了些，不小心一掃把他給打散了。」一大毫不畏懼說道。

「哦……噢……」，群鬼又一片嘩然。

兩位長官聽了，倒無回應，反相互交頭接耳一番，雙雙轉過身去。

黑銀鬼大聲說，「全體勾魂使者聽著，脫帽！」

所有勾魂使者將帽脫到腦後，有些露出骷髏頭，有些露出臉面形狀。

白金鬼補上，「立刻檢視左右鄰鬼，若有面生嫌疑者，推了出列。」

有小騷動傳來，一些鬼想逃跑，立刻被逮住，推出到長官面前。

「跪下！」黑銀鬼大吼一聲，出列的鬼魂立刻跪下，算算有十九個，「你們膽敢冒充勾魂使者！我最近就覺得不大對勁，一時忙碌疏於管教，你們竟乘機搗亂，還蠱惑他鬼亂勾人魂！」

「長官息怒，都是塌鼻鬼呂東指使我們去勾這幾個小孩魂的。」一鬼回道。

「塌鼻鬼呂東？果是此鬼在搞鬼！來啊，將呂東拼湊，帶過來！」

背後有十個勾魂鬼走向隊伍另一頭。

一大乘著空檔，「報告兩位長官，我們有三個同學目前下落不明，可能被這些假勾魂使者抓去了。」

「哦？他們叫什麼名字。」黑銀鬼問。

「活人男同學萬木黃、活人女同學方曉玄、鬼魂男同學羊立農。」

「你們幾個，有沒有抓走他說的三個同學？」黑銀鬼問跪著的鬼。

「報告長官，有……，兩人身關在西八二二地牢，三魂魄拘在西八九一地牢。」跪著的一鬼回答。

「渾蛋，你們不但冒充使者，還眞去勾人魂啊！等著下地獄吧！」白金鬼大爲生氣，「來啊，快去將男生萬木黃、女生方曉玄、鬼魂羊立農等人魂全帶過來！」

背後另有十個勾魂鬼快跑出隊伍。

前十個勾魂鬼提了一大黑袋子回來。

「確定袋內是呂東？」黑銀鬼問。

「確定。」

「好，就放著，幫他靈療後，再交金豹隊長偵訊發落。」

後十個勾魂鬼推了一四輪大板車回來。

一大心情沉重，和小勇、小丹、土也、小宇迎上前去。

羊皮在車旁扶著板車，阿萬、曉玄躺在板車上，面無血色。

「羊皮，還好吧？」一大匆匆一問。

「還好。」羊皮回答。

小宇戴貓鏡看了眼阿萬、曉玄，便昏倒在地。一大、小勇、小丹、土也匆忙俯身掐她人中，喊叫她。

小宇醒來，坐在地上，眼淚直流。

兩位長官走到板車旁將阿萬、曉玄身體扶坐起，分在兩人身旁黑袋提出魂魄，確認身分無誤，將黑袋分往兩人天靈蓋覆去。

阿萬、曉玄悠悠醒轉。

一大看阿萬、曉玄目光呆滯，小勇、土也叫他們也沒反應，一大急問，「爲什麼？爲什麼他們都沒反應？」

「他們的肉體魂魄分開了一陣子。」白金鬼說，「我們陰氣重，如幫他們加氣，會越加越虛，得導入陽氣。」

「啊？」一大傻住。

一大和小勇、小丹迅速交談，三人只想到雙潭爺爺奶奶。

「要讓兩人短時間內還陽，須有元陽未洩之人導入純陽之氣，否則事倍功半。」黑銀鬼說。

小丹聽了，說，「結過婚的，不適合，爺爺奶奶，不……」向一大、小勇搖頭。

「須人類？蛇類也不行？」一大看向金豹，「豹哥，怎麼辦？幫忙想想辦法。」

金豹想了下，「一大，你、小丹幾個童男童女打坐，幫他們兩個加氣，先頂住，我再想辦法。」

「好，好。」

一大、小勇、小丹、土也立刻上了板車，喬好位置，小勇、小丹盤坐在曉玄背後，一大、土也盤坐在阿萬背後，四人調息，後手貼前背幫曉玄、阿萬加氣。

一大只感到前有寒氣順著手臂一股一股衝來，弄得全身冰冷，但心中緊張，不敢鬆手。

過了半小時左右，一大實在受不了冰冷，也發覺前面的土也在發抖，考慮放手，正猶豫，忽覺背後有隻手頂住心口，心中一震，以爲是錯覺。

可是沒多久，一大身體暖和了起，往左看小勇，他上衣後背心處有掌大的凹陷，似眞有一隻手頂住，這才寬心了些。

一大開始冒汗，然後汗流浹背，再一會兒，看見最前面的阿萬伸直了雙臂，叫著，「熱，熱，好熱。」，另一邊的曉玄也伸出雙手當扇，猛向臉上搧風。

金豹的聲音低低入耳，「好了，大家可以收功了。」

同學收功，陸續下了板車。

幾人圍著曉玄、阿萬問長問短，隔一會兒，看兩人氣色好轉，大家才放心。小丹去扶來小宇，幾個女生緊緊擁抱，嚶嚶啜泣。

四十八、鬼畫符

一大靠向金豹，「豹哥，謝謝你在我們背後加氣。」
「我？」金豹搖頭，「我陰氣重，沒幫你們加氣啊。」
「不是你？難道是……活人？你剛才有沒有看見什麼活人在我背後加氣？」
「活人？沒……沒有。」
「哦？」
一大走了開去。
「金隊長……」，白金鬼走近，「這呂東，我們幫他靈療過了，請你將這十九個冒牌鬼加呂東共二十員帶走，我們會再清查，若還有漏網之徒，會再請你來協助偵辦。」
「好。」金豹轉身指示手下將二十員冒牌鬼架走。
「金隊長……」，黑銀鬼走近，「你剛才有沒有見到什麼活人在學生背後加氣？」
「沒有，怎麼了？」

「這幾個小朋友元陽未洩，助人祛陰也許勉強可以，但在短時間內助人還陽，可不像有這等能力。」

黑銀鬼盯看金豹。

「他們都是雲霧中學的學生，都有……」

「等等，你說『雲霧中學』？」白金鬼插入。

「是，雲霧中學的學生，都有氣功底子，校長老師也都是練氣之人。」

「金豹隊長對雲霧中學以及該校學生……滿瞭解的嘛。」白金鬼說。

「黃金小鎮就在雲霧中學下方坑道，學生有時候到坑道玩耍，偶會遇到。」

「那個學生，你叫他『一大』，他叫你『豹哥』，應不只『偶會遇到』的交情吧？」黑銀鬼手指一大。

「嘿，你說『一大』？他是我們大王的好朋友。」

「大王的好朋友？」兩位長官覺得不可思議。

「沒錯，後來一大擅入黃金小鎮，我和手下全力抓他，結果反被大王的護法給責罵了一頓。之後，我和一大也成了朋友。」

「一大小小年紀一個活人，怎會和你大王交上朋友？」黑銀鬼問。

「別看一大小小年紀，他寫得一手好毛筆字，他抄寫《心經》送我們大王……」金豹壓低聲音說。

「《心經》！」兩位長官同表驚訝。

「這年頭，哪個小孩還會寫毛筆字？」黑銀鬼懷疑。

「你親眼見他用毛筆抄寫《心經》？」白金鬼疑問。

「我？我是……沒親眼看他寫過。」

兩位長官交頭接耳一下，黑銀長官問，「金隊長，一大叫什麼名字？」

「席復天。」

「哦？」兩位長官同時哦了一聲。

「其他同學呢？」白金鬼問。

「那兩個雙胞胎兄妹叫崔少勇、崔少丹，其他的我不太清楚。」

「哦？」兩位長官又同時哦了一聲。

白金鬼則向背後的鬼使者交代一些話語。

很快的，有桌椅小燈，文房四寶搬來，擺放好。

白金鬼說，「我們許久沒看人寫毛筆字了。」

黑銀鬼說，「金隊長，請你叫一大來用毛筆抄寫《心經》，我們想開開眼界。」

「這……」金豹轉去問一大，「兩位長官說許久沒看人用毛筆寫字了，你可願意在這用毛筆抄寫《心經》？」

一大走向兩位長官，鞠躬，「不好意思，我怕會耽誤行程，下次來再寫好嗎？」

「不好，你現在寫。」黑銀鬼語氣硬了。

「現在就寫？」

「對，現在立刻就寫。」黑銀鬼聲音大了些。

「嘿，我就不寫。」

「不寫，就不得離開。」

「你……」

白金鬼走上前，「席復天，你幫我們清除了一些壞鬼，我們心中感激，但是……」壓低嗓子，「你的父親是不是叫席林風？」

「是。」一大點頭，心中納悶。

「那崔少勇、崔少丹的父親是不是叫崔一河，叔叔叫崔一海？」白金鬼又問。

「是。」一大心中更是奇怪。

「很好，你父親席林風幫崔一河延壽，讓勾魂使者不能即時順利拘到他的魂，崔一海又是冒牌勾魂使者的背後指使者，這些事，如果……那……恐怕……」白金鬼慢條斯理說道。

一大頓時明白，回頭看了眼同學們，雖心中不爽，但不想橫生枝節，「好，好，我寫。」坐在小桌前椅上，就著微弱燈光，準備寫《心經》。

同學們圍了上來，小丹奇怪，「一大，你在幹嘛？走了啦。」

「我寫《心經》送兩位長官，很快就好，你們稍等一下。」

一大拿起毛筆就寫了起，才寫幾字，「這什麼毛筆？筆毛有長有短還分叉，我用我自己的。」摸出魁星筆來寫。

「嗯，這毛筆年代久遠，是壞了……」，白金鬼收走了壞筆，看一大手，「咦，你手上沒毛筆啊？」

「自己隱藏專用的，別人看不到。」一大隨口說。

「有你的，寫吧。」

一大沒多久便寫好了一篇，站起，「寫好了，兩位長官，我們可以走了吧。」

兩位長官低頭看，讚道，「行書，嗯，好，好。」，「真是好字。」

「請你寫一百零八篇。」黑銀鬼說。

「不！」，「不寫！」一大和小丹立即表明不寫。

同學們得知黑銀鬼所說的話，也都心中有氣。

「這麼好的字，寫好一百零八篇才能走。」黑銀鬼又說。

一大正想如何是好，聽到一熟悉聲音傳來，「黑銀白金老弟，原來你們在這。」

一大轉頭看去，是牛將軍在說話。

牛頭馬面兩位將軍正大步走近。

「咦，豹哥，一大，你們怎也在這？」牛將軍好奇。

「牛將軍好，馬將軍好。」一大打招呼。

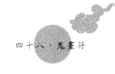

「哈哈，牛兄馬兄，是黑銀白金兩位長官請一大當眾揮毫，在寫《心經》呢！」金豹打招呼。

「牛大哥，馬大哥，你們都……和這一大認識呵？」黑銀鬼感到意外。

「當然。」馬將軍往小桌上看，「唷唷唷，這篇《心經》墨汁未乾，剛寫好的呵，眞是好字。」

「一大，你寫的《心經》，我和馬將軍都特別喜愛。」牛將軍笑說。

一大見狀，抓住機會，「牛大將軍，馬大將軍，我們同學要去旅行，回去後，我再多寫些《心經》，請豹哥再轉交兩位，可以嗎？」

「可以，當然可以，好好好，先謝謝了。」牛馬將軍笑著點頭。

「可是，這兩位長官非得要我現在就寫，還寫一百零八篇。我不是不寫，我是怕會耽誤同學旅行行程，旅行完回去再寫，補送，不是一樣嘛？」

馬將軍聽了，轉向黑銀白金，「兩位老弟，判官爺一個早上不見兩位鬼影，連勾魂使者都大半不見，差我牛馬二將找尋你們，你們倒好，在這強人所難，要一大現場寫一百零八篇《心經》？你們時間多啊？」

「唉唷，牛大哥，馬大哥，誤會，誤會，小弟不敢，不敢，我們只想多讀《心經》修身養性而已……」

黑銀鬼欠身說道，白金鬼陪著，轉向一大，「一大小兄弟，不寫，不寫了，你們去旅行，去旅行，好好玩吧。」

「黑銀長官，白金長官，我說話算話，回去後我會加寫一百零八篇《心經》，請豹哥轉交您兩位。」

一大說。

「呵唷，一大小兄弟，我們，我們，感謝你了。」白金鬼陪笑。

「那，各位，我們先走，找判官爺報到去，再見了。」黑銀鬼說。

黑銀白金快速走開，勾魂使者隊伍跟著離去。

牛將軍，馬將軍說公務在身，也隨之告辭了。

「一大，我派幾名精壯兵丁護衛你們。」金豹說。

「不用了，豹哥，我們有自己的護衛呢。」一大指指鎧甲軍士。

「呵，也是。那，我也走了。」

「好，豹哥再見。」

「各位同學再見。」金豹向同學們揮手，帶了鐵甲兵丁走了。

小丹靠近一大伸出左手腕碰向一大的左手腕，所有鎧甲軍士瞬間消失了去。

「又渴……又餓，我們……休息一下，吃點……東西吧。」阿萬說。

幾人都有同感，席地而坐，喝水，分東西吃，一大打開太極電照亮。

「曉玄、阿萬，你們沒受傷吧？」一大問。

「真是恐怖的經驗，我只記得有黑影撲來，身體立即冰冷刺骨，失了知覺，後來又熱又燙，才又回復了知覺。」曉玄餘悸猶存。

「我也……差不多，只是……看……不到鬼，怎麼……昏死……的都不……不知道，呵，生死一……線，死去……又……活來。」阿萬倒輕鬆，聳聳肩笑了笑。

「那些勾你們魂的鬼是假冒的，還好被一大識破，救了你們，我們一起用力幫你們加氣還魂。」土也說。

「不，加氣還魂另有高人，我們四個人加的氣根本不夠看。」一大說。

「我也感覺背後另有高人幫著加氣，我背心有一隻大人手掌貼上。」小勇說。

「就是，我、小勇盤坐在土也、小丹背後，我背後應該沒人才對，但我也感覺背心有一隻大人手掌貼上加氣。」一大接著說，然後轉向羊皮，「羊皮，你有看到什麼人？」

「沒看到。」羊皮回答。

「你是怎麼被關的？」

「我去搬救兵，一時情急，亂跑亂闖，被鬼警逮住，見我沒有鬼畫符，便從我背後一拎一扔關進地牢裡去了，急得我鬼吼鬼叫半天也沒鬼理我。」

幾人傳說羊皮的話，嘻嘻哈哈笑起。

一大突低叫一聲，「糟！」

一旁小丹問，「怎麼了？」

「忘了要豹哥留下阿萬父親的詳細地址。」

「地址？」

「長到爆的地址，什麼……第十層……北北東五什麼界，我哪記得住？」

「蚷蚷、喳喳牠們知道怎麼走吧？」

「也是。」

「不管了，走吧，算算都中午了。」

「走。」

一大關了太極電，黑暗中，同學們及蚷蚷全進到喳喳口中，移動了起。

「蚷蚷，路線你和喳喳記清楚了？」一大小聲問。

「嗯，只是……」

「只是什麼？」

「只是好像前面有……邊界，關卡，圍牆之類的，我和喳喳看不透。」

「看不透？」

「嗯。」

「豹哥查到地址，在第十層……太長，我沒記住。」

「沒關係，喳喳找得到路。」

「喔。」

一大忽感身子往後一倒。

「哇！」

同學低聲驚呼。

「喳喳加速了。」蚯蚯說。

過了一段時間。

「停下！」

外頭傳來一叫聲。

喳喳慢了下來。

一大往外看，有一片海藍色鏡面矗立眼前，可清楚看見喳喳、蚯蚯及所有同學和自己的影像，「哇，那鏡……看得到我們？」一大心驚。

「鬼畫符！」

外頭又一聲傳來。

「什麼鬼畫符？」一大不明白。

一腰配大刀，手執長戟，身著黑甲，頭戴黑盔的壯實鬼卒在眼前昂首站立。

「一大，鬼畫符就是通行證。」羊皮說。

「鬼畫符就是通行證？我們哪來什麼通行證？」一大不明白。

「兩條蟲加七個小孩活口以及一個鬼魂，全出列。」鬼卒叫道。

喳喳只好回復大家原形，下地排成一排。

大家四下看著，神情又緊張又訝異。

有三條隊伍長龍，排著大小鬼魂，似在等著過關，關口有十多位鬼卒守著。

「這一堵海牆，蚊子都飛不過，你們速度飛快，是不是意圖衝撞闖關？說！」鬼卒盯看大家。

「不是，長官，我們是在旅行。」小丹指著海牆問，「請問，要怎麼通過這個……？」

「出示鬼畫符便可。」鬼卒說。

「小丹，鬼畫符就是通行證。」一大湊上說。

「我們哪來什麼鬼畫符？什麼通行證？」小丹說。

「那就原路折返！沒鬼畫符還想闖關？當心打你們入地牢！」鬼卒走去。

大家交談了下，愣站了好一會兒。

「那鬼怎看得到我們？」一大問喳喳。

「看那堵海牆，好像連隱形蚊子都顯示得出來。」喳喳說。

「哦？厲害。」一大再看海牆一眼。

「這海圍牆寬大到感應不到邊際，沒鬼畫符，怎通過？」蚯蚯念念。

大家坐地商量，一時之間沒想出可行辦法。

四十九、陰陽水

「一大哥，我看你寫了一篇《心經》，可是沒看你拿筆寫，怎麼弄的？」蚯蚯突問。

「一大是用『魁星筆』寫的。」小丹一旁說。

「魁星筆？」蚯蚯、喳喳不瞭。

「蚯蚯、喳喳看不到魁星筆，一大，那你脫鞋碰一下腳，表演七星步給牠們看。」小丹建議。

「嘿，反正沒事，也好。」一大脫鞋。

「我們七人和羊皮都各有一枝魁星筆，可助我們文筆進步……」小丹向雙蛇說明著。

一大脫了鞋，用魁星筆碰一下腳，立刻走踏起了七星步。

同學們都圍著看。

「嗯，嘶……」雙蛇看著，蚯蚯說，「喔，你是在『步罡踏斗』？停下，別把神仙、鬼魂給請來了。」

一大停下，再用魁星筆碰一下腳，穿上鞋，「蚯蚯看得懂，可我功力不夠，請不來神仙的。」

一胖鬼卒走來，「你，報上名來。」指著一大。

胖鬼卒也身著黑甲，頭戴黑盔，與其他鬼卒不同的是他的黑甲滾有金邊。

「我？一大。」一大站起。

「名字！」

「席復天。」

「你剛才在『步罡踏斗』？」

「啊？你怎知道？」

「等等，我先問你，你怎會有『魁星筆』？」

「一大，別理他。」小丹站出來，對胖鬼卒說，「我們有什麼筆，不關你事。」

「妳？報上名來。」

「本姑娘，崔、少、丹。」

「小丹？」

「你知道我？」

「你爸是崔一河？」

「是。」

「哈，我是你爸的好友，妳小時候我看過妳。」

「我爸的好友？」

「是，我長你爸幾歲，我們一起練氣的，你爸是好人，很照顧朋友。」

「那……請問，您叫什麼名字？」一旁的小勇問。

「陽世名叫『關開』。」

「什麼？」

「就是關門開門，那個『關開』。」

「嘻，有人名叫『關開』？」小丹笑了下。

關開從口袋拿出一枝筆。

「哇，『魁星筆』？」，「你怎會有『魁星筆』？」一大、小勇、小丹很是驚訝。

「一河送我的。」

「我爸送你的？」小丹訝異。

「是，我臨終時你爸送我的。」

「你臨終？喔，你現在是……鬼。」小勇說。

「嗯，剛才我的『魁星筆』藍星閃動，引我好奇，走過來查看。」

「喔，原來如此。」小丹指小勇，「這是我哥，崔少勇。」

「喔，是小勇。你們雙胞胎兄妹，都長這麼大了。」

「關伯伯，你怎會在這？」小丹問。

「我在這負責海關，檢查進出的人鬼禽畜蟲鳥等等。」

「是哦？那，請你放我們過去可以嗎？」一大立刻插嘴。

「那你們得出示鬼畫符。」

「我們就是沒有鬼畫符，才想請您幫忙放我們過去。」一大說。

「你身上有鬼畫符呵。」關開盯看一大，「我幹了多年海關，誰身上有鬼畫符，誰身上沒鬼畫符，瞞不過我的法眼。」

「哪有？我沒騙你。」

「你褲子後面口袋有。」

一大伸手到褲後口袋，拿出兩紙，「看，就一張《心經》，我剛寫的，和一張紙條。」

關開接過那篇《心經》和那張寫著阿萬父親名字及生辰忌日的紙條。

「呵，行書寫的，好字，好久沒讀《心經》了，你寫的？」

「是我寫的。」

「嗯，這，可否……送我？」

「好啊，關伯伯，送您。」

「呵，眞是感恩。」關開收下了《心經》。

關開看紙條背面，「狂草寫的，呵，也是好字。」

「紙條背面沒字呀。」一大說。

「你們看不見的。」關開笑笑，看著紙條背面，「上面有准許通關者名單，我叫到名字的出聲。」

「喳喳蛇。」

「有！」喳喳答有。

「蚯蚯蛇。」

「有！」

「席復天。」

「有！」

「崔少丹、崔少勇、羊立農。」

「有！」，「有！」，「有！」

然後叫陳永地、萬木黃、方曉玄、夏心宇，四人分別戴上貓鏡喊了「有！」，叫壁小虎、螢飛飛，也喊了「有！」，「有！」……

「好，都到齊了。」

幾人覺得奇妙又好玩。

「關伯伯，海水怎會在這出現？」小丹問。

「這裡有勾魂地、陰陽水、無明火、急驚風四界，你們剛經過了勾魂地界，再過去便是陰陽水界，有海牆在此間隔作爲屏障，也是海關關卡。」

「哦？」

「以前有人鬼想搭乘毯子、帕子、滑翔機等無生命物件穿越地、水、火、風，皆無功而返，須按部就班，不能操之過急。」

「哦？」一大想到引子帕。

「好了，你們全跟我來。」關開往關口走去。

大家跟上，走進一透明辦公室。

到一櫃檯，關開取過一戳印在紙條背面蓋下。

「來，收好。」關開將紙條交還一大，「有此關防，『內關透外關，陰陽好相濟』，一路上雖不致全然遇浪浪平，遇火火熄，遇風風停，但，有所幫助。」

「是，是。」一大接過紙條，又看了看正反面，反面仍是空白的，連剛蓋的印也看不見。

「你們過關吧。」關開指向另一扇門，「從那門出去，後會有期了。」

「關伯伯，謝謝，再見。」大家揮手告別。

出門往前走了幾步，「等一下，我們大家在手心寫個『王』……」剛聽到關伯伯說「遇浪浪平，遇火火熄，遇風風停」，提醒了一大，便要大家用右手食指沾點水在左手心上寫個「王」字，再畫圈圈住，並和小丹分別向同學說明畫法及用意。

弄好後，準備朝海牆走去。

一大回頭沒看到蚷蚷及喳喳跟上，卻見小丹來說，「蚷蚷、喳喳在後面，牠們說走不動了。」

「走不動？」一大以爲小丹開玩笑。

「蚷蚷、喳喳……」一大走近蚷蚷、喳喳，只見兩蛇懶懶趴地，「你們累啦？要不，多休息一會兒？」

「一大哥，我和喳喳，腿軟……」蚷蚷說。

「腿軟？你們哪來的腿？」

「是……身體……骨頭全都軟了。」喳喳一旁說。

「生病了？」

「沒，我們……怕……水。」蚷蚷結巴。

「怕……怕水？」

「除了水蛇，蛇都怕水，又不只我們倆。」

一旁小丹忍不住偷笑，其他人知道後也笑。

「我都在高山生活，喳喳都在草原生活，對水不熟悉，而且還得負帶著你們前進的重責大任，想到就腿軟，不，全身都軟。」蚷蚷說。

一大完全傻眼。

同學們知道情況後，笑不出來了。

大家靜下，想下一步要怎麼走。

「呵呵，我是海中一條龍，岸上一條蟲。」

一沙啞聲音緩緩傳來。

一大、小丹轉頭看，同學們跟看，約十幾步外的地上，有隻烏龜爬來。

「水水！」小丹已衝上前去，同學們也圍了上去。

「水水？不會吧？」一大猛搖頭，不敢相信。

「呵，想快都快不了，一大哥，你以前都會來抱我的。」烏龜說。

「我的天，眞是水水！」一大上前，抱起烏龜。

「一大哥，如假包換，我是水水。」水水轉頭朝雙蛇說，「蚯蚯，跟你朋友喳喳一起，我揹你們下海去。」

「啊？」蚯蚯猶豫，「那，不淹死也會嗆死。」

「哪會？我教你們『龜息法』，你們是高蛇，不用一分鐘就學會了。」

「那，好，好……吧。」蚯蚯只好同意，喳喳也點了頭。

一大將水水靠近蚯蚯喳喳身邊放下。

「別擔心，不會淹死也不會嗆死的。」水水教起雙蛇龜息法。

過了一會，蚯蚯來向一大說，「我、喳喳、水水剛才討論，我們把同學們縮小上水水背，我和喳喳再縮小進你口袋，如此入海應能保萬無一失。」

「好呵，我沒問題。」一大笑笑。

一大轉告大家狀況，大家明白。

一大抱起水水，往海牆走。

在海牆邊，縮小的同學們上了水水背，各自雙腳朝內趴下，雙手抓牢龜殼一角，蚯蚯、喳喳也縮小進入了一大褲口袋。

「現在大家施展龜息法。」水水提醒。

一大轉說後，大家靜靜地施展龜息法。

「抓好，我要進入海水了。」水水緩緩爬入海水中。

水水入水才一划，便衝出好遠，一大眼前隨之一黑，暗自一驚，「這麼黑！」

同學們看不到任何東西，低聲驚叫，充滿緊張氣息。

水水說，「別緊張，這陰陽海水有一半是黑的，我用龜息法圈出一氣場，圈住大家，氣場內可看到東西，這樣好些吧。」

氣場圈出了一圓球，圓球內有亮光。

「好多了。」一大回答。

同學們可看到彼此，心安了些。

水水加快了速度，一大見一路上無波無浪，比起以前去大海感覺平靜得多，便微閉雙眼，靜下心來享受這黑暗水界奇妙的寧靜。

感到有水波晃動，一大睜眼看，見前方亮白一片，心想，「下一半是陽海了吧。」

就在跨越黑暗與亮白交界時，突然水水猛震一下，還沒搞清楚怎麼回事，就聽到「唰！」一聲，水水直線下墜。

「啊！啊！啊！」同學們尖叫。

一大只覺眼中黑白兩色飛快交錯，眼花撩亂之餘，見左手腕出現幾個小老人，心中大喊，「外公！」小老人蹦跳而去。

一大伸出左手，張開手掌，大聲叫同學們照做，希望有所幫助，往右側看，「啊？」，竟發現原先抓趴在靠水水尾部的土也、阿萬不見了！

一大忽身體一歪，見水水一個大轉彎，然後轉為平穩，逐漸慢了下來。

恢復平靜後，一大發覺已身在一片亮白之中。左右看看，是少了土也、阿萬。再左右上下看，兩人眞的不知去向，心中大駭。

「水水、水水，掉頭，土也、阿萬不見了！」一大大叫。

小丹、小宇、曉玄聽了眼淚迸飛，趴在水水背上大哭了起。

「一大哥，免緊張，飛鏢和超跑揹了他們，就跟上了。」水水不疾不徐說。

「你徒弟？牠們也來了？」

「呵呵……」

小丹聽得見，抹去眼淚，和小宇、曉玄交談。

沒多久，水水已上到了沙灘，「陰陽海水交會處煞氣太重，一不留神，我們就被一沖而下，呼……」

大家昏頭昏腦，蚯蚯、喳喳隱著形出了口袋，將大家全回復了原形。

沙灘過去有草地樹林，還有人影移動，「是鬼影吧。」一大看了眼。

「確是鬼影。」羊皮一旁說。

「嘿，羊皮，看你不會被水沖走，身體又不會痛，當鬼也滿好的。」

「呵，又羨慕？隨時歡迎加入。」

「慢慢等吧，『人身難得今已得』，當人更好。」

「哈哈，一大，有一套，確實是當人更好。」

一大和羊皮回頭朝海上望去。

隔了幾分鐘，遠遠見有兩個影子互相攙扶著，跌跌撞撞由海水中走來，「是他們！」一大衝上前去。

同學們也全跟上，七手八腳將土也、阿萬扶到沙灘上。

土也看去還好，阿萬又咳又吐，狼狽不堪。

大家圍上，曉玄問兩人，「你們還好吧？」

「呼，累死我了！」土也搖搖手，癱躺地上。

阿萬坐在地上大喘，「我竟……然……還……活……著。哈！哈！」大笑兩聲。

土也坐起，「同學，你們絕不會相信，有手，好多隻手，抓住我和阿萬，然後，居然，把我們兩個放到兩條鯊魚背上，就這樣，咻~游過來了，哇，你們……絕不會相信的，怎麼會……有這麼神奇的事！」說到口沫橫飛。

阿萬也湊上，「就是……簡直是……死裡……逃生，我……一輩……子不會……忘記，哇……哈哈，我……坐在……鯊魚……背……上，哈哈，太……爽了！」

一大見阿萬經歷危難並不喊痛苦難過，也沒說要放棄，還會大笑說話，心又放寬了些，和小丹互看一眼，小丹低聲說，「應該是佛珠仙翁幫他們的，交給飛鏢和超跑揹回來，之後再回復他們原形。」

「呵，是。」一大會心一笑。

「休息一下吧，大家都累了。」小宇說。

大家就地或躺或坐休息，喝水。

五十、無明火與急驚風

「一大哥、小丹姐，大家都濕透了，載你們去烤火烘烘乾好不？」

一大、小丹、小勇一聽，猛然抬頭，天上飛過一白色大鳥。

「白鳳凰？」小丹叫道。

「呱呱？」一大喊道。

「那是什麼鳥？」小宇一旁問。

「不……太確定。」小丹回應。

水水一旁說，「各位同學，白鳳凰來接你們，我要先回去了，祝你們接下來的旅途平安快樂。」

一大、小丹、小勇聽了趕緊跟其他同學說，大家去抱抱摸摸水水，互道珍重，然後看著水水游進海裡。

「水水，請問候我爺爺奶奶好！」一大大聲喊。

「好。」

「一大哥、小丹姐，得趕路了，往前走約五十公尺，有一葫蘆瓜，叫蚯蚯、喳喳把你們縮小進入葫蘆瓜，我抓住瓜蔓，帶你們穿過無明火。」大鳥在頭頂上邊繞圈邊說話。

「同學，游完泳，要去烘乾一下，往前走吧，不遠。」小丹喊道。

走了五十公尺，見一葫蘆瓜立在沙地上，大家裡外看看，充滿好奇，葫蘆瓜皮上開了一個小小方形口口，內裡部分挖空。

正看著，葫蘆瓜變大了，喔，不是，是大家縮小了。

大家依序跨進葫蘆瓜裡，靠裡站立在軟軟瓜肉中，感覺很是奇妙，蚯蚯、喳喳仍是隱形縮小進入一大口袋。

葫蘆瓜忽地搖晃，「啊！」幾人東倒西歪了幾下。從口口看出去，葫蘆瓜正離開地面，接著快速拉高。

可清晰聽見大翅膀強力揮動的颯颯聲，同學們表情緊繃。

「呱呵，待會兒如果太熱，請各位自己調整位子，葫蘆瓜裡的瓜肉可以稍微隔熱。」有聲音自上頭傳來，一大、小丹、小勇聽是白鳳凰說話，便轉告其他同學。

呼轟！一片火光在口口外忽地閃現，「哇！」大家本能後躲。

「儘量離瓜口遠些。」一大大叫。

「哇，我們陷身在火海中了！」小宇看了眼外頭，從口口邊跌撞著往後退。

「熱！好熱！」阿萬在胖臉上擦汗。

越來越熱，一大看同學的臉都熱到通紅，腦筋急轉，大叫，「大家用瓜肉塗臉。」自己抓了一把瓜肉便往頭臉抹去，軟軟涼涼的瓜肉確實讓頭臉涼快了些。

同學也都抓了瓜肉抹上頭臉。

但又更熱了，見大火已封住了口口，還有火舌轟噴進來，大家已緊張到不知所措。

「鑽到瓜肉裡去！」曉玄喊道。

大家一聽，不管三七二十一就往瓜肉裡鑽。

似乎涼爽了些，但沒多久，瓜肉也開始噗噗冒起熱泡泡。

「哇！熱！熱！……」同學們大叫。

一大看到他面前的阿萬在重重喘氣，沒一會兒頭一垂，身體歪了去，「喂，阿萬昏倒了！」

阿萬身旁的土也、小勇立刻扶住他，將瓜肉拼命往他身上覆蓋。

「蚯，我來。」一大聽到蚯蚯說話，「喳喳，麻煩你去堵住出入口。」

很快的，看不到口口外的火光。

土也、小勇似乎從阿萬的身邊被推擠了開去。

一大低聲向一旁小丹說，「是蚯蚯去纏繞住阿萬的身體，牠的冷血可以降溫。」

「喔。」小丹點頭，「蚯蚯剛才還叫了喳喳去堵住出入口。」

「妳也聽到了？」

「嗯，可是要再熱下去，我們就全都烤熟了！」

「是，呼……」

「再忍耐一下，就要通過火牆了！」

白鳳凰的聲音傳來，一大、小丹、小勇聽到，轉告了其他同學。

過沒多久，「吭咚，吭咚……」大家又東倒西歪了幾下。

「呱，落地了，大家可以出來了。」白鳳凰叫道。

「落地了，大家可以出去了。」小丹大聲說。

又看見了出入口口，「呼，呼……」幾人張大口吐出熱氣。

阿萬清醒了，由土也、小勇架住，先走出去，其他人再踉踉蹌蹌走出葫蘆瓜。

「喂，下雨了！」土也回頭興奮叫道。

「哇哈，下雨了！下雨了！」大家抬高頭臉讓雨淋個透涼。

「哇，這葫蘆瓜外皮都燒焦了，太恐怖了。」小宇指著葫蘆瓜外皮驚叫。

大家忽然看到一團火球從頭上飛越過去，很是驚訝。

「一大哥、小丹姐，大耳哥會接你們繼續趕路，我要走了，後會有期。」火團在頭頂上說道。

「是白鳳凰？哇，牠身上著火了！」一大叫道。

「白鳳凰你著火了！」小丹立即向白鳳凰大喊。

「呱哈，別擔心，我浴火鳳凰重生去了，再見。」

一團火球的白鳳凰轉個彎，直直飛入熊熊大火中。

「啊！啊！啊！……」

大家一片驚叫，小宇、曉玄又「哇……」地哭了起。

蚯蚯的聲音傳來，「一大哥，那是鳳凰浴火重生，牠帶著人世間的仇恨、不滿及傷痛投入烈火自焚，換得人們幸福美滿，那就是佛家所說的『涅槃』，請大家雙手合十恭送牠一程吧，阿彌陀佛。」

「蚯蚯，牠是烏鴉呱呱，還是白鳳凰？」一大問。

「此時此刻，牠是浴火鳳凰。」

一大在細雨中向同學們說，「同學，鳳凰浴火重生去了，我們恭送牠一程，阿彌陀佛。」雙手合十。

大家面向火海，綿綿細雨中雙手合十，口念「阿彌陀佛」。

雨停了，大家喝水，休息著。

「剛才……又燒又熱，是有……誰抓我手，用手指腹……從我手腕……推到……手肘嗎？」阿萬問。

曉玄聽了，「你說的是『清天河水』。」

「什麼？」大家看向曉玄。

「前臂內側中央有穴道叫『天河水』，我小時候發燒，外婆就用食中指腹幫我從腕橫紋推到肘橫紋，可退燒清熱。」

「是妳幫阿萬推的？」小丹問曉玄。

「不是，我當時也熱昏了。」曉玄回說。

「那是誰推的？」小丹又問。

大家互看，都搖頭。

「地震！」小宇忽地叫道。

土地呯呯咚咚震動有聲。

一大回頭看，見不遠處有塵土揚起，一龐然大物衝了過來，「歐呼！」叫著。

「是大象！」小丹叫了聲。

大象停步，距大家十步遠，「二大哥，即時雨……淋得舒服吧？」

一大看著眼前的大象，「你，認識我？」

蚯蚯的聲音說，「二大哥，牠是坑道裡上小指山的那纜車大象。」

「啊？哦，你是載我們上山的那纜車……大象！」

「是呵，我叫『大耳』。」

「土也、阿萬、曉玄、小宇、羊皮，二年級下學期，記得吧，我們在學校坑道搭了上山的纜車，他事實上就是這頭大象，牠名叫『大耳』。」一大向好友說。

「哇，是那大象。」

土也、阿萬、曉玄、小宇、羊皮記得。

「大耳，這是小丹，那是小勇，上次他們不在。」

「喔，兩位好。」

「大耳，剛才那雨是你下的？」小丹問。

大家聽了，很是驚訝。

「呼哈，小丹姐眞是冰雪聰明。」大耳呼哈一笑，「我這長鼻可好用了。」抬高長鼻，呼～呼～，又噴了一陣細雨灑下。

大家開懷嘻笑，「原來眞是……，哈……嘻……」

「剛才白鳳凰說，『大耳哥接你們繼續趕路』，原來指的是你。」一大說。

「是呵，前頭的風，東風西風，南風北風，颱風颶風，冷風熱風，山風谷風……，什麼風都有，日復一日不停的颳。」

「哦？」

「不用怕，兵來將擋，水來土掩，我有大耳一對，風來耳搧，我一搧兩搧，暴風強風烈風也會化作柔和舒服的清風。」

一大、小勇、小丹轉述給同學聽，大家又一陣嘻嘻哈哈。

「不多說，趕路吧，縮不縮小，隱不隱形沒大關係，我背上一次載上十個八個大人都不是問題。」大耳說。

蚯蚯的聲音說，「一大哥，我和喳喳不怕風，跟著大耳走就可以了。」

「好。」

「我用長鼻把你們一個一個捲到背上，背上兩側掛有結繩網袋，一邊有五個，你們平均分兩邊坐入袋中即可。」大耳又說。

同學們聚集討論一下，阿萬的身體狀況沒問題，其他同學們也休息夠了，大家就準備好上路。

「大耳，我們準備好了，走吧。」一大向大耳說。

「好，來。」大耳用長鼻把同學一個一個捲到背上，左側網袋依次坐了小勇、小丹、曉玄及小宇，右側網袋坐了一大、阿萬、土也、羊皮。但羊皮頑皮，喜歡飄去跨坐在大耳頸背中央，反正羊皮沒重量，大耳沒意見。

「歐呼！」大耳吼叫一聲，邁開巨腳走去，土地又呯呯咚咚震動起，背後一片塵土揚起。

一大居高四下眺望，上有藍天白雲，後有熊熊大火，前有大草原小樹林，「哈，我們現在比較像郊遊踏青了。」

阿萬問身旁的一大、土也，「剛……才那……葫蘆裡，是有……冷藏……設備嗎？」

土也笑他，「你是燒到透斗啦？葫蘆裡怎會有什麼冷藏設備！」

「不……然我昏……沉中，好像……有冰……涼的東……西，靠……我……身上？」

「是蛇同學，隱形了，你們看不見，牠又冰又涼。」一大忍不住說。

「啊？喔。」阿萬吐吐舌，雙手對空合十，喊到，「謝謝你，蛇同學！」

「那條是過山刀蚯蚯，另一條是毒蛇喳喳，喳喳牠堵住出入口讓火進不來。」

「喔，喔……」土也和阿萬一起雙手對空合十，喊道，「謝謝蚯蚯，喳喳。」

「嘶～嘶～」

「聽到沒，蚯蚯、喳喳回說不客氣。」一大說。

「啊？」

風從四面八方吹來，大耳用牠耳朵大力搧搧，那些大風小風就化成柔柔清風，吹得人很舒適。

過了一會兒，「喂，好像越來越冷？」土也抱胸搓手，「這棵大樹，好像剛剛走過兩次了？」土也說。

「嗯，我也覺得。」一大點頭。

「是上……山吧？那應……該會……冷。」阿萬說。

「不是，是陰風。」一大低聲說。

「啊？」土也和阿萬緊張四望。

聽到大耳說，「同學，請一起就地盤腿打坐，並念佛號，南無阿彌陀佛，南無阿彌陀佛……」

一大轉述給土也和阿萬，並說，「原地打轉加陰風陣陣，可能是鬼打牆。」

「啊？」土也和阿萬驚訝。

聽到另一側的小勇也在大聲轉述。

這一側，三人加羊皮便在繩袋內盤起腿打坐，靜心念道，「南無阿彌陀佛，南無阿彌陀佛……」

念著，念著，似乎漸漸不冷了。

大家才一放鬆，緊接著，一股熱風烘來，「熱……熱……」幾人用手猛搧。

「怎麼回事，剛剛才冷，馬上又熱了。」土也奇怪。

「我……知道，這是……過……山風，焚……風。」阿萬雙手在臉上擦汗。

「喔，我聽過，只是這麼熱的風，熱不死人哦。」一大皺眉。

「一下超冷一下暴熱，人不生病才怪。」土也念道。

熱持續著，是一種令人窒息的熱。

一大有點緊張，多看了身旁的阿萬一眼，心想，「蚯蚯、喳喳不知在哪？」

「我們再打坐，也許有幫助。」一大說完便念，「南無阿彌陀佛，南無阿彌陀佛……」

土也、阿萬和羊皮也一起念。

念著，念著，心靜下，似乎漸漸也不熱了。

大耳呼呼咚咚快步前行著。

一大覺得有點頭暈，腿部有點抽筋，看看阿萬、土也，兩人看來好像沒事，自己也就沒多理會身體出現的小症狀。

「歐呼！有龍捲風，抓好！」

聽到大耳喊叫。

一大立即大喊，「小心龍捲風！抓好！」

一抬頭，見一龍捲風自前方呼嘯而來，下小上大，夾帶著枝葉雜草等物捲拋上半天，沒一會兒功夫就近到眼前，忽地遮天蔽日。

大耳咚咚快跑了起，「歐！歐！呼！」，一大以爲大耳要閃躲龍捲風，再一看，「哇！」大耳竟直直往風眼衝去，一大本能緊緊抓住網袋上的繩索，狂風呼嘯聲中，聽見土也和阿萬也在哇喇哇喇叫。看大耳直往風眼衝，一大心臟快從心口跳出來了，大耳的一對超大耳朵啪啪搧動了好幾下，「啊！」

一大忽然發現自己騰空而起，再看，居然是大耳飛起來了！

「小虎、飛飛，我沒看錯吧？大耳飛起來了？」一大驚叫。

「嘎，沒看錯。」，「嘻，牠耳朵當翅膀，眞飛起來了。」小虎、飛飛回應。

一大看向阿萬、土也，感覺兩人好像很不舒服，臉色蒼白，一下拍拍臉，一下又甩甩頭。

「我頸子好緊，手腳抽痛，我……」土也在叫。

「我……啊……噢……」阿萬痛苦出聲。

「糟！」一大心中暗叫不好。

大耳隨著龍捲風上捲，一捲一捲飛快旋轉而上，一大已經暈頭轉向到不知東西南北，只意識到大耳似乎在和龍捲風玩耍，但自己的腦袋瓜發脹，手腳都在抽筋，旋轉……旋轉……轉……轉……

「一大，醒醒……醒醒……」

朦朧中，一大聽見羊皮在叫。睜眼一看，「啊？」慌慌坐起。

土也、阿萬、曉玄、小宇、小丹、小勇，全半坐半躺在旁，都臉色蒼白，痛苦呻吟。

「一大，大耳給了藥丸，已放入你口中服下，你可以動的話，快來幫忙給大家服藥，喝水……」羊皮急說。

「好，好。」一大扶住大耳伸來的長鼻，撐起身子，「什麼怪病，手腳怎還在抽筋？」

「一大哥，是急驚風，我的長鼻夾有藥包，裡面有草藥丸，快拿給大家服下，一人一粒。」大耳說。

「喔，好。」一大忍著不舒服，趕緊取了藥包，給大家一一服下草藥丸。

大家休息，一大走去問大耳，「大耳，急驚風是什麼病？」

「你們一路上擔驚受怕，寒熱交逼，抵抗力弱了，又遇上這裡各種冷熱怪風侵襲，就生了急驚風，會頭昏腦脹，手腳抽筋。」

「哦？」

「許多人經過這風牆都生此症，這風牆也就被人叫作『急驚風』了。」

「哦，可你都不怕風，我還看到你在和龍捲風玩耍？」

「呵，我那是在馭風。」

「馭風？」

「就是駕馭風，你們都生病抽筋，我趕緊借龍捲風的速度，馭風飛行，好儘快飛越風牆。」

「高！」一大豎大拇指，「你還會算到隨身攜帶草藥丸，眞太神了！」

「哦，那草藥丸是你老師帶來的。」

「老師？」一大只覺神奇，忽想到另一事，「對了，是你，你還會噴黑面藥？」

「呵，是呵，特殊配方，做壞事的人碰上我，我朝他臉上一噴，就全黑了。」

「哈，有一套。」

「嘶～嘶～呼～」

一大聽見蚚蚚、喳喳喘著氣出聲。

「蚚蚚、喳喳？怎麼那麼喘？」

「一……大哥，是……我跟喳喳……去前頭探路，好喘，不過……一切順利，用不了多久就……可到……目的地了。」蚚蚚說。

「喔，那好。」一大頓了下，「你們手腳沒抽筋？」

「我們……哪來的……手腳？」

五十一、阿萬與父相會

大耳離去，同學們休息過，身體不再有什麼不舒服，就準備上路。

大家進了隱形喳喳口內，喳喳便快速滑了出去。

一大從喳喳口內看出去，見平疇綠野飛快閃逝，恍惚中，綠野藍天化成了白雲白霧，有如走入雲霧之中，萬相不相，身心俱渺。

過了一段時間，喳喳停下，喊了聲，「到了。」

一大醒覺，「到了？」似覺剛才入了定，深感奇妙。

大家陸續走出，聽見阿萬叫了聲，「我家？」

一大看眼前一排房屋，有庭院，有轎車，是富裕人家的住宅區。

一間屋子門開，走出一中年胖胖的男人，阿萬一看，立即對他叫了聲「爸！」並且上前擁抱，但擁抱不到，阿萬表情驚訝，頓時淚流滿面。

同學們站在一旁看著，不知如何是好。一大看萬伯伯是黑白的，是靈魂。

一大上去拉住阿萬，「阿萬，別急，冷靜。」

阿萬的爸爸招手請大家進到屋裡，一大拉阿萬先進去，其他人跟進，走進一寬敞的客廳。

阿萬的爸爸招呼同學們坐，自己坐在一單人沙發上，「木黃，你和同學來看爸爸，爸爸謝謝你們。」

「爸……爸，你好……嗎？」

「不用擔心，爸爸很好，爸爸希望你也好，那爸就不用擔心你了。」

「我好……爸，這……屋子和……家……裡都是……同樣裝……潢。」阿萬四下看。

「所以，都沒什麼變，是吧？」

「嗯。」

「生死陰陽的差別，只是空間不同，別因想念爸就亂了你自己的生活。」

「哦，我……我……」

「你寫給爸的《心經》，爸都收到了，一百零捌篇，眞不錯。」

「我……回去……再……多寫。」

「爸這不用了，你可多寫爲自己修身養性，或送給其他需要的人。」

「是，爸你……有……缺什……麼嗎？」

「不缺，什麼都不缺。」

「那……就好……」

「你放假就多陪陪你媽。」

「會……我會……」

「這裡不是你該久待的地方，早點回去吧。」

「啊？爸，我才……來……幾……分鐘……」

「幾分和幾年一樣，有緣起便有緣滅，別執著。」

「這……我……」

「你經歷了地水火風，鬼門關前走過幾回，對了生脫死也應有所明白，對生若能了悟，對死便能解脫。」

「喔，是……好像……是……」

「那就活在當下，放下罣礙，你胡思亂想，只會增添自己和爸爸的煩惱，明白不？」

「喔，是……是……明……白……」

「好，天黑了，你們回學校去吧。」

萬伯伯起身，阿萬「咚」地向爸爸跪下。

萬伯伯立即說，「木黃，快起來，我們若有緣，會再見面的。」

阿萬緩緩起身，父子碰觸不著對方，阿萬難過，「那，爸，我們……走了，再……見。」

同學們起身，跟著阿萬父子走出屋子。

千般不捨，阿萬還是得離去，父子揮手告別。

聽到隱形喳喳來說，「一大哥，大家可進帕子直接回學校。」

「哦？」一大疑問，「你是說，地水火風，不用倒著走一次風、火、水、地？」

聽到隱形蚯蚯說，「經歷一次便了生脫死了。」

「嗯，剛才阿萬爸爸有說。」

「老師也有說。」

「梅老師？」

「萬老師。」

「啊？喔。」

「一大，要走了嗎？」

聽小宇在叫。

「來了。」一大走了過去，見同學們圍著阿萬說話，看阿萬在介紹他家附近環境，小時候在門口及院子裡和爸爸玩耍的情景，臉上有著如釋重負的輕鬆神情。

「好了，同學，天都黑了，我們回學校去吧。」一大上前。

「要再走一趟地水火風嗎？」土也問。

「回程不用，大家閉上眼睛，有交通車直達學校。」一大說。

「呵，搞不好來得及回學校吃晚飯。」曉玄說。

「好……極了，我……可憐的……肚子……餓……扁了。」阿萬撫摸他肚子。

「哈哈……」

「大家聚過來，小虎，飛飛，蛇同學，來來，我開手電筒引路。」一大點了名，然後用小拇指按住太極電開關，對著引子帕照去，念，「我們回雲霧中學。」

「咻~咻~」幾道黑影隱入帕內。

飄飄蕩蕩的，過了一些時間，大家發現置身在一樹林中。

幾人四下看，不太確定這樹林的位置。

突聽阿萬叫，「哇，哈，看！餐……廳就……在……那邊！」指一方向。

「哈，看，有些同學正在進餐廳，快，洗手洗臉，吃飯去。」小宇跑了去。

大家跟著跑去。

一大將太極電、引子帕、呱呱衣收入書包中，對空一鞠躬，「喳喳、蚯蚯，謝謝你們。」

「呵，嘶~，不客氣，我們也走了，一大哥，再見。」隱形的喳喳、蚯蚯說道。

「再見。」一大揮手。

羊皮也說了再見，走了。

一大往餐廳方向走，見土也跑回，叫，「一大，一大……」

「幹嘛那麼急？」

「中飯，現……在才吃……中飯！」土也喘說。

「中飯？」一大愣了一下，「今天星期幾？」

「……」換土也愣了。

兩人立即跑向餐廳，出了樹林，見天光明亮，一大心想，「眞的是中午！」

尚未開飯，餐桌上，曉玄在和小丹、小宇、小勇在聊著。

「今天星期幾？」一大即問。

「問過了，是星期天。跟我們出發旅行日是同一天，小宇、小丹的手錶剛才都指著十二點，中午。」

曉玄說，「看來，我們剛去的地方和學校有玄奧的時間差異，可是要找誰來證明那邊已天黑了呢？」

大家你看我，我看你。

阿萬突然站起，「謝謝一大及各位好同學陪我走過這趟難忘的畢業旅行，沒有你們我不可能再見到我爸，沒有你們我沒辦法明白如何放下，沒有你們我沒辦法明白什麼是了生脫死，謝謝，謝謝，眞的謝謝你們。」猛鞠躬。

大家愣住。

一大說，「哇，這些話證明眞的是天黑了，阿萬是天黑後就想要睡，而且他只有睡著後講夢話才不結巴，才如此肉麻兮兮。」

「哈哈……」

吃過中飯，小丹找了空檔向一大說，「旅行時，曉玄、小宇、土也、阿萬對我們的黑羽毛衣愛死了。」

「哦？」

「他們認爲黑羽毛衣能保護人，還能看見其他空間的東西，功能棒極了。」

「那？……」

「一大，你想過沒，我們畢業後就可能再也見不到好同學了。」

「當然想過。」

「若把自己喜歡的黑羽毛衣送給他們，他們就會一直記得我們。」

一大見小丹眼中有淚光一閃。

「小丹，妳心地善良，可是，我們，嗯，先去跟何婆婆商量一下比較好吧。」

「我和哥已答應把我們兩件送曉玄、小宇她們了。」

「啊？」

「曉玄和小宇是我們的好同學嘛！」

「我明白，我也樂意送，可我只有一件，沒法同時送土也、阿萬兩人吧。」

「阿萬胖，穿不下，你送土也一人就好。」

「哦，那沒問題。」一大說，「那，我們現在就去跟何婆婆說，呱呱衣可是她親手做了送給我們三個的。」

「好。」

兩人到庫房找到何婆婆，還沒開口說呱呱衣的事，何婆婆倒先說，「一大、小丹，梅老師跟我說，你們七個同學要去十二層樓參加羊立農的畢業典禮，請我縫製黑羽衣，一共七件，方便你們看得到整個典禮進行並方便互相交流。」

「啊？」，「哇！」一大、小丹同時一驚。

「婆婆怕趕不及，也怕你們同學來不及熟悉黑羽衣的功用，所以婆婆在想，你們兩個加小勇那三件可不可以先送給陳永地、方曉玄、夏心宇三個？婆婆兩三天內再趕製一件大號的給萬木黃，讓他們四個可以先穿上，也好多熟悉一下。」

「婆婆，您……早知道了？」小丹驚奇問道。

「知道什麼？是梅老師他……」

「是梅老師，太神了。」一大附耳小丹。

「婆婆，沒問題，我們就照您說的做。」小丹即說。

「好，那另外三件，要做給你們兩個和小勇的，婆婆想辦法在羊立農的畢業典禮前趕出來。」

「婆婆，別太累，趕不出來也沒關係，我們三個可輪流戴貓眼鏡。」一大說。

「呵呵……，婆婆知道。」

一大、小丹告辭離去。路上，兩人討論好，等拿到阿萬那件，再一併分送給曉玄、小宇、土也和阿萬四人。

兩人順道去犬舍看看，麥片、飛刀、豆豆、栗子、天星、檸檬、胡桃、公仔八隻米格魯警犬都在，唔唔汪汪全圍了過來，一大、小丹抱了抱每隻狗狗。

「一大哥，你和同學們跟喳喳、蚯蚯去地府畢業旅行哦？」麥片走近問。

「呵，麥片，你果然厲害。」一大撫摸著麥片。

「萬老師幫你和小丹姐加氣哦？」麥片又問。

「萬老師？加氣？」一大奇怪。

「萬老師幾天前經過這裡，在我們幾個頭上摸了摸，他的氣很不一樣。」

小丹一旁聽了，立即說，「一大，在你和我哥背後加氣救曉玄、阿萬的會是萬老師？」

「哇，對啊，一定是他，是萬覺老法師，高高高……」一大拍手，「老法師的氣確實不一樣，哈，高高高……，我原先還猜是不是梅老師呢。」

「嘻，原來是萬老師，他跟著我們一起旅行，保護我們。」

「幫阿萬推拿手臂清天河水，給我們治急驚風的草藥丸，想必也是萬老師出手相助，這一路上他像是阿萬的守護菩薩，保護他，也保護我們！」

「眞好。」

五十二、羊皮的畢業典禮

四天後的下午，在崔家客廳，曉玄、小宇、土也、阿萬收到一大、小勇、小丹送的黑羽毛呱呱衣，開心到筆墨難以形容。

「同學，穿上黑羽毛呱呱衣，走路可以跨大步，跑步可以快速度，跳高可以跳很高，如從很高的地方跌下，手張開還可滑翔落地，但注意，穿了它不能飛。」一大說明呱呱衣的功能。

「暗處及陰間，可以看見人鬼物件，和鬼魂說話。」小丹補上。

「要先讓狗狗認得你們穿呱呱衣的樣子和味道，免得狗狗撲上咬你。」一大又說。

「非必要不要在其他同學面前穿。」小丹又說。

「要記得謝謝何婆婆，這些呱呱衣可是她一針一線親手縫製的。」小勇說。

曉玄、小宇、土也、阿萬四人都點頭表示知道。

接下來的幾天，尤其是晚上，曉玄、小宇、土也、阿萬常興致勃勃，沒事就拉了一大、小勇、小丹或其中一人或找羊皮，去樹林裡、坑道中穿上呱呱衣玩。

羊皮的畢業典禮前一天早上，羊皮提醒一大，「明天下午三點，你們七個要記得參加我的畢業典禮喔。」

「當然，喂，你還沒告訴我們十二層樓怎麼去？」

「打坐就可以到。」

「打坐？」

「你們試試，其實我也不太清楚，還在等通知。」

「哦？」

何婆婆來告訴一大、小勇、小丹，「黑羽毛不夠，婆婆怕趕不及做那另外三件給你們三個。」

「婆婆，沒關係，我們輪流戴貓眼鏡，沒問題的。」一大說。

「呵，乖，再等一陣子，一有羽毛，婆婆馬上就做。」何婆婆說。

「婆婆，辛苦您了，謝謝，謝謝。」三人鞠躬。

羊皮的畢業典禮當天早上，一大竟然沒見到羊皮來上課。

「糟了，一個早上連羊皮鬼影也沒看見，下午三點的十二層樓怎麼去？」近中午時，一大向土也、阿萬說。

「再等一下吧，等羊皮出現。」土也拍拍一大肩膀。

中飯時，梅老師吹過開動哨子，走到一大這桌旁，「你們五位同學，加崔少勇、夏心宇共七人，下午兩點整到禪房向老師報到。」

一大正想站起說話，便聽見小丹說，「報告老師，我們下午有事。」

「老師也有事，老師的事，跟你們的事是同一事。」梅老師說。

「啊？」

梅老師走了，五人面面相覷。

一大覺得心安，「呵，安了，梅老師會帶我們去參加羊皮的畢業典禮。」

「哦？」大家半信半疑。

中飯過後，梅老師又走來，「補充，你們待會兒到禪房時，要穿正式校服，帶水壺裝滿開水，另外有黑羽毛衣及貓眼鏡，夜視鏡的都帶上，崔少丹負責轉告崔少勇、夏心宇相關事宜。」

「是。」

幾人比較確定了，梅老師看來真的是要帶大家去參加羊皮的畢業典禮。

一大往小宇那桌看去，見孫子的位子仍空著，想到下午去參加羊皮的畢業典禮，自己能不能畢業還是問題，心情很是複雜。

兩點整，七人到禪房向梅老師報到，張龍老師也在。

一大戴著貓鏡，一眼看見羊皮也到了，低聲問，「羊皮，你怎現在才出現？」

「梅老師叫我等他通知，我便在坑道等。」

「喔。」

「有黑羽毛衣的穿上，席復天的貓眼鏡給崔少勇戴，席復天和崔少丹戴夜視鏡。」梅老師說。

大家便照著老師說的做。

然後，羊皮加一大等共八個同學一起，在梅老師和張老師指導下，一字排開，盤腿打坐。

梅老師和張老師在同學背後盤腿坐下，一一幫同學們調氣。

一大聽見梅老師說，「席復天，崔少丹，你們氣功有潭中二老的底子，老師幫你們兩人開天眼，功能大致像穿上黑羽毛衣一樣，但因你們自身功力無法持久，所以天眼開後只能維持半天左右，你們兩人聽到的話，點一下頭。」

一大點頭，心想應只他和小丹有聽到。

幾分鐘後，一大聽見有喀喀聲，似乎是喉嚨發出的，便咳咳兩下，喀喀聲慢慢消失。

不知過了多少時間。

「好，張開眼睛。」

聽見梅老師說話，一大張開雙眼。

「哦？」一大眼前出現一小型禮堂，前方講台上有黑影走動。左側看，土也、阿萬、曉玄、小宇、小丹、小勇、羊皮依次坐著。

一大覺得口乾，喉嚨癢癢，喝了幾口開水。

「一大，你看得到那些？」土也喝口水小聲問。

「看得到，你呢？」一大回應。

「當然，看這禮堂快坐滿了。」

「嗯，看來有一百多人……和鬼吧。」

「第二排，校長，梅老師，其他老師全都在。」

「哦？這麼盛大。」一大伸長脖子往前面的第二排看，校長的光頭看得很清楚，校長的左手邊是雲霧中學的老師們，第一排坐的則都是黑白的男女。

「光線是用石頭反射的。」

「嗯。」一大左右看前後望，前後有十幾排，每排有十幾個座位，木製椅座椅背全是白色，禮堂頂及四面皆是灰白岩壁。

「校長，各位老師，各位同學……」

台上有人講話。

一大向台上看去，「啊？華……」台上講話的竟是華九師兄。

「你認識？」土也小聲問。

「嗯。」一大向羊皮看去，羊皮也直直盯看台上的華九。

「今天，華九很榮幸在此主持十二中學第一屆畢業生畢業典禮……」

「十二中學……」一大複念了下。

「現在請十二中學創辦人致詞。」華九說。

鼓掌聲中，華九背後走出一鬼，「鬼大王？」一大看是鬼王年輕時的模樣。

「歡迎各位嘉賓，特別是雲霧中學的柳校長，梅老師及其他各位老師和同學，感謝你們協助教育本地失學子弟。

暑假過後本校將開設新的高中部，校名為十二高級中學，草創初期，特請華九先生擔任代理校長，直代理到正式校長到任之日，高中部第一屆預計招入新生五名。現在，我們開始舉行中學部第一屆畢業生畢業典禮。」

鬼王鞠了一躬，退到台側一椅坐下。

華九接過大聲說，「十二中學中學部第一屆畢業生畢業典禮，典禮開始。」

台後有鼓號音樂響起。

「十二中學中學部第一屆唯一的畢業生，羊立農同學，請上台領取畢業證書。」華九再說。

一大看羊皮起立，走上台去，華九將一卷畢業證書交給他，羊皮恭敬領過，鞠躬，下台，回座，鼓號音樂再度響起，大家鼓掌。

「現請雲霧中學柳校長致詞。」華九說。

柳校長走上台去，「各位嘉賓，十二中學創辦人，校長，各位老師和同學，本人感謝貴校的邀請參加貴校畢業典禮。貴校中學部第一屆唯一的畢業生，羊立農同學，也在雲霧中學讀過兩年書，羊同學畢業，本校與有榮焉。

另外，本校有一位席復天同學，這兩年來一直陪伴羊立農同學讀書學習成長，本人在徵得貴校創辦人及校長同意後，在此也頒發給羊立農同學及席復天同學『雲霧中學優秀學習證書』。現在，請羊立農同學及席復天同學上台領取證書。」

一大愣了一下，土也推他一下才走上台去。

鼓號音樂響起，大家鼓掌，一大和羊皮恭敬自柳校長手中領過一用紅絲帶綁束的紙卷證書，柳校長又說，「兩位同學，你們現在領到的證書要在雲霧中學畢業典禮之後才生效。」

「是。」兩人鞠躬走下台，回座。

柳校長下台，回座。

華九接說，「接下來，十二高中第一屆預計招入新生五名，現有三名在現場，本人樂意先介紹給各位認識。羊立農，吳大山，劉世明，起立，到台上來。」

聽到吳大山名字，一大驚訝，轉頭四望，看到了吳大山。

土也、阿萬、曉玄幾人也在轉頭看。

羊立農，吳大山，劉世明三個走上台去。

「這三位同學，特別是吳大山，今後懇請雲霧中學柳校長，梅老師及其他各位老師和同學，運用貴校豐富的教育人才資源，從旁協助他們走正路，勤學習，另兩位同學大約兩星期後報到。」

華九和鬼王交頭接耳一下，華九再面對來賓說，「謝謝各位來賓光臨，十二中學中學部第一屆畢業生畢業典禮，典禮禮成。」

鼓號音樂響起，在大家鼓掌聲中結束了畢業典禮。

來賓緩緩起立，向兩側門口方向走去，靜靜地散了。

在梅老師和張老師安排下，一大等八個同學在座位上坐著，以小腿交叉打坐運氣。

當再聽見梅老師說，「好，張開眼睛。」

一大張開雙眼，見大家已回到了禪房。

大家往禪房外走，一大走近羊皮，「羊皮，你高中真要上十二高中？」

「沒得選擇吧？」

「還跟呆鵝做同學？」

「想到這個，眞想去死。」

「你已經死了。」

「再死一次。」

「哈……」一大頓了下，「華九師兄當校長，你可爽了。」

「他是代理校長，做多久還不曉得。」

「哦，也是。」一大想到小丹爸爸。

「自己守規矩，誰當校長都一樣。」

「哈，羊皮不錯，會想了。」

「是呵，一大，畢業後，多回來看看吧。」

「會，一定會。」

「謝啦。」

「別客氣。」

五十三、雲霧畢業典禮預演

接下來，同學們利用課餘時間整理校園，打掃環境。

六月十八日，正式上課最後一天，上完課便開始在操場布置畢業典禮會場。大家將椅子搬到操場，四人坐一排，一班有八排共三十二人，第一、二排內側各加多一張椅子，兩班共六十六人。距離第一排前方約十公尺，排一排椅子作師長席。距離師長席後方約十公尺，排了十行十列共一百張椅子作來賓席。

排好了椅子，和好同學一起看著一排排的椅子，一大說，「三年前，開學典禮就在這裡，我們那時還是新生，時間過得真快！」

「是啊，三年不過一眨眼功夫。」曉玄一旁說。

小丹則說，「三年前，我沒參加這裡的開學典禮，說真的，我超不想參加這場畢業典禮，我……，我……」雙手抹眼睛。

「小丹，妳家在這，以後我們都會回來看妳的。」小宇上前安慰。

一大戴上貓鏡，竟看到羊皮在一旁，「羊皮，你都畢業了，還來？今天是我們最後一天上課。」

「我畢業的是陰間十二中學，又還沒從陽間雲霧中學畢業。」

「呵，也是。」

「柳校長頒給我們的『優秀學習證書』，你打開看過沒？」

「還沒。」

「我看了，可只是白紙一張。」

「白紙一張？」

「等等……」一大從書包中拿出那卷柳校長頒的紙卷證書，拉開紅絲帶展開看，「咦？眞的是白紙一張。」

「沒騙你吧。」

「對了，校長是不是說過，這證書要在雲霧中學畢業典禮後才生效？」

「好像是。」

「那就再等等吧。」

六月二十日，畢典預演。

梅老師在早飯時宣布，「所有同學於上午十點整著正式學生服裝，先到禪房集合，隨後進行畢業典禮預演。」

土也笑笑，「先到禪房集合？嘿，梅老師大概要先帶我們去十三層樓？」

「我們十三層，你，十八層。」一大回他。

「喂，你……」

同學們著好裝，十點整在禪房集合，校長，梅老師及其他老師已先到了。安排好同學就位後，梅老師說，「各位同學，我們現在打坐，聽見老師說收功後再睜眼。」

在梅老師指導下，大家盤腿打坐。校長及老師們在同學周邊也盤腿打坐。一大覺得奇怪，以前打坐，沒見校長及老師們與同學們一起打坐的。

氣場盈滿，四下安靜，身心俱寂，很快入定。

隔了一段時間，一大似乎聽見石頭碰撞聲，瞇眼微睜。只看到一個大人正背對他盤腿打坐，再看一眼，那人竟是梅老師。一大立即閉眼，繼續打坐。

xxxxx

同學們來到會場依學號就坐，小丹、小勇分坐一班第一、二排內側各多加的一張椅子上。

學號是小瓢蟲在椅背橫板上排出的，同學坐好後，小瓢蟲便飛走了。

高大的松柏，熱熱的陽光，校長坐師長席中央，兩旁坐了老師們。

「跟入學時的開學典禮幾乎一樣。」一大向旁邊的土也說，順手戴上貓眼鏡。

「那已是三年前的事了。」土也回著。

一大向二班看去，見孫成荒的位子空著，心直往下沉，「孫子沒出現，我眞不能畢業了？」

「不會吧？也許是老師唬你的。」土也安慰著。

「唉，算了，沒關係。」

校長站起說話：

「各位老師，各位同學，今天很高興在此主持雲霧中學第十二屆畢業典禮。」

「一個來賓都沒有，這⋯⋯」一大向土也說，突想到校長會聽到他說的話，沒再多說。

「嗯。」土也也沒敢多說。

校長講完話，有音樂奏起，一大四下張望，沒見有人在奏樂。

「一大，看，是八哥。」土也向前方地上指去。

「八哥？」一大看去，見師長席前地上有十幾二十隻八哥雀躍，「啊？眞是八哥在奏樂？」

「跟眞人奏的一模一樣。」

「厲害。」一大又四下張望，以爲呱呱會出現，但，沒看見。

奏樂聲中，梅老師站起說，「念到學號及姓名的同學請上前，學號 31001，席復天。」

一大的心猛然一震。

「看吧。」土也給了一大一個大拇指。

一大和土也想的一樣，「上前去領畢業證書！」

一大高高興興，起立走上前去。

梅老師將一證書樣式的紙張呈給校長，校長再將紙張頒給一大。

梅老師說，「席復天寫的一篇畢業感言，經師長們評選爲優質作品，現在請他朗讀，分享給各位同學。」

一大失望地愣了一下，然後面向同學，看著紙張大聲朗讀：「父母生我養我，師長教我育我，一日爲師，終生爲師，感恩雲霧中學的每一位師長，但願此生我能夠以我寸草之心報答師長們的三春之暉。」

「嘩，好！」一片掌聲。

一大鞠躬，轉身要將紙張交還校長或梅老師。

梅老師對一大說，「你保留著。」

一大鞠躬，要捲起紙張時多看一眼，「咦？」紙張上的字不見了，心中甚是驚訝。他兩面翻看，也都是空白，疑惑地走回座位。

「31003，方曉玄，同樣，方同學寫的畢業感言也是優質作品，現在請她分享給各位同學。」

曉玄上前，大聲朗讀：「流水、行雲、霞光、晨昏、日夜……，轉眼間都會離會散，各位師長給我的愛，不但不會離不會散，還長住我心，讓我心深處永感溫暖。」

「好！好！」又一片掌聲。

接下來小勇朗讀：「感恩雲霧師長們的諄諄教誨，幫助我們除惡念戒惡習，幫助我們奉善念做善事，領著我們一步一步邁向康莊大道。」

「好！好！」也是一片掌聲。

再來小丹朗讀：「十年樹木，百年樹人，雲霧師長春風化雨，在我們成長的道路上爲我們披荊斬棘，陪伴我們走向人生正確的方向，謝謝師長們的愛護。」

鼓掌聲後，梅老師說，「下一篇是羊立農同學寫的畢業感言，他是陰間同學，朗讀時怕同學們聽不到，由井老師代爲朗讀，「井老師，請。」

井老師站起朗讀，「我無形但有心，在雲霧中學讀書，我深感與有榮焉，願在此發心發願，一天雲霧生，世世雲霧心，師長們，感恩。」

同學們熱烈鼓掌並好奇地左右張望。

「以上是三年一班的畢業感言短文朗讀。」梅老師說，「三年二班的畢業感言文章比較長，就不在此朗讀，老師已分寄到所有同學的電子信箱，請同學自行閱讀。優質寫作的同學是 32001 夏心宇，32002 孫成荒，32011 杜麗鵑，32016 章豐和及 32028 牛銘賢五位。」

八哥又奏樂。

梅老師說，「現在，請校長頒發畢業證書，三年一班學號 31002 陳永地。」

土也喜孜孜上前領取畢業證書。

一大沒聽見叫他的名字，只覺心已死去。

「31003 方曉玄。」

「31004 萬木黃。」

……

土也打開校長頒的畢業證書紙卷看，「咦？白紙？」推了下一大。

一大看了，心中滿是疑問，胡思亂想一通。

兩班同學的畢業證書都頒發完畢，八哥隨之奏樂，奏的是《驪歌》，有黑字顯示在空中，師生齊唱：

「驪歌初動，離情轆轆，驚惜韶光匆促，

毋忘所訓，謹遵所囑，從今知行彌篤；

更願諸君，矢勤矢勇，指戈長白山麓，

去矣男兒，切莫躑躅，矢志復興民族……」

有同學低聲啜泣，一大聽了，心中甚是感傷。

唱完，空中黑字消失，梅老師宣布說，「雲霧中學第十二屆畢業典禮典禮禮成。」師生們鼓掌。

接下來梅老師說，「同學們原位坐定，含胸拔背，小腿交叉，閉目打坐。」同學們兩腿交叉，一大看校長及老師們在椅上也調整好姿勢準備打坐。

「各位同學，開始打坐，聽見老師說收功後睜眼。」

梅老師說完，大家開始閉目靜靜打坐。

一大放空，不再去胡思亂想，沒多久便入了定。

「好，收功。」

聽見梅老師說收功，大家睜眼。

一大收功，見自己盤腿坐在禪房，同學、校長、老師們也都在收功，心中感覺有點怪，但說不上來哪裡怪。

大家各自回宿舍，整理文具用品衣物，打包的打包，送人的送人，丟棄的丟棄。

「土也、阿萬，早上校長及所有老師都和同學一起打坐，新鮮吧。」一大隨口說。

「畢……業之……坐，三年……一次，才這……樣的，是新……鮮。」阿萬回應。

「還好吧，每天都有打坐，我不覺得有什麼新鮮。」土也說。

「對了，打坐時我聽見聲音，像……石頭碰撞，你們有沒有聽見？」一大疑問。

「沒有。」土也、阿萬都搖頭。

一大簡單打包後，向土也、阿萬說，「我沒什麼好整理的，我去附近走走，吃飯時叫我一聲。」

「好。」

一大走出宿舍，隨手摸出貓鏡戴上，看到羊皮在前方不遠處，「羊皮！」一大叫他。

羊皮回頭，「一大。」

「你在這幹嘛？」

「就走走看看。」

「我也是，嘿，畢業後也好回憶。」

「是呵。」羊皮頓了下，「你們早上在禪房打坐我也有參加。」

「你也有參加？」

「對啊，你們還去了大點溪大石頭上打坐，我也跟去了。」

「去了大點溪？在大石頭上打坐？」一大驚訝，想到自己聽到石頭碰撞聲。

「對啊，操場的畢業典禮預演，我也有去。」

「操場的預演，你也有去？」

「一大，你們更換場地一瞬間，我快飄都跟不上。」

「等等，你說清楚一點。」

「你們先禪房打坐，接著到大點溪，接著到操場，典禮預演完後，再回大點溪及禪房，更換場地都在一瞬間。」

「你是說，校長及老師和所有同學一起打坐。那麼多人，一起更換場地，只在一瞬間？」

事。

「哇！太厲害了。」想到寸尺借氣使氣過老舊吊橋事，還有梅老師帶他們禪房打坐去參加羊皮畢典

「是呵，厲害吧。」

土也、阿萬走來。土也拍了下一大肩膀，「喂，吃飯了，走吧。」

「喔。」一大向羊皮揮了揮手，「再聊。」收了貓鏡，和土也、阿萬走向餐廳。

吃過中飯，小丹拉了一大去找了小勇，一起走向崔家。

路上，一大問道，「小丹，是有什麼事嗎？」

「一大，我們早上去了大點溪，還在大石頭上打坐。」小丹說。

「妳知道？」

「咦，看來你也知道？」小勇一旁看向一大。

「禪房打坐時，我聽到石頭碰撞聲，當時還不敢確定。中飯前，和羊皮聊天，他說我們先到禪房打坐，再到大點溪，再到操場，典禮預演完後，再回大點溪及禪房，更換場地都在一瞬間。」一大說。

「眞是大點溪！」小丹、小勇異口同聲。

「嘿，你們發生什麼事了？」

三人停下腳步。

「去禪房打坐時，泥巴和泥蛋說……」小丹欲言又止。

「說什麼？」

「泥巴和泥蛋說要跟我和哥一起去，我和哥就帶上他倆。打坐打到一半，我聽到石頭碰撞聲，我就覺得奇怪。後來問哥，他也有聽到。」

「對，我也有聽到。」小勇說。

「那，表示我們早上確實去了大點溪，在大石頭上打坐。問題是石頭碰撞？這……」一大搖頭想不透。

「泥巴和泥蛋說，第一次石頭碰撞，向前進了一天。」小丹說。

「啊？那……」一大仍想不透。

「後來，又一次石頭碰撞，向後倒回一天。」小丹又說。

「啊？」

三人都在想，都想不透。

「要不，找泥巴和泥蛋來，再多問問？」一大說。

「他們回家了。」小丹說。

「他們回家了？」

「聽他們說想家要回家，禪房收功後，我和哥就找不著他們倆了。我們之前還不確定今早是不是眞的到過大點溪，泥巴和泥蛋說想家就不見了，看來眞回家去了，我們現在也確定今早是眞的到過大點溪。」小丹幽幽地說。

「喔，這麼回事呵，他們回到大點溪，想家回家去，很正常嘛。小丹、小勇，大點溪一直都在，想泥巴蛋，我們隨時可再去找他們啊。」

「嗯。」小丹、小勇點頭。

「喂，校長及老師們和所有同學，那麼多人一起打坐，瞬間更換場地，那才更神奇吧！」一大轉變話題。

「嘿，就是，那你知道他們怎麼弄的？」小丹好奇。

「羊皮畢業典禮那天，梅老師帶我們幾個禪房打坐去參加，也類似吧，只是這次的人多了許多。」

「嗯，一樣都出神入化！學校沒有課程教我們這種功夫。」小勇說。

「改天找寸尺來教教我們。」

「寸尺會？」小丹、小勇驚訝。

「嗯，我看他弄過，但人數不多。」

「哈，有趣！」小丹拍手。

小丹、小勇回家。一大說回宿舍，沒回，又一個人走了去。晃到犬舍，見狗狗都不在，心情有點落寞，信步走到餐廳前樹林中。

「呱哈，一大哥，沒帶狗？」

一大抬頭看見烏鴉呱呱棲在頭頂松枝上。

「你也沒帶呵。」

「哈，我乃雲霧一孤鴉，性喜孤獨，哪用帶狗？」

「呵，我要向你學習孤獨。」

「唷，你要多交朋友玩樂學習，幹嘛學我孤獨？」

「一畢業，好朋友就散了，我就孤獨啦。」

「朋友再交就有了，哪會孤獨？」

「反正，反正……，唉，算了。」

「我看你是少了我的寶衣，開心不起來吧？」

「哦？對了，何婆婆說黑羽毛不夠，我、小勇、小丹的黑羽毛衣趕不及做。」

「阿萬那胖子，一人耗掉好幾鴉的黑羽毛，要是再拔我毛，我就成無毛鴉了。」

「哈，算了，我們三個有沒有黑羽毛衣也沒關係。」

「那怎行？憑你我的交情，我非送不可，小勇、小丹也是。」

「別太勉強，你愛惜羽毛，又愛漂亮，變成無毛鴉，那不醜斃了？」

「嗚，別再說了。」呱呱飛起，「一大哥，我現在就去找何婆婆。」

「你？」

呱呱飛走，一大更落寞了。

「一大哥，我看到一片雲。」

聽到飛飛來說。

「喔，你去和她玩。」一大隨口回著。

「雲是紅的。」

「紅雲也一樣。」一大突睜大眼，「紅雲？」

「哇哈，一大，是我！」

一大突雙腳離地，被人架起，一看是朱鐵，大叫，「鐵哥！你怎麼進來的？」

朱鐵放下一大，「麥片認得我，牠放我進來的。」

「喔，是麥片。」

「一大，就要畢業了，恭喜呵。」

「畢業，嘿，是，畢業，謝謝。」一大苦笑。

「我收到訂車單。」朱鐵四下看看，拿出一紙。

「訂車單？」

「訂了『銀天馬』，雲霧車站……」

「『踼躂』？雲霧車站？」

「是呵，小聲點，極機密。」

「極機密？那，那我還是別看好了，雲霧車站我又不能去。」

「極機密的意思是，你是名單其中之一你便看得到，不在名單裡的，想看也看不到，而且畢業後，你應該可以去雲霧車站了吧。」

「哦，那我看看。」

一大看訂車單。

「看得到吧？」

「看得到……」一大點頭，讀著名單，「天……」

「咦？其他字……？哇！只剩下你的『天』一個字了。」

「還有其他人？你記得有誰嗎？」

朱鐵搔頭，「嘿，我看……不談這事了，洩漏天機搞不好會挨罵。」朱鐵收好單子。

「好，不談。」

「那，我先走了，再見。」

朱鐵匆匆離去。

「鐵哥，再見。」

一大靠樹想事，片刻後忽問，「飛飛，你剛才說看到一片雲？後來呢？」

「鐵哥就出現啦。」

「鐵哥？你是說開火車的朱鐵哥？」

「對呀。」

「有嗎？」

「天！」

「叫我？」

一大沒勁，慢慢朝宿舍走去。

下午，一大、土也、阿萬聊了一陣子，便各自抄寫起《心經》。

晚餐時，同學們往餐廳移動。一進到餐廳，「哇！」每個同學都興奮叫起。

一大看見每一餐桌上都放了一圓形大蛋糕，蛋糕中央還插了根燃著的紅燭，「哈，太正點了！」

坐定之後，校長站起說話，「各位同學，這三年學業即將圓滿告一段落，希望大家在此都留下了最美好的回憶，未來要各自努力，各自珍重。」

同學們鼓掌，高喊，「謝謝校長。」

吃完飯，分吃蛋糕，天色漸暗，「欸，看，螢火蟲。」小丹指餐廳牆壁。大家看向牆壁，有同學關掉電燈。

見許多螢火蟲一閃一閃，打出字型：「祝雲霧中學第十二屆畢業同學前途光明鵬程萬里天天愉快」

「哈哈……」，「太棒了……」同學們都好開心。

聽見梅老師說，「各位同學，今晚餐廳開放到九點，校長、老師不在場，同學可以自由唱歌聊天玩樂，十點整寢室晚點名。」

「嘩……嘩……」同學歡呼。

悠揚音樂聲響起，同學們嘻嘻哈哈湊到一塊，玩玩鬧鬧，唱唱跳跳，直到九點多才散去。

五十四、雲霧畢業典禮

六月二十一日，早飯前飛飛來說，「一大哥，何婆婆要你、小勇哥、小丹姐去庫房找她。」

「喔，好，知道了。」

一大找了小勇、小丹一起去庫房。

「你們來啦，來，試試看這黑白羽毛衣。」何婆婆說，「十點就要舉行畢業典禮了，婆婆拼命趕了這三件給你們三個，只是黑羽毛不夠，用了白羽毛補上。」

「謝謝何婆婆，眞不好意思麻煩您。」小丹接過三件羽毛衣。

「謝謝何婆婆。」，「謝謝。」一大、小勇跟著說謝謝。

三人各拿一件，試穿了起。

「很好看。」，「棒極了。」，「好特別。」三人讚道，看羽毛衣上有黑白羽毛相間，別有一番味道。

「呱呱說白羽毛是『浴火鳳凰』身上的。」何婆婆說。

「『浴火鳳凰』？」三人同表驚訝。

「是呵。」

「哦？」三人好奇，細看衣服。

「放書包裡或隨身帶著，今天用得上，也轉告陳永地他們四個。」

「喔，好。」三人點頭。

「好了，去吃早飯。」

「謝謝婆婆，再見。」三人鞠躬。

「再見。」

離開庫房，小丹說，「一大，三件羽毛衣先放我家，好不？然後再去吃早飯，免得同學看到問東問西。」

「好。」一大回答。

「吃完早飯，我們就穿了，嗯，去……去……」小丹繼續說。

「去什麼？」一大、小勇好奇。

「白羽毛是浴火鳳凰身上的，那這衣應該不怕火，我們穿了去試火。」小丹轉動雙眼。

「哈，鬼靈精！試火？好點子，那我們早飯吃快點。」一大說。

三人去到崔家，沒看見崔媽媽。

「我媽一早去梅老師家了。」小勇說。

把黑白羽毛衣放下，三人跑向餐廳。匆匆吃過早飯，回崔家取了羽毛衣隨即出門。

「等等，我帶個打火機。」小丹去廚房拿了個打火機，回來說，「我們去犬舍空地那。」

三人跑向犬舍，在犬舍旁的空地停下，分別穿上黑白羽毛衣。

「然後呢？」一大看小丹。

「嗯，我，我用打火機點火……」小丹看向一大和小勇的羽毛衣。

「喂，羽毛衣點火，會燒起來的吧？」一大忙搖手。

「就是，羽毛衣燒了的話，不但對不起何婆婆，更對不起呱呱。」小勇也搖手。

「那，去找些枯枝起個火堆，我們跳火試……」

「好傢伙，你們三個，竟然玩火燒我珍貴的羽毛！」

一聲音傳來，三人嚇了一跳。

只見呱呱突在一旁現身。

「呱呱，你怎會在這？」小丹忙問。

「本鴉身心羽毛一氣相通，血脈相連，你們對呱呱衣羽毛有任何動作，本鴉一秒便能感應飛來查看。」

「哈，高鴉。」一大笑笑，「我們是想，『浴火鳳凰』的羽毛，應該不怕火才對，所以想來試……」

「嘶～」

三人聽見另一聲音，一看，不遠處一蛇現身，「蚯蚯！」三人又嚇一跳。

「嘿，蚯蚯，你跟呱呱串通好，一起隱形，再一起現身玩哦？」一大問。

「不是，是梅老師要我和呱呱隱形幫忙巡校，如有異常狀況立刻回報，好確保今天畢業典禮順利進行。」

「原來哦，蚯蚯，呱呱，辛苦你們了。」小丹說，「這裡沒什麼異常狀況要回報，我們只是要試試這衣服。」

「小丹姐，用打火機點火或枯枝燒火試黑白呱呱衣？那小火小枝的，試不出呱呱衣的眞本事。」蚯蚯說。

「那……」三人看向蚯蚯。

呱呱一旁說，「簡單！我和蚯蚯揹你們，以超音速，超光速，極限速度飛跑，保證火花滿天飛，讓你們看得眼花撩亂，目眩神迷，畢業不忘，畢生難忘！」

「哦？」三人訝異。

「就當作是你們畢業前的一場特別公演，如何？」蚯蚯補上。

「太帥了，我來！」小丹一個箭步，跳上呱呱背。

「小勇，你上蚯蚯背！」一大向小勇說。

「我？」小勇搖手。

「別擔心，蚯蚯穩得很，多難得的畢業紀念啊，快！」一大推小勇上蚯蚯背。

「咻～」「咻～」兩影一飛一溜，瞬間消失。

隔了一會兒，一大聽見空中有動靜，抬頭看，「哇！」只見兩道黑影掠過，身後拖曳著閃光，有火花滿天飛舞，「哈！太、太、太神奇了！」

一大眞看得眼花撩亂，目眩神迷！

轉了兩圈，蚯蚯下地，「小勇哥喊頭昏，我載他先下來。」

小勇下地，對一大大笑，「哇哈哈，太正點了，我……我……」暈頭轉向，踉蹌兩步，跌坐在地。

一大上前去扶他，小勇搖手，「沒事，沒事，一大，你去，你去玩……」

一大看小勇沒事，一個箭步跳上蚯蚯背，隨即飛竄出去，「哇哈哈哈……」

「一大哥，扶好了，我加速追上呱呱。」蚯蚯說。

「好，加速！」

蚯蚯極速追向前方天邊一小黑點。

「哇哈，好爽！」一大低頭看，「哇，著火了！」呱呱衣上有火花辟啪，回頭看，身後更是一串火花迸飛，又驚又喜。

蚯蚯追上呱呱，一大，小丹對看，興奮的大喊大叫。

蚯蚯喊道，「將世間所有痛苦、仇恨、不滿投入熊熊大火中，然後克服萬難，重新振作，高飛前進，像浴火鳳凰從灰燼中重生一般。」

呱呱喊道，「一大哥，小丹姐，有浴火重生的感覺嗎？」

「有……」一大及小丹頗有感悟。

「蚯蚯，你今天怎也能飛上天？」一大好奇。

「這種極限速度，加上黑白呱呱衣加持，火花噴射推進，直衝天際算什麼，穿越時空都不難！」

「呱哈，下回請何婆婆做一件蚯蚯專用的呱呱衣，蚯蚯便可隨時飛天了！」呱呱喊道。

「哈哈，好……」

直玩到近九點半，呱呱，蚯蚯才落地。

「謝謝，呱呱，蚯蚯。」三人愉快揮手。

「我們要去參加畢業典禮了。」一大說。

「喔，等等。」呱呱說，「我幫你們身上的呱呱衣隱形，待會兒穿了參加畢業典禮，別人看不見。」

「喔。」三人驚訝。

「你可以幫我們身上的呱呱衣單獨隱形？」一大問。

「一大哥，本鴉身心羽毛一氣相通，血脈相連。前些日子我掉了根羽毛，我舌頂上顎搭橋，試著對它發出 DoReMiMiReDoLaLa 音，真成功讓它隱形了。」呱呱說。

「好，畢竟高鴉，非比尋常。」

「呵，對了，一大哥，還有另外四個同學，你叫他們也穿上呱呱衣，我待會兒飛去操場，也幫他們的呱呱衣隱形。」

「好，好。」

三人分別回家回宿舍，揹了隱形書包，往操場走去。

一大見到土也、阿萬、曉玄、小宇，先要他們穿上呱呱衣，好多一層保護。他們穿好後沒多久，呱呱衣隱形了。一大暗自佩服呱呱。

XXXXX

同學們來到會場依學號就坐，小丹、小勇分坐一班第一、二排內側各多加的一張椅子上。學號是小瓢蟲在椅背橫板上排出的，同學坐好後，小瓢蟲便飛走了。

高大的松柏，熱熱的陽光，校長坐師長席中央，兩旁坐了老師們。

「跟入學時的開學典禮幾乎一樣。」一大向旁邊的土也說，順手戴上貓眼鏡。

「那已是三年前的事了。」土也回著。

校長站起說話：

「各位老師，各位同學，今天很高興在此主持雲霧中學第十二屆畢業典禮。」

「那麼多來賓，這……」一大向土也說，突想到校長會聽到他說的話，沒再多說。

「嗯。」土也也沒多說。

校長講完話，有音樂奏起，一大四下張望，沒見有人在奏樂。

「一大，看，八哥。」土也向前方地上指去。

「八哥？」一大看去，見師長席前地上有十幾二十隻八哥雀躍，「啊？眞是八哥在奏樂？」

「跟眞人奏的一模一樣。」

「哇，厲害。」一大又四下張望，期盼呱呱會出現。

奏樂聲中，梅老師站起說，「念到學號及姓名的同學請上台，學號 31001，席復天。」

一大的心猛然一震。

「看吧。」土也給了一大一個大拇指。

一大和土也想的一樣，「上前去領畢業證書！」

一大高高興興，起立走上前去。

梅老師將一證書樣式的紙張呈給校長，校長再將紙張頒給一大。

梅老師說，「席復天寫的一篇畢業感言，經師長們評選爲優質作品，現在請他朗讀，分享給各位同學。」

一大失望地愣了一下，然後面向同學，看著紙張大聲朗讀：「父母生我養我，師長教我育我，一日爲師，終生爲師，感恩雲霧中學的每一位師長，但願此生我能夠以我寸草之心報答師長們的三春之暉。」

「嘩，好！」一片掌聲。

一大鞠躬，轉身要將紙張交還校長或梅老師。

梅老師對一大說，「你保留著。」

一大鞠躬，要捲起紙張時多看一眼，「咦？」紙張上的字不見了，心中甚是驚訝。他兩面翻看，也都是空白，疑惑地走回座位。

「31003，方曉玄，同樣，方同學寫的畢業感言也是優質作品，現在請她分享給各位同學。」

曉玄上前，大聲朗讀：「流水、行雲、霞光、晨昏、日夜……，轉眼間都會離會散，各位師長給我的愛，不但不會離不會散，還長住我心，讓我心深處永感溫暖。」

「好！好！」又一片掌聲。

接下來小勇朗讀：「感恩雲霧師長們的諄諄教誨，幫助我們除惡念戒惡習，幫助我們奉善念做善事，領著我們一步一步邁向康莊大道。」

「好！好！」也是一片掌聲。

再來小丹朗讀：「十年樹木，百年樹人，雲霧師長春風化雨，在我們成長的道路上爲我們披荊斬棘，陪伴我們走向人生正確的方向，謝謝師長們的愛護。」

鼓掌聲後，梅老師說，「下一篇是羊立農同學寫的畢業感言，他是陰間同學，朗讀時怕同學們聽不到，由井老師代爲朗讀，「井老師，請。」

井老師站起朗讀，「我無形但有心，在雲霧中學讀書，我深感與有榮焉，願在此發心發願，一天雲霧生，世世雲霧心，師長們，感恩。」

同學們熱烈鼓掌並好奇地左右張望。

「以上是三年一班的畢業感言短文朗讀。」梅老師說，「三年二班的畢業感言文章比較長，就不在此朗讀，老師已分寄到所有同學的電子信箱，請同學自行閱讀。優質寫作的同學是 32001 夏心宇，32002 孫成荒，32011 杜麗鵑，32016 章豐和及 32028 牛銘賢五位。」

八哥又奏樂。

梅老師說，「現在，請校長頒發畢業證書……」

「停！」一聲大吼傳來，來賓席後方站起一人。

「獨眼龍！」一大一看，反射站起，緊張往小丹、小勇看去，小丹、小勇也在看他，兩臉緊張。

而，更令一大驚訝的是，他竟看到孫子出現，好端端地坐在小宇身旁。

一大坐下，扶了下貓眼鏡，往來賓席極目搜尋，心想，「獨眼龍不會單獨出現，可能還有易容化裝戴面具的人鬼混在裡面。麥片及狗狗在哪？不會沒發現獨眼龍吧？」

五十五、來賓大鬧典禮

獨眼龍已走到師長席前方。

「崔先生，請問有何指教？」校長站起問道。

「嘿，畢業證書？校長，每個同學都可頒發，唯獨席復天，不！可！以！」獨眼龍大聲說話。

「哦？崔先生，可以說明你反對頒發席復天畢業證書的理由嗎？」校長慢條斯理。

「席復天父子害我二哥生不如死，妻離子散，有家歸不得，席復天不得畢業，不得離開此地！」

「崔先生，你無憑無據，我爲什麼要聽你的？」

「嘿嘿，校長，你最好聽我的，我的大批人馬已包圍了你的學校，你們的警衛犬和狼犬彈簧全都被我們綁了，你們邀請的正式來賓全被堵在山下，來賓席上全是我的人。」

一大聽了，雙手緊緊握拳。

「看起來，你是有備而來，好，席復天除外，我先頒發其他同學的畢業證書，可以吧？」

「那可以，請。」

梅老師即說，「請校長頒發畢業證書，三年一班學號 31002 陳永地。」

土也喜孜孜上前領取畢業證書。

一大沒聽見叫他的名字，心情低落。

「31003 方曉玄。」

「31004 萬木黃。」

……

土也打開校長頒的畢業證書紙卷看，「咦？白紙？」推了下一大。

一大看了，心中滿是疑問，胡思亂想一通。

獨眼龍忽地一個箭步，就近看了下阿萬展開了的畢業證書，又兩步跳去看了下小宇的畢業證書，轉身走近校長，怒問，「你爲什麼發給同學空白畢業證書？」

「這是本校的傳統。」

「傳統？姓柳的，你當我是三歲小孩？敢耍我！」獨眼龍從腰間摸出兩隻黑茸茸的東西，手一揚，飛上天去。

「蝙蝠！」一大小叫一聲。

幾分鐘內，操場邊的樹林內陸續走出許多人鬼，都穿著深色衣褲，朝來賓席聚集。

校長不予理會，繼續頒發畢業證書。

兩班同學的畢業證書都頒發完畢，八哥隨之奏樂，奏的是《驪歌》，有黑字顯示在空中，師生齊唱：

「驪歌初動，離情轆轆，驚惜韶光匆促，
毋忘所訓，謹遵所囑，從今知行彌篤；
更願諸君，矢勤矢勇，指戈長白山麓，
去矣男兒，切莫踟躕，矢志復興民族……」

一大聽到有同學低聲啜泣，心中甚是感傷。

唱完，空中黑字消失，梅老師宣布，「雲霧中學第十二屆畢業典禮典禮禮成。」師生們鼓掌。

獨眼龍快步衝向一大，伸出右手就抓，但手立即被扭住，「啊！」他驚叫一聲，「叢……叢師父！」

一大看見叢爺爺扭住獨眼龍右手，狠狠一推，將獨眼龍摔飛出去，獨眼龍狼狽爬起，跑向來賓席後頭去了。

大批人鬼靠近，一大看了，「哇！」本能跳起。

有一隻手在他左肩一壓，一大重重坐回原位。

一大抬頭一看，大驚，「爸？」居然看見爸爸白衫灰褲站在身旁。

爸爸右手食指在嘴上直了下，一大安靜坐著，不敢妄動。

麥片走來蹲在一大腳旁，一大也見到其他幾隻狗狗出現，分別走去照顧牠們的同學腳旁蹲下，彈簧則去小丹腳旁蹲下。

一大摸摸麥片頭，麥片低聲唔唔，「是寸尺和幾個精靈救出我們的。」

「寸尺？」一大張望一下，沒看到寸尺。

來賓席前方推出一坐輪椅的人，「小丹她爸？」一大看清楚那人，輪椅左右還各跟著一匹狼，再看，推著輪椅的人竟是崔媽媽。

小丹爸爸大聲向一大爸爸說，「席兄，幸會呵，咱們又見面了。」

「是啊，崔兄，只不過這種場合見面，有點不太合適吧。」

「合適，合適，這場合，是我崔家少勇、少丹，和你家兒子的畢業典禮，太合適了。」

一大看見梅師母走到一大爸爸身邊耳語著，柳校長、梅老師和其他老師也都走到一大爸爸附近。

一大回頭多看一眼，見盧鼎爺爺也來了，後面還跟有許多人，多著淺色衣服。

黑馬面崔一江出現，和獨眼龍崔一海走近到小丹爸媽所在位置。

「崔媽媽應該還好吧？」一大心中嘀咕，側臉看小勇、小丹。

梅老師向同學們說，「同學們不用擔心，就坐在椅子上，有什麼事，校長和老師會處理。」

小丹爸爸說，「梅揚，你爲雲霧算是盡心盡力了，雲霧創校至今，『天地玄黃宇宙洪荒』八個同學一次招齊，期將太極混沌，時空陰陽合一，你有一套。」

曉玄探頭向一大、土也、阿萬、小宇，指指他們，又指指自己，匆匆寫一紙條傳閱，「席復天、陳永地、方曉玄、萬木黃，名字尾是『天地玄黃』，夏心宇、李新宙、周士洪、孫成荒，名字尾是『宇宙洪荒』。」

一大看了，頗感訝異，低頭和土也、阿萬小聲交談。

「崔先生過獎，這只是機緣巧合罷了。」梅老師欠身。

「哼，梅揚，你人算不如天算。」獨眼龍跳出，「我就破了你的機緣巧合。」看向土也，「你，臥底任務完成，回來！」

「啊？」，「哇！」……

同學們一片嘩然，一大腦袋瓜轟然一爆。

土也愣了一下，站起大吼，「獨眼龍，你胡扯什麼東西啊，簡直屁話！」

「席復天小學畢業時，是誰去找他打架，才害他沒參加畢業典禮的？」獨眼龍斜眼說。

「打架？那是背後有大哥指使我去的，我只是小咖一個！」

「席復天他沒參加小學畢業典禮，造成他人生大污點，正氣不上行，你敢說不是你害的？」

一大站起，「獨眼龍，你想挑撥離間，我不會相信你的鬼話。」

「你媽的死也算我挑撥離間？」

「什麼？」

「陳永地就是那幾個下手的黑衣人之一！」

「我……你……他……」一大眼睛充血，看看獨眼龍，又看看土也。

「我沒……」土也猛搖手。

梅老師走出來，「崔一海，別再亂扯什麼陳永地了，他那時只是一個小學生，沒那麼大本事。」

「梅揚，你護短！」

「護短？」梅老師指李新宙，「李新宙也是我學生，你怎不說我對他護短？」

「你？……」

「本校的宗旨是眾生平等，品德優先，品德比學業更形重要，李新宙聽你指示，一而再的鼓動周士洪和孫成荒去打鬧、栽贓、陷害席復天……」

「啊？」

一大腦袋瓜又轟然一爆，同學們交頭接耳。

李新宙默默起身，低頭走向對面的來賓席，躲到後面一角去。

「哈，梅揚，你厲害，但你還是人算不如天算，八個少了一個，『天地玄黃宇宙洪荒』，少了個『宙』字，正氣不連貫，日月星暗淡！」獨眼龍譏笑。

梅老師不予理會，回頭叫道，「羊立農，來，去坐李新宙的位子。」

羊皮現形走去坐上李新宙的位子。

「嘿，唬誰啊？羊立農只是一個小鬼，他名字裡又沒個『宙』字。」獨眼龍冷笑。

「嗯，你知道羊立農的姓名，好。」梅老師轉向羊皮說，「羊立農，大聲說出你的本名。」

「羊寶由。」羊皮大聲說道。

「『羊寶由』，寶蓋頭的『寶』，自由的『由』。」梅老師補上一句。

「他……」獨眼龍收住了笑。

「你說，正氣連不連貫？日月星暗不暗淡？」

一大眼前有光影閃動，抬頭看，有一道似雲似霧的厚牆拔地而起，快速形成一圓頂，罩住雲霧師生，細看，裡三層外三層。

「哈哈，好個『雲霧罩』，有如人身金鐘罩。『雲霧罩啓，銅牆鐵壁，縫隙不覓，人鬼難襲』！梅揚，你眞是高手，我打心底佩服你！」小丹爸爸豎大拇指。

「我只是一名中學老師。」

「呵是，柳校長他好福氣，有你和席林風兩大柱石，我可沒那福氣。」

「二哥，你別老長他人志氣，滅自己威風嘛。」獨眼龍怨道，手一揚，又放出一隻蝙蝠。

有兩黑影忽地出現在小丹爸背後，一大一看，「啊？卓發、蕭默！」一大回想之前飛飛的奶瓶動畫。

一女人從人群中走出，一大暗叫，「是嬸，卓嬌！」

卓嬌走到卓發和蕭默身旁，擺出一副兇悍跋扈的樣子，扯大嗓門大聲叫罵，「崔二哥，席大哥，你們也像個男人嘛，婆婆媽媽講一堆爛話有個屁用！就把死小鬼交出來，不准他畢業，剩下的由我們卓家人處理，我們保證乾淨俐落，永絕後患……」

卓嬌一下指小丹她爸，一下又指一大他爸。

小丹爸，一大爸皆不回應。

「很好，你們不說話，那就代表沒意見……」

一大看見卓發、蕭默分別走得更貼近黑馬面和小丹爸並在他們身邊站定，同時，也看見小丹起身走去站在她爸身旁。

一大心知接下來會發生什麼事，但不知如何是好。

只見蕭默一閃，竟冷不防出右手勒住了小丹她爸的脖子！一旁的卓發也出其不意在黑馬面背後快速出手，用一把尖刀抵住了黑馬面咽喉。

「啊！」一大驚叫。

兩匹狼露牙吼向蕭默、卓發，被蕭默騰出左手一指，兩匹狼便身子一軟，躺下不動了。

崔媽媽出手攻向蕭默，被蕭默左手一揮擋了開去，一旁小丹立即伸手扶住了崔媽媽。

崔一海對他兩個哥哥已被人制住似乎視而不見，幾個黑衣人拿來繩索，卓嬌上前指揮，將小丹她爸及黑馬面綁了緊實，嘴中塞布，推倒在地。

卓嬌又在那東吼西罵，「崔二哥，席大哥，別怪我剛才沒警告你們，馬上把姓席的死小鬼給交出來！」

幾個黑衣人看住捆倒在地的小丹爸及黑馬面，崔一海、卓發、蕭默、卓嬌朝一大爸走近了些，站定，蕭默一人又再向前走了一步才停，仰頭奸笑一下後向一大爸說，「你死期到了！我們……」

一大爸抬手制止蕭默說話，「你又不是林志新，何必假裝蕭默跟我說話。」

一大也早就聽出那人的聲音不是叔叔林志新了。

蕭默不說話，忽伸雙手快速攻擊一大他爸。

一大見爸跳開，背後另有一黑影以極快速度竄上，黑影右手一揚，一白點強飛打向蕭默的左膝，再以極快速度回到一大後方隱入人群中。

蕭默雙手叉腰，嘿嘿兩聲，「這天衣……」，隨之「噢！」一聲，左膝一彎，跪在地上。

一大爸說，「上次打你右膝犢鼻穴，你已有防備，這次打你左膝犢鼻。」

一大一震。

「你……卑鄙……」蕭默有氣無力。

「卑鄙？林志新偷走我的『鋼絡天衣』，你穿了攻擊我，誰卑鄙？」

一大又是一震。

一大爸說，「用三分功力打你犢鼻，大不了腿部麻木，失點知覺，如用十分功力，你就殘了，廢了。」

「你……」

「我另在你那件天衣兩個死穴位置開了小洞，你現在動作再快也來不及半秒鐘內同時護到全身三十六個死穴吧。」

「啊？」蕭默似乎吃驚。

「把鋼絡天衣脫了，物歸原主，你可全身而退。」

卓嬌十步遠外大叫，「爸，姓席的唬你，別信他那狗屎話……」

「你是卓武？哼，我就知道你假死。」一大爸指著問假蕭默，「林志新他人呢？」

一大聽了已震到不知所以。

「哼，我假死你也知道。『絕命勝』，聽過吧？」

「聽過，那是你們的特殊技法，『絕一己之命，全弟子之勝』。」

「哼，那個林志新，他不知天高地厚，竟敢對我下『絕命勝』，他不知我留了一手，未經我親自首肯，弟子敢用『絕命勝』對我，那勝利的『勝』馬上變成剩下的『剩』，哈，他剩下三分功力，幾乎絕命。為避人耳目，我們送他去安養院，戴上人皮面具，讓他以『卓武』的名字安養，連他身上的味道都是卓武我的，之後，我們再假傳卓武死亡的消息，哈哈……」

「老薑！夠辣！他可是你的徒弟。」

「徒弟，哼，我也只不過是收回我教他的功夫而已！」停了下，「你們只用三分功力打出米粒？太小看我了，呵……」卓武站起身，左腿踢踢，活動幾下。

一大爸看了，一步跳開五公尺外，大叫一聲，「蓉蓉！小心！」

卓武一跳而起，以極快速度攻向席林風。

隱身人群中的黑影又以極快速度竄來，攻向卓武。

「英若蓉，藏得深啊，久違啦！」卓武大聲叫道。

「蕭默？卓武？」一大心中已震得七葷八素，腦筋急轉，「另一個黑影是英若蓉，是『容容』？是……是……梅師母！那安養院剩下三分功力的，是叔林志新！那坐輪椅的老病人，也是叔林志新！天！」

老翁卓武穿著鋼絡天衣，竟然身形矯健如二十歲小伙子，翻騰劈踢……樣樣快狠準，一大爸和梅師母一度被逼得後退。

校長、梅老師和其他老師也上前幫忙抗敵。

「那，之前好幾次看到的蕭默，其實都是卓武？」一大苦想，一抬眼，卻見一黑影一撲而來，抓了他衣領就跑，大驚一叫，「卓！……」瞥見爸和梅師母緊追在後，幾隻狗狗也汪汪大叫跟上。

「死小鬼！死！」卓武騰出一手往一大天靈蓋打下，一大一看，「完了！」啪！啪！啪……一串爆響，幾隻手影在一大頭臉護住，連擋卓武的幾掌。

一口氣未鬆，一大突覺身上有閃光，低頭一看，「火！」

卓武被火一衝，人一驚，手一鬆……

一大忽覺身體飛了起，驚魂未定，聽見，「呱哈，一大哥，你的隱形呱呱衣噴火了！」

「哈，是呱呱！」一大感覺是隱形的烏鴉呱呱用雙爪抓著他的衣領在飛，低頭看，爸和梅師母又和卓武纏鬥了起。

「看到沒？松枝上有幾隻蛇鷹。」

「蛇鷹？」一大看去，操場邊松樹上是棲了幾隻鷹，「幹嘛的？」

「專吃蛇的，崔一海訓練的。」

「啊？吃蛇！那……」立即聯想到蚯蚯、喳喳。

「明白吧，所以蚯蚯、喳喳不方便出來幫你。」

「那？」

「進林子去，蚯蚯、喳喳牠們在林子裡等你。」

「等我？」

「梅老師安排的。」

「哦？」

呱呱落在蚯蚯樹洞口。

蚯蚯、喳喳在樹洞內等著。

「一大哥，走！」

一大還沒說話，已趴在蚯蚯背上竄了出去，喳喳緊隨在側。

五十六、金絲掌紋

風聲呼嘯著，隨後漆黑一片，又過了一會兒，停了，聽見蚯蚯說，「一大哥，快進去！」

一大一看，眼前是黃金小鎮裡高人打坐的洞穴，「蚯蚯，這是黃金小鎮打坐地方？」

「對，『黃金窩』，快進去，盤腿打坐。」蚯蚯催促。

「好。」一大立即一步跨入，面向內壁，背朝洞口，盤腿打坐。

「雙蛇抱杖，噺～」

一大好像聽見蚯蚯說話，立覺脊椎一股溫熱，有氣股股上衝，便放鬆身心，意守丹田，丹田隨之充滿。

眼前有亮光，微啓雙眼，一個「窮」字及一「空」字出現在眼前洞壁上。

一大正想，「是飛飛寫字？」唰！唰！雙手不由自主橫直上下伸去，來來回回幾次後，雙手一貼上壁，左右小拇指順著洞壁上的「窮」字及「空」字一筆一劃描寫起。

寫完，小指印按捺在兩字的寶蓋頭頂上一點。

丹田辟啪爆響，沒多久一大雙手離壁，收功。低頭看雙手，手掌紋上有金絲隱約顯現，並往小拇指處遊移，聚攏後又散開，「哇，這？……」

一大出了「黃金窩」，還在看手，奇怪……

「一大哥，走！」蚯蚯才說，一大已趴在牠背上竄了出去，喳喳緊隨在側。

在蚯蚯樹洞口，隱形呱呱接了一大，火速飛回操場。

呱呱悄悄地在同學及人群後方落地，「謝謝呱呱。」一大快跑回自己座位，正看見爸和身穿鋼絡天衣的梅師母四手聯攻卓武，手中不時激射出一點白，一點黑。

「好像沒時間差？」一大心想。

「轟！轟！砰！砰！……」操場後側方向突有爆炸聲傳來，一股濃密黑煙直衝天際。

師長同學們全回頭看，一大也回頭，一看大驚，「那，是……我家？」隨又想，「不，是卓武他們家。」

「轟！轟！砰！砰！……」同時，崔一海、卓發、卓嬌也看向爆炸方向，臉上全是憤怒又難以置信的表情。

卓武停手，退後幾步，面朝爆炸方向站立，身體隨之左右搖晃，約一分鐘後，一軟坐地，卓發、卓嬌見狀立刻上前攙扶。

一大很擔心綁倒在地上的小丹她爸，但看沒人去救，自己也無法可想。

崔一海火大，右手掌上舉往前一揮，大吼，「衝上去，給我打！」

一群身著深色衣服的人鬼便往同學座位方向衝，因雲霧罩阻擋，衝不過。同學座位後方身著淺色衣服的人則由盧鼎爺爺指揮，向前移動擋在同學座位前面。

校長、梅老師及其他老師更站在淺色衣服人群最前面，一大爸及著鋼絡天衣的梅師母則站在同學座位後方。

突見一鬼手執黑色三角令旗出現，擋住身著深衣的人鬼，大喊，「眾鬼聽令！」

「華師兄！」一大看出那手執令旗的鬼是華九。

「大王有令，各鬼有膽敢傷害雲霧中學師生者，抽魂鞭魄，絕不輕饒！速速離去，回歸本位。」

一些鬼聽了，停住腳步，呼～呼～散去。

叢爺爺出現，又嚇跑趕跑了另一些鬼。

華師兄和叢爺爺先後消失。

其他人鬼一看，都就地站定，裹足不前。

崔一海看了，氣得大吼亂罵一通。

隔了一會兒，崔一海忽停止叫罵，看著人鬼後方有人推出一坐輪椅的人，崔一海趨近和輪椅上的人說話，然後，再幫著將輪椅推到卓武、卓發、卓嬌面前。

「堂弟？叔叔？」一大看清楚那推輪椅的人是堂弟林朝禮，直覺坐輪椅的人是林志新，即是安養院的那老病人，驚訝回頭找爸爸，見爸爸已走到梅老師身旁說話，盯看著三、四十步外的卓武、卓發、卓嬌及林志新。

崔一海、卓武、卓發、卓嬌聚攏十幾二十人，以人牆阻擋眾人視線。

飛飛來對一大說，「你爸說，林志新正在『絕命勝』卓武，若是成功，他自身功力會十足恢復外，卓武的功力也會全加到他身上，他年紀較卓武輕又穿了鋼絡天衣，雲霧罩阻擋不了先前的卓武，更阻擋不了林志新，師長也都不是他的對手，你務必小心……」

一大沒聽完已霍地站起，才一瞬，看到人牆那邊有一黑影極速飛竄而出，一大立即趴地，瞥見爸、梅師母、校長、梅老師全向他跑來……

來不及了，一大還沒看清楚那黑影在哪，已被一強大力道在背上一拎，雙腳離地，騰空而去。背後人群漸漸變小，終而不見。

黑影拉著一大狂奔，穿過樹林，跳過山谷，爬過高山，一長段路，速度未見衰減，一大身上偶爾發火，黑影也視若無睹，不予理會。

直到上了一座大山，在一山壁前，黑影停步，拖了一大靠山壁坐下。

「坐好，兩手手掌朝下放膝蓋上，讓我看得到。」黑影向一大說著，在一大身旁坐下。

一大四下看看，景色似乎有點熟悉。

「別想東想西，只觀想你學校操場的畢業典禮。」黑影說。

一大熟悉這聲音。

「你是……叔叔……林志新?」一大小心問道。

「閉嘴,觀想你學校操場的畢業典禮。」

「喔。」

一大不再多問,觀想學校操場的畢業典禮。

「啊?」一大看到了畢業典禮的場景,心中震動。

只見卓武、卓發、卓嬌、崔一海四人已被制住,分坐在椅上。爸、校長、梅老師、崔媽媽圍在旁邊,許多人鬼四散站立。

「那幾個廢物,早跟他們說了,就是不聽。」黑影人罵道。

「啊,小丹她爸和她大伯,還綁著躺在地上!」一大忍不住叫出聲。

「那是分身,那兩個高手早閃脫了。早跟那幾個姓卓的廢物說了,哼,不聽,還當我是神經病。」

「分身?」一大安心了些。

「要是本尊,崔一河身體差不算好了,崔一江可是一流高手,他會毫無反抗被綁?叢林、你爸、梅揚會不理不救?他們,哼,早就安排好了的。」

「喔。」

「卓家啊,只是個屁!還不是全靠我一人撐著。」

「你……你們……爲什麼不讓我畢業?」

「哼，你一畢業，黃金小鎮就全落入你手中了。」

「不會吧。」

「不會？你剛才雙蛇抱杖，丹爆辟啪，你小子功力不得了了！」

「我？」

「手掌朝上！」

「手掌？喔。」一大把手掌翻過朝上。

「金絲掌紋？眞他……怎麼會？」黑影人右拳捶地，「慢了一步！他們……有頒發畢業證書給你？」

「沒……有。」

「不可能啊！又情報失靈？那一群廢物！」右拳又捶地，「你有沒有收到任何像畢業證書的紙張？校長給的？在畢業典禮？在公開場合？」

「沒……有。」

「你手上的金絲掌紋，怎來的？」

「不……知。」

「別說你從小就有，我可是看著……」

「看著我長大的？」

「他……」黑影人停住。

「你就是我叔……林志新？就是蕭默？如果是，有話好說嘛！」

「他……」頓了下，「好，好，復天，我就是……林志新，就是蕭默。」

「這麼多年你一直用林志新假名，還眞會裝啊。」

「幹我這行的……不裝？早死一百次了！」

「嬸是卓嬌，她也很會裝啊。」

「別提姓卓的，沒一個有大腦。」

「叔，你怎知這座山？還知這裡可遙視遙聽？」

「崔一河曾說，小丹小時來過這。」

「你就找到了？」

「找了許久才找到，還發現這裡可遙視遙聽，尤其對空曠無地形遮蔽之處，一覽無遺。」

「叔，你有一套。」

「幹我這行，任何蛛絲馬跡都得掌握得一清二楚。」

「是，可是你怎會跟崔一海聯手，還要除掉他兩個哥哥？」

「還不是因爲你！」

「我？」

「你跟崔少丹玩在一塊，而崔一河疼愛崔少丹，你爸又延了崔一河的壽，讓他達成參加兒女畢業典禮的人生最後心願，加上崔一河自知來日無多，改變了心意，他與他哥哥終止了和卓家的合作。」

「所以卓家跟你，就改去和崔一海合作？」

「卓家和我有錢拿，當然願意配合崔一海，崔一海於是計畫先除掉他二嫂，再除掉他兩個哥哥。」

「親哥親嫂也要除掉，崔一海也太狠了吧。」

「不是親的，崔一海是當年崔家人在家門口撿到的一個棄嬰，他和崔一河年齡相差十歲有多。」

「哦？」

「管他的，反正，崔一海滿腦子黃金，他答應我們事成後黃金分我們一半，我們何樂不為？」

「分你們一半？崔一海的話你也信？」

「崔一海的話，叔從來就沒信過，叔要的是全部。崔一海要真除掉他二嫂和他哥哥，那叔可省事了。將來叔只須對付崔一海一人，那比捏死隻螞蟻還容易萬倍。」

「叔叔聰明，我尊敬您還是叫您『叔叔』，叔叔您要我怎麼做，只要我能做到一定做，我聽叔叔的。」

「上道！好，你沒畢業前，剁了你小拇指，叔便有可能弄到黃金小鎮。」

「哦？」

「叔當年以為弄到你小學沒能畢業，讓你氣不上行，便可斷了你上中學的路。」

「聽起來，我小學沒能畢業，跟叔有關？」

「就安排幾個手下，在你畢業典禮那天找藉口引你離校打群架。」

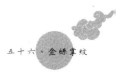

「叔安排的？」

「嗯，你爸媽不見，崔家不確定他們是死是活，要我盯緊你。叔看你天天在外打架鬧事，身上也探不出什麼眞功夫，降低了戒心，沒對你下重手，只弄你個小學不能畢業而已。」

「而已？」

「原以爲你爸媽不在了，你不會進到雲霧中學上學，萬萬沒想到，後來你竟眞進了雲霧中學。」

「雲霧中學，以前我連聽都沒聽過，更沒想過要進那讀書。」

「哼，定是你爸早早安排好了的。」

「但我進不進雲霧中學，對你們來說，很重要嗎？」

「當然重要，雲霧中學是佛道醫武的專門養成學校。你爸媽從那畢業，你又去那讀書，你學成畢業後勢將脫胎換骨，成爲崔家心腹大患。」

「是嗎？」

「是，更何況，雲霧中學地下便是『黃金小鎭』，崔家能不擔心？能不阻止你畢業？」

「所以，在雲霧中學，你們還一路追殺我？」

「那當然，如你還像小學時天天打架鬧事，或上了其他中學，不會對崔家產生直接重大威脅。崔家兄弟，卓家和叔我也不至於非到學校追殺你不可。」

「是哦？」

「好啦，現在說這些都遲了。你畢業了，你學校後面的……你家也毀了。」

「是你家。」

「實際上是卓家，卓武日夜在那練功，要控制黃金礦脈走入他手掌心。」

「哦？」

「這下可好，那屋一毀，卓武他便立刻氣脈逆行，還會走火入魔。」

「哦？所以你馬上用『絕命勝』接收他的功力。」

「復天，叔叔我當年就是太大意，太小看你了。」

「叔叔，您現在也不用大看我，要小拇指，拿去就是。」

「還裝蒜！」

「我？」

「黃金礦脈已入你手掌心，我現在要你的小拇指……沒用啦。」

「那，手掌拿去。」

「手掌？也沒用，如果殺了你的人，更是什麼黃金狗屎都別想拿了。」

「卓武就想殺了我。」

「他在你家日夜狂練金絲掌紋功，殺了你他就有可能獨占黃金小鎮。但，他那混蛋！還偏不准我練！」

「那？……」

「復天，你……，你得活著，你得跟叔合作。」

「合作？」

一大抬手在臉上抓一下癢。

「手別亂動！兩手手掌朝下，放膝蓋上。」

「有什麼嘛？我就抓一下癢而已。」

「而已？你身上暗藏『十指不復』，『掌門佛珠』，『天罡地煞手銬』……，我能不防？」

「我……」

「等等……」蕭默轉頭觀想，「不對，畢業典禮……該在的都在，崔少丹怎不在？」蕭默跳起，抓了一大衣領，「走，換地方。」

「怎麼了？」

「我感應到崔少丹和你來過這裡，她如果帶了潭中那兩個老傢伙追來，我不就傷腦筋了？」

「哦？」

蕭默又拉著一大狂奔，又跑過好一段長路，才停下來。

「來，坐。」叔叔坐在一石頭凳上，指著身旁的另一石頭凳。

一大坐了下來，「鵬程公園！」

「熟悉吧？崔少丹她應該沒來過這。」

「我爸也許來過。」

「你爸？也許，但他還在典禮上。」

「那是分身。」

「哈，唬我？不怕，叔有這身行頭，你爸就算來了，也奈何不了我。」

「這衣服是你偷我爸的。」

「嘿，別提那些，你跟叔合作，這衣服遲早是你的。」

「叔，你要我怎麼跟你合作？」

「叔保護你好好的活著，沒任何人能動你一絲一毫，至於黃金小鎮的金銀財寶，十分之九歸你，十分之一歸叔。」

「聽起來滿爽的，我幹！」

「哈呀，復天，你眞他大將之材，我們叔姪合作，必定天下無敵！」

叔叔自身上拿出一皺了的牛皮紙袋，袋內取出一個小發糕，一枝小紅燭。將小紅燭插在小發糕上頭，用打火機點燃了紅燭。再將插了紅燭的發糕放置在兩人側邊一塊橫著的大石頭上，大石邊上有紅漆寫的「鵬程公園」四個大字。

「復天，今天是你生日，十五歲的生日。你看，叔叔連你生日都沒忘，發糕扁了，紅燭歪了，沒關係，叔叔依舊祝你生日快樂，你吹熄紅燭，許個願吧。」

一大猶疑了一下，吹熄了紅燭，「謝謝叔叔，我十二歲生日時，也是在這裡跟您這樣過的。」

「呵，復天，你果眞念舊，還記得三年前的事，來，吃發糕。」

見叔叔將紅燭發糕朝他舉了兩下，遞了上來。

「我不吃，怕有瀉藥。」

「哈，好，小心點好。那，祝我們合作成功，來，擊掌。」伸出戴了黑手套的右手。

一大沒伸手，卻問，「叔叔，你知道我媽怎麼死的？」

「你……你媽的死，那是意外，崔家派人去你家要找什麼……指紋，被你媽撞見，他們失手打死了你媽。」

「你不在現場？」

「不，叔叔只……只拿了鋼絡天衣，其他的事，跟叔無關。」

「你可願意跟我爸對質？」

「別……你爸跟我……也算是……有點交情，但他一定很氣我，不好再見面，不好對質。」

兩人靜下，對看著。隔著黑色面罩，一大只能猜著叔叔的表情。

隔了一會兒，一大說，「叔叔，那，我……該走了。」

「走？去哪？」

「學校啊。」

「那，合作的事呢？」

「合作，繼續啊，但我該回典禮那去，你不會叫我一直坐在這不走吧？」

「走，可以，但你得先表示點誠意。」

「誠意？」

「去黃金小鎮搬一百公斤黃金。」

「你開坦克載？」

「笑話，叔剛說了，十分之一歸叔，叔只要……嘿，十公斤。」

「那好，我去去就來。」

「一道去。」

「不用。」

「那就不用去了。」

兩人再度靜下，對看著。

「連一隻手都殺不了也叫殺手？哼！」一大哼哼。

「混……，你明知叔現在不能殺你的手！」

「那，你還是殺了我的人吧，速戰速決，永絕後患。」

「別激我！」

「不殺手，不殺人，這樣好了，你殺我腿！」一大伸出雙腿。

「夠種！叔還正有此意，砍了你兩條腿，你人就跑不掉，手也跑不掉。」蕭默身上摸出一匕首，看向一大右腿，抬起手……

「嗡～嗡～」

一大抬起頭看，見一隻金龜子在頭上盤旋，不以為意。

蕭默一看，卻連退幾步，用匕首對空亂揮，大吼，「席復天，你居然放金龜子？」

「我？」一大正想回話，卻「轟～」一聲，天地頓暗，什麼都看不見，只剩巨大嗡嗡聲在耳邊作響。

兩、三分鐘後天光再現，一大一看，跳起，「哇呀？這……」

只見一滿頭亂髮，面如死灰，身體虛弱，身穿直紋睡衣之蒼老男人，歪著脖子，眼睛半閉萎頓坐地，左手捏著一個半碎發糕，朝一大費力地舉了兩下。一旁石頭凳上放著鋼絡天衣、匕首及打火機。

「叔……」一大上前叫著，叔叔沒回應，只歪嘴苦笑了下。

「一大，你幹嘛伸腿給人家砍啊？」

一大轉頭見小丹跑來，身穿呱呱衣，手握魁星筆。

「小丹？」

「魁星筆的小藍星就指出你在這。」

「魁星筆！好傢伙，但妳怎麼來的？」

「呱哈，小丹姐是搭呱呱號來的。」

呱呱在上方叫。

「呱呱？謝謝，你厲害。」一大往上看。

「是寸尺厲害，他追蹤出正確方向。」

「寸尺？」

「喔哈哈，一大哥，你好。」寸尺蹦跳出。

「哈，寸尺，你好。」

「你爸說小丹姐身上有魁星筆，要我帶著她追你，方便追蹤。」

「我爸？高。」

「蕭默腿快，我們追了好一段時間，才追到眼耳山方向。」

「哦？」

「蕭默功力大增，可以輕易上到眼耳山。」

「厲害。」

「我腿也快，但只能遠遠地邊跟邊找，緊緊追上他的另有其人，哦，另有其鬼。」

「另有其鬼？」

「華九。」

「華師兄？是呵，他腿更快。」

「華九聽到你叫那人『叔』，又不清楚黑鋼絡衣的功能，猶豫著，沒出手。」

「喔。」

「華九看到我在追，便跑來和我會合，並立即教我『冰火手』，準備四手合擊蕭默。」

「高！」

「正教著，一轉頭，卻見蕭默又拉你跑了。」

「是。」

「華九立刻帶我追去，但華九卻發現另有一人，嗯，一影，速度比他更快，也在追你們。」

「速度還更快？誰？」

「金龜子！」

「祖師爺？」

「華九感應到祖師爺也是來保護你的，放心了。當時有鼓聲傳來，華九就先離開了。」

「感謝祖師爺，感謝華師兄。」一大望天雙手合十，三拜。

一大走向小丹一鞠躬，「小丹，謝謝妳。」

小丹雙手一環抱住一大腰部，「哎喲，你要是沒了腿，以後人家……可揹不動你。」

「啊？這？我……腿……還在……還在……別抱……，寸尺……在笑了。」

「哈……，一大哥，沒關係，精靈們也常常互相擁抱的。」寸尺說。

「我……」

「不急，不急，等你們擁抱完，再回雲霧操場去。」

五十七、畢業證書

一大收了鋼絡天衣、匕首、打火機，和小丹、寸尺帶上蕭默，穿過引子帕回到雲霧操場。

見有六部大小警用廂型車及七、八名員警在場警戒，卓武、卓發、卓嬌、崔一海四人坐在椅上，蕭默坐在輪椅上加入，旁邊還有幾十個黑衣人站立著，其中包括之前見過的疤眼、駝鳥、瓜頭……等崔一海的手下。

另有幾十個黑衣鬼，似乎身手腿皆被捆綁，雙手貼腿，雙腳併攏，跟著前方一面黑令旗列隊跳行而去，消失在樹林裡。

一大見附近地上有兩個小竹籃，好奇走上前去瞄了眼，籃內殘留了一些米粒和桑葉。

一大爸上前欠身看看蕭默，幫他把了下脈，「志新，你現在功力只剩三分，身體須要好好調養，才能活下去。」

「我……，這……，唉！」蕭默難過搖頭。

「咦？你臉頰……」一大爸湊近看，「你左右臉頰上有印子？你被人打了巴掌？」

「我？」蕭默驚慌，「糟了，是那光和影？」

一大靠近看，蕭默兩邊臉頰上是有淺淺的印子。

「我看看，嗯，左臉頰是『白骨追魂』，右臉頰是『正手氣脈』。」一大爸緩緩說道。

「完了。」蕭默發抖，「我當時抓了復天，正轉身要跑，眼前好像閃過一道紅光和一個白影，還聽到啪啪兩聲，當時我沒仔細看那是什麼，完了，完了。」

一大心中明白，大約是叢爺爺盧爺爺出的手。

「一陰掌一陽掌，勁道穿透天衣，你發作起來恐怕會生不如死，發作時間除了晨昏，還有子午。」

「我，唉！」蕭默沮喪搖頭。

「哦，另外我已把卓武逆行的氣脈喬順，以免他走火入魔，但他年紀大，加上你對他『絕命勝』，元氣大傷，功力盡失，活著不是問題，但身心可得受折磨了。」

「那老東西，對我不仁，別怪我對他不義！」

「你眞……」

「大哥，救我，求求你救救我啊！」蕭默聲淚俱下向一大爸求道。

「你還有臉叫我大哥？還有臉叫我救你？」

「我可是一直當你是我大哥的。」

「哼，多年來你自稱林志新，叫我大哥，那全是假的，接近我，也只是爲了弄到黃金。」

「我，對不起，大哥，你連崔一河都救，不會不救小弟我吧？」

「崔一河已去惡向善了，你呢？」

「我也改，一定改，大哥，救救我，我不想死啊！」

「你不想死？那……那你大嫂就想死？」

「意外，那純屬意外，大哥，救我！」

「你爲什麼要殺你大嫂？她那麼照顧你，你……」

「大哥，我……我……」

「那些黑衣小弟沒那本事，除非是你師父卓武，或是蕭默你，加上穿了鋼絡天衣偷襲她，才有可能！」

「大哥，我……，唉！」

「不想說實話？那就算了。」

「好，我說……我說……」蕭默停頓了一下，說，「那天，趁你們夫妻不在屋裡，我帶了幾個手下去你家找……你的指紋，我意外翻出鋼絡天衣，就穿上試試，只覺功力倍增，心中正興奮，被大嫂返屋撞見，他叫我脫下鋼絡天衣放回原處，她可以不告訴大哥，就當沒事發生。我捨不得天衣，趁她走開，我在她……背後偷擊，我只想打昏她，沒想到，穿著天衣……力道過猛，我拿捏不準，把大嫂震飛，撞上牆去，她昏倒在地。我把了下她腕脈，脈象不妙，我……我就溜了，我對不起大哥，對不起，對不起……」

「你居然從背後偷擊你大嫂？唉！」一大爸大嘆了口氣，「你……你……」

「大哥，對不起，對不起，求大哥救救我啊！」蕭默眼淚猛掉。

一大爸只痛心搖頭，說不出話來。

「大哥，救我……，救我……」

一大爸思考了一下，「好吧，我……會安排……託人……送藥方給你。」

「謝謝大哥，謝謝！」

「等等，我送藥方給你之後，有一味藥你得自己加上才有效。」

「大哥請說，小弟……一定照做。」

「抄寫《心經》。」

「抄寫《心經》？沒……沒問題。」

「用毛筆，以行書、楷書或篆書抄寫。」

「沒……問題。」

「十萬八千篇。」

「啊？」

「你罪大惡極，金龜子教訓你，沒當場致你於死地已是大慈大悲，你若不抄寫《心經》十萬八千篇，回報不了他老人家。」

「那，好好……，沒問題，十萬八千篇……就十萬八千篇。」

「至於你臉上那陰陽巴掌，我可就幫不了你了。」

「大哥，您醫理醫術高明加上醫品醫德高超，拜託您指點一下迷津，我也好找著活下去的機會。」

「嗯，你得找會『冰火手』功夫的人幫你，只有『冰火手』才能緩解陰陽掌。若外加一個會『冰火手』的鬼魂，『陰陽冰火手』四手一氣，那你會有五六成好轉可能。」

「『冰火手』？『陰陽冰火手』？開玩笑，那早已失傳的玩意兒，我……」突想到什麼，看看一大，「復天，對，大哥，復天他是不是懂『冰火手』？崔一海他說，復天他……手上，那，那是『冰火手』？」

「復天？復天只是孩子，他任督未通，好，就算他懂『冰火手』，那也是一些皮毛，現下救不了你。」

「那？」

「除非……」

「除非什麼？」

「從今以後，你全心全意保護復天，讓他好好的活著，沒任何人能動他一絲一毫。」

「大哥，這話我對復天說過。」

「你說過？那時你九成九是爲了黃金小鎮的金銀財寶。」

「嘿，那……是。」

「現在，是爲了要活你的命。」

「那？」

「你若保護好復天，也許二三十年後他任督通了，眞可救你一命。」

「二三十年後？大哥，這……」

「嫌長？那你可用你的武功加持他，他任督也許八年九載就通了。」

「我用武功加持復天？大哥，你不如乾脆說要我用『絕命勝』全傳給他不更快？」

「嘿，以你的聰明才智幹殺手可惜了。只是若將你那些邪魔歪道功夫傳給復天，豈不污染了他？」

「也罷，我得留一點功力好鎭住我的幫眾。那，我用我的『殺手剪』加持他並傳授給他。」

「『殺手剪』？」

「就雙手小指少衝交剪，氣從心經一脈直出……，喔，機密，是小弟自創的獨門招數，無人知曉的終極絕招。」

「好傢伙，由你吧，不過得等你關出來再說。」

「關？牢房那幾根破銅爛鐵關得了我？我三分功力照樣來去自如。」

「嘿，不愧是一等一的殺手。」

「大哥別取笑我了，小弟知道該怎麼做了，以後我一定洗心革面好好做人。好歹復天還叫我叔叔，我一定會保護他，我姪子，好好活著，當然，也是爲了救我自己一命。」

一大聽著兩人對話，一愣又一愣，看堂弟走近，上前說，「朝禮，你爸，你爸……成了這個樣子，我……」

「哥，和你無關。我爸早知道自己會有報應，他跟我說過，如果報應來了，怪他自己，不怪別人。」卓嬌聽到，轉頭罵，「林朝禮，你小子敢吃裡扒外，老娘饒不了你！」

朝禮堂弟低頭不語，將他爸爸推上了警車。

一大看卓武、卓發、卓嬌、崔一海及黑衣人，臉面有紅有腫有青有紫，都是雙手緊貼大腿，雙腳併攏，有的小步挪移，有的雙腳併跳，上了警車，警車開走了。

「米粒？桑葉？」一大聯想到那兩個籃子，「白伯伯，何婆婆也來了？呵呵……」吐了吐舌，暗笑兩聲。

校長、梅老師及其他老師全坐回師長席。

一大沒看到梅師母及崔媽媽，再看，連爸爸也不見了。

梅老師大聲說，「各位同學，現在請張龍老師幫我們拍畢業紀念照，各自移動椅子，向中央靠攏。」拍完畢業紀念照，梅老師說，「各位同學，時間上耽誤了一點，現在往餐廳移動，去吃中飯。」吃中飯時，土也興奮向一大說，「一大，今天看了一場全世界最酷的武俠片。」

「看我突然不見，很酷哦？」

「你不見，那哪酷？反正你都會和以前一樣，隔一陣子就會回來，你不見後，現場才酷。」

「呵，現場怎麼了？」

「一陣強風吹過，我眼睛一閉，沒幾秒，一睜眼，獨眼龍、卓武那四人已坐在椅上了，旁邊一票黑衣人鬼全呆呆站住……」

「誰出的手？」

「跟你突然不見一樣，我們幾個，沒人看清楚。」

「你們都有穿呱呱衣，還看不清楚？」

「一切發生都太快了，只看到一些模糊影子而已，你要是在現場，也許還能解說一下。」

「呵……」

「反正惡有惡報，別管那些了。」曉玄說，「我覺得……畢業證書才是全世界最酷的，而且還有兩張。」

「最酷？兩張？」一大疑問。

「確是兩張，原先空白，獨眼龍當時看了也問校長，爲什麼發空白畢業證書。可是在梅老師宣布說，『雲霧中學第十二屆畢業典禮典禮禮成』之後，便不再空白了。」土也說。

「看……內容……就知有多……多酷了。」阿萬補上。

一大、小丹不清楚他們說什麼。

曉玄乾脆拿出她的兩張畢業證書，展開一張，「這張是小學畢業證書，看，我小學畢業典禮沒參加，這裡居然補上一張我小學畢業紀念照，我也在照片裡面。」

一大、小丹湊近看，小丹驚喜，「右下角還有小視窗，顯示出妳小學的生活點滴？」

「對呵，另外這張是中學畢業證書，看，剛才才照的畢業紀念照已顯示在證書上了，太神了，這張證書還指導我選擇適合我的高中呢。」

小丹看了，悄悄伸手入隱形書包，也摸出了兩張畢業證書，一張是小學畢業證書，上有一張她小學畢業紀念照，另一張是中學畢業證書，剛才照的畢業紀念照已顯示在證書上了。「嘻，太神了，視窗動畫畢業證書！我有參加小學畢業典禮，但不知他們怎弄到我小學的畢業紀念照和小學的生活點滴的？」

「一大，你……沒有嗎？」曉玄問。

「嘿嘿，好像……沒有……」一大搖頭苦笑。

「你身上找找嘛。」小丹向一大擠眉弄眼，還拍拍隱形書包。

「好，我找找……」在身上東摸西摸，伸手入隱形書包，卻摸出了三張紙，「不用看，一張是……，另一張是……，還有一張……，咦？」一大將三張紙攤在桌上，「哇，怎麼可能？眞是畢業證書，和畢業感言！」

土也靠來看著念道，「席復天，石頭板小學，畢業證書一張，畢業紀念照，人也在照片裡，小學的視窗動畫生活點滴。第二張，席復天，雲霧中學畢業證書，剛才照的畢業紀念照也有在證書上，動畫生活點滴一堆。第三張，畢業感言，面對同學朗讀感言的動畫……」

「哦？」曉玄、小丹、阿萬搶著看。

一大腦袋打結，想不透怎麼回事，又仔仔細細看了幾遍。

「哇哈！」一大大叫跳起，「我畢業了！我畢業了！」激動到淚流滿面。

「喂，同學，瘋啦？」土也站起按他坐下。

一大仍很激動。

吃過飯，一大回寢室，把兩張畢業證書及一張畢業感言平放書桌上細看，想著畢典預演，正式畢典及在羊皮畢典上校長頒發的「優秀學習證書」，三次公開場合，三張空白紙張……

去將小學畢業紀念照找出，「啊？」明明記得自己沒參加拍照，照片上原空著一張椅子，現在，一大看見自己竟坐在那椅子上，還笑容滿面，又激動得落下淚來。

土也、阿萬也一樣，找到小學畢業紀念照，原空椅也補上了他們的影像，都笑得一臉燦爛。

三人興奮擁抱，互道恭喜。

飛飛來說，「一大哥，梅老師要你去他家。」

「哦？」一大小心收好兩張畢業證書及畢業感言，朝梅老師家走去。

進到梅老師家，一大看梅老師、梅師母、爸爸、崔媽媽、小勇、小丹都在，分別打招呼後，便找了一小椅坐下。

「復天，這兩件鋼絡天衣，一件交你保管，一件交小丹保管……」一大爸說。

「爸，不……」，「席伯伯，不用……」一大、小丹忙搖手。

「這兩件天衣是爸的外公果林哲和外婆英若芙交下來的，原先一件由我保管，一件由梅師母保管。」

「爸，那你們繼續保管嘛。」

「梅師母從小由外婆英若芙收留，外婆取她名為『英若蓉』，爸和梅師母從小由果外公和英外婆撫養長大，我們雖沒血緣關係，但親如兄妹。」

一大心中震動，「梅師母居然是高人，穿上天衣還變成另一個蕭默。」覺得不可思議。

「後來我們都隱姓埋名過平凡日子。」

「哦……」

「這陣子，在小丹叔叔和蕭默等人苦苦相逼下，小丹母親只得假裝失憶，好避鋒頭。」

「媽，原來……，唷，妳嚇壞我們了。」小丹向一旁的崔媽媽抱抱。

崔媽媽也摟了摟小丹。

「大概都清楚了吧，你們兩個是我們的衣鉢傳人。」一大爸遞上兩件天衣，「來，復天一件，小丹一件，收下。」

一大、小丹只好收下。

「復天，你那件天衣，爸讓寸尺在水金屋找到時，暫不拿回以免打草驚蛇，但在衣上穿了兩個小洞，小洞只米粒大小，在左右犢鼻穴，另外，沒在任何死穴穿洞，那只是爸嚇唬卓武的。」

「哦？」

「梅師母和爸本就無意下重手攻擊假蕭默，卓武，只用部分功力打出米粒或髮絲，讓他膝蓋痛麻一下，現在天衣拿回來，小洞也已補好了。」

「席伯伯、梅師母，你們心地眞好。」小丹說，「這天衣，我想放梅師母這保管，可以嗎？」

「我這件也是。」一大跟上。

一大爸、梅師母互相看了下。

「也好，就先放梅師母這暫時保管。」一大爸說。

一大、小丹將兩件鋼絡天衣交給了梅師母。

「暑假過後，你們要記得回來拿哦。」梅師母說。

「嗯。」、「好。」

「好了，今天除了是畢業典禮的日子，也是復天，小丹的生日，小勇生日是昨天，我們在這一併慶祝，好不好？」

「哇！好呵……」一大、小丹、小勇異口同歡。

梅師母和崔媽媽走到屋後，沒一會兒，走回來……

「爸……」小丹一看，立即跳起衝上前去，小勇隨即跟上，叫著，「爸……」

一大看見黑馬面推著輪椅，輪椅上坐著面容蒼白的小丹爸爸。後面跟著的校長、梅師母、崔媽媽，一人捧著一個蛋糕，蛋糕上插著燃著的蠟燭。

只見小丹抱著爸爸嚶嚶哭泣，一大不由自主跟著難過。

「校長，請坐。」梅老師招呼。

「好，好。」校長將蛋糕放在小桌上，坐下。

「崔大哥，請坐。」梅老師又招呼黑馬面坐。

「不用，我站著。」黑馬面面無表情。

一大對黑馬面和小丹爸爸仍心懷疑懼，想儘可能離他們遠些，但客廳又不大，想了也沒用，如坐針氈。

三個蛋糕放在小桌上。

「梅師母做的呵，好香！」小丹靠近盯看蛋糕，「咦，這蛋糕蠟燭插一支『1』和一支『5』，這蛋糕也插『1』和『5』，十五歲，師母，第三個蛋糕上怎麼只插一支『問號』蠟燭？」

「那是給妳的，女孩不好讓人清楚妳今年幾歲吧。」梅師母說。

「唷，太好了，年齡不詳，我是永遠的青春美少女。」

「哈哈……」

唱了生日快樂歌，一大、小丹、小勇各許了願，吹熄了蠟燭，分切蛋糕吃，小客廳充滿了歡樂氣氛。

小丹爸虛弱地向小丹說，「小丹，爸……參加了……妳和小勇的……畢業……典禮，心願……已了。」

「爸，你還要參加我的高中畢業典禮，大學畢業典禮……」小丹流著淚。

「爸的身體……爸自己……清楚，要不是妳……席伯伯一直用……藥幫我，爸……撐不了。咳，咳……」

「爸，那我再拜託席伯伯……」

小丹爸吃力抬手，「席……伯伯，已經……盡力了。」

「我……」

「小丹，爸……最……放心不……下的就……是妳……」看著小丹，撫摸著小丹頭髮。

「我……」

「爸相……信，以後復……天……會照……顧妳……」

「我……」

一旁的一大聽了，心中一陣悸動。

「復……天。」

「啊？」一大忽聽小丹爸叫他，嚇了一大跳。

「崔伯……伯要麻……煩你，照顧……好小丹。」

「不麻煩，不麻煩，崔伯……伯，我會照顧好小丹。」一大面對小丹爸急說。

「崔伯……伯，相信……你……咳……」

「我……」

「崔伯……伯，咳，還……要麻……煩你，抄寫……《心經》。」

「啊？」一大又嚇了一大跳。

「一百……零八篇，迴向給……崔伯伯，你可答……應？咳……」

「是，是，崔伯伯，我……答應，答應。」

「用隸書……寫。」

「隸書？我……」

「嗯，要你用隸書……寫給崔伯伯，咳，是要與你寫給……其他……人鬼的……有所……區別。」

「啊？可是，隸書，我……」

「不熟？可用……魁星筆……寫，可向……羊寶由……學習，咳……。」

「啊，魁星筆？羊……羊寶由？是，是。」一大愕然，心想，「魁星筆，崔伯伯當然知道，但，連羊皮本名叫『羊寶由』他也知道？還知道羊皮寫隸書《心經》？哇，高啊。」

「好了。」小丹爸眼泛淚光，緩緩搖頭，「唉，夢幻……泡影，一切……都是……夢幻泡影，我，咳……咳咳，放……下，放……下了。」

「妳爸累了，爸媽先回去了。」崔媽媽向小丹說。

「喔。」

崔媽媽向大家欠身告辭，黑馬面推著小丹爸跟著。

崔媽媽到了門外又轉回，向梅師母問道，「蓉蓉，外頭太陽大，小丹她爸怕光，妳有沒有墨鏡借用？」

「有。」梅師母打開一旁抽屜拿出一付墨鏡，「星荷，這墨鏡還是妳的呢。」

「我的？」崔媽媽接過。

「對啊，有年我害眼，妳借我的，二十年有了。」

「我……，啊！是一河認識我時送我的那一付。」崔媽媽細看墨鏡，向梅師母說，「唷，蓉蓉，妳不說我都不記得了，一河當年還誤會我是不是拿了他送我的墨鏡和復天他爸交換了一付貓眼鏡呢，眞是的。」

「哦？唉唷，不好意思。」

崔媽媽走去門外，「一河，這墨鏡是你認識我時送我的那一付，邊上還刻了你的『一』字呢，原來，我借給了蓉……梅師母，看我都忘了。」幫小丹爸戴上墨鏡。

「哦？我……到啦，好，好，呵，咳……」小丹爸笑了笑，「對不起，星荷，誤會妳了，咳，咳……」

黑馬面突回頭說，「復天，我和小丹她爸，謝謝你讓你的烏鴉朋友通知我們，說一海那些混蛋要加害我們！」

「啊？我……」一大著著實實又嚇一大跳。

「只是，一個人跟一隻烏鴉做朋友，詭異！」黑馬面加上一句。

「我？」一大愣住。

「大伯，烏鴉呱呱也是我朋友。」小丹說。

「喔，那不詭異！」黑馬面仍面無表情。

「嘻……」小丹笑笑，「一大，我大伯就是那樣的。」

「……」一大的心狂跳。

崔媽媽，黑馬面，小丹爸走了。

隔了一會兒，「咴～」，一大聽見馬叫聲，低聲問小丹，「妳有聽見馬叫聲嗎？」

「嗯，應該是銀天馬把我爸媽接走了，我……」小丹淚眼看著一大。

接著，校長告辭走了，一大爸也告辭走了。

一大看了眼窗外，「咦？」一白羽掠過眼前，「哦，是白鶴把爸接走了。」心情甚是低落。

一大、小丹、小勇互相看看，小丹轉向梅老師、梅師母說，「老師、師母，你們休息，我們回去了。」

「等等，校方安排好明天午前送同學們坐火車回家，崔少勇要下山找朋友，席復天和崔少丹，你們攜帶隨身背包書包到雲霧車站送同學們上車。」梅老師說。

「好。」小丹點頭。

「老師，我可以去……雲霧車站？」一大小心問。

「你已畢業了，雲霧車站可以去，你手上的手銬也已消失了。」

「哈，我……」一大想大聲歡呼，看梅老師在眼前，還是忍住了。

「那，老師、師母，我們回去了。」小丹說。

「好，再見。」

「再見。」

小勇要回家整理行李，一大和小丹隨便逛逛，走到餐廳前方。

「大家都有家可歸，我以後……」一大踢石頭。

「以後，你住我家啊。」小丹說。

「好是好……」

一大一抬頭竟看見孫子一人迎面走來。

「席復天，崔少丹，你們好。」孫子大方問好。

一大站住，沒說話。

「孫成荒，今天怎沒帶玫瑰送我？」小丹笑笑。

「有，妳等著，我這就去拿。」孫子也笑笑。

「等等！孫子……」一大語氣不爽，「小丹是我女朋友，你不知道嗎？」

「我知道啊。」

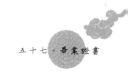

「那你為什麼要追她？」

「那是……，呵，假的。」

「假的？」

「好，席復天，我老實跟你說，我對你，對崔少丹，一丁點興趣都沒。」

「啊？你說清楚。」

「是阿宙鼓我和小洪跟你打架，不管輸贏，他都送我們東西獎勵。」

「是阿宙搞鬼，我們也都知道了。」

「惹崔少丹也是他要我做的，目的就是亂你，不讓你畢業。」

「哦？」

「反正我閒著沒事幹，就照做啦。」

「那，我踢你，你昏倒住院住到畢業典禮才出現，也是阿宙的主意？」

「不是，是……」孫子停了下，「梅老師的主意。」

「梅老師？」一大和小丹同驚。

「是啊，反正，去住院，有吃有喝，又有老師來幫我補課，我沒差。」

「這……？」一大一時想不透。

「喂，反正畢業了，阿宙滾蛋了，沒戲唱了，我們……交個朋友吧？」

「跟你交朋友？」

「喂，我們之間也沒什麼深仇大恨吧？」

「是沒有，但……」

「好啦，畢業通訊錄有我家地址電話，哪天路過，歡迎兩位來玩。」

「哦？」

「席復天，說眞的，我還滿欣賞你的，講義氣，夠膽識，多個朋友總比多個敵人好吧？」

「既然如此，那，好……」一大伸出右手。

孫子沒伸手，「別，我怕又腫了。」

「哈，好傢伙。」

「走了，再見。」孫子揮揮手走去，回頭加了句，「謝謝你救了我的眼睛。」

「……」一大愣住。

看孫子走遠，小丹說，「嘿，一大，我明白了，孫子住院那事，是梅老師故意製造你不能畢業的假象，好讓阿宙把假象傳給我叔，那我叔他們便會失去戒心。」

「嗯，對。孫子如果畢業典禮眞的缺席，不但我不能畢業，還『天地玄黃宇宙洪荒』缺一，那『雲霧罩』築基不成，雲霧中學就會和楓露中學一樣，被你叔他們攻陷奪走。」

「是。」

「高手過招，一招還有一招高！」一大心中忽有一悟，「嘿，妳媽裝傻，八成也是同樣道理吧？」

「九成。」

「呵呵……」

「一大哥，小丹姐，你們好。」

兩人聽見聲音，轉頭找看。

「咦？」一大看到兩個泥巴蛋走近。

「是泥巴，泥蛋。」小丹驚喜，「呵，你們回來啦？」

「泥巴和泥蛋？」一大也驚喜，兩人低頭看向泥巴，泥蛋。

「一大哥，小丹姐，我們特別來說件有關你們畢業典禮的事。」泥巴說。

「畢業典禮的事？」小丹訝異。

「昨天畢典預演，你們師生禪房打坐到『大點溪』，將雲霧山區的日子往前快移一天到今天。預演結束後，打坐再回『大點溪』，把日子倒回一天，回復到昨天，我們大家討論後，知道爲什麼了。」

「爲什麼？」兩人同問。

「昨天畢典預演和今天正式畢典，其實是你們在同一會場，同一時間，不同空間，舉辦了兩場平行畢典。」

「兩場平行畢典？」兩人不明白。

「我們討論時在想，你們畢典是不是有什麼不想其他人，比如某些壞人知道或參加。」

「哇！是，是，是，我明白了。」一大恍然一悟，轉向小丹，「兩場平行畢典，小丹，這就對了，是為了不讓蕭默，卓發那些壞蛋知道或參加。」

「喔，是，預演那場，避開來賓搗亂，方便頒發畢業證書那些。正式那場，來賓來亂，我們在另一空間順利完成畢業典禮的所有程序。」

「平行畢典，除避免來賓搗亂，也分次頒發小學及中學畢業證書。校長在公開畢業場合頒發的紙張，如感言、獎狀，先見空白，禮成後顯示的都是正式畢業證書。」

「預演那場，我叔他們沒參加，所以沒法奪走雲霧中學，也就沒法阻止你畢業。」

「對，預演那場，孫子沒參加，我以為我畢不了業。正式那場，孫子有參加，我才確定我畢得了業。」

「對啊！」

「原來如此，哈，高啊！」一大大聲歡呼。

「兩場平行畢典！太神了！」小丹拍手。

兩人開心，擁抱一下。

再回頭，「咦？他們呢？」小丹疑問。

「泥巴，泥蛋……」一大大喊。

「一大哥，小丹姐，我們回大點溪去了，再見。」

兩人聽見遠遠傳來聲音。

「他們回家了。」小丹說。

「喔，他們回家了。」一大牽起小丹手，「我們也回家吧。」

五十八、聚頂百會

早飯時，梅老師宣布，「各位同學注意，十點半，在餐廳門口外集合整隊，然後出發前往雲霧火車站，張龍老師開箱型車跟隊，同學的大件行李可置放在箱型車上，火車預定中午前出發下山。學校會為大家準備中飯飯盒在車上食用，路上注意安全，務必平平安安回家。校長及老師們會在車站送大家，以後有空，歡迎回校看看，祝同學們一路順風。」

同學們鼓掌，「謝謝老師。」

小宇幫大家拍照留念，忙得起勁。麥片、飛刀、豆豆、栗子、天星、檸檬、胡桃、公仔八隻狗狗和彈簧在同學之間唔唔汪汪走動，也成了大家爭相合照的明星。

十點四十分左右，校長及老師和同學們出發前往雲霧火車站，一大、小丹跟著。

上車前，每人領了飯盒。土也、阿萬、曉玄、小宇、小勇和一大、小丹又是握手又是擁抱，依依不捨上了火車。

火車緩緩開動，土也、阿萬、曉玄、小宇、小勇在車窗邊揮手告別。

一大心情很是低落，小丹則不停拭淚。

見火車走遠，一大說，「小丹，我們回去吧。」兩人轉身要走。

「一大哥，小丹姐。」

上方有聲音傳來，兩人抬頭見是呱呱，「呱呱你好。」

「天人車站又出現《心經》紙張了。」呱呱飛下棲在月台椅背上，「是一大哥抄寫的嗎？」

「筆跡像我的嗎？」一大反問。

「有點像又有點不像，不過車站入口處貼的那張沒寫字，還奇怪……」

「奇怪什麼？」

「紙上畫了一隻黑狗。」

「黑狗？那不是我抄寫的，另有其人。」

「是哦？我和蚯蚯在想，一大哥畢業後就沒人抄寫《心經》送給我們了，那如何是好？」

「找那黑狗送嘛，簡單。」

「我們就這麼想的，但是我們不認識黑狗。」

「我認識啊。」

「你認識？」

「不只認識還熟透了。」一大頓了下，「他是我叔。」

「你叔？那介紹給我……，啊呀，不對！你叔不是蕭默嗎？免介紹，嚇死鴉。」

「我叔說他要改邪歸正了。」

「哦？」

「還答應抄寫十萬八千篇《心經》，好修身養性。」

「呱，十萬八千篇，眞的？」

「眞的，夠你呱家蚯家用好幾代了。」

「好極了，我得和蚯蚯仔細沙盤推演一下。」

「沙盤推演？」

「當然，我和蚯蚯看是吵架打架還是互砍相殺，愈猛愈好。蕭默比起一大哥，陰險狡詐千百倍，要他心甘情願抄寫《心經》送給我們，難㸞了。」

呱呱拍翅，飛走了。

「？？？」一大傻眼。

「哈哈哈……」小丹一旁大笑。

「咴～咴～」

有馬叫聲傳來。

「一大、小丹，上車，快！」

聽到有人在喊。

小丹回頭看，「鐵哥？」

一大也回頭看，「銀天馬？」

一節銀色火車正靠月台停下。

見朱鐵走出火車，跳上月台。

「鐵哥，你開銀天馬來？」一大上前問。

「是，一大、小丹，上車，快！」朱鐵催促。

「上車？去哪？」小丹疑問。

「先上車再說，還剩兩三分鐘，車就要開了。」

「鐵哥，我……」

一大回頭看向校長及梅老師。

「席復天，你和崔少丹上車去吧，路上注意安全。」梅老師揮揮手。

「喔。」一大有驚有喜。

「我點下名。」朱鐵看著手上單子，「天丹虎飛片桃簧，呵，跟上次去『時空邊界』一樣。」

一大聽了，即叫，「麥片、胡桃、彈簧，上車！」

三條狗狗跳上車。

「小虎，飛飛。」一大叫。

「有。」「嘎。」

一大拉了小丹的手也上了車。

朱鐵向車廂前方走去。

「咴～咴～」

火車啓動。

「哈，十二點整！」小丹看錶。

「校長、梅老師、各位老師，再見。」一大、小丹在車窗邊向外揮手。

校長及老師們也揮手，「再見。」

朱鐵從車廂前方走來，「呵，十二點整，日正當中時刻，準時出發了。」

火車平穩前行，一大、小丹比肩而坐。不久後，車窗外雲霧湧現。

一大看小丹，「小丹，畢業典禮後，我看見操場有兩個籃子，籃內有一些殘餘的米粒和桑葉，我猜是白伯伯，何婆婆來幫忙。」

「他們？」小丹不確定。

「是白伯伯，還有何婆婆。」

一大和小丹聽到小小說話聲。

「小虎，飛飛……」一大即問，「是你們在說話？」

「不是，是雲仙子。」飛飛回答。

「雲仙子？」一大、小丹驚訝互看。

「一大哥，小丹姐，你們好，火車現在雲霧之中，我們雲仙子就在你們身旁。」小小柔柔的聲音說著。

「嘻，雲仙子，你們好。」小丹說。

「你們畢業典禮上發生的事我們都看到了。」

「哦？」一大問，「你們剛才說『是白伯伯，還有何婆婆。』？」

「沒錯，是他們兩位。」雲仙子回答，「有桑葉的那籃是蠶絲。」

「蠶絲？」一大、小丹異口同疑。

「是，那時我們先看到一把米往對方一群人鬼飛去，好多人鬼哇哇叫，也有好多人鬼定住了。聽到『白手，打的好！』，也聽到『何如，全用蠶絲綁了！』，但看不到打米粒及綁蠶絲的人。」

「確定是白伯伯和何婆婆，他們隱形了，高！」一大拍了下手，「用蠶絲綁？呵，難怪我在那些人鬼身上看不見繩索手銬的。」

「只用一些米，就把上百個人鬼同時打傷或定住！太厲害了！」小丹說。

「確實厲害。」一大說。

「雲仙子，知道這一路上有你們在，我們很放心，也很開心，謝謝你們。」小丹說。

「嘻，不客氣，只是雲霧濃厚了，會多些涼意，你們要多穿衣服哦。」

「好。」一大和小丹披上了呱呱衣。

隔了一會兒，一大右手伸入書包摸出一枚自己的金幣，順手戴上貓鏡看，「小丹，妳知道嗎，在祖師爺的金幣背面的小指印上一按，正面的金龜子會飛起來去教訓壞人。」

「知道，我聽我媽說過。」

「嗯，可是，教訓蕭默的那隻金龜子不知道是誰？」一大摸著金幣喃喃低語。

「是祖師爺。」

一大和小丹聽到另一小聲傳來，兩人同時看向金幣，異口同聲，「金片！」

「一大哥，小丹姐，你們好。」一小金片站在金幣上鞠躬打招呼。

「金片，你好，你知道那是祖師爺？」一大問。

「嗯，是祖師爺，兩位，都三百多歲。」

「兩位？三百多歲？」一大、小丹驚訝。

「是啊。」

「金片，你神通。」一大說。

「只要是黃金物件，金脈及金片都能感應到來龍去脈，並立即回報我們金烏主人。」

「厲害。」一大轉向小丹，「金烏主人掌管這附近整個山中的黃金金脈。」

「喔。」

「畢業典禮時，兩金龜從潭中飛出。」金片說。

「潭中?是雲霧中學下方的雙潭潭中?」一大問。

「是的，金脈，金片立即報告金烏主人。」

「你們金脈網絡密布，消息傳得飛快。」一大說。

「嗯，金烏主人回說兩隻金龜子是來保護雲霧中學師生，主要是保護一大哥和小丹姐的。」

「哦?」

「按祖師爺金幣背後小指印的是一大爺爺和一大奶奶。」

「一大爺爺和一大奶奶?」一大、小丹驚喜。

「嗯，我們都感應得到。」

「都感應得到?」一大好奇。

「我碰過你書包裡的壓歲錢金幣，其中一紅包上寫著『一大爺爺』，一紅包上寫著『一大奶奶』，我記得他的們小指印。」

「哇哈，眞有你的!」一大豎大姆指，轉向小丹，「這麼說來，爺爺、奶奶有來參加我們的畢業典禮!」

「嘻，眞有。」

「典禮上卓武功力高強，一大奶奶的金龜子怕傷及無辜，不便當場出手教訓卓武，感應到金烏主人說的，『毀掉你老家，能同時斷掉卓武、蕭默的金脈、人脈、氣脈，才能讓我們永絕後患，高枕無憂。』便轉去轟轟毀了那練功的屋子，先斷掉卓武金脈、人脈、氣脈。」

「原來如此，太厲害了！」一大、小丹齊讚。

「一大爺爺的金龜子則一路跟蹤挾持一大哥的蕭默，但又怕傷及一大哥，遲遲沒動手，直到蕭默拿匕首要刺向一大哥時，才立即出手教訓他。」

「哇！哈！太棒了。」一大、小丹又讚。

「一大爺爺和一大奶奶恭請兩位祖師爺幫忙，心懷慈悲，教訓卓武，蕭默，皆無取其性命的意思。」

「好，好，好。」

一大雙手合十望空三拜，「爺爺，奶奶，高，高，高，謝謝，謝謝您們，請受孫兒三拜。」

「我們在車上，爺爺奶奶聽不到。」小丹說。

鐵哥走來，「一大、小丹，我們現正在雙潭上空，天馬說……你們要先來這裡？」一手搔頭。

「好天馬！」一大、小丹跳起，大聲喊叫，「爺爺！奶奶！爺爺！奶奶！我們在這裡，謝謝，謝謝您們請了祖師爺來幫忙！」

等了一會兒，沒聲響，小丹又說，「爺爺奶奶眞聽不到。」

「嗯……」一大想了下，突大叫一聲，「一大一小！」

「轟隆隆……」一串巨響雷般打來，車身猛震幾震。

小丹嚇一跳忙問，「你……？」

「爺爺奶奶聽到了，那是密……」，還沒說完，一大只覺海底氣機翻騰，縷縷上衝丹田，立即坐直身子順氣，腦中閃過華九師兄的影子，「密碼，海底……」

「三百多歲祖師爺？爺爺奶奶會是……？」小丹喃喃，看向一大，「欸，你猜……」欲言又止。

「猜什麼？」

「猜爺爺奶奶……他們會不會已三百多歲了？」

「哇，妳猜爺爺奶奶是……祖師爺？」一大頓了下，「光看外表難猜，嗯，難道……」

兩人相視，心有靈犀，異口同聲，「他們戴了人、皮、面、具！」隨之大笑到歪倒，「哇哈哈哈……」。

「轟隆隆……」一串巨響打來，車身又猛震了幾震。

兩人停笑。

鐵哥彎腰，「呵，一大、小丹，你們還好吧？」

「好，好。」一大回他。

「沒事，沒事。」小丹也回。

「鐵哥，我們的目的地是哪裡？」一大問。

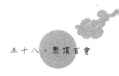

「『百會』。」

「『百會』？」一大、小丹不明白。

「經過時空和邊界，再一路北上。」

「過時空邊界後還再北上？」一大好奇。

「是。欸，我帶有素包饅頭，要不要吃點？」朱鐵問。

「鐵哥，學校幫我們準備了飯盒。」小丹說。

「那好，餓的話就吃吧。」朱鐵說。

「狗狗來，我帶了你們的食物，吃飯了。」小丹叫狗狗。

「妳還帶了狗食？」一大看小丹。

「我媽放我書包裡的。」

「喔。」

一大拿出飯盒，「小虎，飛飛，來，我弄點東西給你們吃。」打開飯盒，「素包？」聞了聞，「哈，梅師母做的，一聞就知。咦？」

「怎麼了？」小丹問。

「有一張紙條。」一大取出飯盒內的紙條，念道，「復天，你和小丹到了百會見到果外公和英外婆時，代我問候他們。謝謝。蓉姑姑。」

一大眼睛一亮，「蓉姑姑？『百會』？啊，『百神所會』！」

「你說什麼？」

「『百會』是果外公和英外婆住的地方。」

「哦？」

「哈，梅師母、妳媽，還有校長、梅老師，我爸，是他們特別安排我們去『百會』找果外公和英外婆的。」

「是哦？」

「梅師母是我姑姑？呵……」

「沒錯啊，她是你爸的妹妹。」

「啊！」一大突叫了聲。

「怎麼了？」

「那，那，梅老師不就是我姑丈了！」

「是啊。」

「那，那……」一大靜了一下，「呵，還好，不是叔叔。」

「嘻……」

「小虎，飛飛……」一大低頭問，「那次，在水金屋外大石上見到果外公和英外婆，外公有說『百神所會』吧？」

「嗯，外公說：『天地宇宙，空間時間，無所住無所不住，可到百神所會之處找果外公和英外婆。』」飛飛說。

小虎補上，「他還說『跟踼蹉說，踼蹉就會帶你來。』」

「對對，就是……」一大起身，往前走去，喊道，「踼蹉，麻煩你帶我們去百神所會之處找果外公和英外婆，謝謝。」

「咴～咴～」

隔了一會兒，朱鐵看窗外說，「我們已過了『邊界』。」

「哇，看，風景好美喔。」小丹看向窗外，「咦？」

「看到什麼了？」一大靠來，也向窗外看，「一條龍？」

「一大哥，小丹姐，看另一邊窗外。」飛飛叫。

一大，小丹跳去另一邊窗戶向外看，「鳳凰？」

「是玉刀龍和白鳳凰？」小丹興奮。

「是呵。」一大看著。

「龍鳳飛到一起了。」小丹指著，「看，白鳳凰在寫字？」

白鳳凰拍翅有如舞蹈，在天空寫畫，天上出現一行白雲字，襯在藍天下，清晰可見：

「歡迎一大哥小丹姐聚頂百會」

「嘻……」小丹驚喜。

「小丹，妳看，玉刀龍也在寫字！」

見玉刀龍穿梭上下，幾朵白雲幻化出另一行字：

「天空丹滿　龍鳳相伴　任督遨遊　大小周天」

前方一觀音圈顯現，銀天馬銀翼大展，飄然穿越，往蔚藍高天颯颯飛去。

國家圖書館出版品預行編目資料

天丹虎飛　雙蛇抱杖平行畢典／黃文海著. --
初版. --臺中市：白象文化事業有限公司，2022. 05
面；　公分
ISBN 978-626-7105-66-5（平裝）

863. 57　　111004154

天丹虎飛
雙蛇抱杖平行畢典

作　　者　黃文海
校　　對　黃文海
發 行 人　張輝潭
出版發行　白象文化事業有限公司
412台中市大里區科技路1號8樓之2（台中軟體園區）
出版專線：（04）2496-5995　傳真：（04）2496-9901
401台中市東區和平街228巷44號（經銷部）
購書專線：（04）2220-8589　傳真：（04）2220-8505
專案主編　陳婕婷
出版編印　林榮威、陳逸儒、黃麗穎、水邊、陳婕婷、李婕
設計創意　張禮南、何佳諠
經銷推廣　李莉吟、莊博亞、劉育姍、李佩諭
經紀企劃　張輝潭、徐錦淳、廖書湘、黃姿虹
營運管理　林金郎、曾千熏
印　　刷　百通科技股份有限公司
初版一刷　2022 年 05 月
定　　價　480 元